天空下的少年

马志明◎主编

石晓宇　魏　爽　仇素敏　郭　慧
　　　　　　　　　　　　　　　　◎副主编
袁乐旋　刘晓庆　张虹燕　韩晓萌

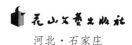

花山文艺出版社

河北·石家庄

图书在版编目（CIP）数据

天空下的少年 / 马志明主编. -- 石家庄：花山文
艺出版社，2023.8
ISBN 978-7-5511-6483-2

Ⅰ．①天… Ⅱ．①马… Ⅲ．①幻想小说－小说集－中
国－当代 Ⅳ．①I247.7

中国国家版本馆CIP数据核字(2023)第014505号

书　　名：**天空下的少年**
　　　　　Tiankong Xia de Shaonian
主　　编：马志明
副 主 编：石晓宇　魏　爽　仇素敏　郭　慧　袁乐旋
　　　　　刘晓庆　张虹燕　韩晓萌

策　　划：郝卫国
责任编辑：董　舸
责任校对：李　伟
美术编辑：王爱芹
出版发行：花山文艺出版社（邮政编码：050061）
　　　　　（河北省石家庄市友谊北大街330号）
销售热线：0311-88643299/96/17
印　　刷：北京一鑫印务有限责任公司
经　　销：新华书店
开　　本：700毫米×1000毫米　1/16
印　　张：29.75
字　　数：440千字
版　　次：2023年8月第1版
　　　　　2023年8月第1次印刷
书　　号：ISBN 978-7-5511-6483-2
定　　价：68.00元

每个孩子都是一颗创作的种子

继我校 2019 级六个班的孩子在语文老师的带领下集体创作出版科幻小说集《奇幻时代》后,欣闻 2020 级九个班的孩子集体创作的小说集《天空下的少年》也即将付梓,可喜可贺!作为学校的党委书记,我为拥有这么优秀的师生而倍感骄傲。

班级集体创作小说是我们四十中学师生的创举,师生参与热情分外高涨。2019 级的孩子们是学校第一次尝试班级集体创作的群体,他们在语文老师的指导下,热爱着,摸索着,实践着。小说集《奇幻时代》得到了全国人大常委会副委员长,中国文联主席、中国作协主席铁凝的亲笔回信指导及社会各界人士的关注和支持,这些都激励着我们四十中人更加深入地推进班级集体创作小说的活动,更加深入地落实国家"双减"政策,更加深入地探索新课标理念下学生核心素养培养策略。

如今,四十中学班级集体创作的第二本小说集《天空下的少年》的出版,再次告诉我们:每个孩子都是一颗创作的种子。

相比于《奇幻时代》,《天空下的少年》呈现出新的特点。题材更加多样。除科幻外,还涉及校园生活、魔幻、穿越、悬疑等题材。内容、主题更加丰富。S2005 班的《超光速文明》、Q2004 班的《未来星球》、Q2005 班的《全球风暴》这三部科幻小说,构思奇特,想象丰富,表达了孩子们对和平美好生活的追求;S2006 班的《白十字团案》、S2012 班的《非正常死亡》、Q2003 班的《少年奇幻旅行》均表现了青少年在面对战争和邪恶时的正直、勇敢、智慧的优秀品质。小说还表现了孩子们对校园生活、社会生活等现实问题的思考与认识。如 S2009 班的《九班重点人》以活泼有趣的笔触，再现了初中生真实的校园生活场景；Q2006 班的《琥珀色的瞳孔》用推理小说的形式，表现了孩子们对校园霸凌问题的思考；S2003 班的《替换》通过一起由克隆技术引发的案件，反映了一个较为深刻的主题：科技发展与道德约束的关系。尽管题材内容不尽相同，但小说立意均积极向上，给人以启示；小说构思、文笔、形象塑造也颇多值得称道之处。

如今，班级集体创作小说已成为我校的一门特色校本课程，每一届的学生都踊跃地参与其中，从中感受小说的魔法、想象的魅力和合作的乐趣。就在这个暑假，2021 级的小说即将完成修改，交付出版社；2022 级 13 个班的孩子们正在奋笔疾书，体验班级集体创作的快乐。

我们坚信，每个孩子都是一颗创作的种子。我们坚信，好的课程会让每一个孩子创造着长大。

是为序。

李云红

2023 年 7 月 21 日

目 录
CONTENTS

◎ **替换**

◎ 超光速文明

◎ "白十字团"奇案

◎ 九班重点人

◎ 非正常死亡

◎ 少年的奇幻世界

◎ 未来星球

◎ 全球风暴

◎ 琥珀色的瞳孔

替　　换

第一章　清晨惊魂

深夜，宁静，悠远，仿佛一切都归于混沌。

夜雾袭来，仲夏的夜晚倒有些许凉意。黑沉沉的夜，仿佛无边的浓墨重重地涂抹在天际，连星星的微光也没有。天空并非纯黑色，倒是黑中透出一片无垠的深蓝，一直伸向远处，远处……

整个京开市万籁俱寂，市区近郊的一所民办儿童福利院也已陷入沉睡。福利院四周稀疏的民房黑黢黢一片，只有福利院院中昏暗的两盏路灯还在那里忽明忽暗地闪烁。灯光将树影映射在福利院的墙面，微风吹动，树影婆娑，犹如鬼魅群舞。

朝阳击破黑夜的浓雾，倔强地跃出地面，整个城市开始复苏。

一声惊恐的尖叫撕裂了清晨的静谧，福利院保洁员王阿姨面无血色地瘫坐在福利院楼下，片刻，她回过神来，翻身想要站起来，可是不听话的双腿却怎么也无法支撑起她的身躯。她只好用双手撑起自己，双膝跪地，一边颤巍巍地爬离那片恐怖之地，一边嘶哑地叫喊："来……来人啊，死人了，快……快报警……"

晨跑是京开市公安局刑侦一队大队长辛长风多年的习惯。这天，辛长风结束了半小时的长跑后，收拾完卫生，准备下楼去吃早餐。可能是常年锻炼的原因，这个年近五十的辛队长看上去要比实际年龄小几岁，他没有这个年纪中年人常见的大腹便便，而是拥有健硕的身材、黝黑的皮肤、敏捷的身手和机敏的眼神。

　　辛长风刚在早餐馆的老位置坐定，手机就响了起来，是刑警助理小刘打来的。辛长风按了一下接听键，小刘急促的声音立即传来："队长，您赶快来一趟郊区的益幼儿童福利院，这里发生了命案。咱们组的警员都已经在现场了，我们已经做好了现场保护工作。"

　　辛长风站起身来冲出早餐馆，跳上路边的汽车疾驰而去。

　　辛长风将车停靠在福利院门前的小路边，一下车，小刘就跑着迎上来："队长，现场已经警戒，死者的身份已经查明，这是死者的资料。"小刘将手中的文件夹递给辛长风，继续说道："第一个发现死者的人是福利院的保洁王阿姨，张林已经在对王阿姨进行询问了。"

　　说话间，二人已经走到福利院门口，福利院已经被警戒线围了起来，几个警员在警戒线外值守，以防他人闯入。辛长风向值守的警员亮明身份，掀起警戒线进入了福利院。现场井然有序，自己的队员们正在分工勘查。辛长风满意地点了点头，这个团队他带了十几年了，这些警员都是他一手培养起来的，看来自己的心血并没有白费。辛长风打开手中的文件夹，开始详细了解死者的身份。死者名叫周缙，48岁，五年前来到福利院担任厨师，个头不高，体形偏瘦。下面的内容让辛长风吃了一惊，原来这个厨师的身份并不简单。

　　周缙从小便聪慧过人，希望长大后可以成为一个著名的科学家。可是对于规则他从来不屑一顾，上学时曾因违反校规而被险些开除，这让老师和家长十分头疼。大学毕业后顺利进入一家世界500强生物科研公司，凭借过人的智慧很快便成为一名享誉全球的基因科学家，在基因改造、克隆等方面取得巨大成就，尤其在克隆方面造诣颇深。

　　他曾经成功克隆出许多动物，但他并不满足于动物克隆，一个疯狂的念头油然而生——人体克隆！尽管他深知这样做会严重违犯基因研究中禁止人体克隆的法律，但是强烈的好奇心让他无法克制自己，于是冒着被发现的危险，周缙开始了一次次秘密的人体克隆实验。实验过程困难重重，但这些并没有让他知难而退，反而让他废寝忘食，几近痴癫。就这样经历了无数次的困难与失败，几年之后他研究的领域取得了重大突破，一个不为人知的巨大的科研成果就这样诞生了！

11 年前的一天，一个富商模样的人找到周缙。富商虽不知道周缙已经掌握了克隆人体的技术，但听说周缙的克隆技术国际领先，便抱着试一试的心态请求周缙给自己因车祸不幸去世的儿子进行克隆。周缙先是惊讶，而后窃喜，加上如此丰厚的报酬，他便点了点头，签下了保密协议。俗话说"没有不透风的墙"，一年后，事情败露，周缙被公司开除，非法所得全部被没收，其所作所为为科研界所唾弃，科研生涯就此葬送！

辛长风刚看完周缙的资料，张林就带着一名保洁员打扮的六十岁左右的女人走了过来。

"队长，她是这个福利院的保洁员王阿姨，周缙的尸体就是她最先发现的。我已经对她进行了询问，王阿姨每天是最早到福利院的，因为她负责福利院外面整个院子的卫生。今天她一来到福利院就看到地上有个物体，走近了才发现是周缙的尸体。您看您还有什么要补充询问的吗？"

辛长风看了一眼王阿姨，显然，她还没有从惊恐中回过神来，全身还在微微发抖，脸色苍白，神情恍惚。

"警察同志，吓死我了，我活了几十岁了都从来没有这样近距离地接触过死人，更何况这人还是我的同事，太可怕了……"不等辛长风开口，王阿姨就碎碎地念叨着，好像是在对辛长风说，又好像是在自言自语。

"大姐，别害怕，您先稳稳神儿，给我说说您平时都几点到福利院？"

"孩子们早上六点半起床，按说我应该六点之前就到福利院把院子打扫一遍的，可是方院长……嗯，就是福利院的方媛院长心疼我年纪大了，就让我六点半到，七点之前打扫完就行，所以我每天都是早上六点半到的。没想到今天一来就看见了这……警察同志，您说，周缙为什么要跳楼自杀呢？"

"怎么，您觉得周缙是自杀？"

"难道不是吗？我和同事们都是这样认为的啊……"

"是不是自杀我们还要仔细调查才知道，大姐，回去好好休息，不要再想这件事了。"

　　周缙仰面朝天躺在草地上，距离福利院的楼体很近，几乎是贴着一楼墙根儿。辛长风皱了皱眉头，习惯性地摸了摸鼻头儿。一个正常人从楼上一跃而下，笔直地掉落在楼体正下方的可能性很小，这一个小细节几乎就可以断定周缙不是自杀，而是他杀！血迹出现在死者头部周围，但奇怪的是，出血量却明显偏少！为什么会这样？难道这里不是第一案发现场？辛长风的眉头皱得更紧了，抬头看了看大楼，一楼到六楼并没有向外突出的阳台，死者只能是从六楼顶部天台坠落的。难道死者是被人在其他地方杀死，然后在这里抛尸，伪装成死者自杀的假象？

　　"把尸体运回去让法医进行尸检。"辛长风对身边的警员张林说。

　　接下来，辛长风决定进楼查看。

第二章　可疑身影

"队长，我们从系统里找到了这家福利院的资料。"刚走进一楼大门，刑警助理小刘就向辛长风汇报。辛长风挑了挑眉，道："哦？有没有什么值得特别关注的信息？""没有什么……"小刘答道，"这家福利院是院长方媛五年前创办的，占地面积不大，孩子也算不上多，目前登记在册的孩子有43人，员工10人，一共53人。"辛长风听了，习惯性地用手摸了摸鼻尖儿，说："走，咱们进楼看看。"

走进门，就是一楼大厅，大厅北面连接着一排教室，一楼到六楼都是一样的构造。由于大楼坐东朝西，阳光常年不充沛，整个大楼光线昏暗，弥漫着一股潮湿的霉味儿。出事后院长就吩咐所有孩子全都待在宿舍，不许随意走动，等待警方调查。

"这些全是孩子们的教室？"辛长风向小刘问道。"是的，对面几间小屋子是办公区，这边全是孩子们的教室，另外二楼也是孩子们的教室，孩子们平常就在一二楼上课，活动。"小刘答道。辛长风在一二楼转了一圈，便来到了三楼。三楼堆放着不少东西，大多是孩子们的用品，还有些柴米油盐之类的东西，堆放得整整齐齐。辛长风用手擦了擦堆在一旁的箱子，说："哦？这里倒是挺干净嘛！""是的，这一层都是储藏室，管理员叫胡荣浩，他每天都会来清理，不过孩子们不常来这里。"小刘答道。二人继续向上，四到六楼全是孩子们的宿舍，福利院员工有时也会住在这里。他们一直走到天台，辛长风一边摸着鼻子四处查看，一边若有所思地自言自语："应该就是这里了，为什么没有一点儿血迹，不应该啊……""叫两个人仔细勘查天台！"辛长风转身叮嘱小刘，"走，咱们再去每个屋子看看！"

教室和宿舍都很简陋，昏黄的灯光，屈指可数的几件摆设，给人的第一感觉便是空荡。辛长风有些吃惊，他想过这福利院可能老旧，但没想到会是如此，用一个词来形容这里，真是"家徒四壁"。辛长风通过对福利院的仔细查看，发现里面几乎所有的设施都很有年代感，明显能够看出是许多年前购买的，不过维护得还算可以，许多东西虽然陈旧但依然可以正常使用。辛长风注意到了一张孩子用的书桌，破旧的桌面如同被风雪侵蚀的树木，遍体鳞伤，表面很是不平，难以想象孩子们是如何学习的。他随手摸了一下书桌侧面，虽然已经包浆，但一尘不染。室内的墙壁经过了岁月的洗礼，破损程度已经很严重了，斑斑驳驳，有些脱了许多皮，甚至像垂死的老人般颤颤巍巍，随时都要倒下，一看就是经济比较拮据，没有足够的财力来进行修护。"这福利院维持得真是不容易！"辛长风思忖着。

不出所料，福利院的安保设施也是简单得不能再简单了，每层楼只有两台多年未曾动过的灭火器。而且只有一楼和二楼的大厅有摄像头，十分老旧，但还是可以用的。除此之外，宿舍和办公室的内部以及走廊并没有安装摄像头和其他安保设施。

辛长风雷厉风行地对小刘说："走，去监控室！"到了监控室，里面坐着一个戴着黑框眼镜、头发凌乱的邋遢男人。那人不耐烦地抬抬眼皮："谁啊？"辛长风大步向前："警察，因案件需要来调取监控。"男人转转身子，点了两下鼠标，调出了一楼和二楼的监控，抬抬下巴示意辛长风："警察了不起，这就是，看完了赶紧走！"

辛长风没有心情搭理这个出言不逊的人，凑上前，翻看着调出来的监控。监控只能看到一楼和二楼大厅的情况，其他地方都是监控盲区。辛长风移动鼠标快进，眼睛不放过任何一个细节，却只看到了一些福利院人员的日常活动，并没有明显的可疑信息。正看得眼睛疲惫，突然在昨天深夜十二点左右发现了一个身影，他赶紧拉回鼠标光标，正常倍速，认认真真地把这一段看了很多遍。他发现，这个人在深夜十二点进入福利院，并在五分钟后，慌慌张张地跑出了福利院。辛长风把监控室的那人叫过来，指着那道身影，问："你认识这个人吗？"那人睁了睁眼睛，仔细地看了看，疑惑地说："这个人我没有见过，他好像不是福利院的员工，不过，又看着有点儿眼熟呢。""那你仔细想想，在哪儿见过？""想不起来，你可以去问问院长，她对福利院的每个人都非常熟悉。"

辛长风不再说话，继续往后查看监控视频。继而他又发现，深夜 12：40 至 12：55 这十五分钟内，一楼和二楼的监控被不明物体遮盖，之后不明物体被挪开，监控才恢复了画面。

辛长风对身边的小刘说："让张林再次认真比对监控录像，然后叫来福利院所有员工辨认可疑身影！"说完便转身离开了监控室。

一楼二楼除了那个可疑身影和被遮盖的十五分钟之外没有其他线索，四楼到六楼孩子们的宿舍也没有可疑点，三楼堆放物资最多，角角落落都还没有详细侦查，应该再去看看。辛长风想着，带上警员林默和李韬，重新来到了储藏室。

进入储藏室，大家开始详细侦查，连箱子柜子里也不放过。忽然，林默在门轴下面隐蔽之处发现有一小块暗红的印记，立即报告："队长，有发现。"辛长风趴在地上仔细观察了一阵儿，道："这是血迹，而且还被人擦拭过，立刻采样现场分析！"

血液分析结果很快出来了，正是死者周缙的血。不一会儿，李韬又从层层堆叠的箱子的最下面发现了一根棒球棍。多年的办案经验让辛长风注意到了这个棒球棍，储藏室物品归置得还算井井有条，这个普通的棒球棍何以被堆放得如此隐秘？储藏室是杀人第一现场无疑，仓库保管员胡荣浩，作为经常出入仓库的人，立刻被警方列为嫌疑人。

福利院通往储藏室的通道有两条，其中一条是贯穿各个楼层大厅的主楼梯，另外一条是教室北面贯通各个楼层的小楼梯，平时几乎没人使用它。

　　这条小楼梯特别狭窄，楼道内的灯已经坏了，昏暗无光，宽不过一米，一次只能容纳两个人并行上下。保洁员并不经常打扫这里，小楼梯上覆盖着薄薄的一层尘土。辛长风来到小楼梯，打开手电筒仔细查看，发现了楼梯上有不同的两个人的脚印，但是这里并没有安装监控。"叫技术人员分析脚印，寻找脚印的主人！"辛长风吩咐身边的林默道。

第三章　蛛丝马迹

夜。

福利院里灯火通明。

警员们跑上跑下，张林、陈宏在一楼监控室反复翻看并比对摄像头所摄下的影像；李韬、林默和刘烨在二楼召集了福利院里的全体员工，进行询问、记录。

"你们员工一般几点下班？"

"一般下午六点半、七点吧。"

"唔。"

"并且，两个室内保洁人员一般是在晚上十点之前，打扫完卫生就能回家了。"

"嗯。孩子们是在晚上九点熄灯睡觉吗？"

"对，因为只有在孩子们熄灯之后，保洁人员才能对楼道楼梯等公共区域进行清扫，之后一般就没有人再走动了……

"但是，昨晚我睡在福利院宿舍，一觉醒来大概十二点半左右，我听到奇怪的脚步声，还有窃窃私语声，但没有听太清。我实在很困，也没在意，转身又睡着了……"

刘烨飞速在记事本上写着，时不时抬起头来扶一下鼻梁上的金丝眼镜。

"也就是说，昨晚你曾听到过脚步声，还有含混不清的话语声，直到今早才发现周缙死了？"

"是的是的。"

"好，谢谢你的配合，为我们破案提供了很多的线索。"刘烨和这位员工握了握手，转身对所有等待询问的员工说："大家录完口供去一下监控室，需要大家辨认一个可疑身影，谢谢配合。"

"队长，储藏室血迹检验结果确认是死者周缙的血液，除此之外我们没有在其他地方发现血迹。现场应该是已经被人清理过了，我们现在毫无进展，我认为可以使用鲁米诺试剂，您认为呢？"技术人员小跑到辛长风跟前说道。

辛长风转过头来略微思索了一二秒便开口道："嗯，那尽快开始吧。对了，还有那个棒球棍也一起用试剂检查一下。"

关闭现场的门窗和电源后，技术员开始喷洒鲁米诺和激发液。很快，有血迹的地方就开始显现出蓝绿色的荧光。在储藏室门前不远的地方，存在过大片血迹。那个棒球棍上也有血迹。经过警方的确认，这些血迹正是死者周缙的，更加蹊跷的是，在发现血迹的地方，还有一行经主楼梯一直通向一楼的血脚印。

"看来我们的足迹鉴定又要增加一个了，技术人员立刻采集所有人员足迹，尽快查验这双脚印和北面小楼梯上的脚印，找到他们的主人都是谁！"辛长风果断地下达了命令。

"是！队长，我马上就去。"技术员点点头，就立即去执行辛长风的命令了。

经过警方严密的调查和细致地对比每一个人的脚印后，终于确定了北面小楼梯上出现的两个脚印分别属于福利院收养的孩子于晓岚和福利院院长的儿子苏瑾晨！这两个脚印出现在北面的小楼梯，也就是从三楼一直到死者周缙的坠楼地点——六楼顶层平台。

辛长风习惯性地摸了摸鼻头儿，这两个孩子的脚印为何会出现在这里？难道凶手真的就是于晓岚和苏瑾晨二人吗？案件真的就这么简单吗？

在平台周围，技术员用鲁米诺试剂又发现了一些滴落状血迹，但都被人清理过。经化验，这些都是周缙的血迹。辛长风认为曾有人将死者周缙的尸体搬运上来，并且做过清理。但为什么只在坠楼的地方能查验到血迹，而从第一现场储藏室到天台的路上却没有？辛长风却不得而知。

这时，张林过来告诉辛长风已经查明了监控录像中的可疑的人和那双脚印是谁的了，它们同属于一个人——福利院院长方媛的丈夫苏槐！

这个苏槐在这起案件中又充当了什么角色？辛长风的眉头皱得更紧了。

次日清晨，红艳欲滴的朝阳撞碎暗蓝色的天幕，刹那喷薄而出。几乎是彻夜未眠的辛长风简单收拾后，就早早来到公安局。似乎是急于验证自己的推论，他大步迈向公安局的鉴定中心。

法医同样早早到达，很不巧，他正在解剖死者周缙的尸体。辛长风也未动打扰之心，让解剖室里沉重肃静的气氛保持下去。

周缙惊恐的表情定格在死亡的瞬间，大片的尸斑早已经蔓延开来。锋利的解剖刀无声地沿颈胸腹正中线至耻骨上缘切开皮肤及皮下组织。这是国内常见的一字切开法，省事而快捷。

剥离胸壁软组织和肌层时，法医对辛长风说道："血管钳！"没有波动的声线，近似命令的语气。辛长风早已司空见惯，看了看解剖的器具，他精确地选出了血管钳，用它提起了腹壁，法医行云流水般切断连于胸壁下缘的肌肉，自此腹腔便已经剖开。

法医这才转头看向辛长风说道："两小时后再进来，接下来的部分你帮不上忙。"辛长风答应过，便转头离开了解剖室。

解剖室里紧张的工作正在展开，当然这两个小时辛长风也并未闲着，他又梳理了一遍事件的经过，可真相仍是扑朔迷离。沉思着的辛长风低头看了看表，随后大步走向了解剖室。

周缙的尸体已经被完全剖开。法医指向周缙的颅骨，说道："这里有很明显的板状伤，死因是钝器重击头部，导致颅骨骨折，脑内大面积出血致死。死者伤口与现场找到的棒球棍形状相符，证实棒球棍是杀人凶器无疑。"

法医顿了顿，继续说道，"根据血液凝固的状态和骨折的情况，死者在坠楼前已经死亡，死亡时间是昨天晚上十一点到今天凌晨一点之间。"辛长风点了点头，说："谢谢啊，老邢，改天来我家吃饭！"说完便急匆匆走出了解剖室。

回到队里，辛长风嘱咐队员道："目前证据还不充分，先不要打草惊蛇，对苏槐、苏瑾晨和于晓岚进行监控。"他叫上张林、刘烨，准备马上去福利院搜查于晓岚和苏瑾晨的宿舍。

第四章　周缙的秘密

　　辛长风了解到平时在福利院中，于晓岚和李墨轩两人共住一个宿舍，而苏瑾晨一人单独居住。为了不打草惊蛇，辛长风出发去福利院之前，就联系福利院的宿舍管理人员找借口提前将于晓岚、李墨轩和苏瑾晨暂时调离了福利院。警员们穿好鞋套、戴好手套，走进这两间宿舍，开始寻找关键信息。

　　突然，张林似乎发现了一些不寻常的线索，"队长您来看，这块床板和床铺之间有稍稍隆起！该不会是下面有什么东西吧？"辛长风走近苏瑾晨的床，一把撩起被褥，三个日记本正静静地躺在床板上。辛长风翻开日记，发现最后一篇日记的日期在案发前两个星期。看来苏瑾晨已经两周没有动过这个笔记本了。张林找来三个厚度相似的笔记本放了回去，将床铺整理回原样。

　　回到局里，辛长风关好办公室的门，打开日记本仔细阅读起来。这本日记的内容让辛长风大为诧异，同时也激动不已，因为它记载的事情很可能即将撕开案件的侦破口！

　　辛长风一口气读完了全部日记，闭上双眼，脑海中按照时间顺序整理出来了整个日记情节。

　　原来十年前周缙被科研公司开除后，并没有停止对克隆人体技术的研究，而是通过自己原来的一点儿积蓄和人脉继续秘密工作。他在郊区的一座实验室做人体克隆实验，不久后由于经费不足，这个研究被迫停止。后来，儿子病重，周缙原本就微薄的积蓄化为乌有，还背负了很多债务，因此，他不得不另谋出路。周缙联系上了以前那个富商，请富商为他介绍"客户"。富商与身边那些对自己孩子不满意的父母联系，出高价让周缙克隆出与他们孩子一模一样的克隆人，再植入信息，最后变成一个完美的"人"。一开始周缙只是为了赚钱来维持生计和研究，但后来就开始了疯狂的牟利。他的初衷也由原来对科学、对家人、对幸福的热爱变为了对金钱的渴望。为了避免事情败露，那些被克隆的真正的人，幸运的被贱卖至偏远山区，不幸的甚至被当场杀死，掩盖真相⋯⋯

五年之前，方媛还没有成立这个福利院，而方媛和丈夫苏槐、十二岁的儿子苏瑾晨也只是一个普通的三口之家。苏槐是个生意人，这几年挣下了些积蓄，日子过得还不错。但这个家并不是很和睦，时常会因为儿子苏瑾晨的调皮、学习成绩差而争吵不休。

苏瑾晨经常因为捉弄同学被老师叫家长，苏槐是一个很要面子的人，每当这时苏槐的脸总是铁青的，一回到家就会和儿子大吵一架，甚至经常动手。有一次，苏瑾晨英语考试没有及格，而他还在外面疯玩，直到苏槐找到他，他才意犹未尽地回家。苏瑾晨的结果便可想而知了，苏槐气急败坏地骂道："你这孩子，成天在外面疯，学习怎么能好？早知道你这样，当初就不应该生下你！"

但方媛却不同，她很爱苏瑾晨，每当苏槐责骂儿子的时候，她都会护着苏瑾晨并埋怨苏槐不应该这么说儿子，劝丈夫应该给儿子成长的时间。就这样，这个家经常会因为苏瑾晨这个捣蛋鬼而鸡飞狗跳。

苏槐多么希望自己的儿子能像别人家的孩子一样懂事、乖巧聪明，这样他也能向别人炫耀自己的孩子了。一天，他和生意场上的朋友聚会的时候无意间听朋友说起有人秘密克隆孩子的事，苏槐悄悄向这位朋友打听到了周缙的联系方式。于是，在方媛不知情的情况下，苏槐密谋着一个罪恶的计划。

一天夜里，苏槐确认老婆和儿子已经睡着之后便拨通了周缙的电话。

"喂，您好，请问您是周缙先生吗？"

"对，是的，您哪位？"

"我叫苏槐，有什么话我就直说了。听说您是做克隆研究的，我有一个不争气的儿子，所以……"就在这时，苏槐隐约听到身后有动静，他回头一看，房间里除了他以外并没有别人。苏槐心中隐隐有些不安，压低声音继续说道："这件事情一定要谨慎，电话里不方便说太多，详细的事情咱们见面再说，你什么时候方便来我家详谈一下细节，地址是幸福花园9栋301。"

"没有问题，苏先生。那就后天晚上八点吧。"

"后天晚上八点……可以，后天晚上我老婆夜班，儿子课外班十点才能回来，正好方便我们谈话，那就后天见！"苏槐挂了电话，长长地嘘了一口气。

在苏槐打这通电话的时候，他并不知道隔墙有耳，这个人正是他的儿子苏瑾晨。苏瑾晨起身上厕所的时候，正好路过爸爸的卧室，听到爸爸在里面说话，他很好奇这么晚了爸爸在给谁打电话，便悄悄贴门倾听。苏瑾晨只听到爸爸约了人后天在家里谈事，本来没什么稀奇，但是爸爸神神秘秘的音调又激起了苏瑾晨这个调皮鬼的好奇心，他决定后天晚上翘课，悄悄探听一下爸爸究竟有什么秘密。

第五章　暗夜诡动

夜已深沉，与如墨染的黑夜不同的是，苏槐的家里灯火通明，两个鬼鬼祟祟的背影正商谈着一个不可告人的秘密，此时的苏瑾晨正小心而紧张地贴在门上……

听到两人谈话的苏瑾晨内心瞬间被伤感吞噬，原来爸爸的秘密竟然是要替换掉自己这个不争气的孩子！他瘫坐在门前不知所措：我难道不是你们亲生的孩子吗？父母难道不是无论如何也会爱自己的孩子吗？里面没有妈妈的声音，难道这只是爸爸的想法，或者是爸爸和妈妈一致同意的结果？不要换掉我，只要我以后乖一点儿不就可以了吗？苏瑾晨忽地站起，他要告诉爸爸，不要换掉他，他也可以做个乖孩子！可是，当泪流满面的苏瑾晨的双手触碰到门的那一刹那，他又想起了他们父子间一次又一次的争吵，爸爸那一次比一次失望的眼神……不，爸爸不会相信自己！苏瑾晨的双手无力地垂了下来。

别看苏瑾晨只有十二岁，可是常年调皮捣蛋，挨打受训练就了他强大的心理承受能力。"我要永远留在你们身边，没人可以替代我！"苏瑾晨心中呐喊着，坚定地用衣袖拂去脸上的泪水，一个大胆的想法在他的脑海中浮现。

苏槐是个非常谨慎的人，他仔细询问了周缙的所有经历，才放心地进行下一步谋划，而这一切都被苏瑾晨听入耳中。苏槐和周缙在屋中讨论着细节，这给了苏瑾晨思考和计划的时间。听到二人商谈完毕，苏瑾晨迅速跑到楼梯间的角落躲藏起来。没多久，周缙背着包慢慢下了楼，钻进了楼边的一辆黑色奥迪。

车子启动时的灯光把躲在楼梯间窗口暗暗窥视的苏瑾晨的眼睛闪得生疼，依稀之中，他还是记下了这辆车的牌号。黑色奥迪快速地驶出了小区，沿着小区前唯一的一条大路奔驰。尾随跑出的苏瑾晨连忙叫来一辆出租车，朝着奥迪的方向急追。没过几分钟，苏瑾晨就看到了周缙的车。他立刻让司机放慢车速，隔着几辆车保持与奥迪二百多米的距离。车子已离开市区来到了郊区，路上的车辆越来越少，苏瑾晨叮嘱出租车关掉车灯避免暴露。在一个丁字路口苏瑾晨掏出手机快速付了款，这个手机还是妈妈为了课外班放学后联系方便而特意给他买的，每当他上课外班的时候就会把手机带在身上。周缙下了车，走进了一条狭窄的土路，土路两边长满了齐腰的野草。

没有路灯，四周一片昏暗，时不时从乌云中探出头来的狭长月钩，照着野草影影绰绰。没有人声，只有凄凉的虫鸣鸟叫声。好在周缙背着的背包上有一片反光标记，这给苏瑾晨在黑夜中的跟踪提供了目标。苏瑾晨谨慎地在远处跟着，凄清安静的路上只能听到自己因紧张而并不规律的喘息和心跳声。

沿着土路大概走了二十分钟，他们来到了一个破旧的村庄，村子里没有一盏路灯，黑压压一片，十分恐怖。周缙还是继续向前走着，好像要走进那无底的深渊。苏瑾晨一路上也没发现几户亮灯的人家，即使亮了灯，灯光也极其昏暗。如此阴森的地方难道不是人间？脑海中忽然冒出的想法让苏瑾晨瞬间感到阴风阵阵，汗毛倒竖。他拿起手机想要搜寻一下这个村庄的信息，才发现自己的手掌已经因为恐惧而布满冷汗，手一滑，手机差点儿掉到地上。苏瑾晨深呼吸了两次，强压着自己内心的慌乱，躲到身边的一堵墙后，打开手机定位，搜索定位信息。

定位成功的同时，定位软件也推送了这个村庄的介绍。原来，三十几年前这曾是一个繁华的小村子，人们过着安宁的生活，随着社会的发展、科技的进步，村中的落后耕作已经不能满足家庭的需求和年轻人渴求进步的思想，年轻人都去附近的城市打工安家了，只留下了为数不多的不愿离开故土的老人。村庄无人管理和修缮，渐渐败落了下来。苏瑾晨长舒了一口气，擦了擦头上的冷汗，瞬间像是回了魂。不远处一家农户院中挂着的灯在夜风中跳动，昏暗的光线跟随跳跃，像是在嘲笑苏瑾晨的愚笨、胆小。

　　村庄的土坡小路坑坑洼洼，早上刚下过的一场大雨让小路更添泥泞。苏瑾晨不小心一脚踏进了水坑里，微小的水花四溅的声音在寂静的空气中显得尤为刺耳。前面的周缙突然转头观察了十几秒，幸运的是此时的月钩正知趣地在乌云中藏着，失去了光源的路上伸手不见五指，周缙没有发现跟踪的苏瑾晨，听了听也没有其他声音，便继续前行了。

　　苏瑾晨跟随周缙绕过十几个路口，前面背包上的反光片忽然停止了跳动，周缙停下来了。两声咳嗽传来，周缙周围忽然亮起了灯光。苏瑾晨这才发现，周缙正站在一个大屋前。这间大屋四周都是荒弃房屋，里面没有一点儿光亮。房屋两旁有几根电线，苏瑾晨清楚地看到每根电线都向下悬着不计其数的电线，全都通向大屋。屋子前面是一道大铁门，外围似乎有些生锈，但是中间依然光洁如镜。而那两声咳嗽应该就是周缙发出的，用以唤起大门上的声控灯光。

　　狡猾的周缙并没有着急进门，而是借着灯光左顾右盼，详细地查看四周。苏瑾晨心中一惊，赶忙躲到旁边废弃房屋的院中，将头慢慢伸出门口继续窥探。周缙看着四下无人，放下心中戒备，伸出右手朝着铁门点了一下。铁门中央立刻浮现出一个大约 20 厘米见方的长方形显示屏，闪烁着幽幽的蓝光，照亮了周缙的脸庞，白白净净的脸上架着一副黑框眼镜，镜片后的那双眼正放射着充满贪欲的目光。在蓝光的映衬下，平日里一派斯文的这张脸此刻竟像地狱的鬼魅般让人不寒而栗。这个地方如此隐秘，周缙又如此谨慎，这一定就是周缙实施克隆的秘密实验室！苏瑾晨在心中默默地想。

　　显示屏浮现出顺序排列的数字，周缙输入了六位数字密码。苏瑾晨闭上眼睛努力让自己集中注意力，在心中将数字从 0 ～ 9 按照 20 厘米排列，根据周缙的指尖输入顺序，推测出数字密码 054739。这方法苏瑾晨小时候在记忆 π 的小数位时用过，没想到在这里派上了用场。

　　顷刻间，门的四角射出红色的大功率激光和探照灯似的白光，照向四周的房屋，周围亮如白昼。激光缓缓转过几圈，大铁门上重新出现了一个 1 米见方的显示屏，上面浮现出无数三角形镶嵌成的复杂形状。周缙从右上角开始在屏幕上顺着三角形的中心慢慢滑动，画出了一条曲曲折折的折线。它似乎是在向四个方向随机滑动，杂乱无章。苏瑾晨心中慌乱如麻，若说刚才的数字密码还好推算和记忆，可是如此复杂的图形密码该怎么记住呢？如果记不住，那自己的全盘计划不就落空了吗？那自己不是再也无法回到妈妈身边了吗？强烈的不甘让苏瑾晨迅速冷静下来，无论如何，我也要记住它！

苏瑾晨正极力记忆时，忽然发现，周缙的手指在门上划过了所有的三角形。苏瑾晨虽然在学校调皮捣蛋，不爱看课内书本，但他可是个科学发烧友，各种科学书籍看了不少，稀奇古怪的前沿科学倒是了解很多，他看到周缙画出的图形心中一阵激动，那很像希尔伯特曲线——它是一条无限长连续曲线，曲线的无限长度使得它能填满一整个正方形，他昨天才在科学杂志上看到的！那曲线实际上是高阶希尔伯特曲线的变种之一，有限长，但在无穷阶时依旧能填满整个正方形，只是每次穿过的不是一个个小正方形，而是不规则的三角形，所以它才显得曲曲折折。苏瑾晨再次在心中长舒一口气，这个看似复杂的图形，在明白它的原理后，几乎根本不需要记忆！

铁门缓缓打开，周缙又观察了一下四周后走进了门内。随着铁门关闭的声音，周围又恢复了一片死寂。苏瑾晨从废弃农舍院中走出，嘴角浮现出一丝笑意，是啊，一切顺利，感觉真是心旷神怡啊！只是，在一片黑暗中跟踪周缙至此的苏瑾晨已经根本找不到返回的路了，不过，这根本难不倒此时此刻神清气爽、思维敏捷的苏瑾晨，拜现代科技所赐，苏瑾晨不慌不忙地掏出手机，点开了导航。

距离苏瑾晨偷听到爸爸和那个自称周缙的人的谈话已经过去三天了，这三天里，苏瑾晨原先装满恶作剧、鬼点子的脑瓜儿里想了很多，他有些怀疑自己是不是真的做了很多不好的事情，惹得爸爸想要换掉他这个不听话的孩子。随着换掉自己的日子悄悄逼近，苏瑾晨想要留在妈妈爸爸身边的欲望愈来愈强烈，他脑海中那个计划也一点儿一点儿地更加清晰和完善。

之后的几天里，苏瑾晨不断逃课，一逃就是一整天，回到家面对妈妈失望的眼神，他只能在心里一遍又一遍地向妈妈道歉。面对爸爸恼怒的责骂，苏瑾晨也只能把头埋进臂弯，极力控制着自己的泪水。

在偷听后的第六天，也是一个周六。一大早，苏瑾晨对老师称病，再一次翘掉了妈妈给自己报的课外班，"对不起了妈妈，为了留在您的身边，我再逃最后一次课，以后再也不会了！"苏瑾晨边这样想着，边跳下了辅导班门口的最后一级台阶。

苏瑾晨戴上了准备好的帽子和口罩，来到了上次跟踪周缙来过的那扇大铁门前。这几天，苏瑾晨逃课都是为了一个目的：那就是悄悄跟踪周缙，摸清他的活动规律。现在，苏瑾晨大概记住了周缙的行动轨迹：周缙每天早上六点起床，七点出发去那个神秘的大屋四周检查一圈，再进屋检查一番。返回后九点去上班，下午六点下班以后先回家，在夜深人静的十点偷偷来到实验室，凌晨一点再离开。

为了让自己的计划万无一失，苏瑾晨还专门用了一天的时间在周缙秘密实验室附近的废弃房屋里寻找，最终在离秘密实验室大约一百米的地方发现了一栋房子，那房子早已荒废，屋门外爬满了青苔，拉开生锈的铁门，屋内的灰尘争先恐后地涌了出来，屋里还散发着一股淡淡的霉味。这是苏瑾晨选择这个地方的原因——没有人愿意到这样一个破烂的房子里来。还有一个更为重要的原因是，这栋房子楼底下有一间面积不小的地下室，地下室的环境甚至比屋内的环境还要糟糕，而且地上还堆满了纸箱子、旧电视等各种杂物。就算周缙发现了苏瑾晨的计划，在这样的地下室里寻找克隆人，也是够周缙受的！而苏瑾晨的计划，就是把自己的克隆人藏进这个地下室，自己伪装成爸爸希望看到的克隆孩子！

这一切都准备好后，距离交换时间只剩下一天了，这天傍晚，苏瑾晨用脑海中的数字和图形密码打开了实验室铁门，看到的一幕让他终生难忘……这仿佛是一个被世界遗忘的角落，温暖早已把它遗弃，哪怕现在是晴朗夏日的傍晚，阴寒也布满了整个房间，弥漫着隐隐的冰冷的气息。借着微弱的寒光，地面上同时出现了几个模糊的人影，苏瑾晨猛地一回头，那人影正是一具具被泡在克隆玻璃舱的药水里进行着实验的克隆体，他们大睁着空洞无神的眼睛，直勾勾地看着这个突然闯入的人。

整个屋子里弥漫着刺鼻的药水气味，黑暗是这间屋子的主调，借着仅有的一丝光依稀地可以看到散落在桌子和水池边上的一层薄薄的尘土。药品柜整齐地排列在墙边，柜中药瓶也井然有序。当苏瑾晨注意到这一点，他才猛然意识到烧杯、酒精灯、天平、量筒、试管、刀具，都是那样有序地排放。这种排放让他感到不安，更让他感到毛骨悚然，因为这种有序清晰地传递着一个信息——在不久之前这里曾进行过实验，而且是可怕的实验！

苏瑾晨咽了一口唾沫，继续往里走去，在实验室的正中央，是一台一人多高的奇怪仪器，苏瑾晨看了看操作面板，更是汗毛竖立——那竟然是用来给刚克隆出来的孩子灌输认知的设备，里面还漂浮着一个身上插满粗管子、紧闭双眼的克隆人！

苏瑾晨从惊恐中回过神来，为了计划的顺利实施，他必须赶紧神不知鬼不觉地把自己的克隆生命体藏到他事先找寻好的废弃房屋的地下室去。他找到自己的克隆人，琢磨着玻璃舱外的一排按钮，咔嚓一声打开了克隆室的玻璃舱，刺鼻的天蓝色营养液随着舱门的打开立刻退回了后面连接着的营养液池，克隆人随即失去浮力，被身上的管子吊着，活像一个上吊的人。苏瑾晨毛骨悚然，挨个拔掉克隆人身上的管子，克隆人的眼睛空洞地看着这个世界，对发生的一切一无所知。

苏瑾晨打算把他打晕，可是他那两条弯曲的腿却打着哆嗦站立不稳，怎么也无法下手。苏瑾晨转念一想，反正克隆人没有认知，不知道发生了什么事，更不可能指认我，我又何必下手打他呢？于是苏瑾晨背起和自己相同体形的克隆人，虽然非常吃力，但还是咬着牙把自己的克隆体藏到了那个黑暗阴冷的地下室中。

临走前，苏瑾晨还是忍不住回头看了一眼克隆人，克隆人的脸上除了麻木和呆滞外没有任何表情，他的眼珠就像死人般停滞不动。苏瑾晨知道他这样离开对克隆人意味着什么，虽然克隆人现在没有意识，可他也是一条生命。泪水已然悄悄涌上苏瑾晨的双眼，"对不起，不要怨我，如果来生你可以选择，请不要选择这个充满遗弃和克隆的时代！"苏瑾晨在心中说着，转身犹豫了一下，又回来脱下自己的衣服给克隆人穿上，趁着夜色离开了地下室。这个可怜的生命体就这样默默地待在这个黑暗的令人窒息的空间，甚至不懂得呼救。

苏瑾晨返回实验室，晚上九点五十，在周缙返回实验室之前，他跳进克隆舱，给自己吸好舱内的管子，让营养液浸满身体四周，伪装成克隆人的样子，等待周缙给他灌输认知。他不知道为什么心脏跳动个不停，越跳越快，就像节奏越来越快的鼓点，时而大声，时而节奏不一。可是不管怎样都要坚持下去！不能让别人夺走我的一切！

不一会儿，周缙来到实验室，立刻着手给"克隆人"进行认知灌输，毕竟明天一早就要给苏槐"交货"了！

认知灌输的过程中并无疼痛感，但还是让苏瑾晨感到忐忑不安，因为他从未经历过，所幸灌输的也只是简单的人物关系和在自己这个年纪应有的简单知识。他想到明天又能回到妈妈身边了，想到又可以感受到妈妈的爱了，想到自己的一切没有被夺走，苏瑾晨心中感到一丝愉悦、满足和放松，就像飞一样……

第六章　福利院安魂

苏瑾晨屋内的灯还亮着。

外面的雨下得越来越大了，噼里啪啦，吵得人心慌。

"孩子，该休息了……"方媛一边说，一边轻轻在桌子上放下一杯牛奶。苏瑾晨便微笑着向母亲道了晚安，准备上床睡觉。但他没有去喝那杯牛奶，谁知道那杯牛奶里会不会有什么呢！

苏瑾晨装作那个被他关起来的克隆体，已经有几天了。这段时间，他每天扮出一副热情阳光、乖巧懂事的样子，对任何人都报以灿烂的微笑。但关起门来，他又心事重重，压力好似一个不断膨胀的黑色气囊，在四面八方挤压着他，使他喘不过气来。他不敢，也不能告诉任何人真相，甚至对于母亲，他都不能完全信任。

恼人的雨变本加厉地下，窗外的花吓得哆哆嗦嗦，左躲右藏，叶落一地。夜晚，在茫然里来临。混沌的日子一天天过去，苏瑾晨甚至不知道自己是否还有心跳。窗外，寒风萧萧，几棵枯树在风中摇曳着，昏暗的灯光拉长树枝晃动的影子，显得格外诡异。

毫不夸张地说，苏瑾晨已经快崩溃了。他承受着太大的压力，每一时、每一刻，每一日、每一夜。没有人可以听他诉说，他也不相信任何人，他毕竟还是孩子，经历了这么多的事，他对这个世界已经丧失了基本的信任和爱，他迫切地需要一个方式来释放自己的情绪，安抚自己的心灵。苏瑾晨无言地躺在床上，心里思量着。

他的目光扫过房间，偶然瞥见了书柜上的一本小册子。那是他小时写过的日记，里面充满着童真和快乐。

日记！苏瑾晨想到了，这是一个再好不过的方式，可以把心里的一切向日记倾诉啊！他一跃而起，从书柜中抽出一个空白日记本，翻开内页，写上了一个日期。

雨还在下，像在低鸣……

方媛发现儿子苏瑾晨这一周时间性情大变，苏瑾晨以往放学总会和同学在外面乱跑乱花钱，让方媛好几次急得焦头烂额。可最近他放学后总会第一时间回家学习，也不再和母亲顶嘴，整个人深沉了许多。母亲方媛见到儿子像换了个人似的，心中好似打翻了五味瓶。欣喜和高兴肯定是毋庸置疑的，但更多的却是疑惑与不解。

今天是周六，苏瑾晨在书房写作业，苏槐也临时去了公司加班。方媛习惯性地打开电视，随后便转身进了厨房。

"最近社会上传言，多个家庭使用非法手段进行'克隆孩子'，从而抛弃亲生孩子，以塑造家长们心中的'完美孩子'。这个传言已经引起了警方注意，警方已经开始着手调查传言的真伪。"电视中传出新闻主持人熟悉的声音，同时这条新闻也瞬间引起了方媛的注意，她从厨房走出，坐下来认真地听着，"据传，这种克隆孩子与家长们自然受孕的亲生孩子的模样相同，却比亲生孩子更加聪明，更加符合家长们的心意……"

方媛眼睛直勾勾地盯着电视机荧屏，想起苏瑾晨这段时间发生的翻天覆地的变化。顿时，一个可怕的念头出现在方媛的脑海中……

"不会的，这不可能！"方媛小声说着，不敢再想下去了。她用颤抖的手拨打苏槐的电话号码。电话那边的嘟嘟声让原本沉着冷静的方媛变得烦躁不安，丈夫的声音却迟迟未从电话中传出。

过了一会儿，一阵开锁声打破了屋内的死寂。在丈夫踏进门槛的一刹那，方媛冲了过来。她的瞳孔放大，双眼圆睁，急促地呼吸着。她用因过分紧张焦虑而颤抖的声音问道："你说，咱们的儿子……是不是……是不是……是克隆人！"苏槐心里一惊，但还是故作镇定地用略带心虚的声音回答："怎么可能？你别听别人乱说。"方媛看着丈夫躲闪的眼神，心中已明白了大半。她用冰冷的手死死抓住丈夫的衣领，用力摇动着，随手抓起桌上的剪刀抵在自己的脖子上，逼苏槐说出事情的原委。

苏槐无奈之下将克隆儿子一事全盘托出。方媛悲恸欲绝，剪刀从手中滑落，泪水在脸上肆意流淌着。"那咱们的儿子呢？你把他送人了对不对？你告诉我送给谁了，我去把他找回来！""对不起，方媛，其实后来我也后悔了，可是自从克隆人回家后，儿子却失踪了，我也到处找过他，可是没有找到。对不起，希望你能原谅我。"苏槐搂住哭得几近瘫软的方媛，愧疚地说。方媛由悲转怒，她不再相信丈夫，使劲推开这个狠心抛弃自己亲生骨肉、人面兽心的丈夫，转身奔出家门。

这一切都被苏瑾晨从书房的门缝中看得清清楚楚，泪水已经打湿了他的脸颊。虽然爸爸说他后悔了，但是内心伤痕累累的苏瑾晨并不相信爸爸的话。这时的苏瑾晨已经确定克隆只是爸爸一个人的决定，但是即使妈妈这样痛苦，苏瑾晨也并不打算向妈妈坦白，因为他害怕，他不自信，他怕妈妈一旦知道真相，就会把那个比自己优秀百倍的克隆人接回家，再也不爱他了……

从此方媛每天过着浑浑噩噩的生活。白天如行尸走肉一般在街头游荡，见到陌生人就询问苏瑾晨的下落，甚至有时会将别人家的孩子错认成苏瑾晨。人们见了她都避之不及。可半年过去了，一点儿孩子的消息都没有。方媛与丈夫的关系彻底破裂了，两人虽未离婚，但也成为同在一个屋檐下的陌生人。

方媛找不到自己的亲生儿子，索性辞职，用自己的积蓄开了一家福利院，专门四处搜寻无家可归的孩子，抚养他们长大。虽然自己的积蓄不多，只够租下郊区方位不好的一栋六层小楼，只能购买二手书桌和家具，但她希望能用自己全部的力量给这些可怜的孩子们一个遮风避雨的家。方媛经常看着这些孩子们，想起和自己的亲生儿子相处的一幕幕，不知不觉间泪流满面。每当她想到自己的亲生儿子被丈夫抛弃，在自己身边的只是一个克隆体时，强烈的怨恨之情便会涌上心头。方媛喜欢和孩子们待在一起，好像只有这样才能稍微缓解她的失子之痛。

福利院成立后，被收养的孩子越来越多，方媛对丈夫的恨也越来越深。每到深夜，方媛都会看着自己熟睡的"克隆"儿子哭泣，怀念她的亲生儿子。

忍耐终究会爆发。寻子近一年无果使方媛对苏槐恨之入骨，方媛不愿再和这个所谓的丈夫住在一个屋檐下，想要带着苏瑾晨尽快逃离这里，搬到福利院住。这个"克隆"儿子虽然和亲生儿子性格大相径庭，但"二人"有着相同的样貌，也都会叫她"妈妈"，还能给她母亲的感觉。况且他也是一个生命，方媛不愿将这个弱小的生命放在内心冷酷的丈夫身边，让他再受到伤害。

方媛带着苏瑾晨上了一辆黑色的车，笔直的街道向远方延伸，街旁的树木葱葱郁郁，缓缓向后退去，夕阳的余晖洒在树叶上，闪出一片金光。方媛坐在车上，目光飘向窗外，脑海里又浮现出苏槐对亲生儿子的种种冷漠，这一切使她愤怒。她恨这车子不能立刻到达福利院，只有到了那里，她才感觉到了自己真正的家。

夜色已悄悄亲吻了这片土地，月光洒在福利院的墙壁上，反射出乳白色的光，树影斑驳。苏瑾晨紧跟在她后面，小心翼翼地打量着周围的一切。暗中观察着这一切的苏瑾晨终于相信了妈妈对自己的爱，但这时的他，反而更不敢将真相告诉妈妈了。因为此时那个克隆人应该已经没有呼吸了吧，如果妈妈知道他做出了这样的事情，她还会爱自己吗？

二人在方媛早已准备好的房间住下，苏瑾晨很快就睡着了，发出有规律的鼾声，嘴里还喃喃地说着什么。方媛靠在椅子上，看着苏瑾晨，微微叹了一口气。她并不知道这个她一直认为是克隆人、性格大变的儿子，其实就是她的亲生子。

漆黑的夜里，月半悬在空中，窗外的月色将方媛的影子拉长，福利院的巨大黑影投射在暗灰的地面上，风吹树林，发出阵阵轻响。

第七章　两个于晓岚？

辛长风梳理完全部日记，心中豁然开朗，死者周缙和苏槐、苏瑾晨、方媛一家三口的恩怨纠葛已经清晰。除了苏槐和苏瑾晨这两个在现场留下明显痕迹的嫌疑人，方媛也具备完美的杀人动机，被列入了嫌疑人范围。

接下来的两天，刑侦一队的警员们对福利院的所有员工都紧张而有序地进行着全面的社会调查。

警车开到江城市绿野小区门口，坐在副驾驶的辛长风一边接着电话，一边看向小区里，对着电话说道："其他人你们都调查完了？那就剩最后一个福利院员工李墨轩了，希望能从这人身上有什么突破吧！"挂了电话向他旁边的张林使了个眼色，二人下车走进绿野小区。

他们到了A栋楼的一个楼层。就是这里了！辛长风和张林对视一下，敲了门并摁开了录音笔。一位中年男子开了门，辛长风出示了一下工作证，说："我们是京开市公安局刑侦一队的，过来了解一下李墨轩的情况，麻烦您配合我们的工作。"中年男子说："我就是李墨轩的父亲，您二位赶快进来坐吧！"

辛长风四下打量着这个家，发现整个房间装修得比较豪华。李墨轩的母亲急着说道："墨轩这孩子不懂事，不会给你们添麻烦了吧？我当初就不同意他离开江城，他就是不听，非要去京开市工作，这孩子……"

李墨轩的父亲打断李墨轩母亲的话说："你看看你，孩子大了，做父母的应该支持孩子的工作，你……唉！"

望着李墨轩母亲抹眼泪，李父尴尬地冲辛长风笑了笑。

辛长风赶紧说："李墨轩挺好的，没什么事，我们也就是例行公事做一下访谈，您别紧张。"

李墨轩的妈妈刚要说什么，李墨轩的父亲抢过话来说："孩子大了，正是干工作的时候，我们做家长的很支持的，墨轩非常喜爱小孩子。"

这时大门密码锁响了起来，门一开，辛长风和张林都惊讶地睁大了眼睛并快速对视了一下，来人是一个十四五岁的少年，一身最新款的名牌运动装，手里挥舞着一张奖状，迫不及待地说："妈，我作文比赛又得了第一！"

李父赶紧向警官介绍，这是他的小儿子——李墨羽。

望着这个和福利院里的于晓岚一模一样的孩子，此时辛长风内心激动不已，因为他知道终于找到了于晓岚的突破口，这几天地走访终究是有结果了。

辛长风看看眼前的李墨羽，又望着墙上贴着的许多金灿灿的奖状，这些奖状的获奖者都是这个叫李墨羽的孩子。他突然想到克隆出来的孩子各方面成绩都很优异，这更加证实了自己的想法。辛长风从公文包中取出了一张于晓岚的照片递给李墨轩的父母，说道："这个孩子你们也应该认识吧！"

李父惊呆过后垂下头默默流出眼泪，李母握着照片泪如雨下，问道："他在哪儿？我们对不起他……"

十八年前，江城市李家诞生了第一个孩子，即李家长子——李墨轩。李墨轩健康可爱，家庭幸福又美满。李父李母一起拼搏，安居乐业。过了四年，李家次子出生，李家上下欢呼雀跃。但是次子却在两岁的时候反复高烧起皮疹，关节肿胀，被医院诊断为自身免疫系统缺陷而引起的类风湿。这类疾病根本无法治愈，需要长时间护理和药物治疗。就这样，李家为次子的病花费了很多时间、精力和财力。一直到次子五岁，不堪重负的李父动了克隆人的念头。刚开始，李父很犹豫，李母也在劝阻他，一来舍不得自己的亲生儿子，二来担心可能会承担刑事责任。后来，李父觉得只要自己守口如瓶，这世间就不会有第四个人知道，李母也不再劝阻。这个时候周缙刚克隆孩子不到一年时间，李父通过朋友托朋友的方式联系上了周缙。周缙表示要为他们克隆次子，需要支付高额的费用。在一次次思想斗争下李家同意了。就这样克隆出了新的李家次子。这个孩子令李家很满意，长得跟亲生的次子一模一样，且聪明健康，李父给他起名李墨羽。周缙表示可以帮他们处理掉患病的次子，李父犹豫了一下拒绝了。李父将原来患有类风湿的亲生子丢弃在京开市附近的一个村庄，他内心还是希望有人可以把自己遗弃的孩子抱走抚养。

讲到这里，李父早已泪流满面。这些年，他一直受到良心的谴责，如今终于可以解脱了。

为了验证李父所述的真实性，警方到了李父所说的村庄多方打听，终于从一位年岁较大的村民那里了解到，九年前确实有一个孩子被心地善良又没有孩子的于家收养，取名于晓岚，悉心照料。但四年后，残酷的命运又一次降临到这个不幸的孩子身上，于晓岚九岁那年，其养父因重病去世，只剩他和养母相依为命。几个月后，他的养母也得了重病，没过多久也撒手人寰。从此命途多舛的于晓岚就成了孤儿，过上了流浪的生活。

辛长风再次调出于晓岚的档案，发现在于晓岚流浪一年后遇到了方媛。方媛将他带到了福利院，像母亲一样，悉心照顾着于晓岚。让于晓岚结束了风雨飘摇的生活，虽然身在福利院，于晓岚内心却感觉到了家的温暖。

档案中记载着于晓岚来到福利院后发生的一件事：某日于晓岚和其他的孩子像往常一样到草地上去玩。不知怎的，附近一片枯草被点燃了，火势越来越旺。其他的孩子都拼命大喊，四处逃窜，唯独于晓岚找了水桶，接满了水去灭火，表现出了与年龄不相称的冷静和能力。方媛在档案中对于晓岚的评价是：独自流浪让他历经世事，少年老成。

回到市局，辛长风嘱咐警员去各大医院查询李墨轩是否申请并做过亲子鉴定。肯定的消息很快传来，警员们同时还带回了李墨轩和于晓岚的亲子鉴定报告。

辛长风手握报告，对警员们说出了他对事情后续的推测：李墨轩原本就喜欢孩子，所以他在毕业后就来到了福利院。没想到，他去的正好是收养他弟弟的福利院。当李墨轩看见于晓岚时完全震惊了，他发现这个男孩与自己的弟弟长得十分相似，简直相似到一模一样，而这个于晓岚与家中弟弟不同的是，他患有类风湿！

辛长风扫视了一眼听得津津有味的警员们，拿起水杯喝了一口，继续说着他的推理。

震惊中的李墨轩想到小时候，弟弟患有类风湿，让爸妈操碎了心。但是弟弟五岁之后，似乎在一夜之间，好像突然间换了一个人，以前病恹恹的样子不复存在，脸上每天都泛着健康的红晕，活泼而健壮！而父母也再没有谈论过弟弟的病情。他慢慢开始怀疑，难道在家里的不是自己的亲弟弟？孤儿院被抛弃的那个人才是自己的亲弟弟？

李墨轩找到于晓岚，说出了自己心中的疑惑，说服于晓岚和他一起去做了血缘关系鉴定。结果不出意料，虽然李墨轩不愿意相信，但那个在孤儿院被抛弃的和自己家中的弟弟长得一模一样的孩子就是自己的亲兄弟！

李墨轩以前也从新闻中听说过克隆孩子的事情，难道这种事情真的发生在了自己家吗？当他向父亲询问这件事时，父亲却处处回避，绝口不提。他从父亲的态度上读懂了答案。

李墨轩在福利院的档案室里，找到了关于自己弟弟的真实资料，得知了于晓岚被遗弃后的遭遇，内心对弟弟疼惜不已。对这种克隆并遗弃亲生骨肉的事情李墨轩深恶痛绝，他不敢相信这件事情是自己的父亲做的，但事实就摆在那里，让他感到遍体生寒。李墨轩毅然搬到了福利院与弟弟住在一起，他要用行动去替父母赎罪，让可怜的于晓岚有家人的陪伴，尽己所能地弥补家庭对弟弟的亏欠。

至此，具有杀人动机的李墨轩也进入了警方的视线。

第八章　保管员和厨师的恩怨

调查完福利院员工的家庭和社会关系，辛长风对案件有了一些思路。他再次来到福利院，打算与福利院的员工深入交谈，了解福利院内部的人员关系情况。

"您好，方院长，我这次来是想再和您福利院的人员深入了解一些情况。"

"您好，辛队长，这个事件对福利院影响很大，孩子们都很害怕，我希望警方能尽快查明真相，我会全力配合警方调查。"方媛眉头微蹙，脸上带着一丝惆怅，声音略显低沉地说道，"周缙来福利院有一段时间了，他人很安静，不爱说话，听说之前是个有名的科学家，知识很渊博，孩子们有时会问他一些问题，但他似乎不怎么愿意和人打交道。但他做的饭菜味道好，孩子们都很喜欢吃。"方院长顿了一下，脸上更加悲伤，缓缓说道，"没想到，他居然在院里出了意外。"

"我们看了监控，没有直接的信息。周缙平时和院里的人有什么矛盾吗？在坠楼前后您还了解哪些情况？"辛长风继续问道。

方媛皱着眉头，陷入思索和回忆："发生这件事大家都有些慌乱，我也是听到消息才知道，也不清楚其他情况。周缙平时不爱和人打交道，有点儿矛盾的也就是胡荣浩了。胡荣浩之前说他贪污伙食费，我们也查了，没有真凭实据，可他们之间为这件事不时吵架，我劝阻了几次，他们也安静了一些，可暗地里还是有些小冲突。老胡这个人虽然粗鲁了点儿，但他不敢做杀人这种事吧。"方媛的眼睛不时瞟向辛长风，桌子下的双手也情不自禁地握紧，仿佛说了不该说的内容。

辛长风不露声色，说道："嗯，还有没有其他您觉得奇怪的情况？"

"没有什么其他的，我现在脑子有点儿乱。"方媛说道。

"好的，胡荣浩是一个什么样的人？他的资料您这里有吗？"辛长风又问道。

"这是一个简单的档案，你可以先看一下。"方媛边说边拉开抽屉，递给辛长风一个档案袋。

辛长风低头看档案卡片的内容：胡荣浩，男，48岁，福利院仓库保管员，单身。三年前与妻子离婚，离婚后胡荣浩应聘福利院仓库保管员岗位，吃住在福利院，工作至今。

"看，那个走过来的就是胡荣浩。"顺着方媛的目光，辛长风看到了一个中年男人从院里往这边走来。他身材短粗，皮肤黝黑，一脸横肉，嘴巴很大，嘴唇很厚，一边走嘴里一边咕哝着什么，透着一股混不吝的感觉。

辛长风看到他从一个孩子旁边走过，那个孩子看到他仿佛有点儿害怕，小心翼翼地躲在一旁。胡荣浩满不在乎，大摇大摆地走进了旁边的一间办公室。

"那个孩子叫于晓岚，也是我们院的。"方媛在一旁说道。辛长风看了她一眼说道："我和孩子也聊几句，也许小孩子知道咱们不了解的情况。"说着，他走了出去。

"我不喜欢胡叔叔，他很凶，经常骂人，有时还会和周老师打架。"晓岚低着头小声说道，"刚才他还说周老师早就该死。"说到这里，他抬头看着辛长风，眼里充满恐惧，问道，"不是他杀了周老师吧？"辛长风摸了摸他的头，说道："不用害怕，相信叔叔，我们会调查清楚，抓住凶手的。"

辛长风随后走进胡荣浩的办公室，只见他一张油光光的大圆脸上泛着黑红色，费力地将肥硕的身子塞进桌前的椅子里，腆着肚子坐在了桌前。看到辛长风，说道："你干什么的？"说话间，一张阔大的嘴巴唾沫横飞，露出参差不齐的一口黄牙，满脸横肉也随着乱晃。辛长风亮明身份，胡荣浩大声喊道："你们不是怀疑我吧，我是看不惯那家伙，但他的死可和我没关系。"辛长风问道："听说你和他有矛盾，还经常吵架，怎么回事？"胡荣浩又大声喊道："那小子看上去人五人六，但根本不是什么好人，经常买一些便宜菜多报钱，我看不过去，和方院长他们说了，不知道周缙那小子怎么骗的方院长，还替他说话，我眼睛里不容沙子，看不惯这个，早就想收拾他。"说到这里，仿佛意识到什么，赶紧说，"但我可没真动手，他是该死，但他的死和我没一毛钱关系。你们可要调查清楚，不能冤枉好人啊。"辛长风说道："你不用担心，我们不会放过一个坏人，也不会冤枉一个好人。"说完便起身离开。

之后辛长风又向几个福利院员工和孩子询问了相关情况，大家都反映二人之间有很大矛盾。除了胡荣浩自己说的，也了解到周缙和胡荣浩曾经在仓库打过一次架，周缙被打得满脸是血，半拐着走下楼梯，胡荣浩还多次说过要弄死周缙。

经过三天紧锣密鼓的侦查和走访，警方确定和案情有关联的人员有六位，分别是：胡荣浩、苏槐、于晓岚、苏瑾晨、方媛、李墨轩，但是到底谁才是真正的凶手，警方仍然没有掌握有力的证据。案情一时陷入了僵局，于是，辛长风决定召集警队成员开会，分析研究案情。

会议桌上有整理好的调查资料，投影仪也在呼呼作响，调查的照片、录音、视频等资料也都准备妥当。辛长风首先发言了，他直截了当地说："这几天大家都辛苦了，围绕案件的调查走访我们做了不少工作，也找到了很多很有价值的线索。根据初步判断，胡荣浩等六人，应该和周缙的死亡有很大干系，不过对于任何一个嫌疑人，我们在证据上还是缺少闭环，凶手到底是谁，现在还很难下定论。所以呢，今天把大家召集起来，开个诸葛亮会，希望大家都谈谈自己的想法，我们好采取下一步行动。"

于是，大家开始轮流发言，然后又陷入了激烈的讨论中……无论是谁都有完美的杀人动机，但却缺乏确凿的直接证据。虽然无法最终确定谁是真凶，但是警员们达成了一致意见：立刻传唤这六个嫌疑人，并展开突击审讯。

第九章　审讯

　　辛长风经过再三考虑，决定首先审讯方媛的儿子——苏瑾晨。辛长风进入审讯室后，看见对面的苏瑾晨坦然地坐着，眼神平静而坚定地注视着自己，辛长风心中暗暗一惊却又马上恢复镇静，开始了审讯。

　　辛长风先问道："周缙被害当晚你在干什么？"语气十分平和，显然，辛长风并没有把这个未成年的孩子放在眼里。"和平常一样，九点关灯就寝。"苏瑾晨的话简单干脆，丝毫没有犹豫。辛长风眉头微微皱了起来，他没有料到这个孩子如此冷静，没有露出一丝惊慌。辛长风摸着鼻子接着提出疑问："九点之后你确定在睡觉吗？那为什么会在北面的小楼梯上出现你和于晓岚的足迹？"苏瑾晨依旧平静地回答道："九点之后我和于晓岚都睡不着，就一起去了六楼天台。"苏瑾晨的回答没有过多透露一丝信息。于是辛长风继续追问："具体时间是什么时候？""九点四十五左右。"苏瑾晨没有迟疑。"你们在天台都干了什么？"辛长风步步紧逼。"聊天，吹风。"依然是几个简单的字。辛长风陷入了沉思，认为这件事并没有这么简单，总觉得遗失了什么细节，空气仿佛凝固了，苏瑾晨也没有再多说什么。

　　"你……"辛长风打破沉默，想要问苏瑾晨对父亲克隆自己的看法和对周缙的看法，可是话未出口，辛长风却犹豫了。那三本日记的内容包含着即使成年人也无法承受的悲怆，更何况是个十几岁的孩子啊！辛长风不忍心再次刺痛苏瑾晨，便把问话咽了回去，决定审讯完所有人后，再视情况决定是否重审苏瑾晨。

接下来，辛长风决定审讯另一个同样有嫌疑的孩子——于晓岚。与辛长风预想的一样，这个孩子同样十分理智，迅速地回答完了辛长风的一系列问题，并与苏瑾晨的回答没有太多差别。这让想从于晓岚身上找出破绽的辛长风更加犯难了，他反复回想着现场的情景，终于在辛长风准备放弃时，一个疑点飞速在辛长风脑海里闪现，紧接着他问道："案发现场在三楼仓库，可你们的宿舍在四楼，前往六楼天台为什么会在三楼楼梯上留下足迹？"语气中透着兴奋。于晓岚听后依旧沉稳地坐着，平静地注视着辛长风，他迟疑了一会儿，开口道："我和苏瑾晨在准备上楼的时候，听到三楼有脚步声，我们便去三楼查看情况，但没有发现其他人，也并没有什么异常。"细心的辛长风发现于晓岚虽然强装镇定，但额头上一排排细密的汗珠已经缓缓渗出。

这次的审讯更加印证了辛长风的猜测，他更加确定了自己的想法：这个案件并没有那么简单，也一定与这两个孩子有关。

辛长风接下来审讯的是方媛，这个女人不一般，四十多岁的年纪却同时有着青春的活力和长辈的心机。

"方媛，周缙的死你是怎么看的？"辛长风带着怀疑和试探问道。方媛却平静地回答："我没有什么看法，我相信警察会查明真相。"

"案发当晚你在哪儿？干什么？""那天晚上我有些累，很早就睡着了。"

"有人能证明吗？""我和儿子搬到福利院后，本来住在一个房间，他满十三岁后，我觉得男孩子长大了，不适合再和妈妈住一起了，我就把他安排到了一间宿舍单独居住。而我也是一人住一个房间，所以没有人可以给我做证。"

"你认为福利院的其他人有可能杀了周缙吗？"

"事发时大家议论纷纷，都认为周缙是自杀，而且福利院的员工向来都很和睦，除了胡荣浩和周缙有过几次冲突之外。可是他们的冲突断断续续好几年了，如果要杀周缙，胡荣浩早就动手了，何必等到现在呢？况且依我对胡荣浩的了解，他就是表面强悍，其实内心还是很善良的。"

"你对周缙克隆人体的做法怎么看？"

"我很厌恶这种做法，简直没有道德底线。但我也是案发后才知道他私下在做这种事情，否则我绝对不会让这种人进入福利院的！"方媛稍稍提高了声调，情绪稍显激动。

辛长风和记录员小王对视了一眼，又问道："案发当晚，你的丈夫也出现在福利院，为什么？"

"不知道，我也很好奇他为什么那么晚出现在福利院里，"稍作停顿，方媛继续说道，"带我到这里来，我猜你们一定知道我儿子被克隆的事情了吧？"从方媛微微颤抖的声音中可以感受到她竭力遏制的愤怒，"自从苏槐克隆我儿子后，他每天都很担心事情败露，没准儿就是他杀了周缙灭口。"方媛恢复了平静，低下头不再和辛长风对视。

稍作休息，辛长风再一次坐到审讯室，刚刚对苏瑾晨、于晓岚和方媛的审讯似乎并不能得出什么结论，但面对眼前这个叫李墨轩的员工，辛长风早有自己的打算。

"知道自己为什么坐在这里吗？"辛队长镇静地抛出问题。

李墨轩耸了耸肩："知道啊，周缙自杀这事这么大，外面吵得沸沸扬扬的，怎么可能不知道啊？"

"那么这个周缙和你是什么关系呢？"

"能是什么关系，都是一个福利院的员工，他是个厨师，我们就是同事关系呗。不过话说回来，警察同志，周缙不是自杀吗，为啥还带走了我们这么多人？"李墨轩镇静地提出了心中的疑惑。

此时的辛长风突然觉得坐在自己对面的年轻人似乎并不像他想象得那么简单，他似乎知道些什么，摸了摸鼻子，辛长风又继续说下去："你先别那么着急。如果事情真像你说的那么简单，我们自然会把你们放出去，但现在没有破案，是自杀还是他杀还没有水落石出，请你配合我们的工作。"

"行，当然可以，你还有什么问题？"

"既然你说周缙是自杀，那你说说你那天晚上在哪里，在干吗？"

"那天晚上，我在福利院值班，当晚早些时候并没有任何事发生，我就睡了一觉，醒来后打算上个厕所，一出门就看到苏槐慌慌张张地跑了出来，所以我觉得如果不是自杀的话，那可能就是苏槐杀的人。"

"你知道周缙克隆人体的事情吗？你知道你家中的弟弟李墨羽就是克隆人，你真正的弟弟其实是于晓岚吗？"辛长风咄咄逼人地问道。

李墨轩沉默了，看来警察这次的审讯是有备而来，他们一定掌握了自己和于晓岚血缘鉴定的证据。思考了一下，李墨轩开口了："知道，所以我住到了福利院去照顾于晓岚。怎么，这和周缙的死有什么关联吗？"

辛长风将李墨轩情绪的变动尽收眼底，不动声色地说："好了，你可以离开审讯室了。"

李墨轩离开审讯室后，记录员小王对辛长风说："这么着急'甩锅'，这个李墨轩肯定有问题！"辛长风不置可否地笑了笑："这几个人或多或少都有问题，可是咱们得找到一个突破口找到切实的证据。"

接下来是胡荣浩。

胡荣浩，福利院仓库管理员，最有可能接近死者的人，同时也是可以随意进出仓库而不被怀疑的人。

"你就是胡荣浩吧？人是你杀的吧？"辛长风上来就言辞激烈，他想看看胡荣浩的第一反应是什么。

"你放屁，人不是我杀的，没错，我是讨厌他，但是我没有杀他。"

"案发当晚你在哪儿，在做什么，有谁可以给你做证？"

"当晚我在尔尔酒吧喝酒，酒吧的人都可以做证，不信你可以去问问。"

"你认为是谁杀掉了周缙？"

"开玩笑，我怎么可能知道啊。"

"你和他素来不和，几次扬言要杀掉周缙，这事儿整个福利院的人都是证人。"

"警官，我就是嘴上说说泄泄愤而已，要杀早就杀了，还等这些年干吗？！人不是我杀的，你们可要明察啊。"

"好了好了，今天的审讯就到这里吧。"

胡荣浩的反应是正常反应，辛长风摸了摸鼻子，在他的心里，胡荣浩的嫌疑几乎可以排除了。

接着，辛长风命人提审苏槐。苏槐坐定。

辛长风并没有着急开口，而是冷静地注视着他。

不一会儿，苏槐就紧张起来，双手不停地搓着衣角，额头上也渗出了汗滴。

辛长风觉得是时候开始了，直切主题："监控显示周缙被杀那天深夜你进入了福利院，干什么去了？"

"那天晚上，在我准备休息时，忽然接到了一个陌生来电，接通后发现是方媛打来的，她让我去福利院三楼取东西，我就急忙穿好衣服去了。"苏槐看着辛长风的眼睛，舔了舔嘴唇，说道，"我想你们应该都知道了吧，我让周缙克隆了我儿子。自从这件事后，我们夫妻的关系就很紧张，方媛更是搬去了福利院，这两年方媛甚至不愿意再接我的电话。我一直很苦恼找不到缓和我们关系的方法，这次接到她的电话我还很开心，以为她终于肯原谅我了……"

"但从监控里看到你不一会儿就慌慌张张地跑下楼离开了，并且现场还有你的带着死者血迹的脚印，这怎么解释？"

苏槐嘴唇颤抖，显出十分害怕的神情，他急忙辩解："我到了三楼准备取东西，储藏室的门没锁，我就直接推门走了进去。里面没有开灯，我感觉到脚下踩到了什么东西。我摸索着开了灯后，没有看到方媛，却……却看到了周缙趴在地上，周围都是血，我踩到的就是周缙的血！我当时想他一定是死了，吓得腿都软了，头也没回地跑回家了，到家后我还心有余悸，一晚上也没睡着。警察先生，人不是我杀的，我没有杀人啊，你们一定要相信我！"

"你没有返回擦掉你的脚印吗？"

"我当时魂都吓没了，就想着赶紧回家，怎么还敢返回去啊！"

苏槐说是方媛让他去的福利院，这和方媛的口供不符。到底谁说的是事实，谁又在假装清白？又是谁在晚上 12：40 ~ 12：55 之间遮盖住摄像头擦去了苏槐留下的血脚印？辛长风结束了审讯，因为他要赶紧抓住这个跳出来的线索，他立刻派出警员去调查苏槐手机和周缙手机的通话记录。

功夫不负有心人，这个陌生来电果真有不寻常的地方。

辛长风拿着警员呈上的调查报告，调查结果显示案发当晚 11：30 周缙的手机接到过一通陌生来电，这个号码和 11：40 打到苏槐手机上的号码是一样的，而这张电话卡是用假身份证登记的。如果这个电话真是方媛打的，那么最大的嫌疑就转移到了方媛的身上！

第一天的审讯消耗了辛长风不少精力，他晚上迟迟不能入睡，只得起身，再次分析案情及嫌疑人的口供。

从神态上看，于晓岚和苏瑾晨他们沉着冷静，显然早已准备好接受审讯，李墨轩防御的态度和急于"甩锅"的心态让三人的涉案嫌疑陡升。

胡荣浩虽然嫌疑最明显，但是行为和反应却是最正常的；苏槐在现场留下了最多的痕迹，但监控显示他逃出福利院后并没有再返回擦去足迹，说明他的口供至少部分是真实的。

如果苏槐的口供全部真实，那么就是方媛撒了谎，而她在面对审讯的时候那么从容不迫，也说明她早有准备。

最大的嫌疑聚集到了方媛、李墨轩、苏瑾晨和于晓岚身上，而据目前掌握的情况看，方媛无疑是最可疑的。

辛长风决定明天重审方媛，但是，他得提前想好怎么打开方媛这个突破口……

辛长风拿出苏瑾晨的日记本，不停地看着，推敲着，直至天亮，他心中终于有了一个大胆的推论，并想好了审讯方媛的方式。

第二天一早，辛长风就来到审讯室重审方媛。今天，他要用不一样的方式来突破方媛的心理防线。

"今天我们先轻松一下，我来给你讲个故事，"辛长风看了看方媛，见她毫无表情地注视着自己，继续说道，"五年前有一家三口，女人是公司职员，男人自己做生意，孩子健康活泼，一家人生活无忧，其乐融融。可是让女人怎么也想不到的是，自己最信任最深爱的丈夫却做了一件让她一辈子也无法原谅的事，这个家从此支离破碎……"辛长风顿了顿，他发现方媛已移开了目光，双拳微握。

"男人秘密计划克隆自己的亲生儿子，女人想不通男人为什么要这么做，女人仍然记得丈夫得知自己怀孕时的惊喜之情，仍然记得孩子刚出生时，丈夫一脸宠溺地把儿子揽在怀中，告诉自己无论发生什么事他都会永远爱这个孩子。可是为什么仅仅因为孩子的幼稚和顽皮，自己的丈夫就失去了信心，忘记了誓言，要抛弃自己的亲生儿子呢？"辛长风用手摸了摸鼻子，此时的方媛已眼泛泪光，双手轻微颤抖。

"女人发现丈夫克隆了儿子之后，质问丈夫亲生儿子在哪里，她心存一丝侥幸希望丈夫当时把孩子交给他人抚养，这样还能找回自己的孩子。可是，让女人发疯的是，丈夫居然说自己不知道孩子去了哪里，自从接回克隆人后，自己的儿子就人间蒸发了。女人不相信丈夫的话，她认为孩子已经被丈夫和克隆者毁尸灭迹。但即使有一丝希望，女人也不愿意放弃，她四处打听寻找自己孩子的下落，可是始终没有任何音讯。"方媛的泪水已经滚落下来，从啜泣到哽咽。

"女人失望了，她慢慢接受了现实，可是对孩子的爱，做母亲的是无法释怀的，她成立了一家福利院抚养被遗弃的孩子，以此来慰藉自己的内心。可是自己的儿子却永远离开了自己，再也回不来了……"

"不对，瑾晨就在我身边，他就是我真正的儿子，不是克隆人，不是……"方媛带着哭腔咆哮起来，一时间，空气凝滞了，双方都默默地相互凝视着。

辛长风笑了，这个缺口他终于撕开了！

"对啊，我说错了，我来改正一下后续。"

"案发两周前的一天，女人偶然间发现那个她一直以为是克隆人的孩子居然就是自己的亲生儿子，也从儿子口中得知当年对他实施克隆的人就是福利院厨师周缙！所以你根本不是案发后才发现周缙克隆人体的事情，而是案发前两周，你就已经从苏瑾晨的口中了解了周缙的所作所为！这也就是苏瑾晨的日记为什么停留在案发两周前的原因，因为他重拾了对妈妈的信任，不再需要用日记来排解内心的苦闷了！"辛长风举起手中的日记本，重重地摔在了审讯桌上，"当然，从你知道真相的时候，杀人之心已经在你心里扎根了，就是你杀死了周缙，对不对？"

"对，周缙罪该万死，不杀掉他，简直对不起五年来我们受过的一切苦难！他对不起的又岂止我们一个家庭，他为了一己私利，毁掉了数十个曾经幸福的家庭！"方媛站起来激动地大喊，随后一五一十道出了整个作案过程。

第十章　结盟

最近一年，两件怪事，被方媛注意到。

第一件事，是方媛发现克隆儿子苏瑾晨最近几个月虽然学习也很努力，但似乎不像前几年那么刻苦了。难道克隆人不应该是始终保持对学习的热情，永不懈怠吗？

第二件事，是方媛发现最近克隆儿子苏瑾晨开始看以前自己亲生儿子最喜爱看的科学前沿杂志。这事儿本身倒没什么可奇怪的，毕竟克隆人也应该有自己的兴趣爱好。可怪就怪在每次只要方媛一进屋，苏瑾晨就会立刻藏起本来在看的杂志。苏瑾晨为什么要对自己隐瞒看杂志的事情？他实际要隐瞒的到底是什么？

而这五年来，她更是时刻都感觉得到苏瑾晨过得小心翼翼，内心也是敏感异常，时不时眼底泛出的忧伤就像把利刃，时常会划裂方媛的心。对内情一无所知的克隆人怎么会有这些表现？

这些疑问时刻啃噬着她的心，她再也忍不下去了。两周前，她谨慎地开了口。

"瑾晨，这五年来你一改之前的顽皮，认真努力地读书，妈妈觉得很欣慰。"

"啊，我，我……"苏瑾晨伪装克隆人已有五年之久，妈妈忽然这样说，他很意外。

"这几年频频出现关于克隆子女的报道，你知道吗？"

"不知道呀！"

"不知道吗？为什么你一点儿都不吃惊？都不先问问这是什么事儿呢？"

"我，我……"汗珠一颗颗从苏瑾晨额头的皮肤下钻了出来。

"瑾晨，不要担心，不管你是谁，我都会一直爱你保护你，我只希望你说出真相。"

苏瑾晨决定信任母亲，把自己被克隆直到现在的所有事情一一道来……

他的话尚未言尽，方媛的滴滴泪水已溢出了眼眶。她曾经寻找了大半年，又因此开了五年福利院的至亲，竟一刻不离其视线！她抱住儿子喜极而泣，泪水中掺杂着内疚。

"对不起，儿子，是妈妈没有保护好你，让你受委屈了，你为什么不告诉妈妈，这几年没有任何人可以倾诉的你都是怎么熬过来的啊？"

"我害怕失去你的爱，所以我不敢和你说。不过妈妈，你也不用难过，这些年我习惯了在日记上倾诉，每当我难过的时候，我都会在日记上发泄。"

"以后你再也不需要日记了，有什么话就和妈妈说，妈妈永远保护你！还有，你不需要再假装乖巧和努力，无论你什么样我都会永远爱你，做回你自己吧！"母子就这样相拥而泣，久久不愿分开。

苏瑾晨忽然抬头凝望着他的母亲，犹豫不决的嘴欲张又合。方媛抑制住内心的激动，让他继续说。苏瑾晨咽了咽口水缓缓张开嘴："周缙……那个厨师，是他克隆的我……"方媛惊讶万分：这样危险的人、一切的始作俑者，自己竟然让他在这福利院工作了五年！

得知真相的方媛对周缙恨之入骨，复仇的火焰在她心中燃烧。同时她又怨恨苏槐，这个不惜抛弃自己亲骨肉的人，时至今日她始终无法原谅。

有了妈妈的庇护，苏瑾晨再也不用为自己身份的暴露而担心了。这一天，他又习惯性拿起日记本，忽然发现，自己的内心已经完全释怀，提起笔竟写不出一个字。他把所有日记本藏在了自己的床铺和床板之间，让它们成为自己心底的秘密。

几天之后，方媛照常来到福利院上班，李墨轩和于晓岚走在自己前面，她清楚地听见李墨轩和于晓岚以兄弟相称。几个月前李墨轩申请到福利院居住，而且必须和于晓岚一个宿舍，方媛当时心中就有疑惑，福利院有空置的宿舍，李墨轩为什么一定要和于晓岚住同一间宿舍呢？这天听到他们二人的称呼，又仔细观察二人的长相，发现二人其实长得很像，只不过自己以前没有注意而已。方媛心中已有定论，趁午休无人时把李墨轩叫到办公室来。

方媛开门见山地问："你和于晓岚是亲兄弟吧，你们也是克隆技术的受害者吧？"

李墨轩不知方媛何意，思考了一会儿，道："院长您也知道克隆人的事情？"

方媛也不加隐瞒，一五一十地述说了自己丈夫克隆儿子苏瑾晨的事。李墨轩看见方媛如此坦诚，也放下了戒备，向方媛讲述了自己家的故事。两个人同病相怜，都对始作俑者周缙愤恨不已。

"周缙不配活着，他就是个魔鬼！"李墨轩根本无法抑制怒气，大声喊了出来。

一向冷静的方媛也忍不住轻声啜泣了起来："如果没有他，我们两家人都还幸福地生活着……"

两人都极其愤怒，心中设想着无数种惩罚周缙的方式。

"那么，就让周缙以死谢罪！"两人最终达成共识。

这一天，方媛办公室的灯光亮到了深夜，空气里弥漫着愤恨与阴谋。灯光熄灭的那一刹那，一张隐形的网笼罩住了福利院，一切都静悄悄的，似乎都在等待着什么发生。

第十一章　完美行动

几只乌鸦在福利院上空盘旋，它们最终落在了福利院平台的栏杆上，有一群乌鸦一直在挤一只头顶上有块伤疤的乌鸦。

一天前，方媛已经做好了所有准备，她找了个借口让周缙今晚住在了福利院。晚上十点半，方媛从四楼到六楼挨个房间查看孩子们是否已入睡，她不希望他们的举动被任何一个孩子看见，在这些本就受过创伤的孩子们的心灵上再烙下恐怖的印记。

方媛最后看了一遍孩子们，确认都已入睡，便朝办公室走去，走廊只有几米，但方媛觉得这段路永远走不到尽头。她坐在办公室的椅子上，听见窗外乌鸦在不住地哀啼，她抬眼望去，是一只头上有一块伤疤的乌鸦，它张开翅膀在低空中漫无目的地飞翔。方媛的双腿不住地抖动，等待着李墨轩的到来。

"我最后问一次，咱们确定真的要这么干吗？"方媛看着李墨轩，她在等待他肯定的回答。

"当然，你忘了是那个周缙，让我们两个本来幸福美满的家庭变得如此支离破碎吗？他就是个科学败类，如果不杀了他，不知道他还要祸害多少人！"说罢，李墨轩从包里掏出早就准备好的手套、鞋套和头套，方媛颤抖着双手，最后叹了口气，毅然决然地戴上了。

两人从办公室走出，就再没有说过一句话。两人踮着脚，来到储藏室。李墨轩腾出门后的杂物，缓缓地靠在墙上。他掂量着手中的棒球棍，心中默念道：

"弟弟，这些年来你受的流浪之苦，哥哥我今天……"他回想起弟弟给自己讲述流浪经历时那委屈的神情，已经有些哽咽，"一定让他周缙，全都还回来！"他重新握紧棒球棍，等待着……

另一边的方媛站在储藏室房门的不远处，将早已准备好的电话卡放入手机中，拨通了周缙的电话。等待期间，她再次看见那只头顶有伤疤的乌鸦立在旁边的栏杆上，不停地撕心裂肺地鸣叫着，方媛正要驱赶它，电话接通了。

方媛再次看了一眼李墨轩，他的眼中却并没有杀人前的惊慌，反倒充溢着倔强、愤恨……

"喂，周缙，我是方媛。你来一趟储藏室，有些厨房的东西储存方法不合适，我和你商量一下怎么处理。"方媛语气淡定，让她自己也不禁暗暗吃惊。

"现在吗？"电话另一端的周缙打着哈欠，丝毫没有察觉到危险的来临。

"对，就是现在。"

"嘟——"电话发出一阵忙音。半夜接到方媛的电话，周缙虽然感到有些奇怪，但也没有多想，便匆匆赶了过去。

周缙推开储藏室的大门，走了进去。方媛就坐在离门不远的转椅上，优雅而沉静。

"我不明白，五年前你为什么要来福利院做厨师，按理说，你克隆孩子的收益根本不需要这份工作。"不等周缙开口，方媛开门见山地问，语气如此冷静，仿佛问的是一个与自己无关的问题。

周缙脸上一阵惊讶，慌乱得手足无措。不过很快，他脸上又恢复了平静。"看来你都知道了，那我就没什么好隐瞒的了。"周缙说道，"五年前，警方已经注意到社会上有克隆人的事情，所以我迫切需要一个身份，一个可以隐藏自己的身份，而那时福利院正好招工，我便来了。我也是来了之后才知道，你就是苏瑾晨的妈妈。"

"况且警方的调查力度越来越大，这四年我都没有再做过克隆了。我……"周缙还想说些什么，可是躲在门后的李墨轩已经怒不可遏，让这个混蛋多呼吸一口空气都是罪恶！李墨轩想着，举起手中的棒球棍，重重地打在了周缙的后脑……

哼都没哼一声，周缙倒在血泊中，发出一声轻响，溅起一朵血花，映着昏暗的灯光，妖艳夺目。

李墨轩紧握着棒球棍的手松开了，也放下了他在心里对弟弟的亏欠，喃喃道："弟弟，哥哥给你报仇了，哥哥终于给你报仇了……"

站在一旁的方媛见周缙倒下，用脚踢了踢，确定他真的死了之后才满意地点了点头，脸上泛出一丝笑意。血腥弥漫开来，血中映出他们二人的身影，微弱的灯光中，让人分不出这是地狱的天使还是天堂的魔鬼。

两人定了定神，方媛迅速拨通了那个熟悉的，她曾经的丈夫也是如今计划中"替罪羊"的号码。

"嘀——"电话接通。

"老公，你能帮我到福利院三楼储藏室搬点儿东西回家吗？"方媛用温柔的声音说道。

"老婆，你终于愿意给我打电话了……哦……拿东西？当然，三楼储藏室是吧，我马上到！"电话里的苏槐兴奋又激动地挂了电话。

方媛放下电话，缓缓吐出一口气，眼中尽是嘲弄神情，仿佛已经看到苏槐入狱的情形，她心中好不痛快！她将电话卡快速取出，将其掰成了碎片，小心地放好再做处理。她抬眼示意李墨轩，关灯离开储藏室，随后消失在黑暗中。他们二人并没有着急回自己的宿舍，而是来到了四楼一间无人居住的宿舍，二人需要时间平静一下自己的内心，更重要的是，他们还要等着替罪羊上钩。

苏槐兴奋地走进福利院，抬眼看了一眼大厅悬挂的表，十二点整。"老婆真是辛苦，这么晚还在工作。这次她主动给我打电话，看来已经开始原谅我了，我要好好珍惜，争取得到她完全的谅解！"苏槐开心地想着，哼着小曲快速跑上了楼梯。

储藏室的门没锁，苏槐直接推门而入，一股血腥味扑鼻而来。房间里没有一丝灯光，四下一片漆黑，苏槐摸索着想要找到灯的开关。突然感觉脚下似乎踩到了什么。片刻之后，苏槐成功打开了储藏室的灯，没有看见方媛，却看见了地上血泊中面目狰狞的周缙，低头一看才发现先前他踩到的液体正是周缙的血液，这也正是血腥味的源头。苏槐腿一软差点儿坐到地上，转身夺门而逃，在他身后，留下了一排醒目的血脚印。

　　计划一切顺利。

第十二章　节外生枝

这晚，天色很暗，刮起了微风，几乎没人在街上活动。

深夜十一点半，于晓岚躺在床上却无法入眠。这几个月来，他已经养成了习惯，只有哥哥在身边他才能安然入睡。以前流浪的日子太艰苦了，来到福利院后总是睡不踏实，晚上经常在噩梦中惊醒。直到哥哥的出现才给了于晓岚莫大的安慰，哥哥无微不至的关怀给了他久违的安全感，久而久之，于晓岚只有在哥哥陪伴时才能睡得踏实。平时哥哥都是和他一起上床睡觉的，像今天这样很晚都不回宿舍的情况很少发生。方媛院长十点多查寝的时候，于晓岚假装酣睡，他不想让院长担心，因为在他的心中，这个给了他一个家，像妈妈一样关怀他的女人，是除了哥哥之外，他在这个世界上最敬爱的人了。

忽然，于晓岚似乎听见一声闷响。是半梦半醒间的幻觉吗？于晓岚这样想着。可是自己并没有睡意，何来半梦半醒呢？再听听，好像有窸窸窣窣的声音。他又想了想那声响，越想越感觉不对劲，于是于晓岚走到宿舍门前，把耳朵贴在宿舍门上细听着，过了很长一段时间，再也没有动静。于晓岚和李墨轩兄弟二人的宿舍靠近西边，他想，刚才的声响可能是宿舍楼西边风吹楼道小窗发出的吧。

快十二点了，哥哥还没有回来。于晓岚打算出去找找哥哥，他穿好衣服正准备出门时，又听到了声音。暗夜无声，大楼年久失修，隔音效果比较差，所以于晓岚听得很清楚。这次是上楼梯的声音，那声音由远及近，马上要到四楼了，却又停下，好像有人在三楼停住了，过了一会儿，突然传来狂奔下楼和关门的声音，随后就是一片寂静。

于晓岚轻轻推开了门，为了不被发现，他打算从北边几乎无人使用的小楼梯下楼找哥哥。他顺着狭窄的楼梯向下看了看，一片漆黑，应该没有人在楼梯上，于晓岚停了几秒，然后向三楼轻轻地走去，不知不觉接近了储藏室。

储藏室的门半开着，灯光昏暗，于晓岚轻手轻脚走到门口，伸出手轻轻一推，门吱呀一声完全打开，眼前场景差点儿使他失声尖叫起来，周缙趴着，头下面已经流了一大摊血，后脑勺上一片血肉模糊，脸微微扭向一边，眼睛睁得很大，面目狰狞，一根沾着血的棒球棍扔在门边。于晓岚抬起微微发抖的腿走进储藏室，把手慢慢探向周缙鼻翼前，发现他已经没了呼吸。于晓岚吓得头皮发麻，出了一身冷汗。

报警，这是他最先想到的。当他急切地寻找到储藏室的电话刚要按键时，忽然想起为什么哥哥这么晚还没有回宿舍。进而他又想起十几天前与哥哥的一次谈话。当时，于晓岚已与哥哥同住两个多月，他坐在草坪上，仰着脸问哥哥会不会离开福利院，哥哥怜爱地注视着他，笑着说不会，他怎么舍得离开弟弟，接着，他的笑容隐去了，拳头紧握，眼里充满恨意，咬着牙说，他还没有杀了那个克隆的罪魁祸首报仇呢！于晓岚又回想起几天前的一个晚上，哥哥也是很晚才回到宿舍，告诉自己原来院长的儿子苏瑾晨也被克隆过，还说实施克隆的人竟然是厨师周缙！

想到这里于晓岚猛地一惊，莫非是哥哥杀了这个卑鄙可耻的家伙？他的脑子霎时一片空白，心也仿佛被一块大石压住，继而又强迫自己冷静下来，他越想越认为就是哥哥做的，下定决心为哥哥掩盖真相！他站起身来，找到福利院前几日订购的湿巾，捡起棒球棍，把球棍上的血反复擦干净，塞到一个盛满杂物的箱子的最下层，并把箱子藏入箱子堆中遮挡起来，又把沾血的湿巾小心地收好装入口袋。

于晓岚先是准备把周缙的尸体从阳台上扔下去，伪装成意外坠楼的现场，但是于晓岚年小体弱，周缙虽然不胖，他却根本无法将周缙的尸体移动分毫。于是于晓岚又跑到食堂里，准备用食堂平时搬运货物的推车来搬运尸体。可是

平时就在食堂角落放着的推车今天却不见了踪影。于晓岚只好又跑回去。时间
一分一秒地流逝，于晓岚在屋中四处打量着，苦苦思考对策。他又想到或许可
以伪造一封周缙的遗书，给人造成周缙自杀的假象。但是找遍屋子，也没有找
到周缙的笔迹，又怕被警察发现，泄露真相，最后放弃了这个计划。终于他想
到将周缙用滑轮吊着扔下去。在屋内一通翻找后，他找到了需要的滑轮和长绳。
于晓岚把滑轮都装好，准备用绳子绑住周缙的尸体时，却发现周缙脑后的创伤
外翻，受到冲击力极大，仅从三楼掉下不可能造成这种伤害。没有办法，于晓
岚只能找人帮忙。

　　找谁帮忙？近来的事情在于晓岚的脑中一遍遍地回放，他突然想到苏瑾晨。
苏瑾晨的内心应该隐藏着和我一样的仇恨吧，而且如果把苏瑾晨拉进来，院长
也一定会帮我们掩盖真相的。想到这里，于晓岚急忙跑到苏瑾晨的住处，轻轻
敲开了房门。

　　苏瑾晨睡眼惺忪地开门："有事吗？"

　　"你跟我走，去帮我一个忙。"

　　"什么忙？"

　　"方院长让我来找你，我们需要你。"于晓岚说谎道。

　　于晓岚将苏瑾晨带到现场，后者明显吓了一跳。"喂，这是你做得？"良久，
苏瑾晨问道。

　　于晓岚没有回答，只是说道："我想把他伪装成意外坠楼，你帮我把他抬
到阳台上。"

　　看着犹豫不决的苏瑾晨，于晓岚又说："这是方院长和我一起做得，她让
你帮我一起处理现场，不然我怎么可能找到你来这里呢？"

　　于晓岚并不知道方媛也参与了谋杀，只是作为骗取合作的手段，他想苏瑾
晨一定不会把他妈妈置于险境的。

　　妈妈是苏瑾晨心中唯一的亲人了，他当然不能让妈妈出任何意外。如果不
是妈妈授意，于晓岚是不可能找到他来处理现场的，这说明于晓岚知道了自己
的一切，一定是妈妈告诉他的，那么，于晓岚应该是值得信任的。想到这里，

苏瑾晨下定了决心："好，你说怎么做，我听你的！"苏瑾晨厌恶地踢了踢身边周缙的尸体，心中泛起一丝复仇的快感，这种快感混杂着害怕的情绪在身体中蔓延，让苏瑾晨回忆起了五年前自己实施那个"替换大计"时的心情，一股蔓延在恐惧中的兴奋，刺激无比。

看着苏瑾晨兴奋的样子，于晓岚微微一笑，他赌对了！他轻轻拍了拍苏瑾晨的肩膀笑着说："别着急，你先把他的头用布包好，免得鲜血滴落一地不好清理。对了，咱们都要小心不要踩到血，免得留下印记。"

苏瑾晨从旁边随意找出一块布，扯起周缙准备给他包头，在看到他血红的伤口时眼神一暗，头上冒出了冷汗，身体也向后靠了靠，手不自觉地颤抖起来，于晓岚不耐烦地瞪了他一眼，"怎么，你害怕了？"苏瑾晨心里咯噔一下，赶紧缠好周缙的头，解释道："不，只是看到恶人得报有点儿爽快。"

就在二人在储藏室忙着处理尸体的时候，四楼空置的宿舍里有两条黑影悄悄溜出，无声无息地潜回了自己的宿舍。

于晓岚见头已经包好，就托起了周缙的肩膀，指指周缙的脚部示意苏瑾晨托起，然后跟他说："我跟你一样，看到他死了很开心，不过现在还不是欢呼的时候，我们要先处理了他。""嗯，我明白。"

于晓岚轻轻挪动着步子，观察着地形，认为北面没有人走的小楼梯最适合搬尸。于是他用头指指楼梯表示要从北边小楼梯上去，苏瑾晨领会了他的意思，两人走上了北面的小楼梯。小楼梯并没有光线，二人也不知道他们已经在上面留下了自己的足迹。

二人小心翼翼地抬着周缙的尸体来到六楼平台，仲夏之夜，微风习习，本该感到凉爽的二人却觉得寒风凛冽，好像要把他们瞬间卷下万丈深渊。二人手忙脚乱地解下包着周缙头部的布，鲜血瞬间滴落。周缙虽然不算胖，但把他从三楼抬到六楼天台，也几乎耗尽了两人所有的力气。苏瑾晨趔趄一下，和于晓岚一起用尽最后的一丝气力，顺着楼体将周缙翻了下去，"咚"，一声闷响，随着周缙的尸体下落，两个孩子的心也落地了。苏瑾晨捡起那块带血的布，将滴落的鲜血擦掉，又将布带回了三楼。

二人返回现场，用湿巾擦干净了地板上的血渍和足迹。做完这一切，于晓岚抬头看了一眼墙壁上的表，已经深夜 12:35 了！可是血脚印怎么办呢，这脚印一直延伸到一楼，在一楼和二楼监控设备的监视之内！

于晓岚的目光在储藏室搜索着，定格在了墙角的梯子上。他将梯子搬到摄像头后方的墙壁边，嘱咐苏瑾晨用布逐一从后方盖住了摄像头，然后二人合力将血脚印快速擦除，又将带血的湿巾和用以包裹周缙伤口的血布一起装在了袋子中。

于晓岚快速地扫视了一遍现场，满意地点了点头，示意苏瑾晨揭下了盖在摄像头上的布，最后将梯子归放储藏室原位。

第十三章　尾声

　　于晓岚与苏瑾晨一起将犯罪现场伪装完成后，各自返回了自己的宿舍。

　　一进门，于晓岚就发现哥哥已经回来。"你去哪儿了？"两人同时问对方。

　　于晓岚一下子扑进哥哥的怀里，刚才的紧张瞬间得以释放，只有在哥哥的怀抱里他才能放下所有戒备。"哥哥，你是不是杀了周缙？"李墨轩听到这话，微微一愣，刚要说话，于晓岚就继续说道："我知道是你，你不要紧张，我已经把现场全都处理好了，我已经找苏瑾晨一起把周缙扔下了六楼天台，伪装成自杀的样子了。"

　　李墨轩大惊失色，一把拽出怀中的弟弟："你怎么那么傻，为什么要卷进来，我们已经把一切都计划好了啊！"看着于晓岚不解的神情，李墨轩继续说道："我和方院长一起把周缙杀了，并打电话给苏槐去犯罪现场，打算栽赃给他。我们计划好了一切，行动也很顺利，没想到你们节外生枝了。"顿了顿，李墨轩实在不忍心责怪弟弟，重新把弟弟揽进自己的怀抱，安慰道，"没事没事，咱们去找方院长重新计划一下。"

　　兄弟俩蹑手蹑脚地来到苏瑾晨的房间，跟苏瑾晨说明了情况，随后又一起去找方媛。在方媛的房间里进行了一番讨论之后，他们统一了口径：方媛说怀疑丈夫害怕克隆事实败露而杀害了周缙；李墨轩说当晚自己在一楼值班，一觉醒来打算去上厕所，一出值班室门就看见苏槐慌慌张张地跑了出去；而于晓岚和苏瑾晨二人则咬定自己晚上睡不着，结伴去楼顶天台聊天，由于天黑，并没发现任何异常情况。这样一来，就可以把杀人的嫌疑转移到苏槐身上了。至于方媛和李墨轩作案时用的手套、脚套和头套，被撕碎的电话卡，以及于晓岚和李墨轩清理现场时用到的湿巾和血布，都由李墨轩在天亮后趁着大家发现周缙尸体的慌乱时刻，带出去找地方掩埋了。等到他们商量好这一切之后，天色已由深暗转为灰暗，四周民房的轮廓也已开始显现，他们几人好像什么也没有发生似的回到了自己的房间。

回忆完这一切，方媛如释重负，"辛队长，我知道我罪责难逃，可我并不觉得自己做错了。如果周缙不死，他还不知要祸害多少孩子啊！"

"方院长，我一直很敬佩您，您用强大的毅力和母爱给了四十三个孩子一个家，并且竭尽全力地维持着。但是任何人任何事都不能置身法外，有问题应该诉诸法律，用法律的方式惩恶扬善，保护自己。"辛长风捋了捋头发，继续说，"五年前警方开始调查克隆人案件，周缙不再敢顶风作案，已经停止了非法克隆，所以警方没法获取更多线索，案件一直停滞不前。这次如果不是因为这起案件，我们还是无法确定克隆的罪魁祸首。"辛长风重重地叹了一口气，"您发现周缙以后为什么不及时报警呢？交给警察处理，周缙的下场也是死刑啊！而您仍然可以做四十三个孩子的妈妈，和儿子一起生活下去啊！"

"我等不了，即使诉诸法律还要等待漫长的诉讼程序，我怕这个狡猾的周缙又以各种方式逃脱法律的制裁。我已经等了五年了，周缙必须死，不能有任何闪失，而且我只有手刃魔鬼才能痛快地为孩子们报仇！"方媛语气平静，但泪水已经滚滚滑落……

警方在周缙秘密实验室附近一个废弃小屋的地下室找到了那个可怜的克隆人。这个曾经的生命体早已变成了一具冰冷的白骨，安静地坐在角落，就像什么都没有发生过。

经过一段时间的整顿，福利院重新开业，政府给福利院指派了新的院长，福利院的一切重新走上了正轨。

一个月后，审判日。

审判长："现在开庭，刚才书记员已经对现场秩序进行了宣读，法警将犯罪嫌疑人方媛、李墨轩带到现场，并确认了身份。本案另外两个嫌疑人因是未成年人，不公开审判，稍后将一起宣读这二位未成年嫌疑人的审判结果。首先，请公诉人员对犯罪嫌疑人情况进行介绍。"

公诉员："原福利院院长方媛伙同李墨轩实施故意杀人，主观故意，事实清楚，证据确凿，手段残忍，建议法院依法依规从重判处。"

审判长："犯罪嫌疑人律师有什么要说的？"

律师："法官，对于刚才公诉人员列举的证据、描述的事实我们认同，但我认为虽然该案件法不容情，但值得同情。由于被害人的无视伦理道德，导致了这一系列的人间惨剧，建议法官在量刑时加以考虑。另外，我在此呼吁，恳请国家尽快完善相关法律，配套严格的制裁措施，对克隆人的行为进行制止，防止再次出现上述悲剧。"

审判长："犯罪嫌疑人有什么要说的？"

方媛："法官，原本我有一个幸福的家庭，但是因为非法克隆人体，使我与丈夫反目，家庭破碎。我犯下了重罪没有什么好说的，但希望我的这件事能够给这个社会敲响警钟，克隆人有违人伦，如果管控不好，会给整个人类带来灾难。"

李墨轩："我认罪服法，但我的感触和方院长一样，恳请国家出台法律对克隆人实行严管。"

审判长："现在休庭合议。"

审判长："全体起立，经合议，法院认为，方媛、李墨轩合伙故意杀人事实清楚，但鉴于两人主观杀人故意存在隐情，存在减刑理由，经合议，方媛、李墨轩故意杀人罪成立，判处死刑，缓期两年执行！

"苏瑾晨，17岁，未成年，将自己的克隆人弃之不顾，虽然克隆人没有意识，但也是生命，故此，苏瑾晨犯有故意杀人罪。和于晓岚一起清理犯罪现场，掩盖方媛和李墨轩的杀人真相，犯有包庇罪。但考虑到苏瑾晨未成年，且克隆自源头即是违法，故酌情减轻处罚，处以十年有期徒刑。

　　"于晓岚，14 岁，未成年，和苏瑾晨一起清理犯罪现场，掩盖方媛和李墨轩的杀人真相，犯有包庇罪。但考虑到于晓岚未成年，处以两年有期徒刑。"

　　没有谁在开始的时候就想杀人，就想犯罪；也没有谁在开始的时候就想生活在别人异样的目光中，却往往因为各种不得已未可控的原因导致了不该发生的悲剧。

　　这起案件一石激起千层浪，在整个中国乃至国际社会掀起狂澜，克隆再度成为一个热点话题。克隆技术本身并无好坏，如果用于医学治疗、器官克隆那是为了拯救生命；但若为追逐名利而去克隆人体，这就违法并有违人伦道德。

　　人们热议的话题还有：克隆人真的就比自然受孕的人优秀吗？大多数人认为，优秀不仅包括基因，还包括心智。克隆人或许能有最优质的基因，但不一定就能成为最优秀的人。因为往往决定人类命运的不是基因，而是精神！

　　同时，人们关注到部分家长急功近利的不正常心态，呼吁社会加强对家长的教育，正视每个孩子的缺点，保护每个孩子的个性，尊重生命体自然发展的规律。

　　当然，如何将克隆人的未可控转为可控也是大家热议的话题，并在各个领域已付诸行动。

　　在各地的商铺、学校都张贴了禁止克隆人体的标语，展开了该方面的研究和宣传教育。政府对全国各地的克隆人事件进行严查严惩，加大搜寻力度，建立现代人的伦理规范和社会规范。

　　同时社会也呼吁要提高科技工作者的道德水平和社会责任感，要为人类的发展着想，在进行研究的过程中要牢记自己的社会责任，为人类的发展负责。

　　包括中国在内的很多国家在原有基因限制法律的基础上重新填补漏洞，加重处罚，倡导国家之间乃至国际范围内联合起来，严禁克隆人体，规范和引导科学的发展，使包括克隆技术在内的科学行为在正确的方向上为人类的发展贡献力量！

超光速文明

鄂水荻 又鬥

第一章　迷惑

耳边响起刺耳的电话铃声，杨星无奈地从被窝里爬出来，顾不上凌乱的头发，迷迷糊糊地点开接听键："喂，谁啊？"

"是我，和宇平。最近终南山这边发现了遗址，似乎是远古时期高度先进文明的遗迹。你赶紧过来，我在 C 传送口等你。"

杨星立即起身，胡乱套了几件衣服，拿上自己的考古专用箱，冲向了磁悬浮列车站。一眨眼，高耸入云的终南山蓦然映入眼帘。杨星突然感觉背后被人猛地拍了一下，转过身来，原来是和宇平与一个身材高大的中年男人。杨星有些诧异地问道："这位是……？"

和宇平嘴角漾起一抹不易察觉的微笑："这次考古发现了大量高科技文物，上面都印有类似文字的符号，经过我们放射性碳素测验，发现此文明距今已有三万年之久。因此，我们猜测此地可能是外太空文明降临地球留下的遗迹，于是就联系了外太空研究所的主任进行勘测，也把你这位考古专家请了过来。"

杨星点了点头，向遗址那边望去。整个遗址采用了无机纳米金属层防腐技术，金光熠熠，年代虽然久远却仍旧崭新如初。中央核心散发着刺眼的光芒，隐约透露出一种诡谲的气氛。杨星正要去一探究竟，却被主任伸手拦下："这个遗址不同寻常，含有强大的放射性元素，而且它的穿透和电离辐射能力惊人，目前我们已经用隐形保护罩将其暂时与我们隔离开来，并用全能纳米机器人进行探查。"

考古局局长和宇平补充道："此遗址占地约五千平方米，经纳米机器人检测，并未出现有生命存活的痕迹。另外，遗址中心辐射能力极强，纳米机器人始终无法靠近。尽管我们尝试降低 x 射线和 γ 射线的穿透能力，但它们还是损坏了我们数个机器人。我们一致推断，中心就是此遗址的秘密所在。"

杨星若有所思："辐射能力极强，又具有许多高科技文物，这到底是什么？"他一边慢慢踱步一边思考着，忽然眼前一亮，缓缓开口道："打开防护罩，让我进去，我要看看里面的情况。"说罢，他不紧不慢地向遗址走去。主任慌忙拦住杨星，想阻止他，却被和宇平挡下了："他一直是这样，有了自己的想法，一旦认为是对的，就会坚定不移地去做。你放心，他那些稀奇古怪的发明，连我们的高端技术研发设计师都自愧弗如！"主任还是不放心，伸手招呼道："王空、钱超、李光、陈速，你们几个跟他一起去！"四人立即遵命，向杨星追去。

杨星回头看到了四人，用指尖轻轻一触，点开了专用箱，只用手指轻轻一滑，就变出了五套考古装备和一个黑色的小箱子。

四人迅速穿好装备，王空走上前去轻轻拍了拍杨星的肩膀，说了一声："让我来吧。"说完，他快速按下一个深蓝色的按钮，一股耀眼的光芒瞬间射了过来。李光赶紧喊道："快进去，辐射光线太强了，会致癌！"五人连忙冲了过去，考古队员马上开启了防护罩。

杨星率领四位队员进行勘查，他们微微弓着腰，屏息凝神，每走一步都要进行辐射环境质量检测，防护服确实起了作用，几个人根本感受不到一丝的不适。杨星十分警惕，边走边观察周围的异常现象。就这样，他们逐渐走到了中心处。这时，几个人顿时感到了强大的辐射能量，开始感觉到头昏脑涨，步履维艰。杨星艰难地摆了摆手，示意其他人撤退，自己拼尽全力打开黑色的小箱子，只见光芒顿时消失，杨星也随之昏了过去。

杨星再一次睁开眼，已经是第二天的中午了。和宇平和主任慌忙凑上来，想询问杨星的情况。杨星有气无力地指了指自己的考古专用箱，主任会意，将其搬了过来。杨星轻轻地合上了双手，箱子便瞬时打开，又快速合上，眨眼间，杨星又恢复了元气。主任笑道："又是新发明？"杨星摇了摇头："不能算是，这是飞米机器人，比纳米机器人的功能更强一点儿。"他站起身来，想再去看看考古现场，却被和宇平拦了下来。

"怎么了，老和，你怎么也不相信我的实力了呢？"

和宇平诡异地一笑，说道："比起遗址，我更想让你看看这个。"他打了一个清脆的响指，褐色的箱子便被送到了杨星眼前。"这里面的东西，就是中央核心的秘密了吧！"杨星点了点头，伸手接过了箱子。只见他的手在上面轻轻一点，箱子就变成了透明色，核心的秘密也被揭晓开来。

伴着金色的光芒，一个残破的超导金属半球碎片浮现在杨星的眼前。他打开机械眼，想看清它构造的细节，却发现机械眼根本抵挡不住碎片的攻击。他只好转而观察表面是否有特殊符号，却发现上面只有一行特殊的文字符号。杨星望向遗址，叹了口气，摇了摇头。和宇平连忙问道："怎么了？没有发现吗？"

杨星挠了挠头，说道："智能百科库根本没有查到相关文字的记载。"

和宇平继续追问道："什么记载？"杨星不再说话，只是默默地将箱子递给了和宇平。局长看了也陷入了沉思。杨星忽然眼前一亮，兴奋地说道："叫上那四个队员，跟我去趟图书馆。我的百科库里并未录入纸质图书的信息。"没等主任招呼，四个队员就赶忙凑了上来。杨星从容地说道："去纸质图书馆，我要去看看《万库全书》，看看是否有过关于此地事件的记载，大概晚上八点再跟你们会合。"和宇平跟主任对视了一眼，点了点头。

下午七点半，寂静的图书馆。

"咱们已经在这里找了两个小时，连个影子都没有找到，会不会不在这里啊？"陈速沉不住气地问道。

"别着急啊！慢慢找，总会找到线索的，这可是一个巨大的发现啊，咱们要把握好机会啊。"队里最乐观的钱超答道。

没等陈速说话，杨星长出了一口气，指了指手中的书："就是这本了。"四人连忙凑了过来，仔细看着杨星手指的这一页。陈速疑惑地问道："这页只字未提超光速的事，确定是这页吗？"杨星合上书，注视着前方。

"数万年前终南山确实有过爆炸，这下问题有意思了。走吧，我已经记录下来了，回去向局长和主任汇报吧，天色不早了。"说完，杨星站起身，头也不回地向传送门走去。

点点星光从幽远的天空中收回，洒在他的身后。

第二章　指引

　　由于恶劣的天气，考古工作暂时停滞了下来。经过了忙碌的考古工作，杨星迫切地需要放松一下自己疲惫的身心，杨星的家就在一个名叫莆溪的小镇，离考古地并不远。坐上磁悬浮列车十分钟就到了，到了家，AI 助手帮他刷牙洗脸，整理好房间，疲倦的杨星打了一个哈欠，躺到床上沉沉睡去……

　　早上阳光明媚，杨星到了他的办公室。就如同往常无数个工作日的早晨一般，他总会看《天文日报》，今天《天文日报》的头版标题是：《名为天鹅座 KN95 号小行星将于今日进入大气层，预计落入莆溪镇。》看到标题的杨星大吃一惊，手上端着的热牛奶洒到了他的胸前，烫得他大叫起来，他猛地挺起身，发现自己还在床上，手一摸额头，布满了细细密密的冷汗，原来只是噩梦一场。胸前热牛奶的余温仍让杨星不由得后怕，尤其是小行星撞击地球的新闻是那么清晰，在杨星大脑里不停回放着。放松，对，就这样，放松，只不过是一场梦罢了。杨星努力地安慰自己，大口大口地深呼吸，太真实了，太真实了。不行，我要去看看，他急忙穿好衣服，奔向镇上的天文观象局，正好碰上了在这儿工作的老伙计老刘。"老杨早上好啊，这么早你来这儿干吗？""老刘你快看看天鹅座方向，检查一下安全情况。""哦，我看看……哎呀！天鹅座 KN95 号小行星距离地球大气层 800km，预计落点是莆溪镇东南方向，立刻开启莆溪镇区域大气护盾，银河 105 号人造卫星发射引力波使小行星轨道偏离。"老刘虽然大吃一惊，但是依然冷静地指挥着，十分钟后，小行星被成功吸引远离了地球，大家纷纷长出了一口气，鼓起掌来，只是，老刘看杨星的眼神多了几分古怪。

"老杨啊，这次的事我得替镇上的所有居民好好谢谢你，只不过，你咋提前知道的呀？"

"嗯，怎么说呢，我说我梦见的你信吗？"

"不信……"

之后，杨星又做了许多奇奇怪怪的梦，比如三星堆又出土了黄金面具啊，同事小闻要去看电影啊，隔壁常大爷和沈大娘的孩子回来看望他们啊……无一例外的是，每一个都成真了！

难道他真的拥有了预言的能力？

杨星沉默了。他不停回忆着这几天的场景，自己做的梦都变成了现实，自己仿佛获得了预言的能力。他为此感到很惊喜，还运用他的"超能力"帮助了许多人。这何尝不是一件好事呢？杨星喜滋滋地想着，突然，一阵清脆的电话铃声打断了他的思路。

"你好！"

"是我，和宇平。"

"怎么啦？"

"这几天天气很好，上次出土奇怪金属半球的遗址又要开始发掘了，根据我们预测，核心周围应该也会有文物出现，这次会有不小的收获！"

和宇平的话明显洋溢着少有的惊喜与激动，同时也勾起了杨星的好奇心，上次发现的那个神秘半球无论从花纹样式还是器物造型上来看，都不像是之前发现的任何一种文明，而且……

杨星的瞳孔猛然收缩，自从发现奇怪半球的那天晚上开始，自己就拥有了预言梦的超能力，看来这个半球果然不是平凡之物。杨星的嘴角勾起一丝弧度，这次考古不得不去了呀！

自从公元 30 世纪全球绿色革命宣告成功后，地球的绿化面积不断增多，沙漠覆盖率不断减少，为维护沙漠生态系统，人类又不得不人工制造沙漠，自然沙漠是少之又少，而这次的考古地又偏偏在一片自然沙漠里，无疑给考古工作增加了负担。夏日正午的太阳强烈而刺眼，工作人员为保证文物不受剧烈温差变化而损坏，最多撑上一个遮阳伞，大家都快被烤化了，汗水湿透了衣服。

"哎呀，老子不干了，热死了。啊！"钱超跌坐在沙子上，却被沙子烫得大叫起来。"嗯，炭烤培根，熟了。"陈速戏谑地笑着，手里的刷子却一直没停下来，好奇心战胜了肉体的劳累。突然，他的心咯噔了一下，好家伙，大玩意儿！"快来个人啊，这儿有个大东西！"杨星等人连忙赶过来。不一会儿，人们清理出来一艘宇宙飞船，只不过，这种飞船结构人类似乎从来没有设计过。

"超，你是飞船爱好者，你来分析一下吧。"杨星第一个打破了沉默。"嗯，按现有情况推理，这个型号绝对没有被官方公开宣布过，所以这也许是上世纪某私人公司研发的飞船试验品……"钱超思考着，突然被一个卡在飞船外壳上的小弹壳吸引了过去，"咦，这是……"子弹壳上印着一串金字"金乌367"。钱超突然怪叫起来："金乌系列367型号，微型核弹设计大师刘道明的杰作，捡到宝了，哈哈哈哈……"这一边的杨星却分外疑惑，微型核弹的破坏力应该极大才对，而它在外壳上却只留下了一个弹坑，并没有击穿，难道这飞船外壳的材料有特殊之处？"老王，你取一些飞船外壳的样品吧，看看这是什么材质。"杨星正说着，突然有人惊叫道："快来看啊！"众人都围了过去，原来是一串奇怪的符号，还有一个奇怪的标志，不难看出是一种智慧生物，只不过样子十分奇特：身材又瘦又高，脑袋却不合比例地大，眼睛大而突出，下巴尖而长，前额扁平，长而密的皱纹堆叠在一起，一副狡猾而精明的样子，大家心里似乎都有了同一个答案：外星生物！精通历史的王空若有所思地说："金乌367是中纪元后期武器的巅峰之作，中纪元的结束在历史记载中存在一大段空白，新纪元开始的标志是著名的复兴运动，这就说明中纪元末期人类一定遭到了沉重的打击，应该是一场前所未有的旷世大战，走了下坡路，看来我们人类的敌人就是这个外星文明。不过……"王空又补充道，"现在还不能下定论，等明天综合性的检验报告出来后，一切问题就迎刃而解了。"众人十分赞同，把飞船运到了最近的历史科研所。考古工作继续开展，不出人们意料，又有许多高端武器被发掘出来，绝对不亚于同时期处于中纪元鼎盛时期人类的高端武器，所以显而易见，这个外星文明一定比人类文明更加先进，当年那场大战双方一定是两败俱伤，不然人类不是被毁灭就是当俘虏了。人类经过新纪元多年的休养生息，科技水平才好不容易赶超了中纪元，然而武器的研发与储备就不能相提并论了，外星人在损失比人类小的情况下，如果经过养精蓄锐再卷土重来的话，虽然人类被毁灭的可能性不大，但也必定是一场恶战……

古代有句诗写得好："大漠孤烟直，长河落日圆"。夕阳染红了西方的云霞，放射出金红色的绚烂光芒，与在阳光照射下熠熠生辉的金色沙漠交织成了一幅辉煌的油画。考古工作已经进行完毕了，考古队趁天还没黑决定撤退，毕竟在寒冷的沙漠中过夜可不是个好选择，众人在经历了几次后可是深有体会的。

落日的余晖褪尽，微凉的夜风伴随着聒噪的蝉鸣，吹进每个人的心头。杨星一行人正好抵达了沙漠边缘的一个山谷小镇，干燥而炎热的空气立刻就变得清新而湿润，众人的脸上洋溢着喜悦的笑容。"终于离开那个鬼地方了。"钱超一脸陶醉地躺在柔软的草坪上。众人一致决定今晚在这里露营，于是大家搭起帐篷、生火做饭，还围着篝火载歌载舞庆祝这次考古活动的成功，大家都玩得不亦乐乎。夜色浓浓，寂静的夜空中高高地悬挂着如白玉般皎洁的圆月，篝火燃尽，笑声消散，经过多天辛苦劳累的队员们都进入梦乡——杨星也不例外。杨星眼前的世界逐渐清晰，是一个繁华的大城市，就像地球上的任何一个大城市一样，灯火辉煌，车水马龙，让人分不清白天黑夜，只不过街上的人都是外星人——与刚发掘的飞船标志上的外星人一模一样！杨星刚要惊呼，却发现自己根本不能出声，他冷静下来，我，我怎么来到了外星球上，难道是——梦境！突然间，一股强大的吸力打断了杨星的思路，眨眼间，杨星就飘浮在了宇宙之中，"数百年前，那场大战，可是惊天动地呢。"茫然的杨星的耳中突然响起苍老而浩渺的声音，一道金光忽然闪现在杨星面前，隐约是人形却又十分模糊，看不太清楚。"超光速的审判，'神'的指引，碎片之追寻，裂缝被爱填充，贪婪被善良消融，和平替代战争。百年的救赎……"古老的声音再次响起，庄重而神圣地吟唱着令杨星迷惑的歌谣。"超光速，碎片，救赎……到底是谁？"杨星想说话，张了张嘴，却没有机会。"勇气与善良，友谊与信任，去吧，救世之子，去到 M 星球，拼合两块碎片，救赎那些贪婪的可悲之人。最后送你一个礼物，相信自己，去吧！"金光中的人举起手指，在空中画出了一个奇怪而复杂的图案，图案瞬间凝成实型，飘进了杨星胸口，杨星全身有种说不出的暖意，霭时，那道金光人影消散。

杨星猛然坐起身，发现他依然在营地，杨星走出帐篷，清晨的凉风让人倍加神清气爽，望向东方，一轮红日从浩渺沙漠中升起，沙漠中的粒粒沙子迸射出耀眼的光芒，与朝阳的光辉交织成一幅壮丽的锦缎。梦境是那么真实，但如此奇异之事，杨星难以相信，而那神奇的歌谣却依然清晰地回荡在他的脑海里，胸口的神之烙印仍在。自己是……救世之子！杨星的眼神逐渐变得坚定，"外星文明，不管艰难险阻，终有一天，我会来破解疑云，拯救你们，等着我！"

"朝阳已完全升起，光辉就任他展现吧，杨星啊，救世之子，哈哈……""是呀，哈哈……"在无比遥远的地方，两个金光人影正在交谈……

第三章　启程

在会议室里，杨星正极力说服考古局局长和宇平和外太空研究所的成员，前往神秘而又未知的 M 星球。

"昨晚我做了个梦……在地球之外，宇宙中某片浩瀚银河，存在着文明高度发达的 M 星球。我想……"

"哎等等，我画个重点啊——梦！"坐在后排的钱超啃着手指，憨憨地说道。

"杨星，你继续说。"说话的人是主任，外太空研究所的所长。

"钱超说得没错，是梦，但大家看这个。"话音刚落，杨星拿出了那个半球物体，众人都在疑惑。"这是咱们几天前考古时发现的，我将它放在我的抗辐射箱子里保存了起来。后来的事你们也都知道，在这个半球状物体的周围陆续发现了很多十分先进的文物。更神奇的是，从那时起，我莫名其妙地获得了一种神奇的能力——预言。我先后梦见了天鹅座 KN95 号小行星落入莆溪镇、黄金面具的出土以及种种生活中的琐碎小事。昨晚，我又梦到了新的文明——M 星球的文明。我相信它的存在，它或许比地球文明先进千倍万倍，甚至可能我们的一举一动都曾被 M 星球的外星人所监视。而且在梦中，有人告诉我，要集齐两块碎片，你们回想一下，半球状物体的裂痕，很有可能是一个完整的球体分裂的其中一块，也就是梦中那个人所说的碎片之一，暂且叫它碎片一号。诸位难道不想飞出银河系，去看看我们从未看到过的世界吗？况且我的梦会指引着我们找到方向。"

　　会议室乱成一团，队员们对于杨星的这番话半信半疑。"这不可能吧，他在胡说吧！""我觉得他是对的。""预言未来，编的吧？"在嘈杂的议论中，隐约听到一个成熟稳重的声音，那声音充满了坚定："我跟你有相同的想法，我跟你去。"王空不慌不忙地举起手来，随后，李光和陈速也举起了手。

　　"既然他们三个要去，那也算我一个。"钱超道。

　　"好好好，你别压坏了我们的宇宙飞船就好。"陈速笑道。

　　"我才不会呢。"

　　和宇平低声和主任商讨了一阵子，缓缓地点了点头。主任说道："你们明天去宇宙空间站吧，那里有你们需要的飞船，工作人员会接应你们。一定要小心，平安地回来！"五人郑重地点了点头，赶去准备自己的行装了。

　　杨星看着这一切，那个他期待已久的梦想终于要实现了，他终将飞往宇宙，去到他心心念念的远方。

　　次日，宇宙空间站。

　　杨星带上了自己的考古专用箱和装着碎片一号的箱子。其他四人带上了自己的装备和必要物资。他们眼前是一个小型的五人飞船。这个飞船船身使用的是一种极轻的合金，这是为了方便飞船达到极为接近光速的速度，其动力源是一种微型可控的核聚变装置，所产生的能量可以使这个小型飞船在不受到严重破坏的情况下续航到退役。

　　和宇平和主任并肩站在一起，向着五人招手。四个队员向着窗外充满担忧的两个人点了点头，准备出发。

　　杨星低头找出了一个微小的胶囊，扔给和宇平："这里面有我所有的先进发明，如果我们一年没有回来，就将这颗胶囊捐献给科研所吧。"和宇平眼里噙着泪，满含着不舍与心酸，郑重地点了点头。

　　"国际空间站有这么好的飞船居然不告诉咱们，太黑了。"钱超看着科技高度发达的船舱说。"准备好了，咱们要加速了。"坐在船长座位的王空喊道，随即开足了飞船动力装置，突然坐在窗边的陈速和李光看到了从飞船前方传来的刺眼蓝光，李光猛地向后转头，看到了同样刺眼的红光，但是他们并没有感到惊奇，因为他们知道这是恒星发出的红移光和蓝移光。杨星看着全息投影上自己凭昨晚的梦境标记下 M 星球的闪亮光点，神情很是复杂，虽然他说服了和宇平，但是就连他自己都不知道这个星球上是否有外星文明的存在。这时他面前的全息投影显示飞船前方检测到了异常强烈的伽马射线，随之而来的是拉扯着飞船的巨大引力，飞船的动力装置瞬间被强大的引力所破坏，飞船成了飘浮在太空中的一块废铁，被那个令人生畏的引力源吸去。他们惊恐地望向窗外，看到了一个张着血盆大口的"怪物"——黑洞。船舱里弥漫着令人窒息的气氛，他们都知道遇见黑洞的下场只有一个——被它无情地吞噬，他们绝望地闭上眼睛，感到飞船在太空中无尽翻转，晕了过去。

不知过了多久，杨星迷茫地睁开双眼，耳边传来一阵轰鸣声，随之而来的是剧烈的头痛，他想要站起身来，却发现身体好似有千斤重，他仔细打量着四周，发现自己身处一个白亮的空间，没有任何边界，好像是独立于宇宙之外的一个空间。他在地板上蠕动着，看到了躺在他上方悬浮着的陈速，可是杨星只能平面移动，不能立体运动，杨星凭借敏锐的洞察能力发现这是对方为了防止他们俩进行联系，但是对方忽略了人类的一个巨大优势——声音语言，他大声地喊叫着："陈速！醒醒！"陈速猛然睁开双眼，发现自己悬浮在地面上方，听见了杨星的声音，但他看不见杨星，自己身后也没有人。突然，空间内的结构开始变换，杨星和陈速被分开，杨星也看不到陈速。他和陈速分别到达了一个新的空间，一阵阵凉风从他身旁吹过，他感到周围阴森森的，一阵声音从脑海中传出，"你从哪里来？"杨星意识到这是外星人在与他交流，尽管他不知道他们是如何做到的，但他还是保持了理智。"那我就和他们好好聊聊。"杨星想。随即说道："想要知道我从哪里来，先告诉我现在在哪儿。"他发现，自己已经不在宇宙飞船里了，并且碎片也很可能被外星人夺去了。"不要跟我们讲条件。"

"看来跟你们没有谈判的可能了。"

"用你们的话说现在不是谈判而是审讯。"

看来这些外星人脑子不简单啊，杨星想，既然如此，那就先告诉他们吧。但是没能交换条件就暴露地球的位置。杨星心有不甘。

"一个蔚蓝色而美丽的星球。"杨星只回答了一个模糊的概念。

"你的条件是什么？"

　　"你们不是不讲条件吗？"

　　"看来不满足你的条件你是不会开口的。"

　　杨星眼睛流露出了一丝得意，显然其他四人的审讯也出现了同样的问题，使得外星人不得不同意他们的条件了。

　　"告诉我在哪儿？"

　　"这个空间不是以你们现在的科技水平就能理解得了的。"

　　"那我要求换一个条件。"

　　"不行，你现在必须回答我们的问题，并且是确切的回答，把你们来的确切位置告诉我们。"

　　回应他的是杨星的一阵沉默，他已经做好绝不说出地球方位的打算。

　　"看来你们都是这么难缠，作为交换条件我们可以和你们交换信息。"

　　"我要知道你们的机体信息。"杨星知道重要信息外星人依然不会说出口，所以只问了一个显得不那么重要的问题。

　　话音刚落，杨星眼前的白亮虚空出现了一个黑影，并且越来越清晰——一个身形奇特的机体呈现在眼前，他身材高挑得像一根弱不禁风的竹竿，头部却跟人类一样鼓起（虽然仍很狭小），手臂和人类惊人地相似——两条细长的胳膊以及两根指端肿大的纤细手指，整个身体让人感到极不协调；身体呈深蓝色，可以看到其体内晶莹剔透的一丝丝细小蛋白质包裹着电子且彼此相连，电子的上下沉浮使得他们对外界事物极其敏感，在无数连接在一起的蛋白质小球之间以光子来传递信息，从外部看起来有许多光丝在其体内流淌。

　　"让我们五人待在一起我会考虑告诉你。"杨星收回惊奇的视线说道。

　　那个外星人沉默了一段时间，显然是在与他的同伴商讨，一段时间后，他缓缓地说："如你所愿。"

　　紧接着杨星感到一阵眩晕——空间再度转换，这次他到了一个正常的房间，使他欣喜若狂的是他的周围是眼神中充满了疑惑与恐惧的同伴！

第四章　谜题

　　一束刺眼的白光照了下来，杨星不适地眨眨眼，转头看向光源处，钱超正笑眯眯地冲他眨眼。李光有点儿不满："钱超，你能不能做事之前先想想这件事的后果？连句话都不说就开灯，万一出事了怎么办？我们现在在 M 星球的监禁所里，不在你家。"王空也表示同意："我们五人在重聚以后已经被外星人警告过，一言一行都会受他们的监视，我们还是老实点儿。"钱超摆出一副"受伤"的表情："我不是想给你们一个惊喜嘛。"他凑到杨星身边，用手势招呼大家坐近一点儿，才换上一副正经的表情，小声说："话说回来，你们不感到好奇吗，为什么 M 星球会在我们还没进入行星轨道的时候就发现我们，还一句解释都不听，就把我们抓进监禁所？"李光白了他一眼："人家星球科技比地球可发达多了，连你的科研报告用了几个标点都查得清清楚楚。检测到外星飞船就是小菜一碟。"陈速接过话茬儿："人家肯定是把我们当成'外星侵略者'，才把咱们抓到监禁所了。都不清楚咱们能不能'侵略'他们。"他耸耸肩，大家都不约而同地安静下来。

　　半晌，杨星站起身来，走到牢门前，透过一道道铁条中的缝隙和走廊上的灯发出的微弱光线，他大致看清楚了整个关押区的布局。正在他准备走回牢房深处时，斜对面的牢房传出"砰砰"的响声，他立刻转过身，等了一会儿，斜对面却没有再发出一点儿声音，就好像一台正在播放的收音机被人为地转动旋钮，又按下关闭的按钮。他试探性地把手从空隙里伸出牢房外，在手触碰到房门的一瞬间，一道透明的"墙"挡住了他的手。他只好收回手，转身回到灯下。

王空正低头沉思，杨星不太想打扰他，他看向李光，做口型问："几点了？"李光迟疑片刻，也做口型回答："如果我没算错的话，从我们被抓进监禁所到你刚才问我几点，"他停顿了一下，又接着说，"已经过去了六个小时四分五十二秒。"杨星冲他比了个"OK"手势，表示自己明白了。他看向天窗，心里不由得感叹："这就是科技的力量，都不害怕监禁所里的犯人逃走，开这么大的天窗。"窗外是一片幽蓝色的夜幕，由于背景的昏暗，远处的几颗行星无比明显，李光看着天窗外的世界心里却在想斜对面牢房发出的奇怪声音。那间牢房里住着的到底是 M 星球人，还是像他们一样，被抓捕的外星人？

远处走廊响起了钥匙开锁的声音，李光冲到牢房门口，把脸贴近牢门，斜对面，一个又高又瘦的人正从一排钥匙中找开这间牢房正确的钥匙，他正要打开房门时，突然转过头，狐疑地看向李光所在牢房的位置，李光心里一惊，悄悄地把脸移得远了一些，心里默念："千万别发现我千万别发现我。"好在走廊的灯光比较昏暗，以李光超强的视力都只能勉强看清对面牢房的门，那个人心里又不想被发现，就当没人处理了。但李光在看清对面人的长相时却有些吃惊：那个人虽然看起来十分稳重老练，却长得十分年轻！

但以李光强大的心理素质，他很快就平静下来。开始观察那个人的行为——说不定他能从中找到离开监禁所的方法。那个人在开锁时很隐蔽，用身体挡住了锁孔和钥匙，李光无法看清钥匙的形状和锁孔的位置。开锁的过程很快，那个人开完锁后就溜进牢房内，过了一会儿，他又走了出来，与进去时不同的是，他身后还跟着一个人，后面的人身材矮小，走路速度却很快。当这两人走到离李光他们的牢房近一些的位置时，李光也看清了身材矮小的人的长相，那个人虽然长着一张他完全陌生的脸，但看起来十分年轻，大概十六七岁。不仅如此，先前他看到的开锁的人也十分年轻，看起来还不到二十岁。他心里非常疑惑：M 星人都这么年轻，胆子这么大吗？未成年都被抓进牢房了。

等到那两个人离开李光的视线，他才转身，结果转头就看到王空在他旁边对着牢门沉思。李光吓了一跳，差点儿蹦起来。王空终于从思考中回过神来，看见李光一脸见了鬼的表情有些好笑，但也不好说什么。李光从惊吓中回过神来，就看见王空想笑又忍住的样子，心里十分无奈。他走回灯下，坐在杨星旁边。王空也走过来，坐在杨星对面。

李光把刚才自己和王空看到的情景复述了一遍，包括两人的长相和开锁时发生的事，他讲完后不出意料众人陷入了沉思。杨星在他说完牢门外"两个人长相都十分年轻"后脸色变了变。在李光复述完后，他迟疑着开口："我有一个猜想。"看到大家将疑惑的目光集中到自己身上后，杨星说："我们所处的M星球的监禁所，或许有时光倒流的情况。"此话一出，钱超倒吸了一口凉气，陈速呼吸一滞，李光的脸微微变白，王空紧皱眉头。一会儿，杨星笑了笑，说："其实，五个小时之前，斜对面就出来过一次。但出来的有三个人。"他深吸一口气，接着说，"都很年轻，平均年龄大概在十八岁。"他又接着说，"来的时候，两侧牢房里的人都从牢门来看，我观察了他们的长相和行为，有的明明只有二十多岁，却佝偻着背，拄着木棍慢慢地走。牢房里没有镜子，他们并不知道自己现在的长相，所以不知道时光在倒流，因此还保留着原先的走路习惯。就连我们，"他站起来，走到灯光下，"也在不断地变年轻。"王空脸上的皱纹在不断减少，单从长相来判断，王空现在的年龄绝对没有四十岁。钱超不可思议地问："这位大哥，你真的是王空吗？"王空面无表情："假的。"陈速憋不住，一下子笑了出来。钱超幽怨地看向他，正准备开口怼他一句，李光咳嗽了一声，开口说："所以，你们觉得那两个逃出牢房的人是M星人？"杨星信口回答道："当然是M星人，难道……"他突然停顿下来，沉吟半晌才开口，"不会是其他星球的人吧？"王空点点头："有50%的可能性是其他星球的人。"杨星一听，更疑惑了："如果是M星人的话，知道牢门怎么开的可能性还比较大。但如果是其他星球的人，那他们是怎么知道牢门的开法的？"王空又说："牢房应该都是一样的，那就是有什么信息被我们忽略了，大家找一找吧。"五个人在偌大的牢房里寻找起来。

第五章　解谜

　　一天，杨星等人正在监狱中商议对策，外面传来一阵急促的脚步声，王空猛地站起来，示意大家保持安静。不一会儿门被轻轻地推开，走进两个 M 星人，他们自顾自地谈论了一阵儿，两个人又是点头，又是叹气，脸上不时露出古怪的表情。众人惊奇地发现自己竟然不能听懂 M 星球的语言了！忽然，两个 M 星人冲着站起来的王空大声说了一句什么，便不由分说地把王空拽出监狱。当杨星等人回过神来时，监狱的铁门早已经被关上。王空被带走，他们突然听不懂 M 星人的语言了，这不禁引发了杨星的思考。他盘腿坐在那里，双眉紧皱，托着下巴，如入定了似的。他的脑海中突然冒出一个疑问，他们一开始是怎么听懂 M 星人语言的呢？

　　"我们毫无疑问没有学习过 M 星人的语言，连 M 星球的存在我们也是最近才知道，所以，在这些事情背后必定有人在控制着我们。我们能听懂 M 星人的语言是'他'控制的，现在我们听不懂 M 星人的语言必定也是'他'控制的。可是'他'这么做得目的是什么，总不能是强大生物所搞的小把戏吧？"

　　这时，杨星倏地一惊，猛然抬头，使劲一拍手，眼睛似乎亮了起来："对啊！这个控制着我们的人一定就是歌谣里的'神'！没错，虽然那些预言的梦境越来越模糊，但是我想起来了，一定是他！"的确，"神"早就制订好关于两星球之间的计划，这只是其中一小部分呢。

　　王空被两个 M 星人带出监狱，看见门口有两个 M 星人，一高一矮，相互指指点点，好像在争论什么。在他们面前的桌子上不规则散布着一些球状物体，上面布满了排列严整的符号。这使他立刻就想到了遗址里残破的超导金属半球碎片，那大概是这球状物体的残骸。但是这些桌子上的球状物体并没有巨大辐射，而且和地球上发现的残骸相比要多上一层保护膜。他推测，那片残骸是在进入地球大气层时经过超高温时外面那层保护膜融化了，而那层保护膜恰好还可以防辐射，所以在挖掘时发现的残骸就会散发出巨大辐射。那么球状物体上的符号，必定是 M 星球的文字。

门口的两个 M 星人看到王空被带出来，马上笑脸相迎不停地鞠躬。两个 M 星人带着王空走过深深的长廊，王空注意到，地上也四处散落着那些球状物体，每一个球状物体上面的符号都各不相同。他想捡起一个，但看管的 M 星人十分严格，一直没有机会。正思考时，他被带到长廊左边的一间大屋子里。屋子里富丽堂皇，在屋子的正中央，有一张红漆的桌子，桌子的两旁站立着两列 M 星人。在桌子的后面坐着一个身材高大的 M 星人，他一手拄着一根宝杖，一手正拿着一份文件。"看来他是管理这些 M 星人的。"王空想着。这时押送王空的两个 M 星人已经走到桌子前，向桌后的 M 星人鞠躬后就站到两列 M 星人后。这时，桌后的 M 星人抬起头来，紧紧地盯着王空，王空尝试用各种语言说明来意，但对方始终没有回应。"我们一定要弄懂 M 星球的文字，这样才有机会和他们谈判。"王空暗自想着。一段时间后桌后的 M 星人终于走了出来，上下打量王空，并不时同身旁的 M 星人交谈着什么。又过了一会儿，M 星人重新回到座位上，刚刚押送王空的两个 M 星人又朝桌后的 M 星人鞠躬，并带走了王空。

两个外星人又带着王空穿过长长的走廊。在刚才王空走过的地方，都能时不时见到几个 M 星人一脸严肃地双手捧起球状物体，庄重地抛在地上。这是什么奇怪的仪式吗？

王空回到监狱后，和杨星等人说了这次的发现——散落的球状物体。经过商讨后，他们一致决定，设法拿到球状物体。忽然，前面传来一阵孩子的笑声，一个小 M 星人出现在他们面前，手里正拿着他们要找的目标——球状物体。他身边的两个 M 星人赶紧朝着这个小 M 星人鞠躬。杨星忽然意识到眼前这个小 M 星人似乎是个重要人物。

杨星说："我来敲栅栏发出声响吸引小 M 星人，你们看住他，尤其是他手里的东西。"因为铁柱是空心的，所以声音很快被传到各个房间，小 M 星人很快被吸引了过来，直到被栅栏拦住。他停在栅栏前，往牢房里面望去，见是几位陌生人，便高举双手，庄严地抛下球状物体，然后就径直离开了。

"呀呼，成功了！"钱超兴奋地高举手臂，欢呼跳跃。

每当夜深人静之时，几个人躲在角落里，偷偷拿出那个球状物体，一一列出球状物体上以及墙上出现的字符，写出出现频率高的字符组合；白天的时候，他们会尽力去找有人念出某段文字的地方，记录下每个字符的发音，根据当时的情景猜测大致内容。再将内容与文字对应，研究句子的组成结构，记录字符组合的含义。最后再练习发音。也有研究不对的时候，也有疲惫的时候，但他们就凭心中的信念，坚持了一天又一天。在八个月后的一天，他们研究的文字含义和 M 星人的完全一样了！他们做到了这个不可能完成的任务，他们成功了！

此时此刻，寂静的夜笼罩着一切。杨星凭借超强记忆力回忆出了当时一号碎片上的文字，并翻译出来："来自未来的人啊，你们发现这块碎片时，M 星正遭遇着毁灭性的打击，在你们到来的一年后，M 星球将会缓慢停止转动，而在宇宙中，有另外两块碎片，把它们拼在一起可以合成宇宙助推器，发出上千亿焦耳的动能，推动 M 星球重返轨道，请你们……"

文字翻译到这里戛然而止，几名队员看完后心中不由得震颤：M 星人究竟遭遇了什么？我们该怎样寻找碎片？"重返轨道"说明 M 星球脱离轨道了吗？

M 星漆黑一片，无声地诉说着它在超光速运行的事实；周围时不时划过忽虚忽实的虚影，告诉着人们 M 星之前的辉煌。

"所以，M 星真的是超光速了？"陈速又提起了他已经提过几百次的问题。

"能看见的没有实像，当然是超光速了。"钱超不耐烦地回答道，"你不是真的越活越年轻了吗？"

"或许，在 M 星球被推出轨道后，又遭遇了某些未知的冲击，才会变得超光速了，又或许，这不是自然形成的。"杨星猜测道。

队员们陷入了沉思。"队长，我们决定了，我们要帮助 M 星人，在宇宙中寻找碎片！"钱超一脸兴奋地说，"既然在宇宙中有两块碎片，那是不是说明只要把两块碎片全部集齐，就能让 M 星球回到正常轨迹？"杨星被他乐观的情绪感染，嘴角微微上扬。"目前看来是这样的，只要把碎片集齐就可以了，但是，不得不说，这是一个大胆的决定，在宇宙中寻找碎片如同大海捞针，更何况 M 星人目前还信不过我们。"钱超边说边起身往外跑："哎呀，我们快去吧……"陈速赶紧拦住了想撞开门冲出去的钱超，说："停停停，现在咱们什么都还没搞清楚就往外跑，去送死吗？我们先坐下来好好制订个计划，万无一失了再行动。"

钱超只好坐回自己的位置。李光说："陈速说得对，我们需要知道两块碎片的具体位置、怎样去到那里、到那里了怎样找以及找到了怎样把碎片带回来。"王空想了想，说："我想第一块碎片应该在这个 M 星球某处，而另一块就是我们所发现的碎片。"杨星听了这话也回想起 M 星球的情况："这么看来很有可能其中一块碎片就在 M 星球，我应该就是因为这个碎片而获得了预言的能力。""我可以去说服 M 星球的最高统治者。"王空说道。

钱超完全没了刚才的兴奋劲，耷拉着头小声嘀咕："这碎片要到哪儿去找啊……"王空说："虽然寻找碎片的范围很大，但碎片既然能推动星球运转，那么碎片中一定蕴含着巨大的能量，这些能量应该会使星球产生一些异常的变化。"李光接着说："等王空说服了 M 星球的最高统治者，我们应该就能获得自由。到时候查看各个星球的情况，哪个星球有异常变化我们就去哪个星球查看，尽快找到碎片。"杨星听后高兴地说道："那我们事不宜迟，马上开始行动。"

第六章　主动

午夜时分，杨星一行人白天一无所获，又彻夜无眠，只好无聊地坐着。陈速向牢门外望了望说："要不我们越狱吧。"这句话打破了牢房里原有的寂静。

"不行！"杨星站了起来，解释道，"我们应该慢慢等待士兵的到来，然后让他们带我们去见统治者，如果太着急的话，我们反而可能会失去性命。"

王空摇了摇头说："谁知道士兵什么时候会来呢，我们不能浪费太多的时间，我们应该尽快去找 M 星球的最高统治者，所以我同意越狱，你们呢？"钱超、李光都表示同意。

正当几人准备越狱时，杨星缓缓开口了："咱们没有高科技，没有武器，请问你们几位如何越狱？相反，我们已经等待了这么多天，异星人可是重犯，相信统领不会坐视不管的。"

几人点了点头，王空开口道："不愧是队长，做事还是一如既往的深思熟虑。"

杨星反问道："我什么时候成了队长了？"

其余四人哈哈大笑，说道："自从我们出发，你就是我们心目中的队长了。"

第二天清晨，杨星等五人果然被提审。将领带着他们来到宫殿，小队终于见到了他们心心念念的 M 星球最高统治者。"你们几个异星人未经允许擅自闯入我们星球，还带着一个辐射能力极强的碎片，这碎片是怎么回事？你们居心又何在？"统领威严的声音传来。"陛下，我们认为这碎片可以帮助你们星球从超光速的轨道上脱离出来让你们的星球重回正轨，我认为这也可能是一种比较珍贵的材料，任何星球都有可能希望得到它，所以我们也要保护它不被窃取。我们是来帮您的，我们的根本目的就是帮助你们走出困境。"统领看起来不想听这四个人在这里"唠叨"，不耐烦地挥了挥手："带走，准备处决。"但是杨星不紧不慢地走上前去，直面着统领。众人刚想冲上前去，却被统领伸手拦下了："这个年轻人有一种独特的气质，让他说。"杨星就把事情的大概说了一遍。统领沉吟片刻，缓缓启齿："编故事谁都会，但你们的故事太过天衣无缝。经过我的人工智能助手拉维斯的逻辑分析，竟找不出一句废话。你们看起来很诚实，但抱歉，我对异星人的敏感促使我拒绝你们的请求，我们会送你们回去的。"杨星突然逼近统领一步，厉声说道："难道您想让您的星球的文明不断衰退？难道您想让您的子民从年老一步步到年轻，但那时却已经接近生命的尽头？难道您不想拯救您的子民，拯救这个灿烂而辉煌的文明吗？我们现在脸上的皱纹已经逐渐退去，却仍然想帮你们，这充分体现了我们的诚意，希望您三思。"

统领思索着：他说得有道理，我不能对我的星球上的灾难坐视不管，况且他们说的都是真的，又那么诚恳，便释然了。他严肃地说："感谢你们使我醒悟，我同意与你们合作。"

王空见状，连忙说道："陛下，您清楚碎片的位置吗？它大概在什么人手中呢？"

统领沉思片刻答道："这我不太清楚，我手下的官员们也从没跟我汇报过这所谓的'碎片'的事。不过经你们这么一说，有一件事很引起我的怀疑，在我们星球的北部经常会发生一些奇怪的灾害，我们的科学家也搞不清楚原因，你们认为……"

这时，宫殿外一位传信官飞奔了过来，神色十分慌张，他看了一眼杨星一行人，欲言又止。

"说。"统领面露愠色。

"报……报告陛下，卡尔……卡尔古城发生了史无前例的巨烈地震，镇守那儿的军队也在地震中损失了将近……将近四分之三。"传信官结结巴巴地说。

统领的脸一下子就白了，这座卡尔古城是 M 星球科学技术的源泉，他们的技术物资接近一半都出自那里。

"陛下，"传信官缓和了一下心情说，"还有一个奇怪的现象，在地震的过程中，我们幸存的士兵说他们看到了一阵十分强烈的光芒，之后他们就感觉自己受到了巨大的伤害，现在那里死伤惨重，请求支援！"

"生命至上！老百姓怎么办？赶快再派一批救援人员去那里救人！做好防护……"统领变得惴惴不安，丝丝汗水从他的额头上冒了出来。

"关于这件事，陛下，我们认为这很有可能是碎片的所在之处，请您允许我们前去那里调查。"陈速连忙说道。

"但是你们也听到了，我们的军民有很大的伤亡，我是担心你们的安全。"统治者犹豫不决。

"陛下，我们正是这样不怕危险才能走到您的面前，您一定要相信我们，我们活在这世上，不就是为了探索吗？"杨星说道。

"那好吧，多多保重。"统领和杨星一行人告别。

他们的飞船很快就抵达了灾区，此时的卡尔古城已是一片废墟：房屋大面积坍塌，古老而精致的古城遗址损坏得极为严重，人们惊慌失措、无处躲避，呐喊声、啼哭声处处可闻。杨星的小队和皇宫救援人员的搜救活动正在有序进行着。皇宫的救援人员经验丰富且效率高，熟练地掌握各种先进的机器，仅用三个小时就让大部分人员转移到安全区域并使受伤人员接受治疗。杨星的小队在古城废墟附近实施救援，他们奋力挥动铁锹，清走石块，扒开泥土，通过坚持不懈的努力救出了不少人。他们在扒开废墟的同时还谨慎地寻找碎片的踪迹。

"你们休息一下吧，现在大部分地区已经解除紧急状态了。"救援队队长走过来，递给李光一杯水，"看着你们一把年纪了还那么卖力地救人我真佩服，但还是要保留一些体力啊。""谢谢，你们也多保重。"李光接过水，坐下来对钱超说："咱都连续忙活了三天三夜了，杨星和王空还在那边找……""别担心了，他们可比那蚂蚁的腿还勤快呢，找碎片这事儿得尽力来！""那也……"

"找到了！"突然，杨星兴奋地大喊一声！小队其他人和救援队队员纷纷前来围观，杨星穿着防护服，将碎片放置在防辐射盒子里，高高举起——我们就称它为碎片2号吧，地球上发现的是碎片1号。

这块碎片有水晶般的晶莹和美玉般的洁净，它散发出灿烂的光芒，仿佛镶嵌着的璀璨钻石。它独有的魅力和熠熠生辉令人着迷，让人忍不住赞叹宇宙的绚烂与神秘……

一个星期以后，救援队与当地政府合作，陆续开展灾区重建工作，卡尔古城回到了正常生活轨道，人们纷纷送来自己的心意感谢他们，在欢声笑语中小队与救援队乘飞船回到了皇宫。救援队队长向统领报告任务顺利完成，灾区已开始重建。杨星将碎片箱子递给统领观赏，赞叹声顿时响彻皇宫。

"真是太好了，这次赈灾任务是有史以来完成得最好的一次！"统领无比开心地说道，他晋升了每一个救援队队员的职位，奖赏了小队并让杨星保管碎片，M星球今夜一派祥和。

统领又将杨星一行人安排到宫殿内住宿，还邀请他们一同用膳。皇宫的晚餐异常丰盛，桌上摆满了各种珍馐，全场欢乐的气氛达到了高潮。

看着一旁的大臣们完全沉浸在饕餮盛宴中，杨星的脑海中萌生了一个新的想法，于是他小心翼翼地靠近统领，小声对他说："陛下，今天晚上我们想深入研究一下碎片，看看里面含有什么化学物质，希望您……""这有什么？不就是个实验室嘛，你们随便用！随便用！"统领借着酒劲大声回答杨星。全场寂静了片刻，然后又逐渐喧闹起来。夜色朦胧，天上斑斑驳驳的星星与灯火通明的皇宫遥相呼应。

时间一晃来到半夜，所有人都进入了梦乡，皇家实验室却热闹了起来，队员们个个面色凝重、眉头紧蹙，他们正在对着碎片激烈地探讨。"这里面含有铑吗？"陈速拿着试管问其他人。"不是吧，实验中没出现相应的化学反应，怎么会有铑呢？"王空说。"那你认为会含有什么？"李光疑惑地问道，"先做完下一个实验吧。"就这样他们用碎片做了一系列实验并分析讨论，列举了多种可能。万籁俱寂，渺小而微弱的星光忽隐忽现。钱超困意渐浓，抱着书睡着了。"哎，我怎么也没想到，在这么紧张的情况下他还能睡得着，真不愧是'乐天派'。"李光看看钱超无奈地说。"让他睡会儿吧，我们大家最近都很累，以后他那机灵的小脑袋的用处可大得很哩。"杨星淡淡地说。他们相视一笑，继续研究。

突然，王空腾地一下站了起来："我知道这是什么了！是铂！""对呀！"

李光激动地拍起手。"这个碎片里的化学元素对于其他星球乃至地球来说都是十分稀缺的。""啊，终于解开一个心结，可以好好睡一个觉了。"陈速打了个哈欠。窗外一颗未知恒星升起，光芒普照大地。

统领准备了一块开阔的荒原供碎片合成，此时大家只知道碎片应该有很大的用处，但仍不确信是否能成功，许多问题仍亟待解决，不过时间紧迫，大家都觉得应早点儿进行。明日，碎片就要合成了，大家的心情都是五味杂陈。杨星望向浩瀚的星空，说道："但愿没有意外发生。"

意外，随时都有可能发生。

第七章　选择

　　就在众人准备晚宴时，在星球的另一边，贫乏的 N 星球为了得到宝贵的资源而派出的潜藏在 M 星球多年的间谍 K 和 L 已经知道碎片的下落——军事库。

　　他们提早下了班，回到 N 星球在 M 星球搭建的秘密基地，会见了各大禁军头领，征求了他们的意见，调动军中各个部队最精明敏锐的干部，形成一支小队，向着碎片所藏地点慢慢潜入。

　　正值月黑风高，伸手不见五指的夜晚，由于看守碎片的士兵多而密，禁军来的人手不够，所以 N 星球的禁军选择趁着夜色从空中进入。N 星球最新发明的 XFactor 型隐形斗篷和 SG 型轻捷随时降落伞都是为了这次行动而举全国之力研制出来的。

　　他们从摩星大楼的楼顶上乘降落伞，在准备起飞时让队友将斗篷披在自己身上，就这样一个个从黑夜中潜入了碎片所在的 M 星球科研保护基地。

　　"检测到有隐形红外线网！"禁军们戴上特制眼镜，便可以看到红外线所在的位置，再加上这队禁军个个身手敏捷，很轻易地就过了这道防线。"简直是小菜一碟。" K 暗自笑道。

　　到了 M 星球为保护碎片特制的金库门前，L 戴上沾有军事库主任——也就是碎片"主人"的指纹的手套，按在显示屏上，大门随即打开。禁军们闯进去，打开之前就被一组特务小队动过手脚的玻璃架台，将碎片吸入防辐射实验箱里，随后迅速撤退。

但就在撤退时，一名队员一不留神，脚碰到了军事库大门上的警报装置，瞬间楼内警报四起，灯火通明。士兵们拥入进来，将个个出入口封住，禁军眼看就要被包围，因为寡不敌众，所以形势越来越危急，拥入的士兵越来越多，队友却少得可怜，K 向队员们递了个眼神，露出一抹奸笑，掏出六颗新式的烟幕弹，重重地往地上一投，顿时白雾四起，士兵们一个个呛得喘不过气来，禁军们借此机会上演了一出"月黑雁飞高，单于夜遁逃"。

N 星球的人夺走碎片后，怕 M 星人发现他们在 M 星球建立的秘密基地，便决定将碎片运回 N 星球。N 星球的首领组织 N 星球的居民，准备让防辐射小型隐形飞船出发，带走碎片。半小时后，一艘小型飞船出现在苍茫的宇宙中。当天清晨，随着 N 星球首领的一声号令，飞船的发动机喷出了蓝色的火焰，飞船逐渐消失在遥远的天边，N 星人胜利地回到了自己的星球，夺走了梦寐以求的碎片，一丝踪迹也没有留下。

当晚，杨星又进入了奇怪的梦境。

他站在一个处处是火山的地方，这里随时都有可能爆炸，他们需要强大的辐射能量来建设冷却塔，所以他们偷走了碎片，匆忙赶回了自己的星球。

醒来后，杨星匆忙赶往 M 统领的宫殿，向 M 统领报告了自己昨晚的梦境，听罢，M 统领微蹙着眉，望向远方，缓缓地说道："那是 N 星球，他们确实需要碎片，几次向我讨要都被我拒绝了，没想到他们竟然干出这种事来。"

杨星对 N 星人卑劣的手段感到深深的憎恶。但想了片刻，他向 M 星球统治者请求：自己和探索队成员以 M 星使者的身份乘坐飞船去往 N 星球，寻找另一半碎片。他要用自己实验箱中的超级灭火器和高效建设机器人帮助 N 星球重建家园，但 N 星人要保证以后不再侵犯 M 星球。

杨星和探索队抵达 N 星球，N 星球的一座座楼房已然倒塌，早已失去了以往"科技之星"的辉煌景象，N 星球遭遇了前所未有的爆炸，整个星球岌岌可危。杨星望向空中，却猛然发现碎片悬浮在空中，火舌正一点儿一点儿逼近它。杨星面临着一个艰难的选择：救人舍弃碎片，无法帮助 M 星人，还是拿到碎片，目睹 N 星球的毁灭？

在生存与死亡之间，杨星毅然选择了帮助 N 星人。他拿起超级灭火器，不顾同伴的阻拦，毅然启动了装置。

火焰，渐渐退去，生命的火焰，却开始旺盛地燃烧。

烈火熄灭，高效建设机器人开始重建家园，可杨星却跪在地上，呆滞地望着天空。碎片，已经灰飞烟灭。M 星球的超光速文明，再也无法挽回。四位伙伴走过来安慰他，他只是跪着，跪着，眼神空洞无光，望向东南方。那里，是 M 星球。

突然，杨星感觉自己飘了起来，眼前一片黑暗，只能模糊地看见一个人影，突然，人影开口用深沉的声音说："杨星，做得好。生命至上，敬畏生命是我们的责任。没想到，神之烙印还在你身上。一旦人失去信念，它就会消失。你通过了考验，碎片我会还给你。但你要记住，人，有时候是虚伪的，防人之心不可无啊！"只见人影突然消失，杨星感觉自己重重摔到了地上。

杨星睁开眼，自己竟然躺在 N 星球的宫殿里，旁边站着焦急的几位同伴、M 星球的士兵和 N 星球的首领。杨星问道："碎片……碎片在哪里？"N 星球首领郑重地鞠了一躬："碎片已经归还给你们了，感谢你对我们的帮助，我们以后会与 M 星球建立友好关系。你在火熄灭后突然晕了过去，怀里抱着一个储存碎片的箱子，上面只写了一个大字：'神'。"

杨星默默地说："神，果然是你。"

杨星等人收拾好行装，与 N 星人进行交涉，并签订了以重建家园为条件的建立外交关系的条约，乘坐飞船回到了 M 星球。那里，M 星球的统领正焦急地等着他们的凯旋。杨星一行人到达了星球，向统领的宫殿走去，打算立即呈交碎片。

第八章　合成

　　但见一队中央中枢控制的辐金护卫前来，其中为首的屏幕上闪出笑容，以真人声源合成道："杨星，我们在此已经等候多时了，宇宙碎片可否拿到？"

　　"那是自然，"杨星回答，"不过，你们又是谁？"

　　"我们乃 M 星球陛下麾下的第二护卫队，奉陛下之命前来接应你。因宇宙碎片一事事关重大，还请你们前往陛下居所面谈！"

　　"那就请你们带路吧。"杨星答道。

　　统领的居所位于 M 星球最高建筑的顶层的星盘雕刻台之上，红、白、青、黑四色脉冲磁力哨塔坐落四方，呈现一派辉煌大气之景象，主屋采用电钢磁铆钉结构，必要时可拆分移动，四周金甲护卫戒备森严，装备武器闪耀着金光，软活塞中能量涌动。

　　"这里便是陛下的居所了，陛下就在里面，请进！"

　　"了解了。"杨星抱着放有二号碎片的箱子，踏上自动力滑轮慢慢移动向主阁，巨大的楼阁映衬得杨星的身形格外渺小。M 星球也拿出了当时从杨星等人的宇宙飞船里搜出来的一号碎片；望着因感应到一号碎片而发光的二号碎片，杨星深吸一口气，心中突然格外平静，"应该就快结束了吧。"杨星如是想着，不由得加快了步伐，走到了门前。

　　门前侍卫串联门上飞星，大门缓缓打开，居所里的发达与辉煌令杨星不由得再次感叹 M 星球科技的神奇。紧走几步，只见 M 星球的统领端坐于上座，奇怪的是，其服饰却与周围的环境大为不符，不像是带有高端科技的金属装，却更像是地球上古罗马教皇的服饰，只不过其点点金丝闪烁着微光，更显神圣。

"你来了，"威严且低沉的声音传来，"碎片何在？"

"这里呢，陛下。"

随即，杨星小心翼翼地拿出二号碎片，似是感应愈发加强，二号碎片好像要脱离手中，飞向一号碎片！杨星大惊，赶忙将其收起，皱眉道："如此强烈的感应，看来要赶紧合并了。"观望统领，虽脸上神色没有任何变化，但在谁也看不到的眼眸深处，有流光划过。

"随我来吧。"杨星随着统领和早已集结好的 M 星高层乘着古朴的悬浮飞行机，一行人很快来到了一片荒原，杨星张口欲要发问，统领却抢先说道："这里是 M 星球最神圣的地方，只有历代统领才知道的位置，非超重大事件，不得打开。但如今，正是时候。"

不知护卫操纵了什么，地上突然冒出来几个高约 10 米的石像，中间包围着一颗半径约 2 米、不停旋转的紫色水晶球，水晶球发出类电磁式的光波，牵引着石像到达一个个点位，在移动停止的刹那，水晶球身后的大山打开了，现出一条幽深黑暗但宽阔大气的隧道，直通向地底。不知台阶上的自动力滑轮滚动了多久，一行人终于到达了一座巨大石阵前端。

"好眼熟。"杨星喃喃自语道，突然，似是想起什么，瞳孔剧缩，不由得惊叫，"巨石阵？！"

"也许你们管这个叫巨石阵吧，但其实它是我们星球与银河系沟通的特殊方式。在我们破解了暗物质规律后，利用其独有的穿透性与破壁性，构建祭坛，通过祭坛传输达到沟通交流的目的。只是现在我们星球发生了超光速运转，被废弃了而已。"统领回答道。

杨星随着统领走向祭坛中央，不无愉悦地说："不论往事如何，未来的路正在脚下，不用去计较过去，现在我们就开始拼接宇宙碎片吧！""可。"统领沉声道。

M 星球最高统治者和杨星刚刚把两块碎片放入祭坛左右两槽，便有一股不可名状之力连接于两块碎片之间，杨星一行赶忙离开祭坛，退到台下，静静观望。不可名状之力似是清风，裹起碎片，带动着两块碎片相互缠绕，令其拖尾的流光刻画着什么，似是时间长河在流淌，又似是生命往复的轮回，勾勒出古今以来的符文，继而刻印在碎片上，顿时，碎片金光大射，把原本黑暗的祭坛照得如同太阳核磁爆所映出的光芒，最后在一声轰鸣中，合成了一件圆锥形物，其上被金光镌刻五个大字："宇宙助推器"。

此时，统领快步向前，向来都波澜不惊的脸上浮现出一抹笑容，双手微微颤抖，虔诚地捧过宇宙助推器。

一圈圈波动推动 M 星球前行。在这漫长的旅行中，所有人都闭上了眼睛，等待着梦想中的回归。

天边的一缕亮光照耀在 M 星球上，一众 M 星球的高层不禁泪流满面，口中高呼庆祝，杨星在后方默默看着这一切，并由衷地表示祝贺，不禁回头望了望幽深的隧道，沉浸于自己一众人即将回归的喜悦。

一小时后，统领昭告全星球，传播了杨星等的事迹以及宇宙助推器的"到来"，下令全球狂欢，并于次日早晨升起祭坛，安装宇宙助推器，回归正常的轨道，脱离困扰 M 星球不知多长时间的超光速运转。

全星球震动，大家流露出无比的喜悦，统领招待杨星于全星球最大的悬浮餐馆。全星球彻夜狂欢，皆是因为杨星等的无心破译密码而开展的壮举！此等身份变化何等奇妙，只能说，万物皆有轮回。

次日清晨，全星球的人民聚在荒原前，静静等待着那一刻的到来。巳时一到，刹那几艘重型核动力"破壁者"型空中航母划过，统领身着古服，着金色飞行羽翼款款而来，一时间乐声大作，群众欢呼雀跃，统领在发表完讲话后，立即宣布升起祭坛，在一阵阵震动中，祭坛缓缓升起，最终闪出漫天泛紫银光，矗立在山前。

统领率一众高层首先举行了庄严的仪式，随后由统领将推进器置于祭坛之上。不多时，推进器猛然增大，竟是丝毫不差地插进祭坛之中，不可名状之力再次运转，使 M 星球拨开光，进到了被称为"类虫洞"的一种只在理论上存在的通道中，而后尾部与周围融为一体，时针在此刻慢了下来。M 星球上花草都抬起头来，享受着美好的静谧。

在恢复往日花朵春开、叶红秋日的 M 星球上，悬浮大厦上的代玻璃性复合材料反射着柔和的光，高空垂下的声速列车相互交织，一直被迫以科技维持生命的 M 星球终于迎来了久违的正常生活。

杨星来到大海边缘，望着蓝紫色的大海，又远望着统领更显辉煌的居所，与队友们相互庆祝重归的喜悦，海上朵朵云间露出了空隙，在这梦幻的星球上，丁达尔效应随处可见，光有了形状。海边的市场上摆列着各式各样的贝壳。大马路上车来车往，天空上方有些环保飞行汽车从云里穿过，晕开了晴朗的天空。

商业街上又有了热闹的景象，拎着便携压缩袋的人们在街道上穿梭着。是的，那个飞速旋转的星球慢了下来，周围的云雾散开，星球旋转的巨响也消失了——那正是恢复到正常轨道的 M 星球。

杨星的目光转向山的那边，不知何时，祭坛的上方已经光芒万丈，宇宙碎片的影子在他眼里绕来绕去，他眉头一皱，突然有些担心，来不及说一声，就赶忙跑向神圣之地。那一边，M 星球的最高统治者也看到了那一缕光，刹那间起身大踏步地向祭坛迈去。

祭坛上方的光芒已经越来越亮，白光突然聚集，并迅速凝聚成人形，出现在宇宙助推器的前面，李光一个冲刺来到了其面前，高声问道："你是谁？"没等这个人说话，王空先应声："他应是杨星梦中的'神'。"此人轻笑一声，回答道："猜得差不多，不过我不是神，是类似于神的人。"

钱超有点儿不相信这个人说的话，便问道："如何信你？"

"神"回答道："凭我能从此宇宙推进器中投射影像。"

"你的意思是……？"统领大声道。

"此宇宙推进器乃出自我'神'之手笔，此次我也正是为此而来。""神"顿了顿，看着周围人凝重的表情，放声道，"确切地说，是为了超光速运转而来的。"

此时的杨星仔细观察了"神"，才发现这个有着黑亮垂直头发的人，剑眉斜飞，黑眸细长而犀利，面部轮廓棱角分明，身材高大，冷傲孤清却又盛气凌人。他宛若黑夜中的鹰，周身散发光芒，孑然独立，傲视天地。

在众人大为惊讶之际，统领问道："你与我 M 星球何干？"

"神"退后一步，款款说道："其实关于超光速，我等'神'早就知道了。早在千万年前，我等就以超宇宙壁性磁成电路推算宇宙的未来，我等震惊地发现——宇宙是可以超光速运转的。

"那时我就有预感了，超光速是天文学中一种外显的超过光速的运动，出现在一些无线电银河系类星体中，最近也发现出现在一些称作微类星体的星系类辐射源。这些来源被认为中心含有黑洞，因此造成了质量体以高速射出。若真能超过光速，那这个物体真可以穿越时空。这就意味着这个物体已经摆脱我们这个宇宙时空的束缚，已经不以我们宇宙的时间和空间方式存在了，宇宙的任何一个规律，对于这个物体来说都崩塌了，这个物体成为真正的永恒的自由者。别说穿越时空能到我们宇宙的任意时空点，无论多少亿光年远，还是多少亿年前，都不用费时，实际上，它根本就不在宇宙时空中了。"

说罢，"神"的目光望向远方，仿佛穿越星河看到了更加遥远广阔的宇宙，他的声音也变得异常深邃："这个理论，已经窥探到了宇宙的真正秘密和本质，成为宇宙的主宰者和宇宙规律的制定者，成为永恒自由的'神'。如此，即我等的由来。"

"确实如此吗？"杨星抬起头，望着宇宙碎片投影出的那个近乎神的人物，"这么说，超光速运转是……"

这时，杨星的目光望向远处，已经停止了超光速运转的 M 星球，"你们搞的鬼吗？！"

第九章　往事

　　"神"捋了捋胡须，望向那遥远的麦哲伦星系，意味深长地说了起来。在两百年前，也就是超元八三世纪，M 星人所住的星球能源枯竭，只能通过外星迁移获得新的生机。伴随着太空科技的不断发展，文明生物在太空的触角也逐渐伸向宇宙更深处。无限的扩张必然会造成矛盾的滋生，当生存对 M 星人来说已成基础问题时，随之而来的必然是无尽的争斗。

　　偶然，濒临毁灭的 M 星人听说在九十光年外的地球保存着超文明科技结晶玛雅氏族遗产。据 M 星人科技生产部门研究专家的预测，如果得到这股能量，整个宇宙会开启新的纪元。同时也能使 M 星人免于随着 M 星的毁灭而灭亡。于是，M 星人以接管并保护地球权益为由向地球发动总攻。由于此战争的发动在 M 星人中产生了巨大的分歧，在一些主和的 M 星人的帮助下，M 星舰队的部分情报都被地球人得知，自信的人类针对这些计划采取了反制措施，一场宇宙大战，即将开始。

　　在对生存的渴望下，M 星的一艘艘恒星级航空战舰在浩瀚无垠的 M 星系中列队，准备出征。地表上，M 星人纷纷用光学望远镜急切地向舰队所在的星空中望去，虽然他们中的大部分人都清楚，以自己母星当今的科技水平，自己不会有看到舰队得胜归来的那一天，但几十或者几百年之后，自己的子孙将会得到新世界的消息……

　　"生存，是最好的老师。""神"说。

与此同时，地球。

合上《乌托邦》，人类联合防御会主席揉了揉眼，望向奥尔特星云所在的方向。根据人类对已知情报的分析，M星人将在九百年后到达太阳系，到时，对方的战舰早已残破不堪，武器也将比人类至少低一到两个数级。所以，不少地球人认为M星在做一次以卵击石的幼稚举动，只有少数保持理智的地球人认为对方必有其他技术，并积极呼吁人们认清现实、做好战争准备，但逆流者终为少数，他们也不例外。

"可惜，这一小部分人是对的。弱小和无知不是生存的障碍，傲慢才是。""神"说。

几十年后，一个平凡的日子，天体物理学家杨伟在近地空间站的观测中心观察奥尔特星云的现状。突然，他发现有一群相当小的亮点出现在星云附近，还在缓慢地向地球移动。他急迫地将望远镜的倍数调到最大，当他看到那些亮点的真实面目时，他面如死灰地瘫坐在转椅上，默默地打开了与地面的联络系统，用略有一点儿颤抖的声音说："他们来了，比想象中的快。"

人类星际防御体系被一道连一道地突破：天王星—海王星防御带、金星—木星防御带、小行星轰炸群……人类自以为无懈可击的防御体系，被M星人轻松击垮、毁灭。敌人出现在太阳系边缘的消息才刚刚被通报几天，地球就已经危在旦夕。没有人知道对方是何时掌握的空间折跃技术，这一关键情报又为何会缺失……

"关键情报的缺失，使得人类陷入万劫不复之境。""神"说。

对于一个"神"来说，百万年只是一段短到可以忽略不计的时间。在从一个维度块去往另一个维度块的旅程中，"神"早已习惯了碳基生命之间的厮杀、战斗，惨叫只让他觉得无趣，狂笑只让他感到平常。所以当他看到M星人占领地球，并展开无分别大屠杀时，他不愿也不能伸出援手。因为宇宙间的文明定律要求，高级文明不可向比自己低端的文明提供信息和帮助。但是，他打算做首次破壁的那个人。

讲到这里，"神"的眼睛里充满了伤感，"当年，人类文明差点儿被灭亡，我本打算坐视不理，可在了解、研习了人类文明的历史后，我被深深地震撼了。

我先撒下失忆之粉，使两星球忘掉曾经的仇恨。然后我运用了超光速运转，惩戒 M 星，可是我看到那么多 M 星人从'暮年'回到'少年'，却又不忍心了。""神"说到这儿，狠狠地闭了闭眼睛。"想起一个个刚刚获得生命，有着无限未来的小 M 星人被变回胚胎；操劳一生的成年、老年 M 星人必须再次承受自己的一切经历；最可悲的是，这一切的一切他们都不知道。所以我才设置了碎片把逆转能量封印在里面，放在 M 星球。""神"接着说，"这样既惩戒了 M 星，又能使他们的生活不会被打乱，我本来以为这样做对地球和 M 星都会有一个好的结果，可谁知这竟是让我后悔一生的决定，那些原来被 M 星人殖民过的星球对 M 星产生了深深的仇恨。却因为 M 星的实力而有着惧意，当他们看到 M 星受此大创后便想报仇雪恨，如果不是我恰好通过微光波看到 M 星遭到进攻，M 星可能就……我虽然想要惩罚 M 星球，却没有想要毁灭它啊！当我考虑让哪个星球去拯救 M 星时，地球中一个国家的最高统治者代表地球向我表明他们愿意放下仇恨，与 M 星人和平共处，我就把这个任务交给了地球，然后我将球体一分为二，一半放在地球，一半放在 M 星，并托梦给杨星并赐予他预言的能力，让地球人来解救 M 星，打破以往的僵局。我还在一开始赋予他们和外星人沟通的能力，目的是让他们快速适应环境；在他们在监狱时抹去他们和外星人的沟通能力，让他们靠学习真正掌握了 M 星球的语言，为建立两星球之间深厚的友谊奠基，进而拯救 M 星人于水火之中。比起黑暗森林法则，我还是更喜欢各星球之间的友好往来。""神"已经讲述完了往事，看起来仿佛已经释然。

第十章　和平

M 星球科技宫殿里,听完"神"的叙述,整个宫殿的人对两星球的交往历史有了全面具体的了解,但是他们个个面色凝重,陷入深深的沉思。

M 星球最高统治者一开始因不相信外来文明而拒绝了他们的请求。令他意外的是,这些地球人居然在得知他们面临危机时出手相救,但两星球曾经可以算得上是敌人!可杨星等人还说服了曾经是敌军的他们一起解决 M 星球的危机。

"虽然忘却了历史,但他们的勇气与博爱值得敬佩!"他在心里感叹,望着杨星一行人的背影,对他们的赞赏与敬佩油然而生,愧疚感也如大浪般汹涌。他一直放不下仇恨,却在危难时得到了所谓"敌军"的宽容与友善的帮助。这堂皇的宫殿里,除了"神"的讲话声,还有 M 星球的最高统治者惭愧的心声。

M 星球的最高统治者从思考中回到了现实,"咳咳,呃,给地球上的人们弄几把椅子!"他下令道。说着,几把绚丽的椅子悬浮着飘了过来,上面渐变的光条让人眼前一亮。

"哇,这椅子太舒服了,如坐云端呀!"钱超悠闲地坐在椅子上,一脸享受。其他人也坐了上去,开始享受着这个高科技椅子的各种人性化服务。

统领想让地球上的人体验高科技的便利,微微地笑着,看着杨星他们快乐地说笑着。

"大家听我说,作为 M 星球的最高统治者,我代表 M 星球上的所有人,向你们尽全力帮助 M 星球找寻碎片的行为致以真心、诚挚的感谢,也在这里郑重道歉，为我们的恶意掠夺行为，这是我们的错误，我们之前的贪婪所致，我和全体公民深深地认识到了错误，并以整颗星球为担保，不会再对任何星球发起恶意攻击，还恳请你们原谅。"M 星球的最高统治者说着，起身向着杨星一行人深深地鞠了一躬。杨星一行人见状，也都庄严地起身还礼。"我们会原谅的。"杨星默默在心里说。

M 星球上的最高统治者继续说："对于之前禁闭你们的行为，我再次深感抱歉，也为你们宽广的胸襟与勇敢的作为而感动，相隔数光年的距离阻碍不了我对你们地球人的感恩，希望我真挚的祝福，如宇宙中的繁星护佑你们！"杨星一行人听着，都激动地起身，向 M 星球的最高统治者以国人的方式致以敬礼。

M 星球的最高统治者还十分希望能帮助地球，以实际行动弥补之前的过错。他说道："我们把这里的矿石分给你们，这里的矿石是取之不尽用之不竭的，还会将这里的高新技术产品送给你们，派技术人员向地球进行指导，把先进的技术传授给地球，这样你们就可以用矿石，以你们超高的技术进行加工推动发展。"M 星球的最高统治者决定：在 M 星与地球之间设立星际飞船停靠站，使人们在 M 星与地球之间的来往变得方便，而且派一些 M 星的志愿者，去地球生活，与人类和平共处，从此以后双方的科技发展都将步入新的历史进程！

M 星球的一些群众站出来，慷慨激昂地说："我们热爱和平，渴望和平，我们反对霸权主义，反对侵略战争，社会发展需要和平，生活需要和平，家庭需要和平，更何况地球人是多么慷慨，不计前嫌地帮助我们，所以我们要与人类和平共处，和平鸽衔着橄榄枝永远翱翔在碧空！"这是群众发自心底的呼声，最真挚的呐喊。

可是杨星却缓缓摇了摇头，迎着众人疑惑不解的眼神，说道："现在真正贪婪的是人类，不是 M 星人。如果得知世上存在另一个文明，肯定会有人伤害你们的，现在科技如此发达，安全才是重生的 M 星球真正需要的。"统领思索片刻，说道："可。"庆祝典礼继续进行。

M 星人深切认识了和平的可贵，所以十分高兴，人们开始欢呼雀跃，载歌载舞，烟花在空中绘出一幅绚丽的图画，绘出了节日的美景；鞭炮声交织成一曲心旷神怡的交响乐，奏出了喜庆的气氛。

热闹的气氛还在持续，但是突然，那块碎片开始慢慢地上升，悬浮在空中。随着"轰隆，轰隆"的巨响，那块碎片从顶部开始，出现了一条条裂缝，一条分成两条，不断地向下分裂。最终"咔"的一声，历尽千辛万苦合成的碎片一分为二，分别降落在杨星和 M 星球最高统治者手心里。每一块上面都有分裂形成的不规则齿痕，可以完美咬合，拼在一起。

M 星人以及杨星等人都仰着头，呆滞地望向半空，不知道为什么会发生这种情况。杨星低头握了握手中的碎片，嘴唇翕动着正想说些什么，M 星球最高统治者先开口了："杨星，我再一次感谢你们的帮助，你们的善良与勇敢我们是有目共睹的，M 星球上的居民都希望与地球和平相处，所以，我提议，两星球将各自的碎片保存好，以纪念两星球之间的友谊，纪念地球朋友的出手相助，祝我们的友谊长存！"他站在高处的演讲台上，面对着 M 星球的居民们和杨星团队庄重地说。"好，好！"鼓掌和叫好声混杂在一起，声音一浪高过一浪，此起彼伏，不绝于耳。杨星等人小心地把这块碎片包裹好，收藏起来。

"这么久了，就差一个和平相处的局面了，没想到我们遇到了。"杨星对李光说，"是啊，M 星人的确就像你说的那样，不是只有坏人，能正视历史的人也有很多，会认识到错误，他们的诚恳有些让我出乎意料。""不管怎样，这样的事情可真是让人很开心啊！"陈速依旧是那样心直口快。

第十一章　又起

最后，M 星球的最高统治者得到了其中一块碎片，对地球人放下了仇恨，而我们地球人则执另一块，双方相互展示友好，重归和平。探索队的几位成员也准备起程，重返地球。

"唉，M 星球与地球持续了两百多年的仇恨竟然被咱们几个年轻人解决了，真是不可思议！"陈速进入飞船，砰地倒在沙发上，回想着在 M 星球上发生的事，心中充满了激动和喜悦。"当然了，咱们这么优秀的小队自然是没问题的嘛。"钱超笑嘻嘻地眯起眼睛，随口答道。

飞船中的队员们听了，都相视一笑，不禁感叹起钱超的自我肯定能力。临近地球，杨星望向地球，却发现那里已是一片火海。杨星心里一惊，突然飞船上的警报器响了起来，尖锐刺耳的声音打破了愉悦的气氛，刚才说笑的几个人立即警戒起来，把目光转向舷窗外。窗户的样式很小，能见度很低，只能看到窗外黑压压的一片，有什么东西像一团浓重的黑雾，把他们紧紧地包围了起来。数百艘 N 星球的飞船围在窗外，令他们丝毫没有退路……杨星的手有些颤抖地拍了拍操作台，从牙缝中绝望地挤出了几个字："N 星人……"他的嘴微微张了张，然而就在此刻，他听到了一声悠长凄厉的"呜"声。

几乎是条件反射般，所有人猛地跳了起来，仆倒在地。

剧烈的爆炸声在头顶响起，冲击波扫荡过整个房间，金属碎屑噼里啪啦地覆盖在身上，随之而来的还有烈火炙烤般的疼痛。

"嘶……"模糊的世界在眼前晃动，恐怖的火红色笼罩了整片墙壁，熔化中的金属发出令人胆战心惊的"滋滋"声。

开始了吗……这个念头在每个人的心中闪过。

不敢有丝毫的犹豫，王空立即跳了起来，刚受过伤的身体似乎不那么灵活，他脚步踉跄地奔向控制室，赶在敌人下一波进攻前开启了飞船的防御系统。

飞船内的其他人也都在全力抵御着 N 星人猛烈的进攻。

"不好！"李光的声音骤然响起，"他们明显是有备而来，进攻太猛烈了。我们的防御系统最多也只能支撑几轮。"他正手忙脚乱地调整飞船的激光射线发射器。"不能再这样硬撑下去了，我们坚持不了多久了。"陈速紧张地抿了抿嘴，沙哑的声音显示出他的急躁。这时杨星突然开口了，他的声音带着在这种情况下少有的镇静："他们来这里，无非就是为了争抢碎片。"他瞥了一眼外面冲天的红色火光，又接着说："可恶的 N 星人，之前碍于灾后重建没法出手，现在又毁弃条约，来抢夺碎片了！""他们的科技水平不够先进，即使攻势再猛烈，我们也一定能找到突破口！"陈速突然间瞪大眼睛，提高音调，用激动的声音高喊着。"没错，我们只需要找到他们的破绽，就可以一招制敌！"杨星赞赏地给予了肯定。

可即便是发现了突破口，N 星人不间断的进攻也丝毫没有给他们留下思考的时间。每个人的额头上都渗出了一层薄薄的细汗。陈速突然站了起来，他无法忍受这样持续的被动，干脆放弃抵抗，静静地研究起了 N 星飞船身上的突破口。其他人见状，都纷纷瞪大了眼睛。钱超不可思议地看着他，用不解的语气问道："你疯了吗陈速？你在干什么？""你知不知道现在我们的飞船只要一个不注意就会被炸毁！"李光大声质问他。陈速没有理会别人的叫喊声，只是静静地站在舷窗边，看着窗外瓦蓝的天空被炮火染成血红色，两者交织在一起，画面分外诡异却又有些和谐。他慢慢地沉浸其中，仿佛置身于云端，将身后一切的嘈杂轰鸣都抛之脑后。他看着那瓦蓝瓦蓝的天空，心中升起一阵感慨。正在他出神之际，一阵剧烈的金属碰撞声将他惊醒，近处几架 N 星飞船突然坠毁，爆发出剧烈的声响，刺眼的火光铺满了整片天空。令人不解的是，这几艘飞船没有受到任何攻击，可却突然间就坠毁了，陈速心中浮起一团疑云："为什么飞船会无缘无故地爆炸呢？"他低着头，好像知道了什么。冰冷的嘀嗒声打断了他的思绪，那是系统的提示音。"只有一个小时了，快撑不住了，陈速，你看出来破绽了没有！"远处传来队员急切的喊声。"等等，再给我点儿时间，我找到头绪了。"他又走到窗前，对着四周黑压压的飞船陷入了沉思……

又是一架！陈速观察了不到十分钟，已经有数十架飞船坠毁了，可他们到底是如何坠毁的，这一切毫无规律，让陈速无从下手。他只好让视线漫无目的地寻找下一架可能会坠毁的飞船。他的眼神在天空中漫游，忽然，一束激光闯入了他的视线。

他知道了。每一架坠毁的飞船在爆炸前几分钟，都受到了一束激光的照射，这束激光很眼熟。他一定在哪儿见过。他几乎是飞奔着跑进了控制室，果然，他找到了他想要的答案。

"王空，我们的飞船能发射射线吗？""当然了。"他指了指控制面板上的一个绿色按钮。"N 星人的飞船害怕这些射线，他们的机甲很容易就会被射线摧毁！"王空听到后欣喜若狂，正想要报告给队长时，却突然感觉地面好像在晃动。"陈速、王空，我们没时间了，防御网已经被打破了，你们赶紧……"李光看向他们，嘴唇翕动了一下，他已经没有力气了，倒下了。窗外刺眼的火光铺天盖地地袭来，飞船内灼人的温度已经快要把人烧焦，燃烧着的金属碎片从外面飞来，漫天的火红色映照出一片阴晴不定的光辉。

"小心！"王空大喊一声，可已经来不及了，炮火快速在陈速身后爆炸，窗外破碎的玻璃割裂寒风的"呜呜"声再次响起，无数的画面从陈速的脑海中闪过，最终定格在了王空的手上。

"射线！"

冲天而起的火红色吞没了视线。

王空愣了下，随即毫不犹豫地按下了那个显眼的绿色按钮。窗外，恢复宁静，一切，都结束了。

瓦蓝的天空和白云，显得格外宁静。

第十二章　归来

N星人首领见势不妙，即刻下令全体撤退！

看到N星人撤退，李光等人都面露喜色，杨星却面色凝重，眉头紧蹙。钱超十分不解："喂，明明都将N星人击退了，你怎么还愁眉苦脸的？"杨星道出了自己的疑虑："N星人虽然撤退，但一定不会善罢甘休，他们很可能会卷土重来，军队规模比这一次更大，那会是一场硬仗。"

"那怎么办？"陈速面露忧虑。

"现在碎片的辐射线一次只能打击一台机甲，效率太慢，对他们不足以造成太大的伤害，"杨星说道，"当务之急是将辐射线折射出多条，同时攻击多台机甲。"

"据我所知，研究室最新为激光枪研制的多面折射镜可以将碎片的辐射线折射出多条光线，精准定位，同时打击多个目标。"李光说道。

"那好，我们尽快备战吧。"王空说。

果然如杨星所料，N星人又派出比上次规模更大的队伍准备卷土重来。战争一触即发，探索队依靠多面反射镜使N星人伤亡惨重。

这时，N星人首领通过无线电联络探索队："不要再进攻了，我们认输！我们全员撤退，我们……我们不会再骗人，我们只是认为碎片有着至高无上的价值，想拿走它来建设家园罢了。求求您，放我们一马吧！"

杨星咬牙切齿地说道："毁坏我们的家园，不——可——饶——恕——！"

多面反射镜散发出强烈的辐射光芒，冲向 N 星人脆弱不堪的飞船，只见几朵火红的蘑菇云在宇宙间爆裂开来，只剩下阵阵哀嚎，N 星人的战队，全部被碎片击毁。杨星看着如今残破不堪的地球，想起了自己曾经眷恋的种种：田溪镇，家人，考古，同事们……他再也没法控制住自己的泪水，平生第一次痛哭流涕。队员们也悲恸欲绝，难过地啜泣起来。

"不要难过，杨星。我是来帮助你们的。"耳边一个低沉的声音响起，杨星等人转过身去，原来是熟悉的"神"。

"这一切，也尽在我的掌控之中。N 星人作恶多端，十分狡猾，所以我将它们的家园改造成了一片荒芜的废墟，而正是你，解救了它们。就 N 星人屡教不改的毛病，他们肯定会回来争夺碎片。我也告诉杨星防人之心不可无，也许他那时有些虚弱，没有记住这句箴言。你们应该没注意，N 星人悄悄在你们的飞船上安装了定位器，以此来观察你们的实时定位，它是他们花重金通过黑商从 M 星球买来的超级发明，能屏蔽自己的信号，不让他人发现。"

"可恶，N 星人，给我碎片，我要让他们付出代价！"陈速失去理智地怒吼。

"这个时候乱喊乱叫没有任何作用，神不是说了嘛，他有办法。"李光面无表情地说道。

"神"略微表示赞同地点了点头，继续他的叙述："所以我才将碎片分成两片，交给你们保管，让你们在危急关头使用碎片击败了敌人。我真的佩服你们的勇气。你们放心，我已经在 N 星球撒下了性格改造粉，以后 N 星人会变得正直善良。也许你们会怪我做得太晚，但性格改造粉会使人失忆，所以只能由你们斩草除根，维护宇宙秩序，但尽量不插手宇宙事件，这才是我们所谓神存在的意义。"

杨星问道："讲了这么多，你的办法是什么？"

"神"顿了顿，手指着杨星："你就是解决之道。"

杨星愣了愣，说道："为什么是我？机器人可以修建家园，但无法弥补地球的核心损失啊！"

"神"意味深长地看了杨星一眼，说："你的神之烙印，在信念的力量十分强大时可以幻化成生命泉水，让地球重现生机。"

　　杨星挽住王空的手，四人会意，挽在一起，传递力量，神之烙印渐渐消失，飞到天空中，化作一壶生命泉水。"神"深呼吸，洒下生命泉水，曾经蔚蓝而美丽的星球重现生机。

　　神不无敬佩地望向五人："感谢你们，让我看到了团结的力量，更让我看到了宽广的胸襟和坚持不懈的精神，曾经的五位神灵只剩下我一个，从你们身上，我看到了未来神的影子，谢谢你们，再见！"说罢，神化作一道流星，飞向空中。

　　杨星笑着说："我们许个愿吧。"几个人点点头，闭上眼睛，望向星空，陷入无限畅想……

　　流星消逝，众人抬起头，钻进飞船中，回到了地球母亲的怀抱。

　　和宇平桌子上摆着的"队员出发计时器""嘀嘀嘀"地叫了起来。

　　一年零个月零天零分钟零秒。

　　杨星他们，回来了。

第十三章　保密

　　历经重重磨难，探索队终于回归故里，但他们的故事并没有结束，让我们来看看接下来发生的故事吧！

　　探索队队员望着眼前恢复生机的地球，不禁都流露出欣喜的神情。"真好啊！"望着眼前的景象，杨星感叹着。"是啊，一切都会好起来的。"王空喃喃道。瞧吧，太阳初升，阳光洒向大地，一扫原先的阴霾；看吧，远处湖边的柳枝，吐露出绿色，河边野花绽放出光彩，微风吹动薄雾。地球在慢慢恢复生机，一切都平定了下来，时光观看了这一历史，队员们见证了这段时光。

　　沉默了许久，李光开口道："咱们……恐怕是不能告诉大家，咱们变年轻了。""是这个理。"杨星明白李光想要表达什么："生命不可逆，但咱们现在实在有违万物生长之规律，也相当于逆了生命。"钱超爽朗一笑："怕什么，车到山前必有路，哪怕在山前拆车卖轱辘。"陈速捶了钱超一下，笑道："闭嘴吧，听队长怎么说。"话音刚落，两个声音几乎同时响起："隐瞒事实。"杨星和王空相视一笑，一切尽在不言中。其实在这熙熙攘攘尘世间，世间规律也亦不过如此：生命不可逆，是让其自由发展。探索队队员一致同意隐瞒自己年轻的事实，并决定同时告诉人们：生命是不可逆的，要让其自由发展。远处，阳光依旧，星河灿烂，世界在缓慢向前，星球文明也同样在发展。近处，一派生机盎然。也许，经过了这次的事件，杨星和他的队员们会懂得生命的真谛，同样也会不断成长，超越自我。杨星看向远处："M星球的文明远超地球文明，咱们可以将一些 M 星球的先进发明传播出去，让地球文明增添浓重的一笔色彩。同时也可以促进科技发展，何乐而不为呢？"李光犹豫片刻，迟疑着说道："但是，如果透露出 M 星球的存在，会不会有人去对它动手。""肯定会，不过咱们不透露不就好了吗？"陈速回答说。"是啊，如果说出去，肯定会有更大的麻烦啊！"王空皱眉说道，"但是，地球文明总要继续向前发展啊。"

杨星沉思了一会儿，回答道："为了地球文明的发展，我们务必要把 M 星的先进技术传播出去。是啊，地球上确实存在不少贪婪自私的人，所以为了防止他们为满足自己的私欲而对外星文明动手，我们应对外星文明的存在表示否定，做到对外人只字不提这件事。"

"这样也算是为星球之间的和平带来了帮助吧，也算是我们对宇宙和平而做出的最后一点儿贡献。"钱超看着杨星，笑着说。

"别这么说！我可是为宇宙和平做出伟大贡献的大英雄，我可不会到此为止。我还会继续献出我的力量，直至最后！"钱超向着被夕阳映红的天空喊出自己的心声。

是啊，对于他们来说，这次的历程是一个惊险而伟大的故事，但对于漫长的时间和浩瀚的宇宙来说，这只是沧海一粟。对于各大星球和宇宙来说，现在的和平是暂时的，而真正的和平与繁荣需要漫长的时间，在达到目标之前，人类还有漫长的路要走。对于探索队的成员与人类来说，只有做到永不放弃，才能达到目标。

众人说笑着，不知不觉走到了一个生机勃勃的山头上。

众人迎着初升的太阳坐下，享受着沐浴在身上的阳光，相视而笑。

朝阳在人们的注视下渐渐升起，天边的深红被冲淡了颜色。光芒越来越亮，将那仿佛什么都没发生的城市唤醒。仰望天空，漫天的星辰逐渐退去。而在那无数繁星中，有一颗行星显得异常耀眼，那便是 M 星。宇宙中，地球与 M 星隔空对望，这跨越几光年的友情，却无比紧密，无法分割。

"看哪，太阳彻底升起来了！"王空兴奋不已。

队员们全体起立，站在山顶庄严凝望着这神圣的画面。地球像是重生一般，散发出前所未有的光芒。在一片光芒中，她迎来了新的未来。

"白十字团"奇案

第一章　丢失的艺术品（上）

S 市新华艺术学校地下展览厅中。

本应空无一人的展厅内漆黑一片，展示柜旁边却站着两个黑衣男子。其中高个身影突然举起手中的锤子熟练地敲碎了展示柜正面的玻璃，取出里面的展品，另一个矮个身影在短暂愣怔后开始和高个扭打起来，高个略占上风，毫不犹豫地举起手中的锤子砸向矮个的脑袋，矮个瞬间倒在地上就没了动静，突然有脚步声传来，高个子随即迅速离去。

此时此刻，新华艺校的一名保安正在按例巡检，他走到展厅外时，先用手电筒照了照紧闭的大门，并没有发现什么异常。当他准备继续前行时，随意打在窗户上的手电筒灯光晃到房间的地上，地面有点点碎光，引起了他的注意。保安很好奇，趴在窗户上仔细一照，竟然看到了展示柜的玻璃碎了一地，还有一个人正一动不动地躺在地上。保安顿时吓得大叫："来人啊……"这叫声惊动了其他值班的保安，一个身材魁梧的保安不满地吼了一句："嚎什么嚎，又没死人。"那名巡逻的保安结结巴巴地说："这……这个好像真的……死了。"

这晚的月亮，像是被蒙上了一层血雾。

严藤逸，S 市著名大侦探，帮助警察解决过很多棘手的案件。他身高一米九，总是顶着一头浓黑茂密的短发，眼睛细长却非常有神，被称作"二十一世纪的福尔摩斯"，近期更是因上了一档《最火名侦探》节目而声名鹊起。

第二天，严藤逸正在吃早饭，电话铃声突然响了起来……

严藤逸在接到案子后，火速赶往现场，与刑侦队的王队长会合，展开了细致的现场勘查。

死者何思成，新华艺校的学生，手里紧攥着一个半圆环状物品，经展厅管理员辨认，这个半圆环状物品正是展示柜中被窃的艺术品——一只敞器酒杯的一部分。

法医发现被害人头部有前后两处钝器敲击所造成的痕迹，通过淤血的凝固程度以及肝温推测，死亡时间不超过 10 个小时。地上留有非常多的被害人的脚印，展示柜及周围却没有采集到被害人指纹和其他人的指纹。

丢失的敞器酒杯是新华艺校周年庆举行的艺术品展览中最有价值的展品之一，警方判断极有可能是因偷盗者之间产生分歧导致凶手杀害了何思成。

初步勘查现场后，严藤逸和刑侦队开始逐一询问当时的保安及展览室的值班人员。

"先生，请描述一下你当时看到的画面吧。"一位刑警问道，他正在做笔录。

"我、我当时正在照例巡检展览室，发现地上有碎玻璃才查看里面，看到有个人倒在地上一动不动，我就赶紧报了警。"保安满脸通红，明显是被惊吓过后还没缓过劲儿来的状态。

"不行啊，他们知道得太少了，这些我们已经知道了。"做笔录的警察对严藤逸说。

等候问询的房间里是很凉爽的，但有一个人却一直在擦汗，欲言又止，眼神透露着不安。这些小动作都被严藤逸尽收眼底。"那，我们应该可以结束了！"严藤逸故意提高声音回应着大家，用意是想让那个人说出来。

"等一下，我看到了凶手！"果然，那个人憋不住终于说出了口。

"我当时正在值班，去上厕所时，看到一个人手里好像拿着什么，我一开始没有太在意，以为是同事，就没有去管，但我看见他朝我跑过来！他浑身捂得严严实实看不到脸，我才发现他不是同事！"值班人员越来越紧张，"然后他也看到了我，就往旁边跑，我是想去追的，就是那时候听到同事的喊声，就犹豫了一下追还是不追。我看见他跑的时候还掉了什么东西，当时着急去看我同事那边怎么回事，所以就没去看掉的什么，等后来再去看的时候已经什么都没有了。"严藤逸知道这才是他迟迟没有说出来的原因。

"可能就是那件艺术品啊！"那个保安非常着急，又自责地说。

"先生，别着急，我们会找到它的！"严藤逸信心十足地安慰他。

这时，送来了法医的尸检报告，确认被害人除了头部的两处伤痕外，身体中还残留着眼镜王蛇毒，此毒素进入人体后并不会立即导致死亡，但是头部两处击打伤造成头骨骨裂，促使被害人快速死亡。

"也就是说，死者在被击打头部后并没有直接死亡，而是晕倒，在晕倒期间毒发身亡，呵！"这个检验结果还真是出乎意料，严藤逸和王队不禁相对苦笑，这种在一名被害人身上出现不同手法的多次被杀伤的案件确实不多见啊！

此外，尸检报告中附有被害人手臂部分的特写照片，上面文有一个白色十字符，白色十字的下方则是一处极不明显的针孔。

其他继续进行现场勘查的警察发现的线索有：体育器材室发现了一个沾有血迹的小锤子，上面残留的血迹经 DNA 检验是死者何思成的，但是上面没有其他人的指纹；8 月 29 日全天的监控一片空白，显然已经被人动了手脚。

在学校老师和同学的口中何思成是一个人缘不好、爱惹是生非、时常恶作剧、学习成绩在中下游、不讨人喜欢的男生。何思成的盗窃同伙是谁，为什么会对何思成痛下杀手？谁给何思成注射了毒素？神秘的白十字符又有什么用意？这些问题让破了无数大案的大侦探严藤逸心中充满疑惑。

疲惫的严藤逸回到家里，已经是深夜，但妻子林佳还是为他留了一桌香喷喷的饭菜，可口的饭菜让严藤逸紧绷了一天的神经放松下来。

多年的默契使林佳看出严藤逸今天一定是遇到了大案子，所以她体贴得没有多问，因为她知道丈夫为了这个案子肯定累了一整天了，她要做的就是让丈夫完全地放松下来。

洗完澡，严藤逸将一张张现场照片平摊在书桌上，开始了细致的观察。每张照片如同一条条线，在严藤逸脑海中织出一个立体的空间。盗窃者显然是经过了周密的计划，作案时浑身包裹严密，还戴了手套，不仅顺利地取走展品，杀人则更像是临时起意，现场没有经过处理的脚印、慌乱逃走时遇到保安掉落的东西，一切都那么天衣无缝……盯着那张手臂特写的照片，"白十字符……"

面对似曾相识的标记，严藤逸陷入了沉思。他忽然想起了 10 年前，那件和白十字相关的匪夷所思的灵异案件——白十字团奇案：26 个教徒被人活活砍断手脚死在了教堂里。严藤逸不禁摇头，十年前的何思成只是个小学生，怎么会与那件案子有关呢。

他太累了，渐渐地进入了梦魇之中……

雨很大，大到面对面站着人都看不清对方的脸。一名黑衣男子背对着他，拿着雕像，手中的降魔杵一下一下刺着一位老者，老者已没有了任何气息。地上横七竖八躺着很多人，都是满身是血、一动不动。严藤逸数了一下，算上老者刚好 26 人。这就是白十字团奇案的现场啊！严藤逸意识到了这一点，突然紧张极了，凶手就在自己面前，一定要抓住他！严藤逸不顾一切地想要冲上去看清凶手的真面目，但是他的脚却动不了，他用尽全身的力气挣扎着迈步，可是他的脚犹如被钉在地面上纹丝不动，严藤逸急得想要大喊，却发不出任何声音。这时，那个凶手转过身来，明明看不清他的脸，却能感受到他充满挑衅的目光和嚣张上扬的嘴角，随后他转身跑远了。严藤逸继续挣扎着，想追上去抓住他，他想冲上去大喊："站住！别跑！"

严藤逸从梦魇中惊坐起身，已是满身大汗。他想下床去冲个澡，瞥见桌上摊着的作案现场照片，那个白色的十字是那么刺眼，刺得严藤逸的身体都不禁轻颤起来。

第二章　丢失的艺术品（下）

　　严藤逸也没有什么办法可以找到更多的线索，就想到了去询问何思成的同学，碰碰运气，看看有没有什么新的发现。

　　一大早就出发，严藤逸在新华艺校门口吃了早餐，正好碰到了很久不见的老同学叶天泽，二人相谈甚欢。

　　叶天泽："这不是严藤逸大侦探嘛，好久不见啊。"

　　"噢，你也来这儿了？"严藤逸没想到在这儿还能碰到老同学，很是吃惊。

　　叶天泽："是啊，来这儿转转市场，看能不能遇到合适的货收几件，你最近怎么样？"

　　严藤逸："挺好的，这不正要为破案找线索嘛！"

　　"什么案件啊，还劳您大费周章地来回跑！"叶天泽疑惑地问道。

　　严藤逸把手搭在叶天泽的肩膀上，"一言难尽啊，这学校里艺术品被盗，有一位学生还死在了这艺术品摆放位置的旁边，这么大的事情，总感觉这案子没那么简单。行了，不说了，还有事。"

　　叶天泽："去吧，严大侦探。"

　　严藤逸到了学校后，跟老师说明情况，把那几个常跟何思成玩的同学叫了出来。

　　严藤逸问："你们上次见何思成的时候他有没有什么异常的举动？"

　　有一个同学就说："没有啊，就是前天何思成发烧了，没来学校，他去医院输液，我们还去看他来着，不过他回来后看着整个人晕乎乎的。"

旁边几个同学连连点头，也随声附和着。

严藤逸听完后忽然对案件若有所思，他马上跟王队通了电话。

严藤逸告诉王队："我去了学校，他的同学说他去 S 市的第二医院输过液，我怀疑毒品的侵入，与输液有关！"

王队沉思道："有道理，我们现在就带人过去，咱们在医院会合。"

他们一行人来到医院，人来人往的医院真是个令人不舒服、不愉快的地方，医生护士都在紧张地工作，大厅走廊里到处都是病人和家属的哀叹声，还有浓重的消毒水味呛入鼻腔。生老病死在医院都是常态。

王队向医院急诊科主任出示了警察证，于是顺利地传唤了在何思成输液期间在岗的所有医生、护士并且进行笔录。只有一个叫范离莎的护士因昨天已经办理了离职手续而未能见到，而她正是给何思成输液的人。

"那还能不能找到给何思成输液的针管？"严藤逸仔细地询问护士长，看看有没有其他蛛丝马迹。

"嗯……前天的话估计能找到。我们医院有规定，输液管、针头等医用垃圾都是放在指定的医疗垃圾箱集中处理，如果是两天内的垃圾没准儿还能找到，时间长的话早就被处理了。不过我有印象，范离莎那天给病人扎针时心不在焉，把一个病人的血管都扎透了，搞得输液管上都有血，我有印象，那个病人没准儿就是你们说的何思成。你们跟我过来吧，待处理的医疗垃圾都在集中点呢。"

二人分头行动，王队迅速前往医疗垃圾集中点，寻找染血的输液针管，严藤逸则继续问询。

被问询的是一个年龄不大的小姑娘，她穿着护士服，戴着口罩，只看到她一双大眼睛眼神微闪，她有点儿紧张，双手都不知道要放哪儿，当问她范离莎为什么辞职时，她哆嗦着说："我不太清楚，但是范姐是一个挺随和的人，也很敬业，科里有需要加班的情况她都会留下来加班到很晚才回家。"

"那你知道范离莎辞职后去哪儿了吗？"严藤逸边追问边做记录。

"不知道，她家不是本地的，不过她有一个关系特别好的朋友，经常来医院找她，她也经常去她朋友家住，她朋友叫张岛雪，具体住哪儿，在哪儿工作不清楚。"

这时，王队带回来两个染血的输液针管，分别装好后准备带回公安局做检验。严藤逸对王队说明了刚刚问询的情况，建议王队立即通过医院档案查找范离莎的住址，同时全市范围内查找张岛雪。

下午5点，染血的输液针管检验出了结果，取样的两支输液针管中确实有一个带有可以致死的毒素残留，并且留有范离莎的指纹；下午7点，警方在张岛雪的住处找到了范离莎，将她带回公安局。

范离莎面对警察一脸的慌乱，不停地说着："我又没犯什么事，找我干什么，你们凭什么抓我？"

"你给何思成注射的药物有毒，何思成死了，你敢说跟你没关系？在针管上发现了你的指纹，而且医院监控也显示是你注射的药物。"王队将装有输液针管的证物袋扔在范离莎面前，语气咄咄逼人。

面对证据，范离莎无法再抵赖，她头上冒出了冷汗，脸色吓得发白，手也不由自主地发抖，她喃喃自语道："这不怪我，我也不想的，他是罪有应得，对，他该死，他该死！

"以前我父亲和何思成的父亲一起做生意，我们两家早就认识。有一次他们一家来串门，人走后我们发现我家的传家宝没了！我父亲问他家要了好几次，想着看在两家交情的分儿上不报警，他家却死不承认，何思成还把我父亲推倒在地，进了医院。他父亲怕我家报警，拿出了公司经营的错漏威胁我父亲。我父亲原本就有心脏病，加上这么一闹，没两天就去世了。在那之后我母亲一直神情恍惚，身边根本不能离人，我只能辞掉工作在家照顾她，可是有一天我出去买菜，回来母亲就……"说到这里，范离莎已经泣不成声。

"后来，我打听到他们一家搬到了S市，何思成也到了新华艺校上学，我就跟来了，在S市找了工作，我要报仇！我要杀了他！"范离莎的眼里饱含泪水，充满了恨意。

"那天我看到了何思成来我们医院输液治病，我是想找机会毒死他们全家的！开始他没认出我，我想先放过他，可是看着他还能心安理得地活着，我就无法忍受！"说到这儿，范离莎狠狠地抹掉脸上斑驳的泪痕，停止了哭泣。

"讲讲你是怎么投毒的吧。"严藤逸乘机追问。

范离莎忽然冷笑了起来："那种毒液我早就准备好了,我不是说了吗,我想杀他全家呢,哈!我都是随身带着,找机会下手。"范离莎的脸上满是不甘和恨意,"配药时,我在手套上面涂了毒液,那种毒液无色无味,会慢慢地流入心脏。然后我就去护理部提出了辞职,躲到朋友家,如果你们没怀疑我,我就继续找机会杀他们家其他人,被抓住了我就认命。"说完这些,范离莎一脸平静,连眼神都凝固在一个虚无的点,好似没了灵魂,一脸无憾,毫无悔意……

"你去过新华艺校吗?认识那里的其他人吗?"严藤逸想到了死者头部的伤痕,想要找到在学校袭击死者的人和范离莎的关系。但是,范离莎对这些问题却只是摇摇头,神情有些困惑。

线索到这儿又断了……

翌日,叶天泽约严藤逸小聚。

"这两天真是很有收获呀,老严,你们 S 市还真是个风水宝地。"叶天泽一边吃一边眉飞色舞地说着。

"哦?那可恭喜你啦,又淘到什么宝贝啦?"

"有一对儿花瓶,贡品!回头让你饱饱眼福,哈哈哈……还有个敞器酒杯,那叫一个别致,可惜了,缺个耳朵,我得找大师给补上,不然可……"叶天泽说着干完了一杯酒。

"等等,你说的是缺个耳朵的敞器?!"不等叶天泽继续显摆,严藤逸便急不可待地打断了他的话。

于是警方根据叶天泽提供的卖家信息,顺藤摸瓜找到了盗窃艺术品、袭击何思成的嫌犯,正是何思成的同班同学陆港。案件顺理成章告破,原来两人在展厅拿到艺术品后,何思成想要从陆港手里抢夺艺术品,陆港便一气之下杀死了何思成。

至此,此案涉及的两个凶手都已被抓捕归案,但是"白十字符"标志为何会出现在何思成身上,凶手也一无所知。

第三章　你伤害了我（上）

天空阴沉沉的，仿佛巨大的铁板压下来，新华艺校院内的杨柳耷拉着枝条，连小鸟也不叫了，整个世界显得一片阴沉，一片压抑，总让人觉得有什么糟糕的事情要发生。

杨玉甯和顾艺璇两个女孩关系很好。一天夜里，月光如水，一片静谧。杨玉甯提议出去散步，顾艺璇二话不说就答应了，于是两个女孩就走出了学校。

回去时有一双邪恶的眼睛在黑暗的地方直勾勾地盯着她们。顾艺璇好像察觉到了异样，对杨玉甯小声说："我们快走吧，总感觉有人盯着咱们……"

杨玉甯皱着眉头，信誓旦旦地说："没有吧，别胡思乱想了。"

顾艺璇刚想回她，一个人影就挡在了她们的前面，拿着刀，凶神恶煞般低吼道："交出钱来，不然……要你们好看！"

此时杨玉甯心里非常慌张，因为她也是第一次遇到这种事情，一时间不知道该怎么办，猛地把顾艺璇推到坏人面前就逃跑了，而顾艺璇此时就像是一个被抛弃的孩子，一动也不敢动，她心里恨极了杨玉甯，发誓以后再也不理她了。最后，顾艺璇身上所有的钱财都被抢走，还好她被路过的人救了，受了点儿小伤，并没有生命危险。

第二天，喧闹的课间，几名同学发现顾艺璇和杨玉甯两个形影不离的好朋友闹掰了，便主动与顾艺璇说话，询问她们之间到底怎么了。在得知顾艺璇的遭遇后，同学们都很气愤，纷纷谴责杨玉甯。放学后，到处都是同学们议论她们的声音。周末回到家，顾艺璇把自己锁在房间里，脑海里不断回荡着那天晚上杨玉甯丢下她逃走时的场景，反观这几天杨玉甯的毫不在乎，她恨意更深了。

烈日炎炎的上午，顾艺璇找到杨玉甯，质问她那天夜里为什么丢下她逃走。两人情绪都比较激动，说着说着就吵了起来，两人最终不欢而散。接下来的几天，又有人在背后煽风点火，指责顾艺璇不顾姐妹情，毫无包容之心、斤斤计较，杨玉甯一气之下摔碎了见证她和顾艺璇友谊的镯子，顾艺璇天天把那个镯子携带在身上，显现出对这份友谊的重视，她原本以为这份友谊可以伴随其一生，可没想到这份友谊却这么短暂。下午课间，同学又向顾艺璇透露消息，说杨玉甯说她在一次考试中作弊，还抄过别人的家庭作业。这让顾艺璇非常生气，本来就是她不仁不义在先，反倒是恶人先告状。

校庆日将至，宿舍里其他几个女生忙得不可开交。趁着这个机会，顾艺璇很想把杨玉甯叫过来说清楚，这份支离破碎的友谊不管怎样还是需要一个交代。

晚上六点，杨玉甯吃过饭如约来到顾艺璇宿舍，顾艺璇正在等她。

"我们是应该给彼此一个交代。"杨玉甯冷漠地说道。

"哼，交代，那天晚上你跑的时候怎么没想到呢？"顾艺璇的眼神里闪过一丝不屑。

"这和那天晚上有什么关系？再说了你背地里怎么传我谣言，你心里没点儿数吗？"杨玉甯似乎要把她的委屈全都宣泄出来一样，把桌上的书一把掀翻。

"你好意思说我吗？先做缺德事的是你吧！"顾艺璇的眼里冒着愤怒的火光，气氛紧张到了极点，两个女孩相互瞪着对方，彼此眼中只有无形的怒火。

"啪！"怒不可遏的杨玉甯扇了顾艺璇一巴掌，顾艺璇愣了一下，随即，一股耻辱感充满全身，她全然不顾，似猛兽一般扑向杨玉甯，两人扭打在一起，杨玉甯被顾艺璇这突然的动作吓住了，但她随即反应过来，破口大骂："你认为自己很牛吗？啊！你在网上造谣的页面我都保存了，你的把柄可在我手里呢！"顾艺璇更加暴躁，使劲地扯着杨玉甯的头发，杨玉甯越挣扎，她的怒火就越旺，就打得越重，杨玉甯受不了，使劲蹬着地，开始口无遮拦地骂起来，顾艺璇听着她的话含混不清，但几个词清清楚楚传入耳中："被抢……你活该！"

这下彻底激怒了顾艺璇，她不顾一切地要报复杨玉甯，她看见刚才因打斗掉在床下的水果刀，心想要给杨玉甯些颜色看看，便将水果刀拿过来毫不犹豫地向身下的杨玉甯刺去，突然，杨玉甯的身体一震，惨白的面孔痛苦地扭在一起，顾艺璇被吓住了，"救……救我。"杨玉甯的呼吸变得沉重，心脏的位置不断地涌出鲜血，把地板染上一片殷红，顾艺璇已经吓得发抖，她的大脑一片空白，她的眼里只有那瘆人的血与杨玉甯痛苦的面孔。"救……救我……"杨玉甯微弱的声音混杂着沉重的呼吸声，在这寂静的气氛中显得格外清晰。

顾艺璇赶忙去拿手机，但在她拨通号码的那一刻，她犹豫了。这件事如果被发现的话，她的一生将会改变。她没有办法了，她只能在这条路上走下去，越走越远。

顾艺璇崩溃了，她慢慢地把手机扔在地上，无力地瘫坐在床上，杨玉甯看着她，眼中除了绝望又多了一分失望，顾艺璇也看着杨玉甯，眼看着她的呼吸慢慢减弱，直至她闭上眼睛那一刹那，她的脸颊上滑下一行泪水，这份友谊注定以悲剧结尾。

顾艺璇慌了，她绝望地大哭起来，看着死在自己手里的杨玉甯，往事一幕幕浮现出来，她想要的，不过是一个道歉罢了。

但现在一切都来不及了，她也不知道事情怎么会发展成现在这个局面。

顾艺璇渐渐恢复理智，她拿起手机，七点半了，宿舍里其他女孩还没有回来，这个点不回来就证明她们今天晚上在社团留宿，那么她就可以处理现场了。

她拿出盆，将血迹冲洗干净，这时就已经八点半了，随后她又把杨玉甯碰过摸过的地方擦干净，仿佛她从未来过这里；最棘手的就是尸体了，尸体很大，她把自己运书的袋子拿来装才勉勉强强装下，又将空隙用书填满来伪装，忙完这些，已是九点半了。

顾艺璇认真考虑过了，九点半对于她们来说不算晚，一般十点半以后才会熄灯睡觉，理由是把书运到另一个校区去卖也很合理，她自己考过驾照，年龄填的虚岁，以前她认为两个校区来回太麻烦，才伪填年龄考驾照，每次运书也是她自己去，如果回来晚了，就说是书散开了，她一个人收拾了好久。

不过最重要的原因是尸体第二天会发臭，这样就会被发现，她别无选择。

　　顾艺璇把自己收拾得严严实实，又戴上鸭舌帽，不仔细看根本认不出来是谁。就这样，她很顺利地把尸体运到了郊外，因为时间紧迫，她只是把尸体藏到了一处很隐蔽的树丛中，希望以后找时间再来埋葬她。

　　回到宿舍的她很累了，准备好好睡一大觉，不再去想那未知的明天。

第四章　你伤害了我（下）

三天后，S 市新华艺校高中部内。

"听说了吗？今天警察来咱们学校了。"

"真的假的呀？哎，是为了那谁而来的吗？"

"哦，你说的是不是杨玉甯啊，哎，我记得她失踪了。"

"对呀，失踪了得有三四天了吧。我见过她家里人，来了几次了，他妈妈来的时候眼睛肿的呀！到现在都还没找着，估计，命没了。"

"她长得也挺好看的，学习又好，唉！可惜了。"

"不是顾艺璇和她玩得挺好的吗？怎么看着她跟没事儿人一样，还在那儿学习呢！"

"不是吧，你没听说她们俩早就崩了吗？"

"对呀，对呀，她俩现在只能算同学关系。"

"哎，不对，是不太好的同学关系。"

"哈哈哈哈哈……"教室内几个同学围在一起说笑着，眼神时不时看向顾艺璇，满是看笑话的神色。

顾艺璇正在座位做练习题，一张脸上没有任何表情，握笔的手却在微微颤抖，话她都听见了，只能强装镇定。这时老师进门说："一会儿咱们班的同学要配合警察去做一些调查，不过很快就会回来。"讲台下一阵骚动，窃窃私语，"看来杨玉甯凶多吉少了啊……""好了，同学们分批出去，班长带领第一队现在过去。"老师厉声道。

学校暂时布置的问询室内，三个年轻的警察正站成一排向刚进门的严大侦探打招呼。

"哟，严哥来了。"

"严哥好。"

"你们好。"

只见来的男人约莫三十岁，穿着笔挺，脸部棱角分明，一双眼睛透着敏锐，头发支棱着，硬把一米八多的身高挺成了一米九，这是严藤逸。

"怎么样？"警队王队长急不可待地询问起来。

"什么怎么样？"严藤逸挑了张临时摆放的审讯台侧面的椅子坐了下来。

"案子啊，给你看的资料，看得怎么样？"另两个警察也急忙围住了严藤逸。

"还行吧。"严藤逸从随身带的文件夹中取出一份资料，顺着资料侧面贴着的层层便利贴翻到其中一页。很显然，严大侦探已经很细致地研究了这份资料。

"哎！一会儿被害人的同学、老师和家长会来，您在旁边儿听着。"王队心里有了底，眉宇间的川字瞬间消失，听到外面几个学生说话的声音传了过来，马上安排他们一一进来问询。

"你和杨玉甯是什么关系？"王队叫进来一名女学生，盯着她的眼睛问。

"同学、不熟，不过她和顾艺璇之前关系挺好。"女学生毫不犹豫地回答。

"现在呢？"小王继续追问。

"听说她俩闹掰了。"

"知道她们俩闹掰的原因吗？"

"好像是她们遇到了劫匪，然后杨玉甯推开顾艺璇自己跑了，她俩就闹掰了。"女学生回答得有点儿犹豫。

"只因为这个吗？"

"也不是，有几个同学吧，知道以后就去挑事儿，那几个人吧还挑唆杨玉甯把什么镯子摔了，然后还特意告诉顾艺璇，说杨玉甯骂她，还污蔑她学习考试作弊，抄自己作业，等等，她们俩关系就……显而易见了。哦，对了，顾艺璇 2 月 14 日的时候，约杨玉甯出去了。"

"去把顾艺璇叫过来。"

女学生出去后，过了一会儿进来一名身材消瘦的女生，身高在一米五五至一米五八之间，梳着马尾辫，皮肤白皙，细细的眉眼低垂着不看任何人，紧抿的双唇没什么血色。

"顾艺璇，女，17 岁，汉族……你和杨玉甯是什么关系？"王队开始了问询。

"和她……同学。"顾艺璇说话声音很小，在静谧的临时问询室内也需要仔细听才能听得清楚。

"听说你俩关系不太好是吗？"王队紧接着问道。

顾艺璇默不作声地点了点头。

"那她已经失踪了三天，失踪之前她最后见到的人是你。她没跟你说她去哪儿了吗？"紧接着上一个问题，王队继续问道，丝毫不给顾艺璇思考的时间。

顾艺璇惶恐地抬起头，望了一眼问话的刑警，然后迅速躲闪开对方犀利的目光。

王队盯着她，又把问题重复了一遍，提高了些许声音道："顾艺璇，在问你话呢。"

女孩儿双手扭在一起，脸色惨白，嗫嚅着说："她什么都没跟我说过。"

"那她可能去哪儿，你知道吗？"

"不知道。"

"你 2 月 14 日约她去干了些什么？"

"就和她谈了谈，没干什么，之后我俩就分开了。"顾艺璇的眼神不自觉地飘向右上方。严藤逸盯着顾艺璇飘忽的眼神，判断她正在说谎。

"分开之后，你去了哪里？"

"分开之后，我就回宿舍了。"

"你们大概几点分开的？"

"8 点多。"

王队又问了几个问题，顾艺璇不出声也没有动作，无神地盯着地板。

"唉，老严，这女孩儿必定有问题。"顾艺璇离开后，王队对着严藤逸很肯定地说出了自己的判断。

严藤逸没回答他，开始回放问询顾艺璇的视频。

"老严，这女孩儿长得是挺耐看的，但你也不能一直老盯着看呀，还没成年呢。"

"滚！"

"哈哈哈，不说了，我先带你去监控室看看再给你说一遍案子。"

两人随即离开问询室。

"死者名叫杨玉宵，是郊外一位老农放牛时发现的，发现后立马报的警。然后我们根据对死者的调查，发现死者生前是在这所学校上学。法医推算死者已经死了三天，死者心口处有类似水果刀捅过的伤口，像仇杀。但这么点儿大的孩子谁这么恨她？不过杨玉宵被杀的事情就校长和死者家属知道。"

"不排除过激杀人。"

"对，目前最有嫌疑的是顾艺璇。"

"但还得找证据。"

"监控室到了。"

"队长好，严哥好。"在监控室内正在翻看监控画面的警察看到他俩来了，立刻站起来打招呼。

"你们好，麻烦把 2 月 14 日晚上 8 点左右在校门口的那段调出来。"

"是，严哥。"

"停一下。"画面快速闪过，严藤逸和王队异口同声地说道。

随着画面静止放大，屏幕上出现了一个黑色的身影。

"这人是顾艺璇？"王队看着监控道。

"不确定。"严藤逸说。

"要么咱们去顾艺璇宿舍看看，如果真是她杀的，那里可能会有线索。"王队分析道。

"嗯，去顾艺璇宿舍看看吧。"严藤逸说道。这让王队有些小得意，任何一点儿快过严大侦探的发现都会让他开心不已，毕竟这样的机会很是难得。

严藤逸瞄了一眼情绪突然有点儿兴奋的王队一眼，看破却不说破。

"好，辛苦了。"王队才不会在意严大侦探的那一眼，连忙招呼其他人继续翻看监控画面，他则随着严藤逸去往学生宿舍。

女生宿舍楼下，王队向楼管大妈亮出了证件，大妈立即热情地将两人带到顾艺璇的 503 宿舍门口。

"王队，咱们就这么进人家女生宿舍，不太好吧。"确认过这个时间宿舍没人后，严藤逸嘴里说着不太好不太好，随手就拿着楼管大妈递过来的钥匙打开了 503 室的门。

"这里能找到关键的……"王队这一句还没说出口，门已经被严藤逸推开了。

"现在我们最怀疑的就是顾艺璇，如果她真杀了人，也不会把证据这么快就处理掉，毕竟只是个小姑娘。"严藤逸已经戴上手套直接开始翻看顾艺璇的个人物品柜，王队也连忙戴好手套，在房间的各种缝隙角落找起来。

"你说得对，老严你看，那儿有个密码柜。"顾艺璇的床底下发现了一个小小的密码柜，王队轻而易举地打开了密码锁，里面有一张银行信用卡、一把水果刀和一个暗黄色笔记本。

"老严，你快看，这是顾艺璇的日记本！"严藤逸接过日记本，预感到这件案子的答案可能就在这里面了。

日记内容（部分）：

2 月 8 日

今天玉宵不知道为什么把我送她的镯子摔了，是不是有人挑拨我们的关系？……

2 月 9 日

今天不知道是谁污蔑我考试作弊，还说我抄玉宵作业，可能是因为嫉妒我们关系好吧，我不在乎，清者自清……

2 月 11 日

我和她绝交了，那天晚上，她竟然丢下我跑了，留我一个人，原来她一点儿都不在乎我……

2 月 13 日

之前造谣的人竟然就是她，我以前真是瞎了眼，竟然会跟这种人

做朋友……

"到 2 月 13 日就没了。"严藤逸看完最后一页日记递给王队，王队则正在细看那把水果刀。刀槽和刀把缝隙处有暗红色痕迹，王队熟练地用手指掐着水果刀的中间部分，从手提包里取出一个棕色瓶，朝着水果刀的柄部喷了几下，古铜色的柄部渐渐显示出一些指纹，然后与之前采集的顾艺璇指纹仔细地比对了一下，相似度达到九成以上。

"这上面应该就是顾艺璇的指纹了，我要带回去做进一步指纹鉴定和伤痕相符性鉴定，另外上面的暗红色痕迹也要鉴定是不是杨玉甯的血，如果这一切都吻合的话，那就能基本确定是她了！"王队长舒了一口气，将水果刀放在随身带的证物袋中。

"结合凶器和她的种种行为，应该是她没错了！"虽然还需要进一步的鉴定，严藤逸已经根据他的调查和分析锁定了真凶。

种种线索都指向顾艺璇，现在她早已被警方限制自由。

此时班里的气氛像是罩上一片乌云，往日课间的欢声笑语已经不复存在，回荡着一丝丝惋惜和恐怖的味道。这几天班里的同学们怎么也想不到顾艺璇有杀人嫌疑，平日里顾艺璇虽然有点儿小心眼，也不至于杀同学吧，那得是多深的仇恨呀！

严藤逸和王队，手持搜查令来到了 S 市 H 区别墅区的顾艺璇家，同行的还有顾艺璇的父母和高中的林副校长和教务处秦处长。这是她家的一套旧房，屋里的家具和装修都是典型欧式风格。地面、窗台都落了一层厚土，角落还散布着蜘蛛网，有几年没住了。严藤逸和小王到各房间仔仔细细搜查，未发现与本案有关的其他可疑物件。

严藤逸对顾艺璇父母说顾艺璇有重大杀人嫌疑，顾爸呆呆站在那里一动不动，像尊雕像，顾妈则"啊"的一声晕倒了。

严藤逸开始了新一轮问讯。首先，他再次审问了顾艺璇，想借此进一步确

认此案是谋杀还是过激杀人。

严藤逸又找到了几个顾艺璇日记中提到的传播谣言的学生。

"你知道顾艺璇和杨玉甯闹翻是因为什么吗？"

"你不是都知道了嘛，不就这几件事情嘛！"这位同学说话时眼神四处乱飘，脸上的表情很不自然，似乎在隐藏什么东西。

"好吧，那么谢谢你的配合，想起什么来再跟我联系。"严藤逸给她递了一张自己的名片就让她走了。

随后，严藤逸又询问了两个学生，并没有什么新的收获。他能看出这些学生在隐瞒什么，但是他们究竟在隐瞒什么呢？又是什么原因让他们对顾艺璇的事讳莫如深呢？

第五章　致命的游戏（上）

在前晚又发生了一件怪案，S市新华艺校高二（3）班的学生李济州惨死在家中，双眼圆睁，布满血丝，向上翻着；嘴张得无比大，看起来想要说些什么，可是没能说出口就断气了一样。这件事很快上了新闻，迅速引起了人们的注意。

人们纷纷在网上发表自己的看法，许多人怀疑李济州是自杀，可是据案发现场报道，死者身上虽然有受伤的痕迹，但位置怎么看都不可能是自己所为，且都不会立刻致死，见到此状，严藤逸的直觉告诉他这起案件的凶手一定另有其人，在收拾好装备后，他立刻动身前往新华艺校，打算去查看情况。

走进校园，令严藤逸感到意外的是周围的气氛，充满欢声笑语，无比美好，仿佛李济州死亡这件事从来没有存在过一样。他边走边想，事情都闹得这么大了，学生和学校竟然毫不在意，这使他更加迷惑不解。因为思考得太认真，没留意对面跑来一个女同学，与她撞到一起，严藤逸急忙上前扶住她。

"你没事吧？抱歉，我刚刚在想事情，一不小心撞到你了。"严藤逸连忙道歉。

"我没事，对了，你是谁呀，以前没在学校见过你。"那女孩应声回答。

"我是严藤逸，是个警察，是来这里收集线索的。"

"你是个警察呀！真厉害！我叫陈依柔，我可以帮你，我跟老师同学混得都可熟了。"女孩边说边指着自己的名牌，上面写着"高二（3）班陈依柔"。

这可太巧了，高二（3）班！

"同学，你和李济州一个班吧，他生前有什么奇怪的行为吗？"

"什……什么？生前？难道说……李济州死了？"陈依柔惊恐地问道。

"怎么，事情都闹这么大了，你不知道吗？"

"肯定是玩游戏害的！"陈依柔十分肯定地说。

接着严藤逸叫陈依柔带他去高二（3）班询问情况。李济州的好基友王小胖告诉严藤逸，李济州最近一直沉浸在一款游戏中，还邀请他一起玩，不过由于即将考试，他并没有同意，两人约好了考试结束后要连玩 48 小时。可之后李济州就好久都没有来上课，最后一次见到他还是在六天前的模拟考试。

严藤逸继续询问王小胖，李济州为什么沉浸于那款游戏之中，王小胖摇了摇头表示自己不知道。此时陈依柔提出了自己的想法，他可能是学习压力太大，他实在受不了了，所以才想玩游戏放松的。

严藤逸又去找了校长了解情况，问他是不是学生们的课业压力比较大，校长表示他同样在思考这个问题，前些天还专门组织了各年级组长检查各班课业情况，老师们的作业和学习量完全是严格按照规定留的，绝不会有半点儿过量的施压，应该不会造成压力过大导致死亡。

严藤逸很是奇怪，一个学生，因为压力过大，玩玩游戏很正常，可如果是玩游戏把自己玩死，还真不太可能发生，所以问题极有可能出在游戏本身的设置上。他想了一会儿，又找到王小胖："同学，你知不知道那个游戏叫什么？"

"哦，我……我也忘了，我只记得当时他给我介绍那个游戏时，图标上好像有一个白色的十字符。"

"白十字符吗……好，你知道他家住在哪里吗？麻烦带我去一趟，再顺便见一下他的父母。"

在王小胖的帮助下，严藤逸找到了李济州的家，门前满是标记着"禁止随意进入"字样的警用封条，他深吸一口气，轻轻地敲了敲门。

"吱"的一声，门缓缓地开了，开门的是一个愁容满面的中年妇女，小胖用很小的声音告诉他说："这就是李济州的妈妈。"看得出来，因为儿子的死，她显得十分憔悴。

严藤逸端正了一下姿势，说道："女士您好，我是警察严藤逸，我有几个问题想问您，不知能否进去看看？"

"可以，有什么想知道的就尽管问吧。"她缓缓地抬起头，有气无力地说道。

房间里很乱，客厅的沙发上坐着一个神情疲惫的中年人，他应该就是李济州的父亲。

严藤逸清了清嗓子，小声地问李济州的母亲："那个，我想知道，李济州什么时候开始沉迷于游戏的？"

据李济州父母的说法，李济州刚开始玩那个游戏时，关卡简单容易通关，他还说非常解压，很能放松心情，所以作为家长并没有强制他卸载游戏。但是逐渐地，李济州越来越沉迷于这款游戏，总是不由自主地点进游戏软件，甚至宣称这款游戏已经成为他生活中不可缺少的一部分。

严藤逸经过其父母同意后，来到李济舟房间，房间贴有游戏海报，画着白色十字符的标志。

严藤逸抱着好奇的心态打开了这款名为"人生巅峰"的游戏。

游戏设置有关卡、任务、项目等许多板块，任务项目是玩家在使用游戏时必须完成的项目。李济州也许是出于好胜心，一直在坚持不懈地攻克关卡，也得到了软件中回馈的相应奖励，游戏中的个人账号更是被李济州装扮得非常豪华。在不断完成挑战、完成任务和积累奖励的过程中，李济州面临的任务开始越来越难，不过奖励相对应也越来越多。在丰厚奖励的诱惑下他是绞尽脑汁地完成任务，每当想到自己在苦恼许久却还是能完成任务得到丰厚奖赏的时候，就越是想继续玩下去。

但游戏任务在慢慢地变难，李济州对游戏任务非常苦恼，在游戏的不断催促和提醒的强势要求下李济州感到非常反感。李济州在不断的挣扎中决定把这个游戏卸载掉，远离这个让人沉迷而无法自拔的陷阱。可是却发现这款游戏怎么也卸载不了。

第六章　致命的游戏（下）

懊恼的他不顾软件的信息威胁、提醒，尝试各种办法卸载，但始终没有反应，那软件仿佛扎根在他的电脑上无法移动。想设置软件，哪怕让它免打扰或不提醒，可是几番尝试后，他发现根本无济于事，似乎有什么东西远程操控着这个病毒般存在的游戏。几番尝试无果的李济州干脆不再尝试，放任它继续不断地发送着各种提示。他起身去了超市，而身后电脑中的游戏还在继续运行，应用中悄无声息地接收到一个又一个消息……

超市里一如既往的熙熙攘攘，人们摩肩接踵、神色各异。李济州漫不经心地挑选着自己喜爱的零食和水果。回到家大吃特吃了一顿，来自味蕾的满足感缓解了他萦绕在心头的郁闷。

吃饱喝足的李济州懒懒地躺在沙发上，想着晚上冲个热水澡，美美地补个觉，一丝惬意缓缓升起。这时他无意间发现自己电脑上的游戏消息界面不断弹出一些非常诡异的话"放弃我就等于放弃生命""快乐因我而起""我与你同在"，并突然发现有好几个未完成的游戏任务提示，失败的代价全部是死亡，那血淋淋的大字布满了整个屏幕，凉气顺着他的脊背爬了上来，总感觉……有人在盯着他。

"太诡异了，吓唬谁呢，切！"李济州没把那些莫名其妙的话当回事，不以为然地将其直接删掉，然后再次动手卸载游戏，此时他对这款游戏已经反感倍增。但是在他强行卸载软件时，刚刚威胁的语言再次出现，他在网上搜索怎样卸载这个游戏，搜索结果全部是"404 已查封"，气得他简直想把电脑直接丢掉。

他费尽心思好不容易找到一个能够加载出来的网页，可那上面却是……"放弃我就等于放弃生命"，那熟悉的红褐色字体终于让李济州有些崩溃。可他坚信，一个软件能把他怎样，怀揣这个念头，他再次关闭网页。

但奇异的事情发生了：当天晚上，也就是在距离游戏软件系统弹出那些威胁后的第 12 个小时，李济州在家中离奇身亡。

邻居出门准备买菜，发现李济州家的大门虚掩着，以为他忘记关门，索性敲门询问他说："济州啊，你家门没关好，有什么需要帮忙的吗？"

邻居等了很久，回应他的却只有沉默，他终于在好奇心的促使下推开了大门，看到的却是李济州睁大双眼凝视着天花板，面露惊恐和不甘。邻居惊呼出声，慌乱地拿起手机报警……

接到报案，警方和法医迅速赶到案发现场，着手进行第一手资料的搜集工作。只见死者年纪在十七八岁，男性，头西脚东趴在地上，身穿家居服，仅仅是在后背、手臂和腿上，可见轻微的划痕，但这些伤并不致命，甚至没有流血，身上没有发现其他伤痕。

桌子上散乱地堆积着各种食品袋、水果皮和果核，说明死者生前曾就餐；沙发上有几件凌乱的衣服，地面不常走动的地方有微厚的灰尘，说明死者比较懒散，不爱清理房间。直觉告诉他们，这个案子不简单，因为现场明显被清理过，几乎没有留下什么有价值的线索。

警方又详细询问了邻居是否还有什么遗忘的细节，邻居说他推开门的时候隐约听到了里面发出阵阵呻吟声，但当他见到死者时明显感觉他已没有生命体征，所以第一时间报警。听到这里，大家不约而同地看向法医，法医解释说，呻吟声不代表死者当时还没死，应该是因为肺部有残留的空气正在通过喉咙向外溢出，当空气经过声带时就有可能出现这种现象。

就在这时尸体突然剧烈抽搐了几下，像诈尸了一样，吓得邻居尖叫着瘫坐在地上。在场的人也都感到毛骨悚然。法医再次查验后，证实死者确实已经死亡，刚刚发生的事情是因为肌肉没有经过松弛就立刻发生僵硬导致的，当身体的细胞耗尽最后的能量后，允许肌肉移动的蛋白质细丝就会被锁定。

这个时候身体收缩和放松肌肉会变得很困难，这种情况一般会持续到正常的尸僵出现，这正说明死者生前有过剧烈运动或拼命挣扎，再根据喉咙的湿润程度，结合尸斑便大致可推断出死者的死亡时间应该在八个小时左右。

严藤逸赶到后，综合这些信息，越想越感觉不对劲，分析道："死者后背、腿上有些伤口，没有出血现象。只有左臂有过击打的伤痕，不过很明显，这些都不会致死。那么他很有可能是被电死或者中毒而亡。现场发现他身边并没有电器，也没有漏电的现象，所以就只可能是中毒而亡了。"

在对尸体进行全面检查后，还发现在死者的脚底有一块瘀青，呈圆形，有一元硬币大小。严藤逸瞬间想到两个人发生打斗时，站立状态一般不会伤到脚底，于是更加确定这不是普通的打斗，而是谋杀，还是蓄意的毒杀。

于是他们又请来一位对各种毒药颇有研究的法医再次尸检，法医不负众望，只看了一眼瘀青的部位，就知道它对应的是肝脏，严藤逸听后更增加了对这个案件的好奇。

让法医对肝脏部位进行了解剖，不出所料，果然在肝脏周围的血液中检测出了毒素，并且这个毒很奇特，它并不是立刻就能危及生命，而是在 24 小时内慢慢释放毒素，让人失去神志后无声死去。

此时法医喃喃说道："应该还漏掉了重要的东西。"只见他皱着眉头耐心地查找着，许久，他脸上露出一丝笑意，终于在众多为肝脏输送的血管中发现了一个被毒液侵蚀变色的微小铁针，经检验这就是死者所中毒的方法。

严藤逸马上召集了所有人，说道："这绝不是自杀，而是有预谋的他杀。首先死者去过超市，从超市录像中可以看出死者当时并没有情绪低落，而是从容购物。"

"那如果是自己服毒自杀的呢？"警察问道。

"从他的伤痕可以看出他有过反抗的痕迹，可以排除是服毒自杀。"

"再者从最初的尸检报告中我们得知他死前曾就餐，并无饮食不当；而最终肝脏检测结果是血液中毒，加之毒浸铁针这个铁证，由此我们可以推测：凶手在死者没有按其要求将游戏继续下去，在虚张声势没有起到效果的情况下，为杀一儆百起到恐吓他人的目的，假借所谓的游戏杀人模式，趁夜深人静潜入死者家中，仅仅几下就把长期迷恋游戏、身体素质极差的死者打晕，将其事先准备的毒浸铁针刺入死者脚底对应的肝脏穴位，让其随血液流动慢慢到达肝脏，最终达到无致命伤而致死的结果，这样就构成了完美的杀人案。"

警方在死者家中搜索的时候，发现了电脑上的聊天记录，据此查找到了对方的位置。当警察到达那里时，发现只是一个小小的地下室根本就没有人，电脑上还留着那一句威胁的话，很显然，他们都被骗了。

就在警方没有头绪的时候，严藤逸马上就想到了突破点，他让法医从取出的钉子上寻找信息，果然在上面发现了有价值的指纹，通过国家 DNA 信息资料库进行比对，最终锁定了凶手。

当警方到达后发现凶手也已经死了，同样死于那枚神奇的毒针。之后国家相关部门也关闭了这个"杀人"游戏，至此离奇的解压游戏杀人案落下帷幕。

到底谁才是幕后真凶，操控着这个游戏，让很多玩家脱身不得，这个游戏又和白十字符有什么关系？

或许李济州早些把事情暴露出去，求助警察，就不会落得如此下场。做人还是要有些自知之明，也要适可而止，像这种无趣低俗的所谓的杀人游戏，根本就是一个荒唐的闹剧。

看来又是他杀，巧合的是死者身上也有白色十字符文身，真是令人百思不得其解。

第七章　死亡之谜（上）

公安局里刚刚吃过午饭，几名警察正坐在办公桌前讨论着案情，突然一个身材偏瘦、皮肤黝黑、中等身材、光着上身、脚上穿着一双拖鞋的男人慌里慌张地跑了进来，许是跑来时比较着急，他深深地呼了口气，声音沙哑地道："警官，警官！快快，我要报案。"一名警察立马站了起来说道："别着急，说说怎么回事？"

只见男人咽了咽唾沫，一手抹了一把脸上的汗水，他这一抹不要紧，本来就比较黑的脸上一下子成了黑花的，因为他一直在干着活儿，手上沾满了污渍，这一抹手上的脏全到了脸上看上去跟流浪的人一样。他又眨了眨眼睛才道："惠悯死了，她真的死了。"

警官皱着眉头，示意他详细说明一下情况，只见这个男人坐在地上呜咽着哭了起来，嘴里不停地嘟囔着："是我的错，我不应该跟她吵的，不应该说难听话，我对不起她啊！呜呜……"

这个男人看上去真的很伤心，这个男人口中的惠悯是谁？她为什么会死？这个男人为什么一直说对不起她？

正当其他人都等着男人继续说时，严藤逸进来了，他是来找王队借阅资料的。当他看到地上坐着的男人时便走了过去扶起他，让他稳定了下情绪后便问："发生了什么事？"

男人擦了擦脸上的泪水，抬头看了看周围的警察，突然神情惊慌了一下，随后又慢慢地低下了脑袋，小声地说："惠悯死了，本来见她是去洗澡了，她洗了很长时间，不承想她却死了，是我害了她啊！呜呜。"

这个男人又哭了起来，这时公安局里的警察们都等着急了，严藤逸厉声喝道："不要哭了，你叫什么名字？来自哪里？究竟发生了什么事？"

他一凶，男人立马停止了哭泣，他缓了好一会儿道："我叫刘泽，家住城东的青黄胡同，我和我的妻子吃早饭时因为一些小事吵了起来，我很生气扔下碗就准备去干活儿了，到门口我还说了句不想好你就去死吧，她当时也不吃饭了就是不停地哭，后来我看她去了浴室洗澡，我就……就接着干活儿，后来老长时间也没见她出来，开始以为她是生气不想出来，也没理会，后来我看她两个多小时都还没出来，就进去叫她，一看她却死了。"男人又没忍住，大哭起来。

严藤逸认真地询问："尸体位置有变化吗？你移动她了吗？"

刘泽缓缓回答："没、没有，还在浴缸里，看到她死后，我就赶紧来报案，没动她。"

"走，带我们过去。"严藤逸皱起了眉头，和王队带着两个警察一起出现场。

死者牛惠悯，女性，已婚，三十岁，死亡地点是自己家里的浴缸，初步判断是溺水身亡。

严藤逸发现浴缸周边地上有大量的积水，地上的水越往远处越少，最后只有一点儿，看起来，地上的水似乎是从浴缸里溅出来的。

严藤逸询问刘泽："你的妻子牛惠悯死前有没有什么反常的表现？"

"没有吧。只是她死前跟我说过要去泡澡，当时我在客厅里忙自己的事，没有在意她。过了两个多小时，我看她还在浴室里没有出来，害怕她出什么事，就去浴室里看看她，发现她已经死在了浴缸里，就赶紧报了警。"刘泽一脸惊魂未定的表情。

"什么时间发现她死的？"

"嗯……"刘泽想想说道，"大约在上午十点的时候。"严藤逸眉头一皱，心想：也就是说，死者是在八点到十点遇害的。

于是又问道："在牛惠悯去泡澡时，你有没有发现周围有可疑的人来或经过？"刘泽张张嘴，好像要说什么，但又止住了，非常不自然地说："嗯……

有……不对，周围没有人来。"刘泽脸上闪过些许恐慌，正好被严藤逸捕捉到了。

严藤逸严肃地盯着刘泽的脸问："你和牛惠悯有没有发生过争吵或冲突？"

"嗯……没有，一直都没有过。"刘泽的脸上掠过一丝慌乱，但马上恢复常态，严藤逸并没有发现。

严藤逸把现场围了起来，仔细地勘查着地上的水渍，其他同事在现场不停地拍摄照片。地上留下的脚印混在一块，他勉强能看清一个印记，于是画下了脏脚印踩的泥水的轮廓。

"第一次杀人啊，这么慌乱的脚印。"他又绕着浴缸走了一圈，发现有几道黑印，严藤逸脱口而出。

"是行凶时留下的吗，还真是不仔细啊。"严藤逸忍不住又说了一句。

站在一旁的刘泽咽了下口水，"凶手留下的线索这么多，那您一定可以找到凶手吧，一定要把凶手绳之以法，也好给惠悯一个交代……"话说完，刘泽用双手捂着脸，挡住了所有的面部表情。

"别担心，我们不会让犯人逍遥法外。"严藤逸又去观察尸体，尸体脖子的右侧有三道手印，颜色已经发紫，两只手还张着，像在抵抗什么，左手无名指上有深深的戒指印，没有佩戴戒指。

"等等，戒指？刘泽，你妻子的戒指呢？"

"她……她一直戴着啊，那是我送她的钻戒，她一直都很宝贝这戒指！"刘泽颤抖着说。

"这么说，你很爱你的妻子啊。"严藤逸对他笑了笑，眼神犀利，他已经开始怀疑刘泽了……

严藤逸内心动摇了一下，但又马上投入调查中。他用镊子在水中摸索着，碰到了一个环状物——戒指。

"看样子是在挣扎时掉在水中的。"严藤逸看了一眼牛慧悯的尸体。尸体并没有闭上眼，嘴微张着，一副惊恐的样子。

拍完现场照片后严藤逸心下不忍，将她的双眼合上。

"尸体会说话。"严藤逸感叹道，心中已有打算。

严藤逸看了一下地上的水，心里产生了疑惑，便观察了四周，发现在墙上也有水，而且水溅得还很高。严藤逸估计了一下，浴缸里的水加上溅出的水大约占浴缸容积的三分之二，而且溅出的水占浴缸容积的三分之一以上。从溅水的角度考虑，说明死者生前有过剧烈挣扎。

严藤逸心想：从墙上溅出的水的高度、浴缸剩下的水的总量和溅到地上的水到达的位置来看，死者死得很不情愿。也就是说，死者不是自杀的，那只可能是他杀。但是刘泽在报案时说，他看到周围没有人来过，那么地上模糊不清的脚印是谁的？除非……

如果周围真的没有人来过的话，那屋里只有死者牛惠悯和她的丈夫刘泽在，那么……只有两种可能：第一种可能，就是刘泽一直在贼喊捉贼……

至于第二种可能，那就是如果有人悄悄地来过，而刘泽没有听到或看到。可凶手在杀牛惠悯的时候，必定会发出巨大的动静，那么刘泽为什么没有听到？而且凶手是怎么来的呢？凶手又是怎么走的呢？浴室里没有窗户，只能从门进入，但是从门走很容易暴露，但不走门的话，凶手又是哪种手段进入浴室？

第八章　死亡之谜（下）

（报案人刘泽好像并不因为妻子的死亡而着急，也没有看见妻子尸体时的恐慌和忧虑，严藤逸心下有疑，觉得他在贼喊捉贼。）

警方把牛惠悯的尸体带回法医部门后，又在她的身上发现了一些新旧不一的伤痕。

于是又继续审问刘泽："你老婆身上为什么有伤口？"

"我……我怎么知道。"刘泽小声地回答道，眼神飘忽不定，却精准地避开了严藤逸严肃的目光。察觉到了他的心虚，严藤逸心中有了打算，更坚定这个刘泽有问题。

离开卫生间，严藤逸开始查看客厅。严藤逸突然在客厅沙发底下发现了许多玻璃杯的细小碎片和一些细碎的头发，经过辨认，这正是女性的头发。严藤逸询问刘泽这些东西的来历，"我……我忘记打扫了，不不不，是没有打扫干净……"

严藤逸带队离开,回去的路上他在想：这些都是家暴的表现而他又那么心虚，一定是他。

"司机，掉头回去！"一行人来到了刘泽邻居家询问夫妻二人的关系。

邻家大妈说："平时每天晚上他们家又吵又闹，但最近你们来的这几天倒是清静得多，唉，发生了什么事？"大妈好奇地问道。

"没事，大妈。祝您身体健康，感谢您配合工作。"

　　大妈心里嘀咕：肯定是有什么事，不过安静点儿也挺好。

　　"马上抓捕刘泽。"警察们赶到了刘泽家，发现家中一片狼藉。

　　没想到刘泽在被审问后禁不住日日夜夜心惊胆战，自己露出了马脚，仓皇逃脱。

　　警察们迅速开始寻找刘泽，在高速路口发现了他的踪迹。费尽心思抓捕并带回去进行重审，刘泽终于说出自己和妻子关系很不好，常常打架，关系堪忧。

　　回忆曾经，在一个下着暴雨的夜晚，牛惠悯从酒吧摇摇晃晃地走出来走在大雨中，回到家后看见刘泽正在看电视。于是顺势坐下，点起一支烟。

　　刘泽见状十分恼怒，说道："你看你现在是什么样子，天天不干正经事儿。"牛惠悯二话不说，站起身来，就给了刘泽一个耳光，破口大骂道："现在开始嫌弃我了，你是忘了你当年追我的时候了，我不干活儿怎么了，这不都是你的事吗？"

　　"反了你了！"刘泽咆哮着，忍无可忍，扇了牛惠悯一巴掌。

　　于是二人便打了起来，还好邻居及时劝说，这场架才没有继续下去。就这样夫妻二人开始了冷漠的生活……

　　一个月后，又是一个暴风雨的夜晚。

　　牛惠悯和刘泽被请去参加生日聚会。聚会上老同学们一起做"真心话大冒险"的游戏。要求刘泽给自己的初恋通电。打通电话后，刘泽便和初恋小柔聊起了往事，聊得十分开心。牛惠悯十分生气，抓住刘泽就往家走，刘泽觉得十分没有面子，便和妻子在雨中大吵了一架。

　　回到家后，发现刘泽父母坐在客厅，说来看看儿子。发现儿子全身上下都是伤，便开始指责牛惠悯，牛惠悯也一直忍着怒火。

　　送走父母后，刘泽说起自己父亲家里要修房子需要钱，但牛惠悯坚决拒绝给刘泽父亲出钱，两人又因为鸡毛蒜皮的小事吵了很久。此时外面下着微微细雨，刘泽觉得妻子越来越不像话了，连自己的父母都不管了，还总是让自己下不了台，于是产生了一个想法，想要给牛惠悯一个教训，让她记住谁是家里的主人。

　　看着走进浴室的牛惠悯，他有了一个可怕的想法……

　　过了一会儿，刘泽下定了决心，悄无声息地走到浴室门口，没有敲门，静静地站了一会儿后，猛地推开门，迎着牛惠悯惊讶与迷惑的眼神，刘泽咬紧牙关，死死地瞪着自己朝夕相处的妻子，他过往的种种不快，在他眼前晃过，仿佛在提醒他：让她记住这个教训，让她知道你才是家里的主人！

　　此时的刘泽眼睛布满血丝，面目狰狞的他像一个怪物。

　　牛惠悯心下害怕，声音有些颤抖："刘泽，你疯了吗？……出去！"

　　刘泽仿佛被她的声音唤醒，下一秒，他冲向牛惠悯，摁住她的头，将她的脑袋压在水下。

　　牛惠悯害怕极了，她一瞬间明白：刘泽想杀了她！

　　她开始疯狂挣扎，用指甲挠刘泽的胳膊，想让他放手，四肢在空中摆动，奈何氧气不足，她开始头脑发昏，四肢无力……直到她的手无力地搭在浴缸旁，刚刚发生的疯狂一幕映在窗户上，惊悚又可怖。

　　刘泽本来也没想杀了牛惠悯，只是想给她点儿教训解解气，谁知道一时失手直接把牛惠悯杀了。他虽然已经受够了牛惠悯不检点的样子，但是也没到把牛惠悯杀了的地步，毕竟一起生活了这么长时间。

　　刘泽笨拙地从地上爬起来，非常害怕，不知道该怎么办，恐慌布满他的心间。

　　公安局审讯室内，警察的目光如刀锋般注视着坐在对面不断颤抖的刘泽，仿佛要将他凌迟，四周昏暗，灯光集中在他的面颊，让恐惧显现得格外清晰。黄豆大小的汗珠从脸上滑落，但刘泽只是低着头，不敢让自己的目光迎上警察。

　　"刘泽，我也就不和你废话了，牛惠悯怎么死的你心里应该清楚。"

　　刘泽还是不敢抬头，仿佛自己一抬头就立刻会被定罪。

　　说着，警察拿出了一些在刘泽家拍摄的证据照片，刘泽看过之后诧异地点了点头，表面上装作什么都不知道，心里却比谁都慌张。

　　"来，这些照片一张一张地说，我不着急。"严藤逸看着眼前的刘泽。

　　"沙发下的玻璃碎片和头发到底怎么回事？"

　　"我不是说了嘛，没扫干净！"刘泽仍然在狡辩，以为眼前这个警察还什么都不知道。

"还狡辩！"严藤逸怒拍着桌子说道，都到这时候了他还在狡辩。

"我……我……记不清楚了。"刘泽抬起了头，但目光却还在有意无意地闪躲着。

"我警告你，坦白从宽，抗拒从严，你当天的行踪我们已经完全了解了，要不然也不会在这里和你说话！"作为一个老练的警察，严藤逸明白，当犯罪嫌疑人表现出恐惧，对于警察来讲是加强力道进一步追问的最好时机。

"好像我打她的时候，摔东西摔的。"

"是不是经常打架？"严藤逸乘胜追击。

"那不会，谁闲得没事喜欢打架？"刘泽说着自己都不信的话。

严藤逸把牛惠悯身上的伤口照片丢到了他的面前，仿佛看透了一切。其他警员送来检测报告，单子上证实女死者指甲缝里的皮屑是刘泽的，"在证据面前，你还有什么可说的。"

一阵沉默后，他颤抖着抬起头，看着警察的目光，随后露出了疯子一样的笑容。

"哈哈哈哈哈哈哈，就是我杀的又怎样，那个婊子，那个婊子死了也不可惜！"刘泽面目狰狞地吼道。

"最后把你胳膊让我看看。"

刘泽不愿意，但招架不住警察的动作，果不其然有指甲划过的伤痕，严藤逸嘴角露出了一丝不易察觉的微笑，验证了他的猜想。

"牛惠悯这个女人，是个婊子，水性杨花，生活不检点，我俩关系不好，她喜欢酗酒，每次酒劲上来后便对我又打又骂，用脚踹我，还经常胡言乱语，我恨死她了。那天晚上牛惠悯又和别人喝多了酒，又来骂我，还踹我，我就是想给她一个教训……所以我就趁着她酒劲没醒洗澡的时候，把她淹死了，谁让她这么恶心，杀她脏了我的手，哈哈哈哈哈！"刘泽语气疯癫，眼角却流出泪水。

"凶手逮捕归案！"等候法律的制裁吧！

第九章　恶心的气味（上）

"喂，你好，我们这儿有个人家味道有些怪，你们来看看怎么回事。"电话那头传来一个女人的声音。

"你好，请告诉我们您的具体住址，我们马上会派人前去。"

"咳咳咳咳咳，这是凛音路腕豪区，这家门牌号是……106号。"电话那头传来一阵凌乱的脚步声。

"好的，您可以大致描述一下现在的情况吗？"

"我也不是很清楚，我刚刚下楼倒垃圾，闻到一阵类似臭鸡蛋还是鲱鱼罐头的味道，我还以为是我手上的垃圾散发出来的，但是丢完很久之后那味道还没有散去，于是我循着味道找到这地方。"女人回答道。

"好的，我们会尽快派警员调查。"

那边女人应了一声后挂断了电话。

106号是一幢花园洋房，带前后院，恶臭的味道是从后院散发出来的。冲鼻的味道显然影响到了周围住着的声名显赫的人们，虽没有太多人围观，但是周围的宠物们却在这里聚集了不少。

"好家伙，这味。"与严藤逸前后脚赶到的王队不禁捂住了鼻子，显然这味道太独特了。

"的确，这味道……尸臭。"严藤逸的忍受能力显然比王队强些。

"把门直接打开。"王队安排警员撬锁，然后招呼严藤逸："这次就拜托你了啊老严，局里实在是没有其他人手了。"

"嗯，交给我吧。"严藤逸捶了王队一拳，扭头对后面的人说道："进后院仔细搜索，赶紧找到死者。"

"找到了，找到了……"有个人大叫起来。

"啊！"他的叙述逐渐变成了惊叫。

大家循声看去，发现刚刚刨开的土坑中有一具半裸着上身的女尸，大家都不禁吃了一惊。尸体嘴唇干裂，手腕、脚腕有明显的捆绑紧勒的痕迹，且女尸膝盖处血肉模糊、触目惊心。最惨的是脖颈延伸到后背有一道大致 25 厘米的伤口，裸露的尸身上布满瘀青。女尸面目狰狞，可见死前备受折磨，就连办案多年的老警员都有些不忍直视。

"严哥，这是我们在这房子里找到的。"一位警员将一个袋子递到严藤逸手上。

"好，麻烦你了。"严藤逸一边说着一边戴好手套将袋子打开。

袋子中大多是一些乱七八糟的摆件，以及一个黑皮笔记本，严藤逸对那些奇形怪状的物件不感兴趣，便拿起那个笔记本翻看了起来。

"看来这是一本日记本啊。"严藤逸嘟囔一声，继续翻看着。

"×年×月×日，晴。今天又是充满干劲的一天，早饭看来是做得不错，Boss 没有挑出毛病来，看来我的厨艺提升了！"下面是一个笑脸。

严藤逸一字一句地看着。

"×年×月×日，小雨。今天去市场买菜，菜摊的阿姨叔叔们很和善，都给我打了折，一个卖西瓜的帅哥还帮我把西瓜提到家里，真是幸运。"

严藤逸连续翻着本子，发觉被害人小熙并不是一个有城府的女孩子，并且家境十分贫困，父母在她很小时外出打工，之后杳无音信。她勤工俭学，课余时间便去打工，最近在 S 市的富人区做女佣，这活儿虽然累，但是收入很可观。她住的杂物间虽然东西多，但被她打理得井井有条，周围人也都很关照这个小女孩……

看到这里，严藤逸合上本子。

"这么一个小姑娘，谁会杀她呢？"严藤逸好像在问自己，也好像在问旁人。

"只有她的雇主吧。"王队在一边说了一声。

"哦？"严藤逸回过头，看着王队。

"你看啊，她不是写了她除了在家就是买菜嘛，那卖菜的又挺喜欢她的，那在家里不只有这个房子的主人了嘛。"

严藤逸抬头看了他一眼，说："如果真如你所说的话，这所房子的主人为什么要杀她呢？"

"呃，可能是因为看到什么不该看到的吧，有钱人不都有点儿不为人知的癖好或者秘密嘛。"王队摸着他那没有胡子的下巴说。

"那就需要再调查了。"说完，严藤逸便把日记本丢到王队手里。

"嗯？！"王队接过来随意打开一页继续看，那一页上写着密密麻麻的小字。

"我之前从来没发现过这里，难道是之前这幢房子的主人用过的？打扫起来虽然麻烦，但是房东看到我整理出来这几间房子应该会很开心吧。计划做好，冲冲冲！"

后面两页也都是一样的内容。

"嗯？今天五号，那为什么这三张之后没有日记了？"严藤逸皱眉思索。

"很正常嘛，现在谁能坚持一天不落地写日记呢，哈哈，在手机上就可以做备忘啊。说实话，记录这些还不如在朋友圈发上一句'今日欢愉，祝明天平安喜乐'来得方便呢，写这有啥屁用，我觉得你看这本破本子还不如找找有没有这女孩的手机。"王队不以为然地说道。

"你写日记？"

"不，不写啊，怎么了老严，我说错什么了吗？"他没有发觉自己的言语冒犯到了某人。

"那你为什么说写日记没用呢？难道写日记是给别人看的吗？你说的都什么狗屁东西？"严藤逸腾一下站起来，少顷，他眼神渐渐缓和，严藤逸叹了一口气，"你说得对。"

"我只是举个例子，你不用这么……"王队赶紧补充几句。

"没事，我知道你意思。"

　　"也就是说，这个人这几天去过一次这个地下室，然后就没有再记录日常了对吧？"王队猜测道。

　　"对，当务之急还是把主人找到，问清情况比较好。"

　　两人不约而同地点了点头，对于房子主人都充满了好奇。

第十章　恶心的气味（下）

严藤逸马上想起这是与前几个案件相同的标记，这个组织的规模竟然如此之大，他低头思索着走进别墅，见到了主要负责此案的王警官。

"严侦探，你来得真是时候，我正准备询问与这起案件相关的人。"

正当二人对话时，门外传来一阵吵闹声，二人走出别墅的大门。

"这是我家，为什么我不能进去？"一个戴无框眼镜的男人叫着。这个男人戴着一副金边眼镜，文质彬彬，看着很温和，他就是别墅主人姜睿冬，一个研究化学的科学家。因为工作繁忙，周边邻居平日也看不到姜睿冬的身影，即使在家时，他也不会和邻居有过多来往，所以周边邻居对他的了解并不多。偶尔遇到他，身上总是有股奇怪的刺激性气味，大家觉得他是科学家，要经常待在实验室，身上或多或少有药剂的味道也算是正常，所以也没有多问过他的具体情况。

"现场需要保护。"在道边的警察说道。

"让他进来吧。"严藤逸一挥手。警察一拉黄色的警戒线，男人从下面钻了进来。

"说吧，你们是为什么来我家？"他低头燃上一根指肚粗的雪茄，吐出来一圈圈烟雾。

"有市民报警说你这里有股恶臭，我们是来调查的公安民警……"小王义正词严地说。他刚想说死尸的事，可严藤逸突然紧握了一下他的手。

　　"前两天我在网上买了几箱鲱鱼罐头，本来是要给我的员工们当福利的，但是其中出了一点儿小小的问题……"

　　他一边抽烟一边说道。

　　"这家伙够变态的。"严藤逸心里想着。

　　"哦？你与你的别墅中的女佣最近有什么交集吗？"男人嘴角一动，虽然只有短短的一瞬间，但还是被严藤逸捕捉到了。

　　这更加印证了"这个男人就是凶手"的猜想。

　　"那我开门见山说了吧，刚刚我们在你家后院发现了一具女尸。"

　　男人错愕地张着嘴，好长时间才回过神来。

　　"假，假的吧……"

　　"给你脸了是吧，装什么绿头王八蒜！"一旁刚刚看到女尸惨状的警员这时压抑不住心中的怒火，破口大骂起来。

　　男人说："这几天……我一直在书房里写一篇科研论文，你们刚刚也看到了，这一点我的管家可以做证。我对我的女佣的死感到很遗憾，也希望你们能快点儿把凶手找到。"

　　50岁的管家张德伟已经在这里工作了很长时间，他出生于农村，家庭条件不好，做过各种工作，长时间的打工生活让他很有眼力见儿，手脚算得上勤快。他皮肤黝黑，嘴唇厚厚的，心思澄净并无杂念，笑的时候露出洁白的牙齿，给人一种纯朴憨厚的好印象。

　　管家小心地说："我确实能为姜先生做证。最近，他经常在书房写论文，还让我给他端杯咖啡。不过我认为你们应该去查查她的丈夫，他们总是吵架。"

　　女佣的丈夫蒋明浩今年25岁，一双小眼睛在堆满肥肉的大脸上像是只剩了一条缝，脸上的肉长满了，就往脖子下"溜"，脖子上的肉更是一层盖一层，又粗又短。他是别墅里的厨师，经常看见他手拿菜刀，然而臃肿的身材却有一双巧手，他的刀工细腻，刀法如神，杀猪剔骨绝不拖泥带水，对鸡鸭猪等动物的身体骨骼构造极为熟悉，说是庖丁解牛也绝不为过。蒋明浩和刘青晗是重组家庭，各自有一个孩子。虽然刘青晗有一套房即将要拆迁，但因为之前过惯了苦日子，还是想要自己找份工作挣点儿钱，就来这家别墅当起了女佣。

　　大家都有意无意提到了女佣的丈夫蒋明浩，似乎对他的印象都不太好。至于他本人说那天他很早就睡了，也没人能提供不在场证明。

　　蒋明浩："我确实没有办法证明自己，但是前几天我老婆告诉我经常见到主人姜睿冬去地下室，问他去做什么，姜睿冬会说去地下室拿些东西。但是让她感到很奇怪的是姜睿冬会在地下室待很久的时间。"

　　在审问结束后，警方开始对整个别墅及周边进行搜查，但直到正午也没搜出凶器。只是严藤逸感觉，对于这样的别墅，地下室好像太小了些。这样的结果对女佣的丈夫更加不利，因为只有他可以趁着早晨去买肉时，将凶器丢弃到市场，因此有两个警员被派去看守他，以防他趁机逃跑，蒋明浩对此非常不满。现在调查陷入了僵局，只能等待尸检报告打破僵局了。

　　一小时后尸检报告出来了，报告上显示，死者的致命伤在头部，是钝器所致，死亡时间是昨天七时左右。

　　直觉告诉严藤逸案件没有表面那么简单，突然严藤逸想到什么，果然发现不对，别墅地下室的面积比物业所说的小了很多，严藤逸发现一面墙下有明显的划痕，于是他在墙上摸索着，碰到了一个突出物，这面墙转动了起来，转动过后出现了一扇锈迹斑斑的铁门，严藤逸犹豫了一下还是拉开了门，门后是一个新的空间，打开灯后看出是一个实验室，实验室中摆放着许多奇怪的药剂以及好多没见过的实验器具，竟然还陈列了两具尸体。

　　严藤逸发现实验室门口有一摊血迹，看样子是近几天的，还有因拖曳尸体留下的痕迹，因此严藤逸确定这里就是女佣刘青晗被杀害的地方。严藤逸推测对女佣造成致命伤的钝器应该被顺手藏在实验室里，因为从案发当天到现在姜睿冬还未被别墅附近的监控拍到过，所以不可能将凶器带出别墅，别墅中也没有找到凶器，也正因此，除了严藤逸对他有所怀疑，其他调查的警员几乎没有怀疑过他。

　　严藤逸思考了一会儿，决定搜查一下这间实验室。他先向那两具尸体走去。刚一靠近，一阵尸体腐烂的味道扑面而来，他忍着这种臭味检查了一下尸体，虽然已经腐烂，但还能在上面看出一些针孔，应该是被用来做实验的。在昏暗的灯光下，这间实验室显得更加阴森，严藤逸不禁打了个寒战。

严藤逸继续向里搜查，最终在角落的一个柜子里找到了一把带血的锤子和一本日记。那把锤子应该就是杀害女佣的凶器，等待 DNA 检测，那本日记看起来很破旧，皱皱巴巴，微微泛黄但却没落多少灰，说明最近被翻动过，严藤逸翻开日记，原来姜睿冬因为小时候被同学欺负孤立留下了阴影，因此加入了白十字团，研制病毒制造瘟疫来报复社会。

案发当天刘青晗正常打扫着家中那迷宫似的房间，打扫到地下室时，却无意间触碰了按钮，打开了一扇锈迹斑斑的铁门，好奇心驱使她进到里面，并看到了她此生最后悔的画面，也是她人生中最后的画面：琳琅满目的化学药剂整整齐齐地摆放着，还陈列着两具尸体。

因为刘青晗发现了姜睿冬的秘密，被姜睿冬从背后拿着铁锤敲击脑袋后死亡。最终姜睿冬被警方逮捕。只是令人扑朔迷离的是，锤子头上有个白十字符标志，难怪女尸头上有个十字凹痕。

第十一章　十字之谜

　　这一系列案件看似凶手都抓住了，但是严藤逸警官却细心地发现，每个被害者身上都有个十字符标记，这难道和曾经那个白十字团有关联？所以，公安局给最近发生的一系列案件定名为"白十字团案"。

　　就在大家苦思冥想调查白十字团的时候，又一件重大的事情让大家不得不再次肯定最近的案件和白十字团脱离不了干系。公安局出事了，一位老实巴交的警员竟然无故自杀，他的胳膊上赫然文着一个十字符！

　　他家里一直贫穷，尽管每次工资给他多发，却仍不够他母亲治病的钱，这让他一直焦虑。但就在前不久，他变得轻松了很多，同事们好奇，询问他，他却只说他找到了发财的路子，不肯与人详说，同事们便也只能向他道贺，不再过多追问。

　　十年前，在市区也曾发生连环自杀案，死者间没有任何联系，但据当时负责此案的警官描述，他们之间的唯一共同点就是手臂或大腿部位有针刺"白十字符"图案，并且除去笔迹差异，形状特征基本一致。

　　这让大家寻出了一些蛛丝马迹，再次翻看多年前的案底记录，大部分死者的家境都十分贫困，家中也会有亲属生病，死者生前都曾说自己找到了发财路子或暴富途径，不过却没人知道是什么，因为他们所有人都闭口不谈。这些原本即将脱离困苦的人又为何突然自杀？种种谜团令人思绪混乱，仿佛有一双手掌控着大局，严藤逸断定，这和白十字团一定有关。

　　警方开始调查死者生前的一切，家属关系、亲朋好友交往、去过的地方乃至消费过的场所，所有的死者生前都曾反复去过一个不曾引人注目的地方，一间小小的酒吧，名为"十字北斗"。

　　警方立刻调集人马前往那间小小的酒吧，众人满怀希望前去，却发现酒吧破旧不堪，别说犯罪嫌疑人了，恐怕连一点儿线索都挖不出来，这让所有人又陷入了沉默。

　　即使再困难的案子，也一定要给死去的人们一个交代！

　　严藤逸再次查看了死者的生前行踪，又查阅了账户的入账记录，多名死者的入账确为一匿名人转来且为大额钱款，通过对匿名账户与电话的调查，将范围再次缩小到一个旅店。

　　距离那位警察的意外死亡已经过去很久，他们在旅店细细地排查线索，发现在旅店附近的墙壁上竟然也印有"十字星"图案，又一次的发现让严藤逸和警方再次怀疑这家旅店。然而这家旅店的老板却说当天晚上那位警察还让他来房间为他送东西，并未发现墙角处有印记，当然也可能是没有注意，但是老板并未发现那位警察有任何异常的举动，只是觉得他有心事，眼神四处游离，心不在焉。

　　离开旅店大门，严藤逸回头看了看这家旅店，总觉得这件事并非那么简单，那个神秘的十字星图案，究竟是谁留下的？

　　就在回去的路上，一个头戴鸭舌帽的男子显得非常紧张地急匆匆地从严藤逸眼前经过，就这样一次普普通通的邂逅却引起严藤逸的注意，究竟这个男子是谁？他会不会与十字星有关？严藤逸紧跟这个男子，要探个究竟……

第十二章　白十字团众（上）

那个男子最后消失在通往教堂的路上。严藤逸心中有了猜测，他马上回到公安局，再次传讯最近几次凶杀案件的主谋。

严藤逸吩咐警察把所有案件的凶手聚集在一起，进行一次搜身检查。经检查发现，他们裤兜里藏着各式各样的越狱工具，所有人的侧腰部位还有一个白色的十字星，与当年"白十字团"的纹路一样狰狞可怖。这很可能是"白十字团"信徒辨别同伴的标记。

严藤逸思索了很久，终于想起自己把十一年前关于"白十字团"的报纸放到哪里了。他把当时的报纸所刊登十字星的图片与凶手们身上的十字星比对了好久，惊奇地发现颜色、大小都一模一样。严藤逸把报纸捧起来，一字一句地读出里面的内容，找到了新的线索。

那份不起眼的报纸拨开了这位警官眼前的迷雾。严藤逸这才意识到，这些凶手一定就是白十字团众，这个邪教很有可能死灰复燃了！据说这个邪教的人不是自己想进入就能进入的，而是邪教派人跟踪、选拔的，让主谋进行最后的抉择。最后没有通过的人，因为见过主谋的真面目，最终结果还是死。这让严藤逸更加肯定了自己的想法，死者一定和"白十字团"有或多或少的关系。

警方接到严藤逸的电话，对凶手们进行审问。审讯室灯光闪烁，冰冷的寒风渗透到每一个人的心头。审讯长严厉地盯着每一个凶手，凶手们都瑟瑟发抖。

刘泽神情恍惚地说："我……我是被迫的，不关我事，不关我事……"

审讯员严厉地问："为什么你们侧腰部都有一个白十字星？'白十字团'的创立者是谁？你们为什么要杀人？"

姜睿冬一脸自豪地说："团主亲手刻的。"

审讯员追问："你们团主是谁？"

顾艺璇一脸苦闷地说："我也想知道啊，我十分崇拜团主呢。"

说罢，顾艺璇看看四周，故作神秘，压低了声音说："我听说团主很帅呢！"

"还有，"姜睿冬插嘴，"我们杀人是团主重视我们，肯派任务给我们，其他人都没资格，他们不配！""已经偏执成这样了啊……"严藤逸默默叹气。

"还有一个秘密，"姜睿冬凑到严藤逸耳边，低声说，"最近那个很火的'解压游戏'你知道吧？就是我们团主组织创作的！很好玩吧……哈哈哈哈哈哈。"

严藤逸心中一惊，找了个借口离开了。

严藤逸慢慢踱回家，路上冥思苦想刚才那几个凶手的话。正如他所预料的那样，没有任何人说出主谋，但令人意外的是，他们都和一个叫"白十字团"的组织有联系，这个团主是谁？

想到这里，严藤逸飞奔回家，心想：终于要找到真相了吗？他气喘吁吁地翻出钥匙，双手颤抖着打开房门，冲到电脑前，敲下"白十字团"几个字……找到了！严藤逸看上去十分激动。他仔细浏览着，倏地，目光停在某个页面，那是十年前发生的一起灵异事件，主导的正是"白十字团"，而报道事件的记者也在十年前被秘密杀害了。

这个邪教有着一批狂热信徒，"白十字团"让团众通过完成偏执的任务，达到自虐的目的，实现自我的破坏，使自己更加接近从人到神的过渡，从而使罪恶愈来愈深，通过自己独有的方式，开辟一条通向神的道路。这是一群十分偏激的人，想使真正有能力的人统治人民，重建亚特兰蒂斯。

第十三章　白十字团众（下）

严藤逸察觉到事情的重要性，回到家中，整理了所有的资料，他找到了白十字团总部所在地。他懊悔万分，已经有那么多无辜的人被这该死的白十字团无情地夺去了性命。

他现在一秒也不能耽误了，少耽误一秒，也许就能阻止这个邪恶的势力扩散，但要是多耽误一秒，可能就又有人命丧于此！他立即动身找到公安局队员，前往白十字团总部。

大家迅速靠近白十字团总部。这里与其他的教堂不同的是——其他的教堂都是平地或楼梯，而这里分了三部分。中塔上还有一个小塔，塔顶有一个白色的十字符，上面还点满了蜡烛。幽灵般的火苗显得格外阴森。而小塔则是由四个副塔组成，这里是团众接受任务的地方。一人代号"乌鸦"已经带了三十人埋伏在四周。这时，一个声音从主塔传来："是哪位团众率先完成了任务？"这个人正是白十字团主。这是此教一年一度的集会活动。伪装成团众的警方二话不说，直接掏出了左轮手枪，朝着团主连开三枪。团主静静地坐在椅子上，原来这只是全息投影，而早就埋伏在四座副塔上的团众，正在朝这位警察射击，还好警察身手敏捷逃过了一劫。

"发现狙击手，埋伏在四座副塔的塔顶，让黑客断掉这里所有的电子设备，派出四架消音无人机埋伏在狙击手身后，随时待命。"警方悄声对着对讲机说道。

此时警察已经埋伏在了总部外的丛林之中。"总部戒备森严，大军无法进入包围。"警方对严藤逸说。

"天一黑我们再行动，看到烟幕弹就动手。再派十个人埋伏在总部四周。"

警员 A："报告，我们刚刚捕到了一个团众，团众说团主 19:00 会在小塔二楼吃晚饭，目前先锋队已经在下面埋伏好了。"

天色逐渐变暗，十台装甲车埋伏在了总部四周，警方已经准备就绪。

总部内，团主吃着简单的晚饭——米饭和一盘青菜。

突然地上冒起了浓烟，团主发现不对劲，刚放下碗筷，一发子弹从雾中飞了出来。团主大喊："备战！"三百名白十字团众冲了出来将警方的先锋部队包围。

团主笑了笑："这点儿实力，就别搞偷袭了。"

然而他错了，当他抬头的时候，只见四架载弹小型无人机在天空疯狂扫射，团众瞬间陷入重围，失去了抵抗力。

警方破门而入，瞬间抓捕了三百名团众。

警方给团主铐上了手铐，押送到了公安局。

一个月后，围绕着由白十字团引发的一系列凶杀案，正式拉开审判序幕。

公诉人宣读起诉书，被告人借助白十字团集会活动引起民众的杀戮邪念，造成了许多的成年人，甚至未成年人的死亡，给许多家庭造成了不可挽回的伤害。我市公诉机关正式向被告人提起诉讼，提议判处其死刑。

被告人白十字团团主对犯罪事实却一脸不屑，冷笑说："那些爱慕虚荣、恶心的人本就该死，这个社会的腐败黑暗，哪里是你们这些上层人能够理解的！人类社会早就完蛋了，世界上的环境已经被人类破坏得不成样子了，万年不遇的洪水即将来临，太阳将逐步老化，到时候整个被水淹没的地球将会沸腾，哈哈哈哈哈哈。万物都将被涮在这口大锅里！到时候，这个世界就完蛋了，哈哈哈哈哈哈哈哈！"

他几乎咆哮着喊道："就算你们今天杀了我，还有无数白十字团团众会继承我的遗志，现在世界上已经有无数个白十字团团众了，你们永远抓不完，在我被抓的那一刻起，第二个团主已经接任。"

他说完就被警方带走了，所有的白十字团团众都已逮捕，等待他们的将是法律的制裁。

随着白十字团的彻底灭亡，事件也逐渐平息了，天网恢恢疏而不漏，再狡猾的狐狸、再周密的计划，都逃不过敏锐的猎人，任何违背人性、草菅人命的行为都会被制止，正义终将战胜邪恶。

九班重点人

第一章　新的开始

九月按理来说已是初秋，但 S 市的气温却依旧居高不下。夏日的炎热还未散去，不少学生家长聚在面积狭小的树荫下，不住地议论。放眼望去，校门口翻起天蓝色的无边浪潮，波涛汹涌。

萧橙扯了扯身上崭新的天蓝色校服，衣服质量、配色都很不错，可这样一套衣服虽然是按她的尺码买的，但穿在身上却松松垮垮，不知道的还以为穿错了别人的衣裳。

她实在不愿意挤进蓝色的人堆儿里去，望着身边的郭欣雨不知怎么办才好。

思识中学报到的日子，这所 S 市出名的好学校可谓人山人海。

耳边"借过借过"的声音此起彼伏，树上还有蝉在声声聒噪，扰乱了萧橙纷然的思绪，索性拉着郭欣雨，钻着人群里的空子，泥鳅一样滑进了学校的铁门。

郭欣雨撇嘴："可算是进来了，要不然躲在人堆儿里哪儿看得见我。"萧橙失笑，"什么呀，看还是看得到的，无非看见一个坑而已。"郭欣雨这话说得是真没错，她足足比中等身高的萧橙矮了半头，不仔细看还以为是走错路的小学生。

"就你会损我！"郭欣雨瞪她，萧橙反而笑得更欢。两人止住谈笑，郭欣雨四下里寻找着公告栏的分班公告，萧橙则开始环视四周，打量着这所未来三年就读的学府。

操场宽阔，因为只有初一报到新生而显得有些空旷，九点多的烈日照在淡黄的教学楼上，略略有些刺目。银色的金属旗杆泛着光泽，国旗没有升起来，只有黄色绿色的校旗和集团旗，有气无力地耷拉在旗杆顶端。

"三班，四班……八班，九班！这儿呢！萧橙！你给我过来！想啥呢！回魂！"郭欣雨扯着嗓子高呼。萧橙的思绪被郭欣雨的喊声扯断，回过神来，郭欣雨已经钻出了人群朝她奔来。

"缘分不浅啊，咱俩一个班！"郭欣雨一脸兴高采烈。

"别，使不得，缘分确实不浅，孽缘。"萧橙一盆冷水泼过去。

郭欣雨拎了笔袋，踮着脚尖往萧橙脑袋上招呼："怎么着你，我跟你分一个班我还没说啥呢，你倒嫌弃上了？"

萧橙一个白眼："去你的吧，打我还要踮脚才够得到，多补补钙再来跟我抬杠。"

说笑间，九班的门牌浮现在两人眼前。

没有老师分配座位，萧橙理所当然地和郭欣雨坐在了一起，只是没有老师在教室里，班里的声音甚至高过了校外叽叽喳喳的家长，恨不能掀翻了整座教学楼，你一句我一句，吵得萧橙烦不胜烦，直至教室里走进了一名女老师才安静了下来，萧橙却还没回过神来。

走进来的——准确地说是飘进来的——女老师穿着白纱上衣和水蓝色亚麻裤子，宽松休闲的衣服显得很优雅，因为宽松的衣摆飘然地跟在她身后，像极了许多小说里飘然而至的神仙。她梳着简单的斜刘海儿发型，马尾仅仅齐肩，戴着方形眼镜，眼镜片后是她柔和的目光。

女老师的五官并不像许多影视明星一样漂亮至极，但也说得上是清秀端正，茫然许久才回过神来的萧橙只觉得羡慕，她做梦都想有的颜值啊。

"大家好，我是你们今后的班主任……"头顶讲台上有声音飘下来，本就静了许多的教室里彻底安静，所有人不约而同将目光投向了讲台上的女老师身上。

"我是殷晴，今后我们会一起度过三年的初中时光。这是我的电话，也是微信，大家可以记下来，有需要找我。"台上的女老师微微一笑，抿嘴，转身在黑板上流水行云般写下一串数字。

萧橙前桌一个话痨的男生私语："殷晴？殷老师怕不是林黛玉转世！"萧橙哑然失笑，老师好看是真的好看，可哪有这么夸张。

分好了座位，老师叮嘱了些注意事项和重要的几条校规，一个上午的报到也就结束了。一窝蜂拥进学校的学生们，此时又一窝蜂奔出学校，各自散去，不约而同地挑着树荫走。没地方躲太阳的，干脆举了书包顶在头上，以此遮住头顶上十一点钟毒辣的太阳。

后面的几天几乎没有书面作业，这一群快被小升初逼疯了的学生可谓是真的放飞了自我，唯一要动点儿脑子的，也许就是记住各科老师都是谁，叫什么、长什么样。

"唉，你记得英语老师吗？长得好漂亮！天哪，咱班是真的帅哥美女老师一抓一大把啊！"萧橙身后还有同班人喋喋不休。但那话多的同学说的也是真的，英语老师姓李，叫李怡，很年轻，长得的确十分漂亮，冷美人一个，各科课代表报名时，别的科目没填满，唯独英语这一科候选人多得写不下。

萧橙只觉得头疼，老师记了个差不多，班里五十三个同学她还没记全呢，别人喊个名字她都对不上号。

学校可不管萧橙记不记得住，体训在初一新生的欢声笑语里逼近，殷晴宣布这个消息的时候几个不擅长运动的同学差点儿当场晕倒。再一听，教官是部队军人，那几个差点儿晕倒的同学，此时结结实实地晕倒了。

体训？呵呵，名为体训，实则军训！

不论九班的少男少女们心中掠过何等绝望，严苛的教官还是在九月初的烈日下走进了思识中学。

"老天保佑！教官温柔一点儿啊！千万别整什么俯卧撑举哑铃啥的……"身边的郭欣雨疯狂碎碎念，萧橙忍无可忍，一巴掌甩在她脑门上："我可真是谢谢您呢，你就不能念点儿吉利的？要真是魔鬼教官我第一个拿你开刀！"郭欣雨只顾痛呼萧橙"不道德"，一句完整话也说不出。

萧橙的水杯里灌足了凉水，挑了个阴凉的地方放水杯，水杯底下还压着几片湿巾，萧橙往兜里藏了把小扇子，拽着郭欣雨溜进卫生间。

萧橙将卫生棉垫在鞋垫下，跺了跺脚，才觉得麻木的双脚舒服了些，转头催促着郭欣雨。

郭欣雨一边系着鞋带一边还不忘念叨："也不知道谁给咱们分的班，班里一个耐看的男生也没有……天天往校规上写'不准早恋'，就这颜值我要能早恋才有鬼呢……"

萧橙一点儿也不想听她碎碎念，一把拉起蹲在地上的郭欣雨跑出卫生间："行了闭嘴吧，再磨叽神仙也救不了你，迟到罚跑圈我不陪你啊。"

郭欣雨鞋带还没系好，右脚鞋上拖着极长的带子，好几次差点儿被绊倒，一路嘴还不闲着，一步一喊："你快颠死我了——"

下午的天空没有云，日光毫无阻挡地照在操场的地面上，俯卧撑的学生差点儿含恨归天，一半是累一半是因为地面热得烫手。有人竟然还带了本数学作业本，也不管这作业本老师还要收，扔在地上就跪了上去："一拜雷公……二拜电母……三拜龙王……下点儿雨吧，再烤下去我该成肉干了……"

这样令人骂街的天气教官也不喜欢，嗓子冒烟声音嘶哑，学生老师都是兴致寥寥。整整一瓶水下去萧橙还是觉得渴，就差一个白无常把她勾去见阎王。

"罢了，忍，明天还有一天体训就结束了！"不知是谁哀嚎了一声，学生们尽管再不愿，也随着教官尖锐的哨声，陆陆续续地集合。教官眉毛皱成一团，这叫队吗，这叫排这叫列吗，一列看过去，能歪成一个 S 形。学生一个个半死不活，哪里有心情站好队。

体训在哨声中开始，也在哨声中结束。

九月初的银杏树枝繁叶茂，树荫下的少男少女汗流浃背，流淌的不只汗水和疲乏，还有青春永不衰减的朝气活力。宽阔的操场上，哨声响起，哨声落下，九班的学生陆续离去，汗水浸透校服，洇成深蓝色，与湛蓝的天空相映成趣。

第二章　初见老师

在上课和体训的时光里，一个星期已悄然溜走……

此时的天气像是抓住了八月炎夏的尾巴，阳光还是那般火辣，照在茂密的树叶上，望去像一把把深绿的大伞。树下自然缺少不了由单个变为三五成群的初一新生，聚在一起，如一朵朵蓝色的小花。

上课铃声响起，洛雪盼来了向往已久的语文课。刚一落座，从门外进来一位儒雅的女老师。洛雪上下打量着这位怎么也猜不出实际年龄的老师，她只是梳了一个蓬松的丸子头，耳边自然地垂下几丝头发，身穿青丝柳袍，脚蹬一双小巧低跟皮鞋，夏日的风穿过走廊，吹起她飘逸的纱裙，自有一股文人雅士的风范。脸上虽有一丝疲惫，但眼中却含着笑意，步伐更是精神抖擞。

待站定，她微笑着环顾一下讲台下的同学："大家好！我姓秋，很高兴能成为你们的语文老师。""哇！好温柔呀！"萧橙忍不住说道。"是啊！这么平易近人的老师，整个人都带有清爽的秋意，我都想叫她一声'秋妈妈'啦！"语文课代表候选人尹歆婷喜不自禁地小声附和着，同时也有了同学们对她的昵称。

秋老师上课却大变模样——粉笔是她的毛笔，黑板是她的宣纸，"饱蘸浓墨"，大开大合，"挥毫泼墨"。尤其是朗读时，慷慨激昂、铿锵有力、情绪饱满；用词风趣幽默，引得同学们哄堂大笑。从此，班里同学被她圈粉，在女生圈里出现了"应援队"，头号粉丝苏静瑶更是为此争夺语文课代表的职位。

一节语文课下来，大家倍感轻松，似乎还没有上过瘾，下课铃就响了。萧橙蹭到秋老师身边，小心地问了一句："老师您贵庚？"

"看不出来吧——"秋老师神秘地笑了，最后一个字拖得很长，"十八。我还是一个少女。"

洛雪在一旁看得有趣，笑着插了一句："奔二十了。"

秋老师故作生气地摇摇书，虚晃一招，对洛雪说："永远十八岁！"说罢，她撩了一下头发，冲着两人"wink"了一下："就跟你们差几岁！"

等老师走后，苏静瑶一个巴掌拍在洛雪的肩上，吓得洛雪一哆嗦，"哈，多么年轻美丽的'小秋'，谁不喜欢，加入'应援队'吧！"

洛雪假装不在意的样子，"我可不是什么铁粉啊！""嘿——"苏静瑶撇撇嘴说道："过了这个村，就没这个店了啊，怎么着？也来试试竞选语文课代表吧？万一后面的老师不怎么样……"

洛雪淡淡一笑："我觉得可以！那咱俩就竞争一下喽！"她朝苏静瑶做了一个加油的手势。

下一节是英语，那位在班里出了名的冷美人——李老师踏着那独有的模特步走了进来，一袭长裙，头发梳得很直，犹如一位异域风情的公主。洛雪看向苏静瑶，挤了挤眼睛，苏静瑶似乎领会了，使劲儿点了点头，两个人会心地笑了。李老师给所有人留下的第一印象是优雅，当大家以为这就算对这位"冷美人"的理解时，接下来几天的英语课，"冷美人"画风大变。

"来，turn to page3……"原本文静的"李仙女"突然看向台下，瞪圆了眼睛，啪的一声，手起书落，被甩在讲台桌上的英语书，扬起了一层粉笔灰。李老师一跺脚，音调变高："子阳！你干吗呢？"李老师叫的正是班里的"四大金刚"之一——子阳，正在跟同学小声说话。

本以为能逃过"李仙女"的法眼，李老师这一嗓子，把侃侃而谈的子阳吓得一哆嗦，眼球快要跳出来。一见形势不好，子阳结结巴巴立马求饶："李老师，我我我错了，我保证认真听讲！"

李老师抖了抖书上的粉笔末，"不认真听课，不好好学习，不怕以后娶不到媳妇吗？"

班里瞬间炸了，所有人拍手叫好，几个男生差点儿笑到桌子底下。

洛雪很喜欢这位性情开朗、风趣幽默的"李仙女"，积极毛遂自荐，成功地获取了仙女的认可，成了英语课代表。

课间，"李仙女"成了热搜，班里同学对她评价极高。萧橙对洛雪眨了眨眼，"你这个英语课代表真是让人羡慕啊，'Boss'又美又搞笑！""当然，我和仙女必须风格统一！"洛雪也非常满意自己能成为这么好的老师的助手。

对于数学老师，大家没有抱太多的幻想，理科老师肯定呆板严厉，随它吧。课代表的自我推荐也明显不那么热情，大家似乎已经知道了结果。

数学课前，同学们也没有太多的猜想。还没有打上课铃，教室的门嘭的一声被脚踢开了，一位中年男老师一手拿着平板，一手搂着好几本书走进来，这位老师的出场让教室瞬间安静下来，他走路自带王者风范——不！是北京老大爷范儿，大摇大摆。略显肥胖的身躯，优哉游哉地挪了过去，平板和书也险些掉落。老师一屁股坐在椅子上，一脸严肃的表情，果真在大家的意料之中——典型的数学老师形象。或许大家都庆幸，幸好没抱什么期望，否则期望越大失望越大。洛雪长舒一口气，心想："幸好李仙女登场早，这要是被眼前的'北京大爷'挑走了，不就完蛋了。"

中等的个头，黝黑的皮肤泛着红光，一双小眼睛隐藏在一副金丝边的眼镜后面，仿佛我们一个小动作就会被眼前的这位老师发现。在以后相处的日子里也能看到，他平日衣服穿得很随意，有时候一件衣服能穿上几个星期，正装时也不打领结；而且他几乎没笑过，皱着眉，五官拧在一块，让洛雪总是想用熨斗给他熨平。

上课铃响了，对于没有期望值的老师，个别同学并没有因为铃声安静下来。坐在讲台上的老师突然起身，手掌以破空之势拍在讲台上——"咣"。坐在第一排的洛雪正低头抠自己的手指，吓了一跳，还没等她回过神儿，那老师声如洪钟地说道："上课了！招魂了招魂了！"紧接着又是"咣咣咣"地连敲三下，让第四节课肚子饿得咕咕叫的同学瞬间忘了食堂的饭菜，一下子都精神起来了，准确地说，是吓精神了。台上的这位老师说道："我姓王。打开书……"这突兀而又空虚的自我介绍，给同学们来了一个措手不及，虽然大家有备而来，但还是被这位王老师的开场弄蒙了。

午饭时，苏静瑶端着饭盆坐到洛雪身旁，"哎呀，数学老师好严肃，看来以后没好日子了！""幸好我当了英语课代表，阿弥陀佛！数学课代表的生活将苦海度日喽。"

班里一堆男生给王老师想了一个极其准确而又上口的美誉——王老大。单凭这出场，这气势，绝对配得上这个称号！因为这个昵称，王老大在班里的名声越来越大。

但萧橙认为王老大在初一整个学期里，对她凶巴巴的，令她有些畏惧。不过也有道理，班里好多同学都有点儿怕王老大。王老大有时会惩罚一些不按时完成作业或者做题马虎的同学。洛雪、苏静瑶、萧橙等人都经历过这不堪回首的一幕。上课时，王老大为了给个别同学提提神，用的是"粉笔头抛物线射击法"，次次都"正中靶心"，引得一声"惨叫"，目标人物立马坐直，认真听讲；对于那些上课时魂魄已到九霄云外的同学，王老大也会使出"葵花点穴手"，把全班的调皮蛋们治得服服帖帖，王老大是威震四方，整个初一学生都知道九班的这位江湖老大了。

不过，道高一尺，魔高一丈，想必王老大也从没想过有一天会被他的学生制伏。

班里绰号为"牛迪迦"的牛宇飞，是出了名的"作业储存罐"。有一次他因没写作业，被老大追究原因，他想都没想，脱口而出："家里修网。"

同桌彭宇川疑惑地看了一眼，牛迪迦憨笑，悄悄说："没事，没写就没写呗，勇敢牛牛，不怕困难！"

王老大也憨笑："昨天晚上你还发打游戏的朋友圈呢，嘿，作案也不懂销毁证据。"牛迪迦猛然醒悟，自己加了数学老师微信。王老大冷笑："哼，回答问题你唯唯诺诺，闲扯八卦你热情如火，写个作业你失魂落魄，排位上分你运筹帷幄！还学不学数学！"

不知牛迪迦哪里来的勇气，回嘴道："不想学！"

这突如其来的回答，让王老大愣了几秒，拧到一块的五官突然展开，小眼睛极力地瞪圆："哟嗬，看样子我是遇到高手了！好吧，高手过招，得找个宽敞点儿的地方，避免伤及无辜，下课到我办公室，过过招吧！"全班同学哄堂大笑起来，刚才还理直气壮的牛迪迦，瞬间像泄了气的皮球，一屁股瘫在椅子上，彭宇川捂着嘴偷笑道："牛迪迦变成了牛奔拉！"从此同学们对王老大呆板严厉的印象发生了改变。

日子一晃而过，转眼间就是教师节了。班主任殷老师总是能想出一些奇思妙想的创意。自习课上，她抱着一堆亮闪闪的东西走进教室。郭欣雨是个喜爱手工的女生，看到这些小玩意儿，忍不住搓搓手，跃跃欲试了。尹歆婷更是带头拍手叫好。殷老师拍拍手，示意大家安静："教师节到了，在与各科老师相处的十天里……"台下开始窃窃私语："我喜欢秋妈妈""王老大永远的神！""李仙女多飒"……殷老师继续说道："相信大家对老师都比较熟悉了，今天我们就用我手中的小东西，为各科老师制作小发卡。"

同学们直呼"老师万岁"，唯有男生里的团宠——玉帆，真诚地问了一句："数学王老师用发卡？"班里顿时一阵哄笑，想必同学们眼前都浮现了王老大头顶上别着一个"bu-ling-bu-ling"发夹的样子。殷老师也笑了，稍加思索，"其实我觉得你们送什么不重要，重要的是你们的心意。"

开始做发夹了，女生们做得是清一色的粉红色，样子也特别精致。男生们有的干脆做成胸针，样子虽然不如女生的精致，但是能看出他们也非常认真，这时玉帆举着他那小得几乎看不见的钻石发夹凑过来，"瞧！送给我们才貌双全的王老大，我真的尽力做了！"洛雪也从自己做得发卡里挑出两个，"这个送给最飒的仙女，这个粉色的必须送给老大！""哈哈哈哈哈哈……"同学们的笑声在楼道里飞扬。

放学后大家把精心制作的礼物送到了老师们的手里，所有的人都希望这些发夹是教师节送给老师最棒的礼物。

第三章　讲台闹剧

自从九班的恶搞兴趣者团结一心，在教师节这一天，给王老大这个纯爷们儿送了几个少女心满满的粉色发卡，把王老大的威严形象崩了个彻底之后，这群神经病似乎来了兴致，时不时地整出一些令人窒息的神仙操作。

语文老师秋月岚的形象大致是"温柔"的冻龄美人——当然，这是带引号的"温柔"，毕竟对于没交作业的学生将另当别论——这冻龄的秋妈妈开口要求学生们表演《皇帝的新装》课文，当场有几个戏精直接号叫，得知可以自由结组后，九班的教室直接转型阴曹地府，鬼喊鬼叫，吵得人无比闹心。

萧橙以生无可恋的姿态面对着她一点儿都不想面对的吵闹，忽然瞥见语文书上一句古诗"两岸猿声啼不住"，再一看这班里，竟觉得毫无违和感。

在秋妈妈提倡的所谓"沉浸式学习法"引导之下，整个九班似乎都戏精附体，奥斯卡颁奖协会好像都欠思识中学五十三个小金人。

"都干啥呢，回你们座位上安安生生待着去，一天天地搁那教室后头扎堆儿闹……"被称作王老大的数学老师王霄，以寻常的姿态、寻常的口气、寻常的语言，遣散了你一言我一语讨论着的学生。

翌日，略有刺耳的上课铃声如约而至。牛宇飞一个跟头栽倒在椅子上，习惯性地一巴掌拍在前桌同学后背上："同志，这节啥课？"

玉帆震得一个激灵："谁跟你是同志！这节语文！您老人家哪儿凉快上哪儿待着去！"

牛宇飞两个胖乎乎的手指，捏着语文书扔在课桌上："谢了！兄弟！"

开学一个多月，牛宇飞的语文书已经惨不忍睹，封面还没套书皮，内页笔迹凌乱，皱皱巴巴地堆在两个封面里。从这残破的书页间移开目光，抬头便是一脸平静的秋妈妈，和教室里学生的躁动简直成了一个鲜明对比。

"既然大家已经按捺不住了，那咱们准备上台表演吧，哪个组先来呢？"

这时，班里几个男生互相对视，牛宇飞同学率先站起来："老师，老师，我们先来吧。""那好，有请这几名同学，给咱们做个表率，那咱们就为这几名同学鼓鼓掌。"

牛宇飞带着他的团队上场了，他扮演的是国王，真是把一个"顽皮"国王展现得活灵活现，"裁缝"用它夸张的肢体动作，尤其是骗取国王钱币的那一段，敏捷又奸诈，"国王"的肢体动作就很慵懒，傻憨憨的，可谓是活灵活现。"哦——我的子民们，你们能看到我的衣服吗？都说看不到的是傻瓜——"随后表演"国王"的人环顾四周，指着他的朋友就问："你能看到我的衣服吗？"顿时班里哄堂大笑。

下一组依旧是全团男生，由董敬和于诚主演，他们两个饰演的"裁缝"，一开场去见国王，董敬同学上来就说："国王你好，我们俩是新来的骗子，哦不对，我们俩是新来的裁缝。"再配上他生动的动作，惹得全班人捧腹大笑，连连叫好；中场，两位"裁缝"勤奋"织布"，用嘴配着音："咻、哔哔哔、咻……"绝对的拟声词王者，手里动作还随声音上下穿针，仿佛他们真的在织布，好一个活灵活现；结尾，国王游街，两"裁缝"手捏那看不见的衣服，国王也故作端庄姿态，把人物刻画得十分生动。表演结束，大家齐齐鼓掌，又在欢声笑语中迎来了下一组。

第三组是由尹歆婷和熊梓莫带领的女生组，这组道具带得最全，你看那"国王"身披纱巾，头戴金色生日帽（皇冠），"趾高气扬"就上场了。国王手提奢华的纸袋子里有着精细手绘的钱币和一些华贵布匹。由于道具很齐全，国王出街那段，给了大家一种明星见面会的感觉，全班同学也齐喊："欢迎国王大驾光临本班！""欢迎欢迎！"那欢乐的氛围，真的看完之后笑得肚子疼。再一看，这个国王带着一口不太纯正的东北话开腔了："咳咳，大家安静哈，我是一个国王,请大家给我一些面子哈。"两位裁缝也是气质拿捏得十分到位,神态、动作配合台词,演出十分顺利,也收获了大家的笑声和掌声。

　　飙戏时光随着下课铃的打响而告一段落,一群戏精放飞自我的时间接近尾声。教学楼的走廊里还充斥着九班学生的笑声,这笑声又飘散到操场上,一旁的胡杨树叶簌簌作响,似是在应和那经久不息的爽朗笑声。

第四章　科技文化节

　　太阳依然升起，冷风照常吹来，生活还在继续。气温一天比一天低了，周围似乎越来越安静了，不过思识中学马上就要热闹起来了，因为一年一度的科技文化节就要到了。

　　梓昱是个喜欢"闲"的人，戴一副黑框眼镜，整天笑眯眯的，说话前总是先露出几颗不算整齐的牙齿，一副与世无争的样子，是九班典型的佛系青年。故在殷老师要求大家报名时并未参加。终于，在两天后，殷老师找上了梓昱。

　　"梓昱呀，我看你整天闲着无事可做，不如就到'我的大学'那个组里去吧。"

　　来到这个只有五个人（含梓昱）的组里，组长是思原，也就是班长。他对组里的所有组员说："我要去负责另一个项目，可能无法给予你们太多的帮助，你们需要重新选一个组长。"话音未落，旁边的李成便接上了话茬儿："我来吧，做PPT、讲解我都擅长。"梓昱一脸疑惑地看着李成，思原见状，便解释说："活动是这样的：前半部分为各班讲解时间，有两名同学上台来讲解世界上著名的大学，我们九班抽到的是牛津大学，讲解要有自己做的PPT，时长不少于三分钟；后半部分为答题时间，会出十道题，各班抢答，如果答错取消下一道题的抢答资格。你去讲解还是去答题？"说完思原便看向梓昱。梓昱眼珠一转："那讲解的同学讲解结束后还有工作吗？""哦，各班答题小组有一次向讲解同学求助的机会。""嗯，我懂了，我加入答题小组。"梓昱沉声道。"好，那李成便是新组长啦。"

在接下来的几天里，梓昱一直与答题组另外的组员——玉帆和崔璐合力准备着。经过讨论，大家一致认为要尽可能多准备关于那些著名大学的知识，包括称号、建立时间、著名校友，等等。后来大家分工，由梓昱准备英国和法国著名学校的知识，玉帆准备中国著名大学的知识，崔璐准备美国和世界其他地方著名大学的知识。

就这样，在思识中学众人准备时，科技文化节也如约而至。梓昱所在的九班与十班承办的是诗词大会。于是梓昱与玉帆又被"请"走当了一回评委。在"模拟法庭""校园情景剧""疯狂英语"等活动举办时，"我的大学"已来到了大家身边。

一天中午，梓昱刚吃完午饭，便接到李成组长的通知，去西化学开会。到达后便听到组长宣布：于明日自习课时在西化学举行比赛，请大家回去后好好准备。

第二天一早，梓昱比平时提前了半个小时出门，天才蒙蒙亮，路灯还在坚守着岗位。S市的冬季风大天干，今天又降温了。梓昱戴上帽子，裹了裹衣服领子，一路绿灯冲到了学校，测完体温，走进教室，一屁股坐到了椅子上，从书包里掏出几张有些皱巴的纸，认真地看了起来。须臾之间，玉帆迈着大爷似的步伐，一步一顿地走进了教室。"唉，你说咱们都是突然被调到'我的大学'这个活动组的，咱们能取得什么好成绩呀！"玉帆靠在椅子上一边抱怨一边拿出了几张还算崭新的纸。"别着急嘛，贵在参与。"梓昱盯着教室里的表平静地说。

随着几声象征着自习课前两分钟的口哨声响起，"我的大学"的角逐正式拉开了帷幕。梓昱、玉帆、崔璐、李成这四个人的小组踩着哨声进入了比赛现场。

一进门，那吵吵嚷嚷的人群令大家都皱了皱眉。他们刚找到写着九班名牌的座位，一位同学便走过来道："请各位将资料写好名字后上交。""还要上交资料啊？"李成的叫嚷并未引来太多关注。"好啦，安静，上交吧。"崔璐平静地交了自己的那一份。随后玉帆、梓昱也交上了自己的，只有李成磨磨叽叽最后才交上。

很快，主持人走上台，先将到场的各位老师介绍了一遍，随后说道："'我的大学'现在开始。"

首先上场的是剑桥大学的讲解者，梓昱刚好也准备了一些关于这方面的资料，于是他就随意听了两耳朵。就在他听得快睡着的时候，突然被人拍了一下。"谁？"梓昱吓了一跳，睡意全无。"嘘。"玉帆小声地说。"你还是认真听听吧，也许一会儿有的题会考到现在讲的。"崔璐的声音也响了起来。"嗐，你们忘了思原是怎么说的啦？现在讲的大部分都考不到的，李成的课件上讲的都是一些很偏的知识，也是为了一会儿答题时多拿分儿，别的班估计也是这么做的。"梓昱一脸不在意地说道。

终于该李成上场了。他神情激动地走上了讲台，开口道："我介绍的是牛津大学……"可能是太激动了，没说几句，他竟然忘词儿了。梓昱对此没有任何表示，玉帆却是一拍脑袋，"唉，我可没背他的台词。"李成脸涨得通红，尴尬地看着台下。崔璐看不下去了，不停用口型提醒。终于李成的报告有惊无险地结束了……

盼星星，盼月亮，高潮环节——答题部分，姗姗来迟。

前面五个问题里有两个不会，另外三个由于手慢没有抢上，终于到了第六个，梓昱明显感到身旁的玉帆呼吸急促了起来，便笑着低声说："你急什么，才问了一半儿。"玉帆边擦汗边说："我怕后五道题也答不上来！"两人正说话间，主持人的声音又响起来了："请听第六题，牛津大学……"主持人还没说完，梓昱看见李成正脸红脖子粗地向他招手，还用唇语讲话。梓昱看到他那唇语便说："快用场外支援！"可是，李成的威风也仅仅持续了几秒，主持人的后半句就响起来了："牛津大学被誉为什么人的摇篮？"梓昱一听这题感觉好像有点儿印象，这时他突然发现李成在向他摆手又摇头，还不停用唇语说："别抢！"梓昱犯犹豫了，抢了吧，答对是好，答错就要取消下一次抢答的机会；不抢吧，这都到第六题了，万一后面的都不会，岂不是就没有机会了？就在梓昱犹豫不决时，主持人又发话了："再过十秒，如果再无人抢答，便过了！"说罢便开始倒计时，梓昱又经过了七秒的犹豫，他想到了一句话——富贵险中求，于是心一横，豁出去啦，当主持人数到3时，梓昱缓缓站起身，用有点儿发颤的声音道："政……政治家的摇篮。""九班答对，加一分。"

"呼。"梓昱长出一口气，幸亏刚才选择了放手一搏，不然怕是等黄花菜凉了也等不来那一分。哦，果然，后面几道题九班团队不是没抢到，就是不会。到了最后评分的时候，九班团队评得了一个还算可以的奖项。当然，用李成的话说，那就是一般般的很普通的一个奖罢了。

梓昱脸上挂着浅笑、哼着小调、迈着方步踱入九班阵地，一进门便看见在"九班天神榜"上高居榜首的加盛，他站在教室的后面，怀里抱着一个酷似水壶的东西，啊不，那玩意儿的个头已经不能用水壶来形容了，得用水桶。梓昱走过去问道："嘿，盛哥，这是个什么玩意儿啊？"加盛有些得意地拍拍壶盖儿，然后将壶身一转，梓昱便看到上面儿写着"干冰桶"三个大字，加盛一边打开壶盖儿，啊不，应该说是桶盖儿，一边坏笑着说："你可以把手伸进去试试，可凉快了。"梓昱看着冒白气的干冰桶干笑道："我哪有盛哥你那么厉害呀，还是算了吧。"加盛嘿嘿两声："这是校园情景剧的道具，专为营造舞台效果准备的，专业吧！"说完给了一个骚包的眼神。

梓昱收拾好书包，踏上了回家的路，想到了贵在参与这句话，又想到了"闲"着的自己，不自觉地笑了起来，哎，这也是一种境界。

科技文化节有很多板块，除了"我的大学"，九班还参加了"校园情景剧"，名为《灰姑娘新传》，根据剧情需要，一共有五位同学参演，熊梓莫饰演辛德瑞拉一角，也就是灰姑娘；王佳饰演公主一角，她是王子的妹妹；秦睦饰演夫人，她就是灰姑娘的继母；韩同饰演仙女教母，牛宇飞饰演王子一角。剧本内容及台词是由五个人一起创作出来的，并没有完全按照原剧情演绎，为的是突出新意，增添趣味。

主要剧情是在一个庄严的城堡中，老国王年迈病重，一对兄妹暂时管理着王国，公主想为王子找一位王妃就举办了一场舞会，而兄妹却因为选王妃的意见不同产生矛盾。在舞会上，王子找到了心爱的姑娘，但王子正高兴时，灰姑娘却匆匆跑掉了，只留下一只水晶鞋。之后王子历经千辛万苦才找到了灰姑娘，并向灰姑娘求婚。可好景不长，夫人和公主想害灰姑娘，给灰姑娘吃了毒苹果，仙女教母无意中发现了这件事，为了惩罚夫人，把她变成了哑巴，公主满怀歉意，离开了王国……

为了这次演出能取得成功、为班级争光，牛宇飞等五人从改编剧本到彩排、租衣服、准备道具，大家都非常积极用心，想把节目完美地呈现出来。大家克服了时间紧、任务重、不能影响学习等种种困难。剧本初稿由熊梓莫编写，后来又经过他们五人一起商讨、改编；彩排时间不够，他们就利用了中午午睡和自习课的时间；服装不满意，大家就专门抽出周末半天时间聚在一起，一家一家寻找。为了演出效果，为了营造舞台气氛，他们还选用了专业道具——干冰，干冰升华的瞬间产生白雾，能溢满整个演出舞台，塑造出宛如仙境一般烟雾缭绕的奇妙效果，不仅能带给观众如临其境的梦幻般感受，还能让人产生无限的遐想，让舞台效果更加出彩。

功夫不负有心人，《灰姑娘新传》取得了二等奖的好成绩。

另一边，疯狂英语的排练也在同时进行。西物理教室里，洛雪、萧橙、郭欣雨、孙雪和魏萱拿着稿子开始分配角色。"我们演的是小马过河，里面刚好有五个角色：小马、小马的妈妈、松鼠、奶牛和旁白。"萧橙开口说道。话音刚落，孙雪就开口了："我要当旁白！""我想当小马的妈妈""我也想！"郭欣雨和魏萱开始争夺小马的妈妈这个角色。最后，角色定下来了，洛雪扮演小马，萧程扮演奶牛，郭欣雨扮演松鼠，魏萱扮演小马的妈妈，孙雪当旁白。

开始排练了，洛雪却因为还是诗词大会的负责人不得不离开去准备诗词大会，只好四个人先开始排练。先背台词，四个人都认真地背着，等到背得差不多的时候洛雪也回来了，然后就开始面对面练台词，走流程，每个人练得都很认真。班主任殷晴也在旁边督促着。"郭欣雨，你这句台词听起来好别扭啊！"练着练着就发现了一个问题，松鼠说河很深这句话时的语气本来应该是严肃中又带着一丝害怕的，因为松鼠的朋友就是掉进了河里再也没有找着。但在郭欣雨这里就只剩下了害怕，萧橙笑着陪她练了几遍，洛雪她们仨也在帮着郭欣雨练这句台词。最后，郭欣雨终于把这句台词中含有的严肃也表现了出来。

时光飞逝，转眼间就到了抽出场顺序的那一天，洛雪对萧橙说："我和郭欣雨她们一致决定让你作为我们的代表去抽上台的顺序。"萧橙一脸悲壮地说："好吧，我去了，我争取抽一个不靠前也不靠后的位置。"然后萧橙就来到了大厅，在她抽顺序期间洛雪还带着郭欣雨她们偷偷去了大厅看萧橙和其他代表抽顺序进展好几次。终于在洛雪她们的祈祷下，萧橙成功抽到了一个不靠前也不靠后的出场顺序，第六个出场。当得知这个好消息时，洛雪她们差点儿兴奋地跳起来。洛雪说："这个出场顺序我们应该不会太紧张，只要好好发挥，我觉得我们一定可以成功！"

终于到了上台的那一天，为此班主任殷晴还特地把下午第一节的音乐课用来给萧橙她们排练。第七节课一下课，萧橙她们五个就在班主任殷晴的带领下去了表演厅，到了表演厅才发现她们组是服装和道具用得最少的一个组，只是拿了几个有动物形象的头箍代表身份和一条用来当作河的蓝布。要上台了，萧橙她们看完前几组表演的《后妈茶话会》《哈利·波特》等心里有点儿紧张，班主任殷晴安慰她们道："只要尽力了就好，不要求太高的名次。"在最后的表演当中，虽然有那么一点点小瑕疵，但是萧橙她们已经很满足了。

多姿多彩的科技文化节在高兴、失落、不甘等不同感受中落下了帷幕，无论结果如何，都是大家平淡生活中的调味剂，给中学生活增添一笔深刻的回忆。

通过科技文化节，九班的同学们得到了锻炼，变得更加自信了，增长了知识，还增进了同学间的友谊。也让他们看到了一件事情的成功，除了自己以外，还少不了一个团队的努力。

第五章　元旦联欢会

　　一月，这个为学习抓狂的月份，我们并没有为此而失去对新年的美好期待。今年的元旦晚会显得格外精彩，表演者们尽情地展示着自己的才华，同学们把氛围制造得如此欢乐……

　　殷晴郑重其事地说："同学们，我们就要举办元旦联欢会了，这可能是我们这个学期最后一次放松了，这次联欢会结束后，我们就要迅速进入复习状态，本次联欢会需要同学们准备一些节目，希望大家踊跃参加。"

　　殷晴前脚刚离开，后脚班里就炸了窝，"哎，你打算表演什么节目，咱俩合作吧！"苏静瑶对洛雪大声喊，"你准备带什么好吃的？我和你交换。"大家七嘴八舌，充满了对联欢会的期待……

　　当天，很多人踊跃报名，"我要表演手指滑板！"郭小朴对李昂说道。"还有我！我要唱歌！"李昂同学忙得焦头烂额，很快就记录好了节目单，并且完成了 PPT 的工作。完成了这些工作后，李昂也投入了布置现场的工作，只见同学们这里系一条彩带，那里绑一朵彩花，大家忙得不亦乐乎。

　　终于，元旦联欢会正式开始了，首先是一个热场节目——李诚承的吉他演奏《突然好想你》。

　　"一开始就来这么硬核的节目吗？看来这次联欢会会很精彩呀！"玉帆眼前一亮，兴奋地说。

　　由李诚承同学带来的热场节目很快演奏完毕，此时，教室的气氛开始活跃起来。

第一个节目是思原表演的魔方，只见他神神秘秘地走上台，迅速从腰间抽出两个魔方，说了几句客套话就开始了表演。

他手中的魔方变幻莫测，让人眼花缭乱，刹那，第一个魔方就完成复原了，全场的观众顿时目瞪口呆。紧接着，只见他从容地拿起另一个魔方，一转眼也复原了。在热烈的掌声中，思原深鞠一躬，径直走下讲台。

"接下来是第二个节目，郭小朴带来的手指滑板。"主持人郭欣雨神采奕奕地说道。

郭小朴优哉游哉地走上讲台，播放了 PPT 里的视频，一段精彩的手指滑板表演就呈现在了同学们面前。滑板和手指就像默契的舞伴，顺畅流利的表演震撼众人，赢得一片掌声。只见郭小朴不慌不忙地鞠了一躬，又悠然自得地走下讲台。

接下来可是重头戏，学霸洛雪独自一人笑着走到舞台中央，开始表演单口相声《逗你玩》，仅仅是说了几句客套话，就使台下掌声不断。只见她一抬手、一眨眼，把小偷模仿得惟妙惟肖。小偷的狡猾和小孩的天真活灵活现地呈现在观众们面前。

彭宇川演唱歌曲《万有引力》就显得略有胆怯，不过经过他的不懈努力，终于调整好了状态，完成了演唱。

迦宝等人表演的《期末笑谈》的阵势就比前面几位显得庞大了许多，一上台，董敬就说自己不可能考好了，大家都说自己同病相怜，这时饰演王老大的洛雪踹开门，大声说："你们都在干什么？我一进教学楼就看到以大汉铭（一位男生）为首的一群女生在那里聊八卦，说自己考不好之类的话，像你们这样能考好吗？"紧接着说了一句"上课！"边说边拿出一张 A4 纸，开始讲动点问题："这个点，是 P，你们说，我为什么要在这里放 P？快说啊！"全班一阵爆笑。

"千呼万唤始出来，犹抱琵琶半遮面"的尹歆婷上台了，同时上台的还有她的助演——崔璐和张睿，一曲《无别》惊艳众人。"大弦嘈嘈如急雨，小弦切切如私语"。尹歆婷娴熟地拨动着琴弦，乐声流畅婉转，仿佛把人带入仙境……

　　紧接着就是这场联欢会的重头戏——《搞笑四大名著》了，在这场表演里，洛雪扮演"唉李四"梦游仙境，先是碰见了桃园三结义的刘关张，只见那大哥说不求同年同月同日生，也不求同年同月同日死，让大家笑得前仰后合。后是遇见孙悟空大战哥斯拉，唐僧甚至直接拿出大哥大线上联系悟空，向他寻求帮助，再次就是《水浒传》，最后是《红楼梦》……

　　快乐的时光总是很短暂，在初中生涯的第一个元旦晚会中，大家都感觉到同学和老师们是如此热情，对于新的事物是如此的好奇，一个个都非常开朗，同学们似乎爱上了这里，爱上了初中生活……

第六章　网课

历经了 2020 年新冠肺炎疫情居家上网课的时期，今年的居家网课，技术操作似乎更娴熟了一些，对九班的人来说，适应得也似乎更快，当然，也可以说：网课——千姿百态。

"洋气"的英语网课

"丁零零，丁零零……"突然响起的闹钟声打碎了子旭的美梦，子旭想到不用去学校，就烦躁地关上了闹钟正准备酣然入梦，就听到妈妈扯着嗓子喊："几点了，快点儿起床，你还要上网课呢！"他这才猛地清醒过来，急忙打开电脑，做着上课前的准备工作。

"或许是习惯了学校里的教学方式，如今独自一人面对电脑学习，还有些不适应呢。"子旭想到这里，便面向镜子冲自己加油打气："加油，趁着这段时期，努力学习，让自己变得更强！"

洋气的英语李老师在屏幕中也依然保有无可挑剔的高颜值，她笑容亲切地寒暄了一番："都做什么有趣的事了呀？"

"看电影了，看了好几部……"

"看书，老师，我看书了！"

…………

关于看电影、读书等活动已是多见，当然也有不少使人耳目一新的活动。虽然坐在屏幕前的同学们无法面对面交流，但从大家的言语、大家的面貌不难看出，依旧是那个充满活力的九班。

"下面我找几个字词让大家翻译一下，顺便检查一下大家的预习情况。"

这头，子旭瞬间慌了，因为没有预习，他不由自主地握紧了手。心里念道："别喊我，别喊我，要是被发现那可就完了！"李老师启动了随机点名系统，他的心都快提到了嗓子眼儿。幸运的是，抽到的并不是自己，他庆幸得很，兴奋地大叫："真是天助我也！"可他并没有意识到，自己的麦克风没有关闭。

"子旭？"

"呃，老师好！"一万只乌鸦飞过头顶……怎么会这么粗心，怎么会忘记关掉麦克风？懊恼无比。

"你再回答一遍刚才的问题吧！"屏幕那头李老师的声音像是咬着牙说的。

"……"

真是个教训啊！下次网课，还是要检查好设备，千万别出纰漏，当然，完成好老师布置的各类作业，是比关麦克风更重要的事情。

——来自子旭碎碎念

网课期间，任务量可不比平常在学校少。课程还是那么繁重。但是相比较于在学校学习，网课则显得有些许枯燥乏味。

洋气无比的英语课对李延辉来说，有点儿不太喜欢……确切地说远没有京剧来得那么痛快，不是吗——"楚汉相争动枪刀，高祖爷……匡次来才……匡才来才……"《击鼓骂曹》里的祢衡一身反骨啊！这厮正摇头晃脑地投入英语课学习……呃，是学习（戏）。不说电脑，就连他的手机都是用来听京戏的。李延辉是个戏痴子，喜爱马褂一类。李老师大抵也是感到他走神了，便让他答了几个问题，而延辉同志自然是不知道的，应付了几句后，便尴尬地上完了课。这样的场景，在父母面前，却又是"辛辛苦苦地学习"了一天。

多面"王老大"

"你们想我了吗？"隔着屏幕，数学王老师的声音有那么一丝丝的温柔。听听，这声音、这语气，有电脑屏幕的"加持"，还挺让人期待呢。贾浅潜看着只露出头的王老师，抿嘴一乐，和平时的王老师不太一样了，嗯，一定因为有屏幕的"加持"，在家上课的王老师，多了点儿烟火气，眼神也不那么凌厉了。

"嘻嘻，想了呀！"

"王老师，我可想你了啊！"

几个女孩子的笑声，从电脑里传出来。这夸张的语气。贾浅潜没搭话，在班里，她本不善言谈，屏幕前，她以观望为主，说实话，上网课，挺好玩的，也挺让人期待。

我们的数学王老师，被九班同学戏称为"王老大"，而李延辉认为这实属胡闹，并坚持尊称一声"王先生"。而这一声尊称，对某些人而言却是无用的。这不，屏幕这头——

王老师苦口婆心道："林旭呀，小杨呀，咋又没完成作业？"

山雨欲来风满楼的架势，王先生的眉头一定皱紧了！不出意外后面一定有更激烈的说辞，让暴风雨来得更猛烈些吧！

"不用解释，我知道你们家网不好，交不上，但怎么玩游戏之时就有网了呢？真是滑天下之大稽！这次提醒，发朋友圈记得屏蔽我！只做提醒，下次严惩！"

估计满脸的青铜器了吧，这架势，估计非常生气！唉，玩游戏固然能够换得短暂的欢愉，但是，不能因为游戏耽误正业才是王道。

有人说，让学生上网课无异于让孙悟空看管蟠桃园。这话太精辟了。不过作为初中生，自律很重要，这是我们在学习之路上能够持续前行的法宝，当然，人一生的任何事情都需要自律。

——来自李延辉的碎碎念。

屏幕在"运动"的体育课

满屏幕都是蹦跳着的"小人儿"，哦，不，满屏幕都是"体育课"……哎，怎么说呢！这史无前例的体育课，怎一个热闹了得！

"屈腿半蹲、原地开合跳、俯卧撑……"这节课是线上体育课。昔日体育老师上课的地点是宽阔的操场，今天只能隔着屏幕看到老师的大头像；昔日体育老师上课时一脸严肃，今天的大头老师一脸好笑……是的，好笑！或许屏幕这头锻炼的身影旁边还有个好奇的二胎一起跟着张罗的样子让老师忍俊不禁；或许屏幕这头某同学被操练得龇牙咧嘴让老师好笑；总之，放眼屏幕，九班众人都在大头老师的口令下蹦跳于电脑中。

"这运动量……真的比在操场上还累！"贾潜浅在做俯卧撑的途中，一骨碌躺在瑜伽垫上喘气。哦！不！

"起来——不能偷懒！"

糟了，被老师罚了！

线上体育课被老师惩罚的方式有一个最致命——那就是"被动主屏"，意思是，被老师设为主屏幕，九班人都能看到你的一举一动。贾浅潜可不想被全班人看到累瘫在垫上的样子，她一骨碌爬起来，继续咬牙坚持吧！

封城结束了！

网课时代结束了！

新的学期来临了！

第七章　"复活"后的重逢

初春，疫情好转，万物回春，疫情的阴霾逐渐随着春风散去，S 市的生活开始渐渐回归正轨，这个省会城市慢慢恢复了往日的繁华。学生们经历了漫长的网课学习，开始期待着开学，期待见到明媚的春天。

玉帆也不例外，终于盼来了开学。

中午两三点时，冬日的阳光只发光，毫无暖意，冷风扫在了一群穿着校服的学生身上，宽大又厚重的冲锋衣压在身上，齐刷刷地向校门口走去。

玉帆逆着人流进了校园，校园变化不大，操场上人声鼎沸。玉帆更加兴奋，一路小跑寻找班队，老远就听见杨宁的喊叫。

"一个假期没见，肉没减下去，音量可见涨啊！"玉帆心里想着，走了过去。杨宁见了玉帆，一声长啸，冲了过来，抱住了玉帆，玉帆也非常高兴，上蹿下跳的。杨宁是本班体委，声音很大，眼睛挺小的，但遮不住他那兴奋又明亮的目光。

玉帆站入队中，眼光落在正前方思考状的梓昱上，梓昱乃是佛系中人，此时应在思考人生吧，也难怪，这场疫情就像一面镜子，照出了这座城市中部分人生而平凡的伟大、挺身而出的勇气、无所畏惧的牺牲……

玉帆热情地跟他打了招呼，梓昱便问："你觉得还阶段测试吗？"玉帆倒是不在乎，说："应该不测了吧，你看拖了这么多天了。"梓昱肯定是用过功的人，虽然嘴上不说，但是谁都知道，于是说："管他呢！"半秒不到便与玉帆聊起天儿来。

不一会儿来到了教室，教室里早已炸开了窝——洛雪双膝跪在凳子上转过半个身子和苏静瑶聊得热火朝天，尹歆婷和熊梓莫手舞足蹈比画着，不知在说些什么，两人都笑得前仰后合……过了一个假期，战胜了疫情的肆虐，同学们都互相讲述着网课期间的新鲜事，似乎这场"久别"后的重逢意义不仅仅是如此，或许还有更多更浓的感情在其中……

顾凝迈着轻快的步子来到班级门口，听着班里呜哩哇啦说话声，也是，两月不见，内心甚是想念啊！"我不会迟到了吧？"顾凝小声嘀咕着，推开门才发现，老师还没有来，悬着的心终于落了地。顾凝迅速找到自己的座位，听着同学们分享着网课期间的趣事。

正在大伙聊得起劲儿时，一个让同学们期待已久的、熟悉的身影款款走进了教室，"殷老师，殷老师……"教室里响起了一片此起彼伏的欢呼声。"殷老师，我们实在太想您了！"不知是哪个马屁精高声喊了一句。

殷老师笑了笑，说道："给你们十分钟时间继续聊，聊完了就安静地交寒假作业。"片刻的安静后，班里再次炸开了窝。十分钟后，殷老师敲了敲桌子说道："时间到了，大家安静，把作业放到课桌左上角，先拿出《西游记》手抄报。"顾凝在寒假作业中翻来翻去，心想："我去，这么多张手抄报谁知道哪张是《西游记》。"正当她准备向《西游记》手抄报献出她宝贵的中指时，"孙悟空"三个大字映入眼帘，顾凝才微微叹了一口气。

"下一项，生物作业，把你们种的植物种子的照片拿出来。"

顾凝拍了拍云瑞的肩问道："你种的啥？"云瑞拿出一张照片："喏，自己看。"顾凝瞥了一眼，惊喜地说道："呀好巧，咱俩种的都是蒜，不过你种这么多是打算留着明年腌腊八蒜吗？"云瑞看了一眼顾凝的植物照片反问道："你就种了这么几棵蒜？"顾凝尴尬道："咳咳，我这叫节约，节约你懂不懂？"云瑞用一种看傻子的眼神看着顾凝。

忙起来的日子过得总是很快，不知不觉已经开学一周了。周一班会时，殷老师走进教室，宣布了一件令人窒息的事："因为疫情的原因，大家没有期末考试，但欠的债还是要还的，同学们准备准备，学校计划进行上半学期的阶段测。"所有人的面部表情从蒙圈转变为震惊，又从震惊转变为不可思议，两秒钟后，班里"砰"地炸开了。顾凝缓过神来，低下头，寻找自己的痛苦面具。

"完了完了全完了，寒假偷懒没复习，这马上就要考试了，也来不及了吧，我丢，如果爱请深爱，如果不爱，就让暴风雨来得更猛烈些吧！"顾凝这么想着，殷老师又来了一句："哦对了，这次考完试，我们可是要重新换座位的哟，大家做好心理准备。"顾凝下意识地望向自己的同桌，发现她也在望着自己，便拍拍云瑞的肩说道："考试加油啊姐妹。""你也一样。"

当学习、生活渐渐步入正轨时，情理之中意料之外的阶段测试还是来了。分数就像如来佛祖的五指山一样，没有孙悟空五百年修行的本事你还真别想翻身了。

大部分学生好像都没考好，郭欣雨一直很稳，稳在三号岿然不动，三号似乎是她的一个瓶颈，她一考完就开始嗷嗷叫唤，魏萱是她的好朋友，就劝她没事，玉帆是郭欣雨的前桌，转过头开始开导，只是开导的方式不太一样，使用激励法，做了个比喻就说她是乌鸦，郭欣雨还真记仇了，原来是殷老师发了张邮票，邮票上的风景有点儿不太正常：黑漆漆的云飘在空中，远方迷茫一片，墨蓝色的海水与白雾相互映照，一只小船搁浅在了海边的烂泥上，一只黑色的乌鸦站在船头，很是迷茫。这只乌鸦的处境就像郭欣雨此时没考好的心境。此时的魏萱在边上笑，一笑就露出牙套，害得玉帆总以为她要表演现场摘牙套。

玉帆在本次考试中也同样没考好，最怕见到凶狠高大的王老大——头发中夹杂着几根儿明亮的白发，大树一样粗的腰围，映衬得头很小，生起气来非常严肃，聚焦的小眼像刀片儿一样。

果然该来的还是来了，玉帆被王老大叫了出去，王老大一开始就拿玉帆和他妹比较，潜心说教了半天，才归入正题要玉帆和梓昱对赌，每一次小测和考试，输者就要给对手和王老大一块费列罗。费列罗是种巧克力球，是王老大的最爱，玉帆不得已接受了，然而当天就有场考试，对赌即刻生效。

分数一出，玉帆跟梓昱仅差两分，按照赌约给两块费列罗。玉帆当晚买了一整盒费列罗，怎奈王老大别出心裁非说要上课时当着全班同学给，玉帆看着王老大用一双布满老茧的手将费列罗拿了过去，剥开一层层的锡纸，鼻子闻一闻，闭上眼睛麻溜地扔进嘴里，品了几口，直接咽了下去，整套动作一气呵成，倒是让一旁的玉帆顿生斗志。

最后一节课时，郭欣雨的脑海中出现了学校的午餐情景——牛宇飞总是给她的饭盆里强行加上一些，嘴里还不忘絮叨着："多吃点儿，长个儿！"虽然这让身材矮小的郭欣雨气愤又无奈，但现在想来却多了些温暖。不知道这学期李钉钉还会不会偷偷带辣酱来，你们无法想象那是怎样的一种美食，拿到午饭的那几个同学佯装着有一口没一口地用嘴唇抿着米粒，眼睛却时不时瞟向钉钉，心里估计把"老师快走吧"像念经一样念了千百回，每到这时候郭欣雨总是暗笑："老师再不走，这几个馋猫的饭就凉凉啦，呵呵呵……"当老师踏出教室门的一刹那，郭欣雨感受到了什么叫"离弦的箭"，什么叫"饿虎扑食"，可怜了那个身高同命人钉钉同学，一瞬间埋进了几个大汉身下，只有微弱的"尖叫"声"别抢了！"从那几个身体缝隙里挤出来。几秒过后，身心凌乱的钉钉用微微颤抖的手将辣椒酱瓶举到郭欣雨面前，带着半哭腔问："郭欣雨，你来点儿吗？"

带辣酱的不仅仅有李钉钉，还有李昂，好几次当他拿出辣椒酱的那一刻，班里的某些同学犹如看见了光一般，以迅雷不及掩耳之势飞奔到李昂那里，不一会儿瓶子里的辣椒酱就被抢了一半。于是李昂绞尽脑汁想了各种办法想把辣椒酱藏起来——椅子下面、用书包挡住，或者直接说吃完了，但最终还是被火眼金睛的小葛发现了，于是又引发一场空前绝后的攻城略地之战。旁边的子阳看到了，委婉地说："我就要一点点，一点点就行。"还没等李昂说话，就拿走了那瓶辣酱，挖了一勺，结果瓶子空了一半，那可真是亿点点呀！李昂看了看自己渣都不剩的辣椒酱瓶，大喊了一声"盖亚！"，之后的李昂再没带过辣椒酱了。

散去疫情的阴霾，迎来的是一年之计在于春的希望。春天，是求实者、勤奋者的季节。加油吧，思识中学的少年们！"旭日东升"见证你们的脚踏实地，阳光普照催促你们挥汗如雨，夕阳西下更待你们的奋起直追。梦在前方，路在脚下，哪有少年不想做最强！

第八章　流行语

从以前尽人皆知的"打酱油"——只是路过，一直到现在视频中"过来人"用来提醒"后来人"的"前方高能"，这些都说明了流行语在我们的生活中普遍存在，用得也很多。

开学了，S城的学生们开始了一个新的学期，同学们怀揣着喜悦来到了学校。

课间，同学们三个一群，五个一伙地讨论暑假遇到的趣事。牛宇飞的身边聚集了好几个同学，都在听他讲在家中的趣事。同学们的生活逐渐回到正轨，一切显得那么和谐。但是，偏偏生活好像不希望平静下来似的，班级里刮起了一股风潮——流行语。

一次数学考试结束后，数学王老师一胳膊夹着卷子，一手拿着泡着枸杞的保温杯，慢慢悠悠地晃出了教室。第二天，卷子发了下来，那可真是几家欢喜几家愁。本来成绩还可以的李诚承这次却惨遭"滑铁卢"——不及格，数学王老师讲评完试卷后，下课铃响了。只见李诚承的死党牛宇飞朝他"滚"了过来，看到了李诚承的成绩之后，笑嘻嘻地搭着李诚承的肩膀讽刺般地对他说："呦，你这次考得还不错嘛！"李诚承不甘地问："还说我呢，你考了多少分啊？""不高不高，也就比你高十分。"李诚承一听，说："你可真是精英啊——精神正常的小苍蝇。你及格了吗？"牛宇飞一听，瞅了瞅自己的卷子，自动给嘴拉上了拉链。这时，在一旁的班长思远见两人正灰心丧气，便鼓励般地对他们两个人说："我考得也不好。"李诚承挣脱了牛宇飞的泰山压顶后，转头看向思远，心里虽然觉得这是思远在为嘲笑自己而设计的圈套，但嘴还是诚实，问道："你考了多少分啊？""不高，不高，只得了 99 分，竟然连 100 分都没考到，惊不惊喜，意不意外？！"李诚承听了之后叹气说："唉，小丑竟是我自己，溜了溜了。"

不久，班级里又刮起了一阵怪风——在赞美别人后加上"才怪"两字，有时真叫人哭笑不得。你瞧，一句"你长得真帅……才怪！"就能使对方刚"绽放"的笑脸转眼间"凋谢"了。

"李昂，有一件事我不想告诉你，可又不得不告诉你。""什么事？你快说啊！"只见牛宇飞一副十分为难的样子："殷老师叫你去办公室'喝茶'，说你……你这次的作业没有做完。""怎么会呢？昨天我做完了作业后可是仔仔细细地检查了好几遍的啊！"李昂迅速往办公室跑去，连牛宇飞的"等等"都没有听到。李昂慢慢地打开了办公室的门，对殷老师说："老师，您找我？"老师一脸茫然："我找你？"

"对呀。"

"谁告诉你的？"

"牛宇飞。"

"走，跟我去找他。"

李昂与殷老师在走廊里找到了跑得气喘吁吁的牛宇飞，原来，他其实是想说"等等，才怪"，可是李昂的速度太快了，再加上牛宇飞反应不及时，所以李昂就没有听到这句话。牛宇飞先挑起这件事，所以他便少不了写一份检讨。

流行语在班里来了又去，去了又来，它还给我们带来了一些小小的误会……

又是我们熟悉的数学课，上一节课刚下课，王老大抱着一个鼓囊囊的袋子大步流星走上讲台，用那亮橙色教具敲敲讲台，又冲着台下大吼一声："同学们，回座位，抓紧时间上课了！砰砰砰——砰砰砰。"底下的同学小声嘀咕着："王老大又又占用我们的休息时间，估计又要考试，天天考试，这简直没有人权可言啊！"但身体还是诚实地向座位挪去，果不其然，王老大一边迅速掏出准备好的考卷，一边说："这节课我们进行单元小测，考察一下大家这段时间知识的掌握情况，注意眼睛别歪。""苍天啊！又考试！"王成在心底默默地哀嚎。看来今晚一项改错抄卷子的作业已经收入囊中了，虽然百般不情愿，但当看着卷子上的题目时，却又感觉似曾相识，这题目，这选项，嗯，好像老师有讲，当时是怎么说的来着，仔细回想，却感觉大脑空空，唉！"书到用时方恨少，题到解时才知难"，不管心中有多少想法，一节数学考试课还是这样悄然无声地过去了。

下课了，几个相熟的同学凑在一起对答案，看着他们边对边欢呼的样子，使得本身就不太好意思的王成更没胆量凑过去听听了，好不容易放平心态，侧耳偷偷听了听，却感觉情况不太乐观，便灰溜溜地回座位了。下午自习课卷子发下来了，看看前面尹小恩手中全是红对钩的卷子，再看看自己对钩与叉号交集的卷子，却只能安慰自己说还好还好，好歹及格了不是。为了慰藉心灵的创伤，找回自信，王成便找到自己的小伙伴李诚承，"傲娇"地问："诚承，你这回多少分？"李承诚掩饰不住内心的喜悦，尽管绷着一张脸，但是上翘的嘴角和轻快的声音还是透露出一丝丝得意之情："没考好，也就才85分，你多少啊？""多少？85分？！"王成的表情有些呆滞，但很快又用他那小眼睛仔仔细细地端详着对面的李承诚，不服气地问："你确定？不会是和同桌对答案了吧？"说完，还挑逗似的挑了挑眉。李诚承愣住了，说："怎么可能！"王成想着自己的成绩，再看看自己的损友，又看看前排的学霸，更郁闷了，无奈地说："好吧，虽然这次考的是有点儿惨，但……"突然眼珠滴溜一转，拉长声音说，"你的成绩，那肯定是抄的。"话音未落，迎头就遭到李诚承的一记黑拳，王成心里更郁闷了，今天出门真应该看看皇历！于是怒从心头起，恶向胆边生，也回击了一拳，两人扭打在一起，最后被周围同学拉开，王成捂着受伤的脖子问："你干吗打我？"李诚承一脸被侮辱的表情说："谁让你说我了，我都是自己写的！"听到这个理由，王成呆滞了一下，一脸生无可恋地说："大兄弟，我话没说完呢！后面还有'才怪'呢！"李诚承一听，也忸怩了，低声说："谁让你不说清楚。"王成双手捶胸，今天真是背透了，这顿打挨得真是不值，唉！这真是流行语造成的误会啊！天可怜见的，只是打白挨了！

转眼，又是一个星期一的早晨，在部分同学的心里，星期一的早晨代表着充实和忙碌，团结紧张严肃活泼，在这一刻大家又赋予它新的内涵。咣当咣当，我们敬爱的牛宇飞同学背着沉甸甸的书包，拎着饭盒慌慌张张地跑进了教室，只见他把饭盒随意往桌子旁边一挂，书包咣的一声往旁边椅子上一扔，一边拉书包拉链，一边喊着"江湖救急，江湖救急，哪位大侠可借我作业copy一下"，边说边往四周打量，正好看见李诚承抬头，两人目光对视，牛宇飞眼睛一亮："兄弟，就你了，怎么样？""什么怎么样？我没听懂。""作业写得怎么样？诚承兄！""嗯，勉勉强强写完了，我也不知道对不对。"李诚承一边说一边微微后缩。"没事没事，我不嫌弃，借我看看呗！"唉！李诚承心里默默哀嚎，这可怎么办？要是被老师抓住，发现两人错的一样，那可就"死"定了，可要是不借他，这……这也说不出口啊。于是李诚承说："哎呀！你看我这写的也不一定对，有些字，你也看不清，这弄混了，该多不好啊！"牛宇飞马上上前央求道："大侠，江湖救急，求你了，就这一次。"但俗话说得好，怕什么来什么，两人刚就作业问题进行友好会晤，达成统一意见。而坐在旁边看热闹的王成，却发现殷老师正悄无声息地出现在牛宇飞身后，幽幽道："下课以后你俩都过来找我。"牛宇飞一回头，脸黑了，垂头丧气回到座位，叹了口气："唉！出师未捷身先死，长使英雄泪满襟，我'裂开'了啊！"同桌听到了，纳闷地站起来绕着牛宇飞转了两圈，"哪儿裂开了？"王成在旁边听着，笑得直打跌，牛宇飞内心五味杂陈，冲着他同桌喊："什么哪里裂开了，我是说我完蛋了好不好，懂不懂网络流行语？"

当然了，同学们因流行语造成的误会少，但是造成的笑话却有一箩筐。

就比如前一阵子在我们班突然火的"大聪明"这个词，就是形容一个人非常"聪明"。记得有一次上体育课，大家都在自由活动的时候，我们亲爱的李昂同学在操场上某个小角落捡到了一根木棍，美其名曰"车钥匙"（拖拉机摇杆）。于是，李昂就拿着他的"车钥匙"满操场跑着炫耀，还边跑边说"我找着我车钥匙了，我找着我车钥匙了……"，话说这根不知名的木棍虽然长相奇特，但怎么看也跟车钥匙八竿子打不着，由此可见我们的李昂同学脑回路是如此清奇。后来，我们亲爱的体育老师说这个东西太危险，就让李昂把它放了回去。由于李昂同学的想象力过于丰富，其行为过于引人注目，于是我们就给李昂取了个外号"大聪明"。也不知怎的，这个词就成为我们班形容一个人聪明过头的流行语。

除了"大聪明"，我们班还有个流行语——"牛马"。虽然大部分同学都不知道它的真实意义，但它就是莫名其妙火了起来，关于这个词的意思，呃……应该和"大聪明"差不多吧。它闹过一个最经典的笑话就是——某一天的课间，同学们都在小声交流着，而此时我们可爱的加盛同学也正在和子阳同学进行"友好"的交流，随后只听"咚"的一声，加盛同学摔倒了，不仅是他自己倒了，连同子阳和他们可怜的桌子也一起被他拽倒了。这一顿操作几乎引起了所有同学的注意，大家齐刷刷扭头看去，这时坐在他们前排被打断了说话的萧橙转过头去，满脸疑惑说了句："牛马？"他成功地把大家的注意力从摔倒的两位身上引到了她自己身上，这句"牛马"到底是何意，我们的萧橙同学自己也解释不清了，也许是口误，也许是即兴，总之它就是因为这么一个莫名其妙的意外趣事火了。

班级流行语：

1. 排在榜首的是我们班里同学尤其是受男生最喜爱的流行语。这个词想必大部分男生都知道吧，就是《奥特曼》里的那个"盖亚"。结合《奥特曼》里的情节来看这个词大概是……表示感叹？也许吧。

2. 令牛字飞"荣获"一份检讨的"才怪"二字。

3. 其行为过于引人注目的李昂的"大聪明"。

4. 萧橙同学至今都解释不清的"牛马"。

5. 对于语文同音字十分苦恼的同学的暴击——"亿"和"一"。

…………

这些流行语看似简单，其实却有让你想不到的特殊含义，比如"大聪明"，看似是在夸奖你聪明、机智、充满智慧。实际上，"大聪明"却是表达了对你的嘲讽。而"盖亚"看似只是一个普通人物，而当它是一个流行语时，却表示感叹。

不过，流行语也是有利有弊，它们虽然幽默风趣、令人回味无穷并且丰富了语言文字，但同时也会产生一些让人十分难堪的误会，如果运用不当反而会引出笑话。但是我们依然热爱流行语，依旧用它的幽默风趣、生动形象记录了青春期我们的懵懂、天真与活泼，丰富了校园时光。但要谨记，如果常把一些不文明的流行语挂在嘴边，则会有伤大雅。

第九章　午餐混战

　　天气渐渐变得酷热无比，太阳炙烤着大地。窗外的草地上长着历尽沧桑的老银杏，它被太阳晒得无处躲藏，只好无力地倚着墙。

　　阳光透过树叶间的缝隙洒入屋内。斑斑驳驳的树影印在课桌上，燥热的天气使同学们心不在焉。讲台上，历史老师孟辰泓还挥着粉笔。老师手中的粉笔在黑板上留下好看的字迹，粉笔灰洋洋洒洒地落下。阳光落在历史老师棱角分明的脸上，柔软的发丝镀上了金光。他的睫毛浓密，却没能遮住眼中的笑意，更挡不住眼底的温柔。

　　老师在认真地讲着课，可台下的同学们饱受着燥热天气的摧残，一个个心烦气躁，东倒西歪，和丢了魂儿一样。可同学们又不得不一次次打起精神去认真听课，虽然最后都以失败告终。就这样，一个个坚持挺直了的身板最后又软趴趴地瘫在椅子上，耷拉着脑袋无精打采地听着老师讲课。

　　看着眼前燥热的教室和被阳光晒得温暖的桌椅，四处鸦雀无声，只有老师手中的粉笔还在发出划着黑板的声音。大概只有下课和吃饭能让同学们精神起来吧。俗话说："人是铁，饭是钢，一顿不吃饿得慌。"这句话放到九班同学身上，那是再贴切不过了。不对，放到九班同学身上应该是"人是铁，饭是钢，一天三顿还饿得慌"。

　　平常日子里，九班的同学每逢上午最后一节课的时候，都已经像是饿了五百年一样，在听课的同时，一个个其实已经在桌斗里准备好了饭盒。大家都巴不得下课铃马上响起，好大快朵颐一番。

可是，现在还没下课。同学们能感受到的只有燥热的空气传来的老师讲课的声音。这时，楼道里传来了食堂阿姨推着摆满饭盆的推车的声音，还夹杂着脚步声。然后，又传来饭盆被放在班门口的声音。"砰！"的一声传入我们耳中，召回了不少人的魂儿。

就这么一声，使原本毫无生机的同学们蠢蠢欲动起来。课堂上有了窃窃私语讨论今天吃什么的声音，同学们的灵魂虽然已经回到了自己的身体里，但是却脱离了课堂。灵魂们好像学会了说话一样兴奋地发出"咕噜咕噜"的怪叫。它们知道快要开始属于自己的午餐时刻，于是像着了魔一般兴高采烈地叫个不停。

正在讲宋代史的历史老师察觉到大家的异样，为了让大家更加精神起来，他将计就计提到了北宋文豪苏轼。老师问："大家有谁了解苏轼？""我知道！"玉帆积极举手答道："他又叫苏东坡。""对，你是怎么知道的？""因为爸爸带我去眉州酒楼吃过'东坡肘子'！老师，你知道吗？那别提有多香了！哈……嘶溜！"玉帆说着说着，口水都流了出来，他赶紧吸了回去。这引起了全班同学的哄堂大笑。

笑声渐歇，但不少同学脑海中都涌现出东坡肘子的样子，都感到口水在不受控制地涌现。

李诚承问同桌肖语谛："什么是'东坡肘子'？长什么样啊？"

肖语谛说："你没同大人参加过婚宴啊，都有肘子呢。肘子可香了，它有着酱色的汤汁，猪肘炖得烂软，浸在汤汁里。尝起来肉质细嫩，肉味醇香，很有嚼头！而且还肥而不腻，超级超级好吃！"

"对对对！我吃过，我记得还有四个大丸子也很好吃！"隔了一条过道的雷灿然也忍不住补充道。

全班同学七嘴八舌地讨论，从东坡肘子谈到四喜丸子，又说到了油焖大虾、红烧肉等美食，有本事的直接来了个"报菜名"。好嘛！今天上的是一堂"舌尖上的历史"。

等好不容易安静下来，老师接着上课，全班同学都精神了起来。大家的眼睛都亮闪闪的。其实这个时候，大家已经是前心贴后心了，满脑子想的就是午餐，只盼望着午餐有肉、有鸡块，千万不要有在学校臭名远扬的葱头和圆白菜。大家都盼望着下课铃能立刻响起，然后好好地吃上一顿。

美好的午餐时间，总是让人回味无穷。热腾腾的白饭，里面含着农民伯伯的苦心。翠嫩嫩的菜，外面虽然看起来很不起眼，但却有着很高的营养价值。一片酥脆的肉，是多么令人食指大动。真难以想象，没经过烹调之前，那恐怖的并带着血红色的生肉竟然可以做出这么美味的食物。想要做出一道色香味俱全的好菜，真的没有想象中的那么简单。

抬头看看钟，还有一分钟就下课了。思原看了看离他座位不远的加盛和牛宇飞，发现他们俩早已把饭盒死死捧在手中。思原无奈地小声念叨："他们简直是饭桶。"

不过这样做是英明的，因为要想在如此激烈的竞争环境中尽早打到菜和饭那是相当难的。于是思原在自己的课桌里乱抓一气，还使出了失传已久的"乾坤大挪移"，费了好大劲儿才把饭盒从桌斗里拨拉了出来。好家伙，他还说人家是饭桶，自己不也一样嘛……

"同学们，下课时间到了，请自觉保持一米距离，在楼道内有序行进和活动……"就在这时，下课铃声终于打响了，同学们都感觉广播中的声音如此亲切。"好，下课吃饭了。"老师的话音未落，同学们便以迅雷不及掩耳之势抓起饭盒狂奔。只见同学们都如离弦的箭一般冲了出去，蜂拥到排队的地方。今天值日生连课本都没收拾，也飞奔了出去。

思原也和其他同学一样，以踏疾风、追日月、赶星辰的速度加快向前冲。以迅雷不及掩耳之势在铃响完之后冲到班级打饭点。据思原说，打饭是一场时间的竞争，一场生存的竞争。为什么是一场生存的竞争呢？他说，因为不吃饭就会饿，所以是一场生存的竞争。当他一本正经地说出这句话时，他身旁的同学用看傻子一样的眼神瞟了他一眼。

队伍基本已经排好了。等待打饭的时候，大家成群结队地拥挤在一起，上午那疲惫不堪的身躯，似乎也在这时候显得格外精神了。教室里充斥着喧闹声，以及少男少女们细碎清脆的笑声。女生们扎堆聊着追星趣事，男生们在一起聊着网络世界，还有人聊着老师上课时的趣事。在学校的一天天生活都是如此精彩，点点滴滴让人十分满足。这些在热闹的气氛里，一下全部流露出来。

有倒霉的同学没抢到靠前的位置，个子小，想着能见缝插针："你这么高的个子不能让我一下吗？再说，我还比你小几个月呢。"

前面的高个子同学说："孔融让梨的故事小时候你没听过吗？弟弟得让哥哥！"

小个子急了，道："你这是什么歪理！"

"噢？你插队还有理了？！"见对方生气了，小个子只好排到后面去。

可是，大家等了半天，不知为什么饭菜还没端来。三个值日生都出去了半天，为什么还没回来呢？

"九班的饭菜为什么还没人来领？"走廊里传来送餐老师的呼喊。九班全班都一起着急了起来，原本快要平息的"混战"又被掀了起来。还有十几个同学忍不住跑到楼道去张望。

原来，负责领饭的三名同学因为跑出去太早了，他们三个人就先去了趟厕所，结果"起了个大早赶了个晚集"，等回来后其他班都已经先领了，反而九班成了最后。

这时，加盛第一个冲到打饭点大吼一声："来，我来打饭。"班上的同学欣喜地说："太好啦！终于有人给打饭了！"于是，加盛和被叫来的另外几位同学把饭盆搬到了教室里。还不忘装模作样地说："小孩子速度慢了迟早要被社会淘汰的！"原本打饭的三位同学听了，顿时冲了过来，捏紧了拳头吓唬加盛。一旁的思原见势不妙，立马撤退，躲到了离他最近的桌子旁。

午饭终于被抬了回来，同学们就像是看见了宝藏似的一拥而上，都拿着自己的饭盒争先恐后地往前挤。

"哎，别挤！别挤！让我先打。"李诚承大声喊道。

"凭什么？女士优先，男士靠边。这句流传千古的至理名言你没听过吗？真是白读这几年书了。"被他挤到一边的女生不满地反驳道。

教室过道里挤满了同学，一个个拿着饭盒，谁也不让谁，拥挤在饭桶周围。而且还议论纷纷，个个引经据典，争相说服旁人，盼着能让自己先打上饭。教室里又乱作一团，不是你踩到了我脚，就是我撞了你的腰。更有甚者，把别人的汤撞翻了，洒了一身。整个教室"哭爹喊娘"，都快要把屋顶掀翻了。

正在这时，门口传来一声怒吼："都坐回去！再挤就别吃饭了！"原来，班主任殷老师听到班里的动静赶了过来。大家一听到"别吃饭了"四个晴天霹雳般的字，立刻"打道回府"，都安安生生地回到自己的座位，听话地坐着装作乖宝宝。

殷老师扫视了一下教室，语重心长地对大家说："做什么事情都要讲规则，如果都像你们似的，挤的挤，抢的抢，敲碗的敲碗，唱歌的唱歌，那还不乱成一锅粥了？挤到什么时候大家也吃不上饭。现在听我的，从一组开始，有秩序地上来。"

就这样，在殷老师的注视下大家难得安静地排好了队。看班里的秩序已经维持好了，殷老师便出去了。她前脚刚出门，班里的各路大仙和什么牛鬼蛇神、魑魅魍魉就又按捺不住躁动的灵魂了。大家又聚在一起，该说的说，该聊的聊。

等待打饭的思原自然是闲不住，不经意间瞟到了正在打饭的加盛。于是，思原"老师"小课堂又开课了，对着加盛就是一顿夸："干饭很重要的一部分在于盛饭。加盛同学盛饭时，手不仅不抖，而且都是两大勺三大勺地盛，虽然我都吃不完……而且如果去晚一点儿，盛饭盛得差不多了，他还会把剩下的所有都挖给你。看看人家，多好。"

在加盛旁边一起打饭的牛宇飞听了这话，突然背后一凉。他可是公认打饭时手最抖的人，都说他跟得了帕金森病一样。

终于，漫长又难熬的等待结束了，同学们一个个都打完了饭。菜都被盛得干干净净，米饭也被抢得一粒不留。

打饭之后，同学们三三两两地坐在几张离得近的桌子上一起吃饭。吃饭时，又是一场"腥风血雨"。可怜的蔬菜、米饭还有肉们被无情地送进了"血盆大口"，被嚼了又嚼，活生生地被磨碎在坚固的牙齿之下。

午饭时间已经过半，大家已经不再像刚盛上饭时一样狼吞虎咽，反而有说有笑的。

牛宇飞最不安分，他故意把别的同学的饭藏起来，让那个同学急得"狗急跳墙"。急得那个同学直喊："你能不能做个人啊，牛宇飞。"

牛宇飞才不管，见那个同学已经知道自己的饭盒在哪儿，并且正准备去拿。他又"嗖"的一下先抢过饭盒，撒腿就跑。旁边的同学都跟看猴一样，看着他俩你追我赶。绕着教室追了几圈之后，牛宇飞没了兴趣，于是"良心发现"，把饭盒拿出来还给了那个可怜的同学。本来气急败坏的同学看到一群笑得像傻子一样的人，自己也忍不住笑了起来。

思原在眉飞色舞地和其他同学讲着笑话，讲到好笑的地方，逗得他周围的每个人都捧腹大笑，笑得上气不接下气。说时迟，那时快，一不小心，不知从哪里飞来了一颗饭粒。周围的人看到后，便全部看向了那个喷饭的人，而那个人早已笑得丝毫不顾自己的形象了。这时，周围的人便发出"咦——"的声音，对那个喷饭的人表示嫌弃。并且全部远离了"危险区"，等笑够了，大家就又会坐在一起继续说笑。

今天中午，学校的午餐是如此让人绝望，因为有着在学校里"臭名远扬"的洋葱！闻见那刺鼻的味道，同学们都退避三舍，发出阵阵哀嚎。

只见有些同学丧着脸想吃却吃不下去，有些同学捏着鼻子，嚼都没嚼就吞了下去，还有些同学壮起胆子，大口吞了下去，只见他们张开嘴巴，拼命往嘴里灌水。看了大家的模样，即便饭连尝都没尝，李诚承也吃不下去了。

李诚承看见子阳吃了一口，便问："好吃吗？"

子阳早想坑李诚承一把，见李诚承问，便立刻掩饰住吃完洋葱后脸上一言难尽的表情，笑嘻嘻地说："好吃！很好吃！非常好吃！好吃得不得了！"

李诚承想：他这个反应肯定有问题。于是，接着他的话说："看你这么喜欢吃，那就把我的都给你吧，不——要——太——感——谢——我——哟！"

听李诚承这语气，子阳艰难地忍住了想揍他的冲动，学着李诚承说："不不不，这么好吃的东西当然要给你尝尝了。我怎么能抢你的呢，作为兄弟要同——甘——共——苦——嘛！"

这让李诚承说不出话来了。子阳心里暗暗得意：就你还想套路我？我这招叫"学以致用"！

李诚承无奈地准备尝一口，在心里自我安慰道："没关系，万一我的口味可以接受呢。"于是，李诚承壮起胆子夹了一小块，小心翼翼地吃了下去。这时，李诚承感到一种说不出来的味道涌上了舌尖，这个味道又酸又甜，可酸中又有些带辣，辣中又有些带咸。李诚承说："咦？味道不错呀，为什么大家要做出如此悲壮的表情。"

这时，杨宁震惊道："难道你喜欢这味儿？你还真够骨骼清奇的。我以前吃洋葱，唉，别提多难吃了。"

"还行，但你们不用做出如此悲壮的表情吧？"

"还行？这明明是很难吃好吗？算了，和你不能沟通。"

这让同学们纷纷回忆起中午在学校吃饭的悲惨故事。

杨宁说："有一次，我吃饭时吃到了没熟的土豆。皮都没去！没想到有生之年我竟然能吃土！"

"哈哈哈，土的味道你知道，思识土豆。"

"唉，怎么开始植入广告了，哈哈哈！"

这时，秦纾浩接过话说："你不要想这是一份菜里面掺了没熟的土豆，而要想你买了一份切好却没做好的菜，里面还带有酱，这样想心里就舒坦多了。"说完一群人哈哈大笑。

思原说："还有一次，我吃菜时居然吃到了一条小虫，别提多恶心了！"

周围同学打断他说："你应该拿着饭找负责人理论去。"

思原掐指一算，说："一份菜才值多少钱，他要叫我把肉交出去，再重新给我打一份菜我不就亏了？要是再挑出一块大的来，我岂不是亏大了？"瞬间全场爆笑。

吃饱饭后，大家的肚子传出咕噜咕噜的声音。但这次，它不是在抗议，而是正在消化。大家的脸上洋溢着快乐，教室里同学们的笑声多得像要溢出来。

第十章　体育课

当天气愈来愈热时，同学们也越来越怕上体育课了。因为体育老师王剑华总是像"魔鬼"一样，让同学们"哀嚎不断"，如果再加上烈日的炙烤，岂不是雪上加霜？

这天，窗外小雨淅淅沥沥，却挡不住夏天的热气。"今天有节体育课，看来又有我们好受的了，希望少跑几圈。"董静无奈又恐惧地走出去，不禁抱怨道，"唉，旧伤还没好，就又要添新伤咯。"

"老师来了。"体委喊道。伴随着体委整队口令的下达，乱糟糟的队伍瞬间整齐划一，仿佛面前是一支"敢死队"，大家表情肃穆，等待着严峻的任务和艰难的考验。

"同学们好呀，看你们今天这表情，咋？不愿意上体育课吗，咱们今天任务不多，就跑十圈，不能走啊，走了加一圈，完了就解散。"

当听见"绕着操场跑十圈"的命令，并且还是不能走的要求时，"敢死队"立即原形毕露，一个个抱头鼠窜，惊慌失措，俨然一幅"雨天惊慌图"。董敬则表面镇定自若，内心却早已崩溃。

"大家加油往前冲！"体委鼓励道，"要不停地挥动胳膊，迈开腿，一步迈出很远的距离，死死地咬着前面的队伍不放。"

尽管再努力，耐力上不去也没用。渐渐地，董静的腿软绵绵的，脚也软绵绵的，感觉有劲儿也使不出来，身体开始晃动，甚至有些头晕眼花，他不由放慢了步子，怕万一踩住前面的同学绊倒了，就得不偿失了。

看看左右的同学，都像有只既柔软又有力的大手抓住了大家，身体仿佛不听使唤，跑不动了，艰难地快走着的，气喘声更是此起彼伏。

"两个肺都快憋炸了，空气也根本不够呼吸。"玉帆一边喘气一边说道。而董敬每根头发上也都艰难地挑着豆大的汗珠，晃破了，就顺着额头滚下来，他拖动着身体，如一头病牛，缓慢移动，一圈，两圈，三圈——到第十圈时，牛宇飞已经感到头皮发麻，衣服沾着汗水在抽动，神情恍惚，但仍旧咬牙跑完了第十圈。

王老师经常时不时给大家一个意外"惊喜"，比如"我们今天测长跑，男生跑一千米，女生跑八百米"。此时同学们的叹息声连绵不断。

真的"惊喜"总是在不经意的时候突然降临。一天，殷老师对大家说："咱们体育课换老师了。新体育老师叫肖慧，你们可不要轻易惹他。"

"真的吗？""真的呀！"……同学们虽然表面上对王老师不再给大家上体育课"悲伤不已"，其实个个心里早就乐开了花。

自从得知换体育老师后，同学们就盼着新的体育课，终于，在第二天——星期二早上，从办公楼走出一个上身和下身同样长的老师，李涵定睛一看，发现认识这位老师——就是他们班被罚跑圈时，学狮子叫嘴里还喊着"大狮子来了，快跑！……"把女生逗得咯咯笑的那个男老师。熊梓莫冲李涵小声喊道："李涵，李涵，这不是咱们被罚跑圈时一直逗咱们笑的那个老师吗？不会是他给咱们当体育老师吧？"李涵说："但愿是他吧，这个老师还挺幽默的。"

这时，老师走到他们班前说了句"同学们好！"，全班同学立即立正、鞠躬并用洪亮的嗓音喊道"老师好！"，可是……等同学们抬起头时，却发现老师不见了——老师走向了别的班级。同学们都蒙圈了。

"你们在干吗？"下一秒，肖慧又出现了，原来他是"虚晃一枪"，同学们都被逗笑了。体委杨宁连连喊道："同学们安静，都不要说笑了……"肖慧也边笑边说："快站好队！"然而，同学们再也"严肃"不起来，第一节课就在欢笑中度过了。

第一节课下课后，同学们发现体育老师并没有殷老师说的那么"可怕"，同学们私底下还给他起了个雅号："小灰灰"。

这天，又是体育课，小灰灰拿着花名册，迈着自信的步伐走来。"同学们，今天要测试跳远。男生 2 米满分，女生 1 米 8 满分，你们先热身练习一下。"

同学们跑完两圈开始自由练习。李涵突然看见小灰灰将一根巨长的尺子放到了跑道上，她好奇地走过去，看到 1.8 米居然比学校最宽的跑道还要长一些，心里暗道："妈呀！这 1.8 米比我的身高还长哩，这可咋整呀！还是好好练习吧！"

刚离开尺子，李涵注意到熊梓莫站在那里干着急，就关切地走过去。

"你没事吧？"

"我可怎么办呀？我这脚骨折才好，我可跳不了那么远……"

熊梓莫一筹莫展，李涵连忙安慰熊梓莫："不要着急，凡事都要多加练习，没准儿没有你想象的那么糟糕呢，我们一起练习吧。"

不一会儿，测试开始了。轮到李涵时，只见她站在起跳线后两厘米，双脚叉开与肩同宽的距离，双腿微屈，双手从裤缝处稍往后一摆又迅速向前、向上摆动，双腿用力一蹬身体就跟着飞了出去，只见她全身腾空而起，在空中划出一条美丽的弧线，完美落地——"1.85 米"，肖老师一锤定音，引来了女生们羡慕的目光。

"她这小矮个儿还能跳出 1.85 米的成绩，那我肯定没问题了。"

"她跳得好远啊！"

…………

然而，最后女生跳远满分的只有李涵、崔璐和洛雪。

跳完远之后，同学们开始了各自的自由活动时间。董敬提议五个人玩一个非常有趣的游戏："鬼抓人"。玉帆立刻表示同意："我们石头剪子布，赢的当人，输的当鬼。"

鬼必须一跳一跳的，把手伸直，放到胸前去抓人。人可以跑。如果鬼想抓到人，就得一直跳。

"石头、剪子、布。"

第一局，董敬当鬼，当即，他觉得很担心，会不会抓不到人。人跑得很快，可以在操场上绕着圈跑，或者走斜线来逗引鬼。不过鬼抄近路，人却只能直着走。人们跑开了，鬼赶紧一跳一跳过去追。差点儿就抓住一个人，鬼把手伸直在前面，可以够着他，但他还是逃走了。

第二局，轮到了卓耶当鬼，这一局比第一局用的时间长一些，因为人跑得比鬼跳得快。有时，当人的玩家在鬼旁边一闪，就跑了，鬼跳却难追上。

第三局于诚当鬼，一共有四个人。有一个同学被抓住了，那就是佳旭，他很倒霉。他有胖胖的身形，跑起来也会很吃力。

游戏结束。加油、加油……这时篮球场上传来了阵阵加油声。是游瀚明和董敬在打球。

游瀚明一手控球，一边考虑如何突破防守，董敬忽然窜到他的身前抢球，他俩是篮球场的老对手了，水平不相上下。只见游瀚明向左一转，董敬紧随。而游瀚明却向右边快速上篮去了，球进了……

"全体集合！"是小灰灰在召集大家。唉，又要下课了，同学们每次体育课结束都是意犹未尽的感叹，他们太喜欢户外运动了。

也是奇怪，这样一节课下来，大家虽然气喘吁吁，但都不觉得累。也许是夏天就要过去，凉风吹散了疲惫，也许是换了老师，欢声笑语让人忘了上课的严肃性，也许，还有更多也许……

第十一章　比赛

　　校园里充满了春天的气息和活力，到处都是一片生机勃勃的景象。校园里的三棵银杏树，高大挺拔，还长出了嫩绿的小叶片，似一把把小扇子。微风起，小扇子们便开始辛勤工作。这个美好的季节里，思识中学的校园足球赛在全体师生的期待中即将拉开帷幕。九班的同学摩拳擦掌就等着在足球比赛中大显身手了。

　　比赛前的体育课训练对于九班同学来说至关重要，这不，上课铃声还未响，九班的所有同学就已经齐刷刷站在了操场上，等待着体育老师的到来。

　　"哎！郭欣雨，咱们之前不是反复看过颠球的视频吗？听说要考，每个同学都必须掌握！""噢！对！要考颠球、射门和定点呢！上帝保佑我抽中的不要太难哟！"郭欣雨和魏萱在你一句我一句地聊着……

　　咻咻！咻咻！突然，一声声响亮的哨声响彻了思识中学的操场。同学们心潮澎湃，激动万分，迅速站好队形，期待着体育老师布置练习任务。

　　"你们都已经知道了颠球的基本动作，现在我再强调一下技术要领和注意事项。"小灰灰没有半句废话，直奔主题，"你们基本都是第一次颠球，脚向上前方摆动，用脚背击球，击球时踝关节固定，击球的下部。两脚可交替击球，也可一只脚支撑，另一只脚连续击球。击球时用力均匀，使球始终控制在身体周围。听清楚了吗？现在大家自由练习吧！"

　　"哎，诗辰，你现在能连续颠几个球了？"萧橙跑过来问道。"一个呀！

我感觉自己进入恶性循环了。颠不好就心烦，心烦就全身紧张，一紧张，球就不听使唤……""不要想上一个球的事，只要颠好眼前这个球就好了。""哎呀，静瑶，你发什么愣呢，赶紧动起来吧，时间不多了！"洛雪大声喊道。不知不觉中，第一节体育课下课了。

"玉帆，你过来一下。"加盛急吼吼地喊着，"你绕杆传球练得怎么样了？马上就开始比赛了，你有几分把握啊？""还凑合吧！不算太好，也不能说太差，嘻嘻……就希望球能一直在我们的控制范围之内吧！"玉帆挠挠头，回答道。

第二节体育课开始了，同学们经过短暂的课间休息，这时还不算太累，精神比较集中。你看，在绿茵茵的操场上，正午的阳光显得格外耀眼，同学们一个个活力四射！传球、运球，一切在有序地进行着。足球在同学们脚下划出了一道道优美的弧线。奔跑吧，少年！燃烧我们的卡路里，点燃我们的青春！那一道道弧线的消失，伴随着的是下课铃声的响起。

时光不经意间从我们的指缝中溜走了，看着教室里的日历，大家知道离比赛的日子越来越近了，每个人都练习得愈加努力！终于盼来了这一天！足球比赛要开始了！

颠　　球

比赛的第一项是"颠球"，比赛规则是：一分钟内颠球，球一旦落地，从零数，取最后一次成绩。就是这艰难的规则，使班上大部分人都望而却步，而于诚、加盛、彭宇川、秦纾浩勇敢地站了出来。日复一日的练习，使参赛的每个人都能颠五六个，正所谓台上一分钟，台下十年功，当听到请九班上场的时候，精神劲儿立马就上来了，心想："一定要颠个好成绩！"将近一个月的努力，就在这短短的一分钟发挥。哨响，比赛开始，十班先颠，于诚对面的人明显比较紧张，一直掉，后来像是找到感觉似的颠了五个，换人了。轮到加盛颠了，看他丝毫不慌，因为秦纾浩在比赛前已经教给参赛的每个人颠球的技巧了，要用脚尖挑着颠，往自己的方向去颠。最亮眼的还是秦纾浩，只见他双脚不停地动，好像一个无情的颠球机器，十班负责数球的两眼放光，因为他觉得不可能有人能颠十个往上，秦纾浩不慌不忙，很平稳地颠了八十多个，于诚颠了六个，彭宇川颠了八个，整体不错，秦纾浩一人顶几个班，太厉害了。就这样，九班的颠球比赛圆满结束，当宣布成绩时，同学们喜笑颜开，因为他们在十二个班中脱颖而出，取得了颠球全年级第一的优异成绩。

绕 杆 射 门

进行完"颠球"，就该"绕杆射门"比赛了。赛前，每班都派出了一名代表参加选场抽签环节。抽签结束后，各班就按照次序有序排队，等待裁判员发号施令。卓耶深知"枪打出头鸟"这个道理，所以死活不愿意站在第一个。最终只能让无所畏惧的牛宇飞站到第一位，别看他体形庞大，但身姿矫捷，可谓是一个"灵活的胖子"。你看，随着一声清脆的口哨声，他带着球冲了出去，他左脚倒右脚，右脚倒左脚，飞快地在立杆之间穿梭，足球仿佛接受他的指挥一样。转眼间，他像离弦之箭飞快地冲到了射门的地点，这时，一记"黄金右脚"——砰！射门成功了！场外传来了一声声喝彩。牛宇飞看到射进门的足球，不禁欢呼雀跃，并给了后面的队友一个肯定的眼神和一个加油的手势。队友们看到第一棒的成功射门信心倍增。

第二个登场的是雷灿然，他可是以速度著名的"快将"，看着他那坚定的眼神，大家就知道稳了。可是事实就这么打脸，绕前几个立杆时还算顺利，他自认为可以跟上球的移动，并且漂亮射门。可谁知，球的速度远超他的预想；我们都看得出来，他运球的节奏开始乱了，不知是过于紧张抑或是瞥见和自己齐头并进的对手而慌了神，他一个不注意，滑了一下导致重心不稳，双臂在空中划了几个大圈才站稳了脚，但这时，球已经脱离了轨道！雷灿然怔了一下，但好在他过硬的心理素质，深呼吸后，赶快将球追了回来，多亏他跑得还比较快。绕过最后一杆，把球射进了门。而后他就瘫倒在地上，长舒一口气，仿佛心中的一块大石头落了地。第三个就轮到了害怕被"枪打"的卓耶，他跑得虽然不快但很稳，号令发出后，卓耶出发了，他紧皱着眉头，一会儿抬起头来看路，一会儿埋着头死盯着足球，像是要把这足球看穿一样，身子灵活地跟着足球小跑，经过一番左右摇摆，终于把球踢进了球门里面。最后还给自己比了个耶！

第四位登场的可以说是一位"牛人"。你看！董敬先用脚的内侧轻轻拨了一下球，一拨一挑之际，球便顺势滚了出去。他又三步并作两步地追了过去，往右踢了足球一脚，让它轻松绕过了第一根杆，不过他必须以足够快的速度追赶到球。接着，他左一脚右一脚地绕过了好几根杆子。待他稍微调整了一下，又用脚碰了一下球，球便按他的指令乖乖地跑了出去。追上球后，他一边深吸一口气在心里默默祈祷"千万要进啊！"，一边抬起左脚对准球心，使劲一脚将球踢了出去。球以飞快的速度冲进球门里面。

最后一位就到熊二了，虽然是最后一位登场，但是他压力山大，心中如揣了一只兔子，"扑通扑通"跳个不停，流露出担忧的神情，生怕给队伍拉了后腿。但最终在队友的鼓励下还是把球稳稳地踢进了球门里。

通过大家的拼搏我们取得了年级第二的成绩。赛后，我们兴致勃勃地期待着下一场"定点"比赛的开始。我们也相信通过大家的努力，接下来的比赛会更上一层楼！

定 点 射 门

"定点射门"即将开始，墨忧拉着苏静瑶和熊梓莫走向"定点射门"的地点，边走边聊："紧不紧张，万一发挥失常怎么办啊？"熊梓莫一脸同情："其实失不失常没有什么大的区别，反正不是一分就是两分，一分而已。"墨忧有些无语了，想着自己怎么也挑不起来这个球，打一分还打不中，只能打两分，内心有些无奈，也不是自己不想而是打不中啊，便说："尽力而为吧，说不定出现奇迹呢。"但比赛结束之后证明奇迹果然不是那么容易出现的。

熊梓莫点点头："尽力而为吧。"不一会儿便到了九班上场了，墨忧深吸一口气，跟着上了场，在女生前面有男生先打个样。只见杨宁走上前，深吸一口气抬脚将球踢了出去，完美踢中了三分，杨宁得意地笑了笑拿回球准备踢第二次，结果是个两分。他也不气馁，离开了比赛地点去旁边等着了。思原见杨宁踢到了三分，斗志被激起来了。心想自己怎么也得踢个三分吧。带着这份斗志，思原踢中了三分，见自己踢中了三分，思原那叫一个激动，二话不说就出了比赛场地，对沐恩挥了挥拳头似乎在说：看我厉不厉害。沐恩笑了笑走上前去，一踢这次是个两分球，于是沐恩捡起球又去踢第二次，这次也是一个两分，沐恩叹了口气走了下去。

一眨眼就到了女生，苏静瑶走上前去回头笑了笑，开始了比赛，右脚抬起一挑就是个三分，"哇，静瑶好厉害啊。"墨忧和熊梓莫有些羡慕地说。之后又过了一个女生就到了墨忧，墨忧手心紧张到冒汗，她抬起脚一踢，是个两分。墨忧松了口气，好在没有发挥失常，之后自己还要踢第二次。这时班主任殷晴走过来说："墨忧，用力大点儿，挑起来啊。"墨忧点点头用尽全身力气一踢，还是两分。墨忧叹了口气说："果然又是两分啊。"最后轮到熊梓莫，第一次踢到了一分，第二次发挥失常，球竟然跑偏了。墨忧安慰她说："没事的。"就这样九班的"定点射门"结束了，取得了还不错的成绩……

就这样，思识中学的足球比赛在一阵欢声笑语中结束了。

春天，草木萌发，万物复苏，那是活力和希望的象征，比赛取得的骄人成绩让九班人活力四射，信心满满地迎接新一学期的学习……

第十二章　期末

　　天气闷热得要命，一丝风也没有，潮乎乎的空气好像凝住了。本该在享受暑假的同学们却仍坐在教室里奋笔疾书。

　　几个星期前，殷老师公布了一个重磅消息：假期、期末考试要延迟到七月初。班里几家欢喜几家愁，大家多了不少复习时间，假期却也因此"缩水"了。

　　如今临近期末，每天的复习任务搞得同学们焦头烂额。同样，殷老师也颁布了新的小测制度：每科考试错题要在2至7个以内，没考过要留下来重测，直到测过。随着制度的实施，每次考前的课间都会有一幅非常"诡异"的画面——平常都能把房顶吵翻的九班，现在居然都在乖乖学习！语文听写前，大家都拿着语文书紧张地复习着，期盼着听写的内容自己都会。事实证明这根本没用，每次考语文听写，总会考几十个且里面有很多非常易错和难写的词，而我们班正好一堆马虎的人，这个字少写一撇，那个拼音拼不全，所以一考听写基本半个班都要留。但不可否认，这种方法确实让同学们的生字水平有所提高。

　　当然，在紧张的复习中也有一些有趣的"小插曲"。这天，张睿带了一包驱蚊贴，被同桌子阳发现了，子阳笑嘻嘻地对张睿说："给我一个呗。"张睿看了一眼子阳，打开包装，随手取了里面第一个粉色的驱蚊贴递给了子阳，子阳看了看驱蚊贴，对张睿说："你真的觉得这个驱蚊贴的颜色适合我吗？"张睿笑着说："没关系，驱蚊贴是驱蚊用的，颜色不重要，你要是介意就把它贴在一个隐蔽一点儿的地方，这样谁也看不见。"子阳想了想："有道理！"于是把那个粉色的驱蚊贴贴到了上衣口袋里。

本以为这件事就这么过去了，谁料到几个星期后，一堂自习课上，子阳口袋里的粉色驱蚊贴竟被正在"巡逻"的殷老师发现了。殷老师看着子阳，子阳看着殷老师，气氛越来越尴尬，子阳连忙小声说道："老师，你听我解释……"殷老师听了子阳同学的解释后便没再说什么，继续"巡逻"，而子阳赶紧把驱蚊贴摘下来，下课后还给了张睿，埋怨道："都怪你，非得给我这个颜色的驱蚊贴，我的一世英名都毁在今天了！"张睿却在一旁笑得喘不过气来，却还是道了歉，这场史称"驱蚊贴事件"的闹剧才算结束。

在同学们紧张复习时，期末考试的脚步已经越来越近，一转眼就到了考试的前一天。殷老师公布了考场和座位号，大家开始七嘴八舌地议论，张睿同学发现，自己竟然被分到了一班，而和自己同在一班考试的九班同学只有王成一个人。第二天，正式考试的日子，准备铃声一响，大家就往自己的考场奔去，外面已是人山人海，整栋教学楼的同学都往自己的考场拥去，张睿和王成从教学楼外绕到了考场开始准备考试。第一天考了语文、思品、历史和地理，第二天考了数学、生物和英语。最后一科收卷时，外面刮起了大风，下起了大雨，坐在窗边的张睿能清楚地听到哗哗的雨声。监考老师收完卷，走出班门看着早就乱成一团的隔壁班，感叹道："还是咱班冷静。"考试结束了，同学们回到班里，开始讨论刚出来的语文成绩。四十多分钟后，同学们被通知教室搬到了二楼，大家"转移阵地"，开始适应新环境。又过了四十分钟，雨停了，天晴了，放学了。

返校的前一天，所有科目的成绩都会出，同学群里可就热闹了。

"我地理才92，生物才91，没发挥好。"杨宁同学开始秀起了分数。

"我生物99。"洛雪也不甘示弱。

"我生物满分。"沐恩发了一个吐舌头的表情。

在第二天返校时，大家都兴奋地讨论着彼此期末的分数，突然间殷老师走进了教室，同学们看着殷老师一脸凝重，像是发生了天大的事情。老师发给同学们一人一张充满着老师寄语的明信片，殊不知这是老师留给我们最后的礼物。之后，就是各科老师给我们分析卷子了，听着老师们的点评，大家的心里都泛起了<u>丝丝</u>的不舍，因为上完这堂课，初一的在校生活马上就要结束了，而且和一些老师就要面临分别。其中大家最不舍的应该是英语老师了，虽然她只是帮李老师代课，但她代课也有将近半个学期了，说没有感情那是假的。

讲评后，老师把卷子收回，查看大家的试卷改错，这是最后一次给我们看卷子了。重新发下卷子后，就是最激动人心的发奖状，毫无意外的还是那几个学霸领走了奖状。接着就是牛同学给大家发口香糖，把平时上课看的闲书都还给了大家。殷老师最后几句话中流露出对同学们的肯定和信任，希望通过这个假期能够让我们更好地面对初二的学习。说罢殷老师突然转身离开了，似乎并不想与我们离别时流眼泪。紧接着语文老师告诉我们殷老师因为身体原因以后就教不了我们了，这个消息让我们十分震惊，很多人第一时间都无法接受这个事实，全班都陷入了难过之中。

各科老师的话语中夹杂着对同学们的不舍，同学们的心都被老师的话触动了。

新的班主任早已来到，大家也都兴奋地鼓着掌，对着新班主任都十分陌生，有人说这个老师会十分温柔地对我们，又有人说这个老师从面相上看会十分严格，突然间老师讲了两句后，提出了要家访。此时全班同学都面露难色，此刻更加想念殷老师了。谁知突然间打铃了，就这样，我们有趣且轻松的初一生活就结束了，虽说有万般不舍，但是大家都还是兴奋地在放学路上讨论着初一的学习生活，同学们都高兴地往家里狂奔，感受着雨后的新鲜空气，回到家都迫不及待地拿出手机在游戏里尽情地玩耍。

几个星期后，到了该打疫苗的时候，久别的同学们又见面了，教室里开始传来同学们的唠嗑声，这时王老大走了进来，对着我们说，再说就把你们数学暑假作业让你们家长过目。此时我们的加盛突然紧张了起来，心想这不就是我吗，赶忙闭上了嘴，周围传来一阵阵嘘声。开始打疫苗了，同学们都有秩序地排队去打疫苗，家长们都聚到一起讨论着孩子们的学习状况，交流着谁家的娃更难带，而同学们在排队中自然不可能放弃这么好的说话机会，毕竟几个星期不见，都憋了一肚子的话，聊得热火朝天。

大家聊天的方式普遍都是先问问作业写得怎么样，得到想要的那句"没怎么动呢", 然后话题立马就转到暑假去哪儿玩啊、游戏段位有没有提高上面。接种完疫苗还要在校留观 30 分钟。坐在教室里, 大家可是几个星期没见, 刚刚排队几分钟怎么够大家倾诉"思念"呢。

一时间, 教室里热火朝天, 感觉王老大都已经对我们放弃治疗了, 当时王老大的那个表情好像在说: 唉, 九班还是那个九班, 能把房顶吵翻的九班。过了一会儿, 王老大有点儿事出去了, 眼看着时间已经到了, 我们想走的开始蠢蠢欲动, 结果刚走没几步就撞上了办完事回来的"老大"。王老大的出现浇灭了我们蠢蠢欲动的火焰。但王老大下一句话让我们重燃了希望之火, "我让你们走了吗, 算了, 来收拾一下自己的东西, 别把垃圾留在人家班, 让人家觉得九班不好。"王老大真是为我们操碎了心啊。

时间如白驹过隙, 不知不觉, 初中生活已经溜走了三分之一, 在这一年里我们一起欢笑, 一起努力, 一起前行, 从开始的互不相识到现在成为一个真正的大家庭。现在, 我们这个大家庭就要迈向更成熟的未来了, 希望"我们的未来, 总有星火"。

番外　期末后的相聚趣事

崔璐的同桌是那个一开口全班就想笑的加盛同学，加盛总会搞一些幺蛾子出来，加盛说的还不是特别标准的普通话，有的字后面明明没有儿，可他偏要逆天而行硬给加上儿化音。老师让他站起来读课文，每一句都有儿化音，仿佛是怕别人上课睡着不听讲，逗得大家哈哈大笑，所以崔璐每天都过得很欢乐。上美术课时，美术老师让每个组的组员分工，一半为学校的景色命名，另一半为新学校设计教室，崔璐和苏菡命名，加盛、李毅宸和贾宇设计教室，贾宇在思识中学认识了许多新朋友，这是令他很开心的事情。

两个女生绞尽脑汁才想好了一个两人都很喜欢的名字，崔璐要看看三个男生设计得怎么样了，就看了一眼，崔璐就绝望了，纸上面只有几个圈，要想分辨这些圈是什么，只能靠上面标的字来辨认，崔璐没有想到，一个教室竟然也可以有沙发和按摩椅，就在她震惊之时，加盛对李毅宸说："我觉得咱们的校服也得换换。"李毅宸点了点头，表示赞同。

"你觉得穿什么好呢？"加盛问道。

"我觉得龙袍就不错！"随即给了加盛一个自信的眼神。

"好主意，那咱们秋天就配一个貂吧！"

"再来个风衣和铁裤衩，保暖，不透风。"

加盛听完竖起了大拇指，两人都两眼放光，好像他们现在就是校服设计师，正要为同学们设计"舒适贴身"的校服，崔璐受不了他们继续胡思乱想下去，不得不阻止他们："停，省省吧，有这工夫还不如把你们画的教室图改改，这简直就是胡扯。"加盛和李毅宸只好放弃了他们的白日大梦，可正准备改画时，下课铃却不合时宜地响了，崔璐只好硬着头皮把这份"新教室设计图"交了上去，刚回到座位，又听见李毅宸和加盛在讨论关于校服的"改革"问题，崔璐一脸无奈地趴在了桌子上，心想："这可真是两个活宝啊！"

自从期中考试换了新座位后，现在崔璐耳边不止一个加盛，还有一个杨宁，他们两个一下课就开始：

"宁宁妹——"

"盛盛妞——"

说一遍就算了，怎么着也得来个十几遍。他们倒是开心了，边说边笑，崔璐却在旁边捂脸哭泣，当场就想撞豆腐自杀。这时候加盛还会一脸无辜地问："崔哥，你咋了？"杨宁也会用一种好奇的眼神看崔璐，这时崔璐怕伤了两个大男孩的"少女心"，便会急忙摆手："没事没事，你们继续。"然后就又开始了：

"宁宁妹——"

"盛盛妞——"

"……"

周五下午第5节课是音乐课，铃声一响，同学们成群结队有说有笑地去音乐教室，特别是李毅宸高兴得又蹦又跳，有时，还会走出魔鬼步，把一上午的压抑心情全都释放出来，跟在身后的女同学看得一阵哄笑。

一进教室听到的就是欢声笑语。不知谁叫了一声"老师来了"。笑声一下子戛然而止，迎面走来了音乐老师，手端着保温杯，踏着轻快的步伐走上讲台，一开口，就介绍道："京剧是我们民族优秀文化的精华。"

老师一按按钮，播放出了京剧锣鼓的铿锵声，同学都昂首挺胸地站起来，表情无比的严肃，老师唱一句，同学们也跟着唱一句，当我们沉浸在自己优美的唱腔中，一个深沉的声音打破了美好的气氛，老师和全体同学都用诧异的眼神去寻找声音的出处。这时焦点统一聚集在加盛身上，只见加盛正在那傻笑，看着他的表情全班同学也哄堂大笑起来。

不知不觉就临近了下课时间，老师从柜子里拿出两套戏服，一套是明晃晃的皇帝戏服，一套是红艳艳的皇后戏服，老师还要选两位同学试穿戏服，无助的贾宇被旁边的同学怂恿着举起手。女同学就选了课代表熊梓莫，当他（她）们穿完戏服，出现在同学面前时，顿时又是一阵爆笑。跟平常穿着校服时对比反差相当大，看着十分搞笑。老师让贾宇和熊梓莫在教室走两圈让大家都参观一下戏服的秀纹。

　　这堂课完美地结束了，同学们恋恋不舍地走出音乐教室，很多同学都感受到了京剧的魅力。

　　夏去秋来，不知不觉，杂乱的蝉鸣早已退去，疫情再次袭来，九班同学们要接种疫苗了，苏菡拉着孙雪走向思识中学，一路上说话声和呼喊声连绵不断，好不容易进了校门，两人却找不到班。"你看看你带的啥路。"孙雪还不忘给苏菡一个白眼。"怪我咯？"苏菡耸了耸肩膀，眼神里充满了无奈。话题陷入了僵局，可还是找不到班，孙雪环顾四周，苏菡见状，也开始眯起眼寻找，可惜近视眼看不清，苏菡正打算去跟前一一寻找，突然，说时迟那时快，孙雪看到了什么，拉着苏菡就奔向 103，苏菡一时间没明白，就被拽走了。"哎哎哎，你慢点儿！""快点儿，到时候迟到可不赖我。"奔到教室门口，速度逐渐慢了下来，停下后苏菡明白了什么：原来是看到王老大了。

　　进屋以后，两人才发现大家都来得差不多了，孙雪再次给了苏菡一个白眼，两人回到了各自的座位上，一坐到椅子上，苏菡就开始和崔璐搭话："哎，崔哥，作业写完了不？"一旁的加盛坐不住了，"像崔哥那样的好——学——生肯定没写完啊！""加盛，你写完了吗？""像我这样的好——学——生——，怎么可能不写作业呢，崔哥肯定没写完。""怎么能这么说我呢，我只是还没写完！""收拾东西！去打疫苗！"王老大边向教室外走边对我们说道。

　　"要打了，好害怕啊！""不知道疼不疼。"周围的声音透出了他们对打疫苗的恐惧。苏菡也受到他们的影响，害怕极了，小声说道："真的很痛吗？""下一位。"她忐忑不安，慢吞吞地走了过去。坐了下去，针扎进去的时候"嘶……"她倒吸了一口凉气，"终于结束了。"苏菡出去时还不忘抱怨。"等你半天了，你咋这么慢？""哎哟，我胳膊快废了。"一上来苏菡就跟孙雪诉苦。"哪有那么疼，真会装。"孙雪表示，我给你个眼神自己体会。"嘿嘿，不过针扎进的那一刻我感觉我人没了。"苏菡意味深长地说："我倒是啥感觉都没有。"孙雪顺势拉上苏菡的手，"哎哎哎，别拽我胳膊，疼！""忍着点儿！""所以爱会消失对不对？""我爱过你吗？""喂，听说疫苗要打两针。"过了许久，孙雪对身边发呆的人说。"啊，啥，你说啥？我没听错吧！两针！""没听错。"冷水落到了苏菡的头上，"我感觉我胳膊不保……""没关系，不会死。""我可真谢谢你啊！""不客气。"

两人在斗嘴中，不知不觉就走到了大门口。"期待下次疫苗。""呵呵。"这次轮到苏菡给她送白眼了，这倒把孙雪逗笑了。"下次见！""拜拜！"

懵懂无知的我们在鲜花盛开的时节里相遇，跌跌撞撞行走在青春的岁月里，或许现在的美好，以后会在那泛黄的纸张里再次清晰，点点滴滴，清澈如流。

人物对照（按姓氏排序）

崔 璐——崔子璐

董 敬——董子敬

郭欣雨——郭宇洋

李 成——李丞皓

李 怡——李小满老师

雷灿然——雷皓然

洛 雪——赵凌雪

牛宇飞——牛宇奥

彭宇川——彭于子川

秦 睦——秦子沐

秋月岚——仇素敏老师

思 原——陈思源

苏静瑶——苏钰涵

孙 雪——孙学杰

王 佳——王怡嘉

王霄（王老大）——王保旭老师

魏　萱——魏鲡萱

萧　橙——刘小程

熊梓莫——熊子墨

殷　晴——殷翠翠老师

尹歆婷——尹芊学

于　诚——盖禹丞

玉　帆——张煜帆

子　阳——马梓阳

梓　昱——周子喻

加　盛——杨嘉晟

郭小朴——郭乙朴

李诚承——李承运

迦　宝——李嘉宝

张　睿——张芸睿

李　昂——李嘉旭

杨　宁——杨一宁

李钉钉——李一丁

荣　轩——张荣轩

肖语谛——肖一迪

秦纡浩——秦浩天

孟辰泓——孟存峰老师

李　涵——李茹涵

卓　耶——王卓烨

游瀚明——尤汉铭

于　诚——盖禹丞

墨　忧——崔墨萱

沐　恩——岳沐恩

顾　凝——李卓凝

天空下的少年

王　　成——王广乐

贾　　宇——贾鹏宇

李毅宸——李宇宸

苏　　菡——王苏菡

非正常死亡

第一章　我竟然穿越了？

　　"安子森？安子森！你听到我说话了吗？"安子森懒洋洋地躺在床上，沉浸在小说情节里无法自拔，室友汪洋叫了他好久，他才点了下头，真让人无奈。

　　安子森，A 大侦查系的大三学生，平时爱学习，梦想当一名警察，并一直为之努力。他的爱好之一就是看各种侦探小说，只要一有新出的小说，无论如何他也要买到，常常看小说看得入了迷，谁叫他他也听不见，索性室友也不在他看小说时打扰他了。

　　安子森虽是大三，但他早已学完学校课程，各种相关理论书籍都被他看了个遍，每次课堂上还原案发现场找线索破案的训练，安子森总是第一个找到关键突破口，常常受到表扬。就在前不久，安子森还帮别人找回了被偷的物品，让大家刮目相看。虽然安子森在学校已经出类拔萃，但是这并不是他想要的，他的心愿是当一个真正的警察，办真正的大案子。

　　"安子森，上午的课你还上不上了？"汪洋问道。"上课？行，等我收拾一下，咱们一块儿去。"安子森不舍地放下刚看完的书，回答道。"行，那我在楼下等你。"汪洋说，"祁风和章傅也快来了，下了课咱们一块儿去打游戏，怎么样？"汪洋知道安子森也喜欢打游戏，果然，下一秒安子森喊道："好嘞！"安子森飞速下床，他环视了一周，"哎，我洗漱盆呢？"他嘀咕道。"噢，我想起来了，昨天落到天台了。"他火速冲上天台，果然看到了他的洗漱盆，他放下那本他最喜欢看的民国侦探小说，双手端着盆向楼下走去。

不一会儿洗漱好了，穿上了一身他最喜欢的鸿星尔克，他自言自语道："我真不愧是中国少数的高质量男性，太帅了吧！"说完大步流星往教学楼走，快走到教室门口的时候，他突然想起来他最喜欢的小说遗落在了天台，就在他犹豫先上课还是先拿书的时候，汪洋看见了，对他说道："放心，离上课还有一会儿，你先回去拿你的小说吧。"说完拍了拍安子森。"那如果老师来了记得叫我啊！""没问题。"安子森飞奔回到天台，气喘吁吁地说："呼，我可找到你了，累死我了。"他小心翼翼地拿起来，"咦，好像……和以前的有些不一样？"安子森低头一看，猛地发现这本小说里面竟然有一页散发着金光，他好奇地打开发着金光的那一页，正是小说的第一章"红衣女子坠楼案"，随后安子森便晕了过去……

"嗯？我刚才怎么晕了一下？"他慢慢睁开眼睛，"嗯？我这是在哪里？怎么周围多了这么多人，而且衣服怎么也这么复古。哦，我知道了，一定是汪洋那小子，趁我晕的时候把我拉到拍戏的剧组了，哼！看我回去怎么收拾他。"安子森心里气呼呼地想着。

"先生，你好，请问你为什么躺在大街上？"一位身材瘦高，穿着蓝色大褂的人问道。"哎呀，演得真像啊，对了，这是哪儿啊？"安子森打趣地说道。"嗯？这里是鑫宁市。"男人不紧不慢道。"怎么可能啊？我就晕了一会儿，汪洋用飞机驮我也不可能这么快啊！"安子森诧异地说。"虽然我听不懂你在说什么，但是这里确确实实是鑫宁。"男人严肃地说。

"都不告诉我是吧，行，我给汪洋打个电话。"他一摸兜，说道，"咦，我手机呢？你们谁把我手机偷走了？"安子森着急起来，他环顾四周，竟发现没有一个人用手机，周围人听到手机都很诧异，瞪大了双眼，好像定住一般，半天说不出话，一阵疑惑涌上安子森的心头。

安子森在心里嘀咕着："我怎么会到这里啊？"突然间，安子森想起了什么，猛地蹿了出去，也不管刚才那人在后面怎么喊他。"呼哧……呼哧……呼哧"，安子森跑啊跑，找了很久，也没找到相同的天台和他的小说，他顿感无力地跌坐在地上，绝望像洪水一般冲垮了内心最后一丝希望，"难道……我永远也回不去了吗？"眼前不禁浮现出昔日和室友在一起的日子，汪洋，祁风，章傅……

你们都在哪里啊?

　　街上人来人往,这就是鑫宁吗?他决定先适应一下环境,再寻找回去的可能。他四处走了走,街上的一切都是那么陌生,人们的衣着和周围的建筑似乎不像现代,安子森突兀地站在街上,和周围格格不入,"那我到底是在哪儿?"他迷茫地看着周围。

　　"我是干什么的?"嘶,大脑一阵疼痛,安子森努力回想却怎么也想不起来。突然身后有一只手拍了他一下,"探长?我可找到你了!"一个陌生而惊喜的声音从身后传来。"你是?"安子森疑惑地看着他问道。"我?噢,您不知道我也正常,我是您的手下,您可以叫我小陈。"小陈?探长?我到底是干什么的?安子森着急地问出一连串的问题:"我和你是干什么的?我叫什么?我今年多大了?"小陈奇怪地看着他,想了想,还是回答道:"呃,好吧。您叫陈镜勋,鑫宁市公共租界巡捕房探长,26岁,别人对您的评价一般是年纪轻轻能力却不小,经手的案子没有办不妥的,但平时沉默寡言,那您现在清楚了吗?"

　　小陈细细观察他的表情,内心有些惶恐地想:陈探长怎么了?安子森一下子被这么多消息惊住了:不是吧!我怎么成探长了,除了我上侦查系的大学和看侦探类小说,等等,小说?这不会是小说世界吧?安子森想起刚才看见的景象,那么这时应该是民国时期了,还好我对民国有些了解,既然我是探长,那是不是我可以办真正的案子了?安子森惊喜之下不禁说出了口。"最近有案件吗?"小陈思考片刻回答说:"有,最近又有了几个案子。""不过,探长您最近怎么了,怎么都给忘了?"小陈有些怀疑地打量着安子森,忍不住问出了口。安子森愣住了,大脑飞速运转,尴尬地说道:"这个嘛,是我昨天喝醉了,一时糊涂都给忘了,别在意啊。"小陈想了想说:"是这样啊,别想那么多了,先跟我回巡捕房吧,还有很多事等着探长您处理呢。"安子森松了口气,点点头,心想:也是,不如先跟他回去再说吧。

　　(陈镜勋办公室)安子森仔细地打量着这间屋子,不大不小的屋里干干净净,布置得十分简单,柜子里的卷宗摆得整整齐齐,桌上放着笔记本,安子森走到跟前,拿起看,那字体刚劲有力,安子森不由得出了神,陈镜勋和我……竟如此相似,连小陈都以为我是他,我究竟到了哪里,和他又有什么联系呢……

　　"咚咚咚"，一阵敲门声传来，安子森回过神来："请进。""陈探长，最近又有了一个新案子。"正说着，电话铃响了起来，安子森接了起来，电话那头已开始汇报案情了。

　　放下电话，助手不知不觉中已退了出去，几个小时里发生的事一遍遍回放在安子森脑海中，小陈的话依然回响在安子森耳畔，他呆坐在椅子上，喃喃地却坚定地说道："既来之，则安之，从今往后，我，安子森，就是陈镜勖了，就让我替他当一回探长，也算……完成我的心愿吧。"

第二章　身份互换——安子森与陈镜勋

陈镜勋和平常一样从被窝里钻出来，泡上一杯清茶，洗漱后便匆匆赶往巡捕房。他坐在办公室里翻阅着手里的案宗，这时，陈镜勋的助手气喘吁吁地从门外跑了进来。陈镜勋笑着挥了挥手，说："干什么这么着急，来，喝口水，慢慢说。"助手扶着墙深吸一口气说："出大事了，汇通染布厂的厂长李子宁遇害了！"陈镜勋诧异地问道："你是说那个身家数亿的染布厂厂长？"

陈镜勋听完汇报迅速赶到了现场，旁边很多街坊邻居都围在李子宁家门口。他们对着家门口指指点点，议论着什么。陈镜勋趁着穿鞋套、戴手套的空当机敏地侧耳倾听，从周围传来声音："这个李扒皮终于死了！""是啊，天道好轮回，苍天饶过谁。"这些话让他想起了先前李子宁虐待员工的传闻，李子宁会让工人们清晨6点开工，一直干到晚上7点，有时他稍不满意，就会用鞭子抽打员工。现在想来这些应该都是真的。陈镜勋进到一片凌乱的房间。卧室的床上躺着一具尸体，这应该就是李子宁了。他的身上布满伤口，明显是被利器所伤，但是现场没有找到作案工具。见室内没有什么线索了，于是陈镜勋决定出去看看，在走之前陈镜勋注意到了窗台上的脚印和室内凌乱的脚印。陈镜勋偷偷地溜了出去，绕到了房子后面的泥地上。发现泥地上有一行不怎么明显的脚印，陈镜勋上前仔细观察，发现脚印上有明显的兔形印记。他赶忙叫来助手，让他把尺子、笔和本拿过来。工具都齐了，陈镜勋便对脚印展开一系列的探究，仔细到泥土潮湿、松软的程度。陈镜勋迅速地蹲到脚印前龙飞凤舞起来。

陈镜勋回到办公室之后向助手详细地询问了这个案件的经过。原来在昨天晚上张又发——就是汇通染厂的员工——发现了死者。今天早上来侦探社报了案。陈镜勋想了想，站起来对助手说："张又发现在在哪儿？"助手赶忙回应："现在应该是在所里。"陈镜勋站起来说了声："走！"

到了接待室，陈镜勋看到了张又发，他这时也抬起头看向了陈镜勋，陈镜勋的眼中闪过一丝冷意。张又发吓了一跳。他这个样子更让陈镜勋肯定自己的判断！

张又发被关了起来，因为陈镜勋认为他是犯罪嫌疑人。理由是他在李子宁的房子旁边听到的只言片语，犯罪现场的窗户开着，而且窗台上还有脚印，尸体上的众多伤口，还有在接待室陈镜勋看到张又发奇怪的眼神。而且在张又发的房间里找到了一件沾血的上衣。最重要的一点就是房间外的脚印上的兔形图案，和以它的步幅计算出来的身高都和张又发的情况相吻合。作案动机是李子宁对张又发实施了虐待，所以张又发对李子宁产生了恨意，然后杀死了李子宁。

这天中午张又发被押赴刑场，在中途囚车被拦了下来。这些拦车的人都是张又发的工友，来为他申冤。

陈镜勋的助手又急匆匆地跑了进来说："出事了出事了，我们的囚车被一群工人围住了，他们说是要为张又发申冤。"陈镜勋闻言正要起身，就听到门外一阵山呼海啸般的怒吼："张又发是冤枉的，快放了他。"于是陈镜勋来到窗前向街上看去，街上全是人，有的是来申冤的，有的是来看热闹。看着这般场景，陈镜勋深深地呼出一口气，拉开窗户对着嘈杂的人群喊了起来："安静一下，大家听我说，我是探长陈镜勋。听说你们是来为张又发申冤的。我非常理解你们的心情，但是你们这么多人一起说我也听不过来啊，这样吧，你们选个代表，让他跟我谈谈。"

很快代表就被选了出来，是一个瘦小的叫王凯瑞的工人。他在助手的带领下进入了办公室。陈镜勋看到这个工人后有一种莫名的熟悉感。这个王凯瑞率先开口道："你好，探长先生，我是张又发的工友。在他报案的前一周，他一直都在染布厂里工作。而且因为先前某天的中午他提前两分钟去吃饭，结果被厂长发现了，厂长罚他这一周都在厂里工作不让出来。而且他吃的饭都非常差，都是些没煮熟的大米，长虫的菜叶。因为这些，我们每天晚上都会去探班，带一点儿吃的过去。从来没有发现他出去过。但是有一次我看见他在桌子上画这附近的地图，他看见我后慌忙把地图藏了起来。"陈镜勋想了想开口问道："那是什么时候厂长就不见了？""呃……应该是在报案的前一天，之后应该就是张又发发现异常，并且以咨询技术问题的理由去了厂长家。最后就去报案了。"

很快在陈镜勋的调查之下印证了那个王凯瑞说的除了地图之外都是对的。但这件事也让整个案件变得扑朔迷离！

就在陈镜勋对这个案子一筹莫展的时候，他想到了张又发，陈镜勋找到他并向其询问了发现尸体的经过。他说："当时我是抱着侥幸心态去查看厂长在不在鑫宁，如果不在我就不用在染厂里待着了。之后我就爬窗户进去查看，才发现厂长已经死了。当时太慌张了，所以没有注意什么，就跑了出来。""这样啊！""哦，对了，我回到厂里坐在房间里平复心情的时候，发现王凯瑞正鬼鬼祟祟地从厂长家那边回来。"听到这里陈镜勋心里突然咯噔一下，出了一身冷汗，暗想如果自己真的把张又发给处决了，就会有无尽的麻烦找上门。比如他的家属、他的工友、外界的舆论压力等，会压得自己喘不过气！

自从陈镜勋和张又发谈过后，陈镜勋就一直派人监视王凯瑞，监视他的一举一动，防止他逃跑。

可能是王凯瑞察觉了他的身边有人在监视他，所以他就在某天中午去了侦探社，找到了陈镜勋。他走进办公室，坦然地坐在了陈镜勋的对面，卸去了身上的伪装。陈镜勋看到这一幕，本该平静的脸上浮现出一抹震惊之色，竟然是你！陈镜勋回想起小的时候，住在一个大院里。这个院子里，住着很多家，其中就有这个叫王凯瑞工人一家。

过了两三分钟陈镜勋终于冷静了下来，问道："你为什么要这么做？就只是为了让我身败名裂吗？就算搭上自己的性命也在所不惜吗？""其实有时候活着未必比死了好。"原来，陈镜勋的父亲陈纬清朝末期在北京做官，曾经判案失误，给王凯瑞的父亲王元判了个死刑。那时，王元已经有了王凯瑞。清朝灭亡后，陈纬因为内心的愧疚带上了王凯瑞和他的母亲来到鑫宁，这也为之后的冲突埋下了伏笔。有一天陈镜勋去找王凯瑞玩，到了门口正要敲门就听到里面传来一声怒吼："不许去，跟你说几遍了不能和陈镜勋玩。"又传来了一个委屈的声音："为什么？""他可是你仇人的孩子，他爸爸可是导致你爸死亡的元凶！"听到这里陈镜勋忍不住冲了进去，对着王凯瑞的母亲喊道："你凭什么侮辱我父亲！"王凯瑞的母亲被吓了一跳，碰到了身旁的屏风，顿时屏风倒了下来把王凯瑞的母亲压倒了。陈镜勋和王凯瑞吓了一跳，冲到屏风前去看，发现地上淌着血，仔细一看原来王凯瑞母亲的头磕在了楼梯上。就这样，王凯瑞的母亲失血过多不治身亡。王凯瑞从此恨上了陈镜勋。他没有了亲人，他感受到了世态炎凉，他活下去的动力就是：报复陈镜勋！

王凯瑞的判决已经下来了，判的是死刑，就在下周执行。陈镜勋要求自己亲手把王凯瑞送进监狱。然而意外就因为这个而发生了！就在陈镜勋给王凯瑞开牢门的时候。王凯瑞举起手中的铁镣铐，嘴里喊着："你也别想好过！"向陈镜勋的脑袋砸了过去。顿时陈镜勋身子一软倒在了地上。

当陈镜勋再次睁开眼睛的时候，他发现自己正处于一个陌生的环境，手里捧着一本民国侦探小说。

第三章　采之欲遗谁，所思在远道

　　"七旬老人遇害后手中握着一张老伴儿手捧桃花的照片，照片背面写有'采之欲遗谁，所思在远道'。这件故意杀人案正由著名探长陈镜勋接手调查……"白幼宁边写边念叨着稿子，只见她时不时眉头紧皱，托腮凝眸，若有所思，手中不停地晃动着钢笔，不知该如何写是好，又常常被自己所写的稿子逗笑。从远处望去，白幼宁乌发如漆，肌肤如玉，美目流盼，一颦一笑之间流露出柔情俏丽，在报社中是个不折不扣的大美女，来过报社的人不少被她的美貌所折服。陈镜勋也不例外。

　　安子森为了弄清陈镜勋的过往性格，特地来到《大公报》寻找陈镜勋的多年好友——《大公报》社长王思泊询问清楚。刚来到报社一楼便看到实习记者位置上的白幼宁清秀绝俗，不忍走近欣赏。腮凝新荔，鼻腻鹅脂，温柔沉默，观之可亲。陈镜勋不经意间看到稿子上的案件，细细琢磨了一番，对白幼宁轻声说道：

　　"小姐，这个案件能给我稍微讲一下吗？"

　　白幼宁闻声站起，不禁颤抖了一下，用手摸着自己惊魂未定的胸口，长叹一口气并向后转身看到一位长相帅气的男子，为他的外貌所惊艳，又加上自己刚刚被吓到，一时忘了陈镜勋的问话。

　　"啊！哦！抱歉，请问您刚才在问什么？"

　　陈镜勋抿嘴微笑，为她的样子着迷，温柔地说道："哈哈，小姐真是有趣，这个案件能否给我讲一下？"

"抱歉，先生。这是我们报社的机密，现在说出来下周的报刊上就没有轰动的新闻了，请您期待着下周我们《大公报》的报刊吧。"

"哦！那行吧，谢谢小姐啦。"

陈镜勋转身微笑，回想着刚才的画面，又忍不住转头看了她几眼。只见她抿着嘴，害羞得时不时看自己，肤白如新剥鲜菱，眼角边一粒细细的黑痣，更增俏媚，一张瓜子脸，颇为俏丽。

陈镜勋走向王思泊的办公室，一路的报社人员都快速闪开，好似被他的气场所冲开，不时有几位女子被他的容颜征服，痴痴地望着陈镜勋远去的背影。办公室的门"轰"地被冲开。

"王思泊！这么多天不见也不来找找我，我甚是想念你啊！"

"去去去，别来这儿巴结我，有什么事直接说吧，我还不了解你？"

"其实，我这次来找你是想问问我到底是什么人。前些天的那些案件让我彻底出了名，大小报社统统把我登到报刊上，还对我的家室、过往什么的全都报道出来了，全都是胡编乱造，大街上没有一个人不在讨论陈镜勋，我都认不清自己了，最近几个案件也不在状态，我不知道该如何面对所有人，也不知道该怎么去调查案件。真的，最近太烦了啊。"

"你啊，你啊，真是和小时候一样，一遇到舆论就不知道该怎么办了，在我的印象中啊，就一个字'帅'。并且在面对案件时总是沉着冷静，不放过任何一个小的细节，总是不停地研究，效率还极高，也不知道你是怎么做到的。而且啊面对前辈还特别有礼貌。还特会交朋友，尤其交到了我这么优秀的朋友……"王思泊越说越骄傲，眉毛不自觉地扬到了后脑勺。

"行行行，打住。我那儿还有些案子，不跟你唠了。"

陈镜勋刚走出办公室，白幼宁便迎面走来，一头乌发轻飘飘地搭在肩上，手中抱着新写好的稿子，白色衬衫和格子裙尽显靓丽。"先生又见面了。"白幼宁对着陈镜勋微微一笑，从他身边走过，空气中仍停留着白幼宁身上清新的栀子花味，陈镜勋痴痴地回味着。

"王社长，这是下周将要发的稿子，请您过目。"

王思泊若有所思地点了点头。

"下周四有个采访，专门采访现的热门人物——陈镜勋。你去吧，不要给咱们报社丢脸啊。"

"没问题！我一定会尽力完成的。"

采访当天，白幼宁身着一袭白裙，楚楚动人，脖子上挂着一个老式相机，嘴里一直默默重复着提问词，不许自己出现一丝的差错，站在人群中犹如一朵雏菊开在一望无际的草坪中，清新而美丽。就在这时，一辆黑色的福特汽车出现在眼前，一位身穿棕褐色风衣的男人从车上走了下来，只见那人魅力绝伦，棱角分明的脸俊美异常。白幼宁盯着他看了好久，惊讶地张着嘴却说不出话，过了许久才缓过神儿来："他，他不是那天来报社的人吗？他……他就是陈镜勋吗？"

一群记者蜂拥般挤入会堂，手里的相机咔咔作响，闪光灯不停地闪着，叽叽喳喳的声音充满整个会堂。"安静！一个一个提问。"主持人的话音回荡在会堂里。

"陈镜勋先生，请问您手上的几个案件迟迟没有进展是怎么回事？"

"请大家相信我的实力，我会及时调整状态，一定会将案件的凶手找出来。还受害者一个公道。"

"请问陈镜勋先生，您对于莲花杀人案怎么看？"

"我认为这个案件并不简单，并不能一味地认为凶手是遇害者的伴侣，暂时并未发现他有杀人动机，而且现在证据也并不齐全，我们正在进一步调查中。请各位放心。"

白幼宁向陈镜勋提问："请问陈镜勋先生，作为当前破案率最高的侦探，您认为调查一件案件的关键是什么？"

"我认为要调查一件犯罪事件，一定不能放过任何一个小的细节，可能任何一个细节都会让你错过真正的凶手，其次就是多留意一些证据。"

白幼宁又问："最近舆论怀疑您能否胜任探长这一职位，请问您怎么看？"

"舆论就是舆论，我为何要回应？这位小姐你也这样认为吗？"陈镜勋深情地望着白幼宁。白幼宁害羞的眼神不断躲闪。

陈镜勋瞟了一眼人群中的白幼宁，低下头悄悄笑了一下。

白幼宁刚抬头便发现陈镜勋在一直看着她，不自觉地又低下了头，默默地在心里想着：他干吗老是看我？

记者会结束后，陈镜勋径直走向车内，双手盖住脸，长叹一口气。车外的景色飞驰般掠过，夜晚的上海灯红酒绿，迷乱了人们的双眼，歌女的歌声不断，扰乱了陈镜勋的思绪。白幼宁站在红绿灯处，陈镜勋坐在车里，两人忽然对视，相望许久，白幼宁倾头微微一笑，陈镜勋微笑着点了点头，两人好似多年的好友。突然，一个身穿黑衣的男子捂住了白幼宁的嘴，飞快地掳走了她，陈镜勋看到后飞快地从车上冲了下来，紧追着黑衣男子，一个跨步，来到了黑衣男子的左边，一手抓住白幼宁的手臂，另一只手一把抓住黑衣男子的手臂，用力一拧，发出咔嚓一声，黑衣男子的肩关节已经脱臼，黑衣男子发出一声惨叫。白幼宁被陈镜勋一把拉进怀里，黑衣男子刹那回过神来，另一手臂从身后拿出手枪，对准白幼宁开了一枪，被警觉的陈镜勋发现，连忙抱起白幼宁迅速转身。"你没事吧？"白幼宁恐慌地摇了摇头。陈镜勋温柔地说："你先坐这儿，等我。"陈镜勋凌厉的眼神吓退了黑衣男子，又拿出口袋里防身的小刀，小刀在陈镜勋手中一番操作，在黑衣男子的手臂上一划，连同袖子在内，划出了一道又长又深的口子。黑衣男子惊慌失措，刚想拿起手枪准备反击，却被陈镜勋一脚踢飞，又手足无措地拿起石头向陈镜勋砸来，陈镜勋完美地躲过石头，白幼宁却被突如其来的石头砸晕。

"白幼宁！"看到白幼宁已经晕倒，陈镜勋飞快地冲到黑衣男子面前，闪电般踢出一脚，那男子径直飞了出去，一个恶狗扑食落地，整个脸和地面来了一次亲密接触，直弄得皮开肉绽，鲜血直流。

陈镜勋抱起白幼宁走向自己的车，陈镜勋将白幼宁抱上车后，让司机将他们送到最近的医院，一路上陈镜勋给白幼宁简单处理了一下伤口，时不时地用手抚摸着白幼宁的头，轻抚着白幼宁乌黑的头发，眼里尽是怜惜。

到了医院之后，值夜班的医生马上将白幼宁送进手术室，随着手术室的灯亮起，陈镜勋也开始了焦急的等待。好在手术很顺利，医生边摘口罩边走了出来："病人的家属是谁？"陈镜勋如闪电般站了起来。"我，我是她丈夫。""病人现在已无大碍，但还处于昏迷状态，所以要暂时住院观察一段时间。"陈镜勋紧皱的眉头舒展开来。随后陈镜勋给白幼宁办了住院手续，之后的每一天里，陈镜勋跟着家里的保姆阿姨学煲汤、煮粥，但他这是第一次为别人做饭，总是会搞砸，每一次煲粥时都会不小心烫伤自己，但他为了白幼宁一遍又一遍地做。

这天傍晚，陈镜勋来给白幼宁送晚餐，轻轻地打开饭盒，看看饭盒里的菜，又看看橙黄色灯光下的白幼宁，他的心开始怦怦乱跳，他从未想过会为一个女人付出这么多，也没想到这个女人会捕获他的心。这一刻陈镜勋抑制不住内心的激动，看着躺在床上的白幼宁便吻了上去，白幼宁迷迷糊糊地睁开了眼睛，陈镜勋起身后，径直走向打水处，并没有注意到醒来的白幼宁，白幼宁一人在床上不断回味着，红了脸害羞地用被子蒙住自己的脸，听到门外的脚步声，白幼宁又闭上了眼睛，陈镜勋深情地注视着白幼宁。一夜无话。

第二天，醒来的白幼宁装作不知道昨天晚上发生的事情，她仔细地端详着趴在床边的陈镜勋。高挺的鼻梁，浓密的睫毛，有神的眼……眼……眸。陈镜勋邪魅一笑，睁眼看向白幼宁，白幼宁的脸霎时红了起来。

"快点儿喝点儿水，你刚醒。"

"你什么时候醒的？"白幼宁惊奇地问。

"我早就醒啦。张嘴。"边说边帮白幼宁剥好了鸡蛋。

"我自己可以，我又没有伤到手！"白幼宁假装生气地说。

"我不，我偏要喂。"白幼宁无奈地咬了一口陈镜勋手中的鸡蛋。

"和我交往吧，我知道这很仓促，但我真的很爱慕你，喜欢你的性格，喜欢你的风格，喜欢你的一切，试着接受我，可以吗？"陈镜勋第一次对别人表白，眼里充满爱意和真诚。

白幼宁被陈镜勋所说的吓到了，但又想到陈镜勋为自己所做的一切，感觉到他是真的爱自己，又看到他帅气的脸颊上那对充满真意的眼睛。假装不在意地说："嗯……那试试吧。"

陈镜勋高兴极了！

出院后，白幼宁问了好多人终于找到陈镜勋家的地址，在门口长舒一口气，轻轻地敲了两下门，门开了，白幼宁立马双手把礼物提到陈镜勋眼前，低头害羞地说："第一次给别人送礼，谢谢你这么长时间照顾我。""赶紧进来吧，你伤刚好。"白幼宁不自在地坐到了沙发上。

"一杯柠檬水，幼宁小姐请慢用。"陈镜勋绅士般端来一杯柠檬水。

"谢谢镜勋先生。"白幼宁打趣地说道。

"我家附近有个桃花园，现在正是欣赏的好时候，要不要一起去看看？"

"好啊。"

来到桃花园，纷纷扬扬的桃花瓣飘落到陈镜勋和白幼宁的身上，一棵棵桃树衬得白幼宁分外美丽，两人仿佛来到世外桃源。陈镜勋和白幼宁两人走在园中的小路上，边走边观赏着美丽的景色。陈镜勋悄悄拉起白幼宁的手，一个转身猛地吻了上去，白幼宁刚回过神，陈镜勋另一只手中的桃花呈现在白幼宁眼前说："采之欲遗谁，所思在眼前。"

第四章　爱恨交织，终成悲剧

　　鑫宁的夏夜，是那样宁静、那样美丽，鑫宁商会涵盖各个领域，加入也需要层层考验，一般只有有权有势的人才能加入，而商会副会长叶鸿凯的儿子叶炀就出生于这样的一个名门家庭。由于家庭原因，被培养成了一个标准的纨绔子弟，18 岁凭借家庭背景进入社会，他年纪轻轻，平时也不注意饮食，天天大鱼大肉，刚三十出头就有了肥硕的啤酒肚，面相猥琐，早没了年轻人的气魄和姿态。

　　3 月 15 日，他和同市的几位社会名流一起来到一家酒店吃饭，叶炀从朋友口中得知，夜凯撒大酒店两天后要举行一场演出，届时会有许多歌舞界大腕参加，彼时，定是美女云集。其中有一位引起了叶炀的注意，她，名为金璇，虽并不出名，但她的歌声极其优美，宛如天籁一般，她有着艳丽而不失庄重的面容，细长的睫毛，纤细的腰，这让叶炀禁不住开始遐想，期待着那一天的到来。

　　3 月 17 日，叶炀来到夜凯撒大酒店观看表演，果真见到那位叫金璇的女人，她精致的面容、明亮的双眸，格外动人，她拿着话筒，唱着美妙的歌曲，舞动着俏丽的身姿，成了舞台上最闪亮的光，听到她的歌声，叶炀更按捺不住心中的喜悦，目光紧锁，在台下一直为金璇鼓掌叫好。表演结束后，叶炀立刻找到金璇，当众对她表示自己的爱意，答应给她数不尽的金银财宝，要房要车都可以满足，还答应叫专人每个星期给她送高档的进口牛奶。他骄傲地认为这些条件足以打动这个女人的心，不承想，金璇并没被眼前的利益诱惑，婉拒了叶炀的好意，并表示准备继续在歌坛深造，她的话刺激了叶炀，伤了这个男人的自尊。

当晚，叶炀独自一人坐在硕大的包间里，晃了晃手里装着红酒的高脚杯，不知又有了什么想法，嘴角显出邪魅。

叶炀回到家后，看见了正在烧水准备泡普洱茶的孙庆，就让他以后每天往金璇的住宅送奶。

3月18日早晨，孙庆根据叶炀给的地址按时到了金璇家，记住了她所居住的楼层、单元等信息，最后把两瓶牛奶放在金璇家门口。孙庆日复一日地送奶，不曾看到金璇的身影。这天，孙庆一如往常地送奶到金宅，刚走到门口，正好碰到金璇出门，两人打了个照面，孙庆一怔。只见她身穿红绸旗袍，颈上挂着一串珍珠，脸色白嫩无比，犹如奶油一般，双目流动，秀眉纤长，手腕上有一颗淡得看不出痕迹的小痣，身上带着一股雏菊的香味。

就这样，孙庆天天给金璇送奶，也得到了她的诸多信息，大部分汇报给了叶炀，但也有所保留。叶炀有时也会去看她的各种表演，只想多看她一眼。但好景不长，过了半个月，金璇又一次拒绝了叶炀，叶炀终于忍无可忍，便想要通过特殊手段对金璇图谋不轨。

4月1日，孙庆根据叶炀的计划买到了叶炀所说的迷药，叶炀甚是高兴，答应他事成之后必有丰厚的回报，但孙庆对这些丝毫不感兴趣，他只想赶在叶炀之前得到金璇。

出于对孙庆的信任，4月2日，叶炀让孙庆带着两个人下午就带上工具，秘密开车到金璇家旁所在的街道。傍晚6点30分，孙庆跟在行人后面进入小区。孙庆已经摸清楚了金璇每日回家吃饭大约在七点钟，此时只有她一人。7点15分，孙庆观察四周，确认周围无人后，撬开门从楼梯走上去。7点20分，孙庆等人已经在门外蹲守，这时金璇的脚步声响在孙庆耳边，她毫无防备地打开屋门，屋里的光照在孙庆和几个陌生人脸上。

4月4日下午，绿洲广场旁咖啡厅内。

白幼宁放下手中的钢笔，搅了搅桌上的咖啡，望向陈镜勋道："所以叶炀在金璇昏迷时强奸了她，金璇醒来后不堪受辱，就从教堂房顶一跃而下，自杀了？"

"并不是这样。"陈镜勋说，"我们在金璇的尸体上发现了许多道伤痕，光出血量就足以致命，所以金璇在坠楼前就已经死了。"

"难道叶炀有什么怪癖吗？"白幼宁问道。

"是有怪癖，但不是叶炀有。"一直坐在旁边的曲望舒忽然开口道，"我们在金璇家周围一定范围内做过搜查，找到了一方沾有微量药物的手绢，人吸入这个量的药物后会昏睡过去，30 分钟左右就会醒过来。从金璇家出发要 1 小时左右才能到达叶炀家，所以金璇会提前醒来。"

陈镜勋接着说："如果只是单纯的奉命办事，那没有必要减小药的剂量。叶炀的想法很简单，他喜欢金璇也只不过是因为金璇长得好看，最终的目的应该是将金璇送到自己家中，但中间却出现变故，药的剂量出了问题，还偏偏是剂量变少，所以参与绑架的一行人当中一定有人另有所图。"

白幼宁问："难道也是看金璇长得好看，那他们为什么要把金璇搞成那个样子？"

陈镜勋并没有直接回答白幼宁，接着说："我们审问叶炀时，叶炀很明确地告诉我们，他确实对金璇有过不良的想法，确实买了药，并吩咐手下把金璇绑过来，但他的手下回来时并没有把人带来，这一点有叶炀的管家和周围的邻居为他做证，但也确实没人见到孙庆回来。而叶炀的手下告诉我们，当时金璇清醒过来之后，趁其他人没注意，快速地推开车门逃走了，此事不便声张，所以孙庆独自一人下车去追，之后叶炀的手下就莫名其妙地睡了过去，等他们醒来时天已经亮了。"

"补充一点，叶炀向我们透露，行动开始前他特意叮嘱了孙庆，药让他一个人拿着，不要随便给别人。"曲望舒接着说，"而且他们原本开的那辆车在他们醒来后，竟然一点儿油都没有了，说明这辆车在他们昏睡时被动过手脚。"

"我们查到这里时，开始觉得孙庆这个人很不对劲，所以我们去查了他的档案，他的生平经历，你猜我们查到了什么？"陈镜勋问白幼宁。

白幼宁表示不解。

"孙庆这人狡猾得很，每到一个地方换一个名字，而且行踪不定，以至于在这之前，都没有抓到他。"陈镜勋叹了口气，缓缓地说，"孙庆今年35岁，他是个连环杀人犯。身上有很多起命案，每个受害者都是女性，她们身上都有一个共同特征：手腕上有一颗痣，而且每次都是抛的全尸，受害者满身伤痕。"

白幼宁恍然大悟道："所以孙庆从见到金璇之后就开始计划，他早有预谋。"

"没错。"陈镜勋道，"叶炀的想法让他抓住了机会，他利用自己对金璇家周围的了解，计划了这次谋杀。他故意用错药的剂量，制造出可以让金璇自己逃跑的机会。然后假装去追金璇，并让与他同行的两个人待在车里，不要下车，以免引起注意。下车后他躲在了一个车里的人看不见他的地方，直到看着剩余的迷药发挥作用，车里的人全部倒下之后，孙庆用打湿的围巾捂住口鼻，走上前拉开车门，把前排的两人扔到后排，确定看不见后，把车窗都摇下，然后坐上驾驶座，开车去了金璇家。"

坐在陈镜勋旁久久不说话的曲望舒忽然开口："走路哪有开车快，更何况金璇受了惊吓。所以孙庆提前到了金璇家，藏在她家中，就等着金璇回家的那一刻。"

4月2日晚9点，金璇家。

孙庆躲在黑暗中，这时门口传来了开门的声音，只听一人跌跌撞撞地走进房子，然后慌张地关上门，金璇回来了。屋子里一片漆黑，金璇摸索着，一路上碰倒了不少东西，然后她看到了盛满水的水杯，也不管那杯水为什么会在这儿，就把整杯水灌了下去。随后金璇靠在桌边大口地喘着气，忽然她身上的汗毛竖起，金璇茫然地转过身。一把利刃闪着寒光朝自己刺来，金璇的瞳孔忽然缩小，鲜血从金璇身上淌下，流了地板上。

金璇疼得站不住，看着对面表情狰狞的孙庆，看着他拿着沾满自己血液的刀在自己身上比画，然后再一刀一刀划在自己身上。金璇的意识越来越模糊，她看见自己躺在血泊当中，洁白的连衣裙被染成血衣。

终于，金璇昏了过去，她的呼吸停止，心脏不再跳动，她不会再发出任何声音，不会再做出任何挣扎，一滴挂在眼角的泪水从金璇没有一丝血色的脸颊上滑落，与身下的鲜血融为一体。

孙庆满足地闻了闻刀上的血腥气，又抱了抱地上这具冰冷的尸体，嗅了嗅金璇头发里淡淡的雏菊花香。

将金璇身上的血污擦净，然后给她换上了他们第一次见面时金璇穿的那件红绸旗袍，将地面的血擦净后，把金璇的尸体抱下楼，放在车上，然后开车去了绿洲广场旁边的教堂。

孙庆抱着金璇一步步走到教堂顶楼，打开七彩的琉璃落地窗，仿佛做最后的道别，亲了亲金璇苍白的额头，然后轻轻一推，金璇的尸体坠了下去。

4月4日，绿洲广场旁咖啡厅内。

"孙庆这个人这么变态，会不会是有心理问题呀？"白幼宁问道。

"可能吧，说不定是小时候受过什么刺激，有了心理缺陷。"陈镜勋回答道。

坐在一旁的曲望舒挑了一下眉毛，然后端起咖啡喝了一口，然而这个微小的动作却被陈镜勋捕捉到了。

"那结果呢？"

"结果就是巡捕房迫于叶老爷子施加的压力，最后决定并不追究叶炀的责任。至于孙庆，这个点应该在去刑场的路上。"

"像叶炀这样的富家公子哥都是捧在手心里怕化了的主，平时哪会受委屈？做错事也有人给撑腰，根本不用担心后果。"白幼宁感叹道，然后合上笔记本，对陈镜勋笑了笑，"不管怎么说还是很感谢你给了我这个能写独家报道的机会，我要回去把资料整理一下，改天再聊吧。"

陈镜勋把白幼宁送走后，看见了正在结账的曲望舒，走上前对他笑着说："亲爱的报案人先生，鉴于你刚丢了在报社的工作，又拖欠了包租婆好长时间的房租，还在案件侦破的过程中表现极为出色等情况，现在鑫宁市公共租界巡捕房探长助理这一职位诚挚地向您发出邀请，您可否愿意？"

曲望舒一愣，然后转过头朝陈镜勋一笑，对面前的人说："我接受您的邀请，请问我什么时候去报到？"

"明天上午 8 点。"

随后陈镜勋拦了一辆黄包车，让曲望舒坐上去，然后对曲望舒说："今天晚上收拾一下东西，明天上午 8 点来巡捕房办理入职手续。明天见。"

与曲望舒道别后，站在路边看着黄包车消失不见，然后自言自语地说：

"前望舒使先驱兮，后飞廉使奔属。好名字。"

第五章　深黑的夜，衣柜里的秘密

4月11日上午10：13，陈镜勋本来在公安局悠闲地喝茶，忽然接到报案，住在余庆坊恒滨路339弄87号的一对夫妇觉得86号房散发出来的气味实在难闻，心里暗觉事情蹊跷，也不敢前去查看，听到邻里街坊也经常说86号气味实在难闻，87号夫妇觉得事情不对劲儿，就斗胆过去敲了敲门，没人回应，于是便报了案。

接到报案后，陈镜勋立刻去敲86号的房门，但是并没有人回应。于是陈镜勋派人联系到了86号房的屋主，屋主说这间房子早就已经租出去了。陈镜勋只得向屋主借来了备用的钥匙，打开了屋门。

刚打开门进去，一股恶臭袭来，陈镜勋不禁捏住了鼻子，感觉到胃里翻江倒海，忍不住想吐，"我的天哪，尸臭味儿这么浓，这八成都死了六七天了吧？"

陈镜勋先是在被害者家门口地面上发现了疑似血迹的液体，神色顿时严峻了许多，又在车棚中发现了一辆被砸坏的白色黄包车。进入卧室后，发现了一地干涸的拖痕，屋里的柜子都被翻开，只有一个柜子是紧闭的。

可是待到仔细查看后发现，抽屉里的财物都在，门窗也并无明显的撬动痕迹。床边是个大衣柜，衣柜开着一条缝，从这条缝里看进去，赫然发现一条蜷缩着的腿，陈镜勋迅速打开衣柜，拿掉遮盖在上面的衣物，一具男尸就呈现了出来。

陈镜勋命人将受害者送去法医鉴定处，根据法医尸检显示，受害者衣着完整，腹部有明显的刀痕，死因是腹腔出血性休克死亡，除腹部的伤口外，其他部位还有一些瘀青，但并无其他致命伤，犯罪嫌疑人是一击致命，并且死亡前犯罪嫌疑人与死者曾进行过激烈的打斗，死亡时间在八天前的 21 点左右。

陈镜勋想要弄清受害者身份，先是询问 87 号房的夫妇："请问，你们认识 86 号房现住的人吗？" 87 号房夫妇对视一眼，顿时明白了，说道："是……86 号房……出事了吗？我们只知道他是一个车夫，好像是叫王阿四。"陈镜勋立即派人去查找王阿四的资料。

受害者档案：王阿四，32 岁，是一名黄包车车夫，家住余庆坊恒滨路 339 弄 86 号。

陈镜勋找到王阿四工作的车场，询问其同车场的车夫得知，王阿四因平时工作十分卖力，所以比同车场的车夫挣得都多。可能福祸相依，也正是因为他说话耿直，平时工作又卖力，所以车场的老板也因此而欣赏他，平时待他比对其他人都好，因此也惹了不少人眼红。警方首先考虑到熟人或仇人作案，逐一排查王阿四的人际关系，但王阿四虽经常与人结怨，但与每个人的冲突却都不至于杀人泄愤。

线索从这里中断，侦查陷入困境，探案组决定重回案发现场，进行二次搜查。这一回，找来了局里顶级的痕检专家，终于在房间的一处角落发现了半个鞋印，它是作案期间留下的，却不属于王阿四。

很显然，这个鞋印，极有可能是嫌疑人留下的。

专家再根据落脚部位，估测此人的年龄在 35 到 40 岁之间，身高在 1 米 85 左右，身材高大魁梧。

警方以此画像为蓝本，在王阿四熟识的人中寻找，却并没发现这个人。专案组有人提出，排查会不会有遗漏？

说来也巧，痕检警察勘查案发现场时，在床头柜里看到一本日记簿，上面记载着王阿四近三个月的日常活动，陈镜勋认为可以按日记簿记载内容中的人名进行更加全面的排查，如果再没有收获，基本就能排除熟人或仇人作案的可能了，转而将侦查重点倾向于技术开锁作案。

这个提议得到了专案组成员的一致赞同，作为组长的陈镜勋带人亲自取来了日记簿并翻看，又将日记簿进行筛查，最终找出了 3 个名字，并排除了其中两个人的嫌疑，只剩下一个叫"林大军"的人。

可当警方拿着这名字询问时，车场老板和与王阿四交好的几个朋友都说不知道这人，难道只有王阿四才认识他吗？

警方核查林大军的身份得知，他也是个黄包车车夫，身体强壮，手脚有力。为养家糊口打两份工，在周末为开锁公司打工。

虽然车场老板和与王阿四交好的几个朋友都说不认识林大军，警方还是决定对他开展进一步调查，毕竟，除了熟人作案外，技术开锁方式也能在不破坏门窗的情况下进入室内。

警方赶到林大军家，林大军没在，但他的妻子却在房中清洗衣物，于是警方便把林大军的妻子带到了公安局。林大军妻子的神情看起来十分慌张，遮遮掩掩似乎想要藏着什么东西，对警方的提问也不配合，吞吞吐吐什么也不想说，侦查队中的一个女队员一路都在对其进行安抚工作，到了公安局后，林大军妻子心情平复，并接受了警方的审问，在审问过程中林大军妻子否认其丈夫杀人，并告知警方她也不知道林大军究竟在哪里，只知道林大军是在外面赚钱。

经过多方协查，警方最终在一个偏僻的出租屋里找到了林大军。

审讯中，林大军一口否认自己认识王阿四，更别说杀害他了，可对案发时的动向又交代不清。

林大军最后问了陈镜勋一个问题："一个人拿武器去把另一个人杀了，是人的罪重还是武器的罪重？"

陈镜勋立马领会了林大军问题背后的深意，他是把自己比喻成了武器，难道，在林大军背后，还有一个指使他的主谋？或者说，林大军是不是也参与了犯罪？

警方最后深入调查他的履历和人际关系，结果令人大吃一惊：林大军竟和与王阿四交恶的汪老六关系密切，林大军不仅参与了汪老六羞辱王阿四的活动，还参与过汪老六羞辱其他车夫的活动。

侦办警察有了个大胆的想法，林大军把自己比作刀，那借他这个"武器"行凶的"人"会不会就是汪老六？

至于动机，之前的调查已经提供了，那就是嫉妒王阿四得到车场老板的赏识和王阿四买新车。

为了证实这个想法，警方对林大军进行了二次审问，得知汪老六曾组织过一帮车夫，在 3 月 31 日的傍晚时分到王阿四家，砸了王阿四刚买的新车，还在砸车的时候辱骂了王阿四，砸完车又过了几天，汪老六还带领一帮车夫将王阿四打了一顿。

而根据汪老六的档案，与鞋印证实的信息完全吻合：35 岁，身高 1 米 83，身材高大。

所有线索都串了起来，所有的线索都指向汪老六，警方立即申请逮捕令，可还没等逮捕令批下来，就看见曲望舒拿着一张报纸慌慌张张地跑过来，让大家看新一期的报纸上登载的"渔民在华江下游发现一具男尸"的消息。巡捕房的各位看到了这个消息心一沉，该不会这具男尸就是汪老六吧！

时间倒回到 3 月 31 日——王阿四终于攒够了买新车子的钱。他精心为自己挑选了一辆漂亮的白色车子，不住地抚摸着这辆车子，满心欢喜地交了钱，拉走了那辆独属于自己的新车，心里美滋滋的。

可正当他用自己的新车拉客时，却被汪老六撞见了，汪老六阴狠的眼神死死地盯着王阿四的背影，面部扭曲。

王阿四不知为何，虽买了新车，但心里总是不安，总感觉要出事。

当天晚上汪老六就带着一群人，在夜深人静的时候来到了王阿四家，汪老六看到王阿四才买的新车，心里面的妒忌之火越烧越旺，环顾四周，竟只有一处草丛可以让他们悄无声息地把这件事情干了，白日里的浓绿在夜间化作了重重鬼影，将一个人的梦想吞噬，汪老六边砸车嘴里边吐出一些污秽不堪的话语，将王阿四的新车砸得稀巴烂，连一些零件都砸得变了形才罢休。

在汪老六砸坏王阿四新买的车的第二天清晨，天才蒙蒙亮，王阿四刚吃过早饭，本想看看自己的新车，谁料自己的新车早已被人弄坏了。他猜测这是近几天与自己发生矛盾冲突的汪老六搞的事。王阿四备受打击，不愿意面对这沉重的事实，坐在地上号啕大哭起来。哭完了，他双眼无神地望向前方，神情呆滞。

正午时分，王阿四瞧见了汪老六，他用力捏紧拳头，手臂上青筋暴起，愤怒之情油然而生，准备上前去理论。

汪老六看到他后，就像看见一只狗一样，鄙夷地看着他，冷眼相对，那眼神好像在说："你的车就是我弄坏的，你能把我怎么着？呵，怎么？想打我？嗯？"不知为何，王阿四又松开了拳头，愤怒地看了汪老六一眼，又跑走了。

这天夜里，王阿四嚼着早已变硬、发霉的馒头，坐在路边，呆呆地望向自己从车场中租出来的黄包车，灯光照在他的身上，投下孤寂的影子。不知又过了多久，他慢慢地站起来，拍了拍身上的灰。

又过了几天，王阿四正在拉客，那群以汪老六为首的车夫又来了，他们一排排地将王阿四围在中间，看着王阿四好像在看一只随时可以碾死的蚂蚁。

汪老六慢慢地走了出来："嘁！"又恶狠狠地朝王阿四吐了一口痰，不屑地说，"呸！就你这尿包样，还能得到老板的赏识，真是走了狗屎运！兄弟们，给我上！"

那群车夫将王阿四围在中间，听到汪老六的话，立马一拥而上，对王阿四拳打脚踢。

王阿四寡不敌众，只得抱头蹲下来。待到车夫们都走光了，鼻青脸肿的王阿四才缓缓地站起来，一瘸一拐地拉着车回到了车场，车场老板问他怎么鼻青脸肿地回来了？又给他拿了专治跌打损伤的药膏。王阿四没有回答，只是捏紧了拳头又松开，如此反复，虽然他心中的怒火越烧越旺，但是最终还是没有去跟汪老六打架。

在接下来的几天里，汪老六与王阿四的矛盾越来越多。

4月3日晚8点，汪老六独自一人喝了个烂醉，忽然想起他与王阿四的那些不愉快，正郁闷着，就在这时，有个很眼熟的人走过来，问他为什么要喝酒？是不是在借酒消愁？汪老六并没有回答那人，只是自顾自地喝着酒，但心中想起一个地址：余庆坊恒滨路339弄86号。

他怒火中烧，再加上又喝了酒，很想找个人打个痛快，于是就跑到想起的地点，猛敲房门，门开了，那房子里的人一见到他就神情激动，很快两人就起了争执，争执之中不知道究竟是谁先动的手，两人又迅速地扭打在一起。扭打过程中两人又无意间把桌子撞翻了，桌子上的东西全都掉到了地上。

汪老六随手在地上摸到了一个冰凉的东西，拿起来就向那人的肚子扎去，随后鲜血从那个人肚皮中喷涌出来，溅得汪老六满身都是。看着王阿四一脸不可置信，见到他还妄图爬出去。汪老六手上又使了劲，直到王阿四彻底不动了。

这时，汪老六才清醒过来，他愣了半晌，不肯相信自己杀了人，过了好久，汪老六才回过神来。

他浑身颤抖着，先从衣柜中拿出王阿四的衣裳，又费力地将王阿四的尸体拖到了衣柜中，最后才换下了身上沾满血迹的衣裳，把这件衣裳慌慌张张地放进水盆里，使劲地搓着手里的衣服，随后把水倒掉，把衣服扔到床底下，接着又穿上了王阿四柜子里的干净衣服，把刚拿出来的王阿四的衣服塞进柜里，尽力盖住尸体，又擦了手，这才慌慌张张地离开了房子。

汪老六在街上搭上了一辆车，连滚带爬地爬上那辆车，开车的人穿了一身黑衣，掩住面部，声音低沉而又沙哑地问："去哪儿？"汪老六那时极度惶恐，不曾注意开车人的打扮，他只是害怕地发着颤音，手哆嗦着说："我……我要去……去华江！"

4 月 4 日凌晨 1:42，汪老六纵身一跃跳进了江水之中。

在这场犯罪中，没有一个人是无辜的。他们或多或少都导致了王阿四的死亡，无论是受汪老六指使的林大军，还是汪老六本人。

第六章　鑫宁的夏天，不平静的夜晚

咚咚咚，一阵嘈杂的脚步声吵醒了正在酣睡的陈镜勋，本想继续蒙上被子再眯一会儿，紧接着的砸门声，让陈镜勋不得不下床去开门。

"探长！探长！又有新案子了！"曲望舒依旧在门口边砸门边叫喊着。

"哎哎哎，咱消停会儿行吗？哪有这一大早就在别人家门口练习肺活量的？"

"早？"曲望舒看了一眼表答道，"先生，这已经 10 点多了，隔壁的李大爷都吃完早点买了菜要做中午饭了。"

"行了，快进来吧，有啥事？别在门口丢人现眼的。"陈镜勋挠了挠头，把曲望舒请进屋。

这时白幼宁也端了两杯水，从陈镜勋的房间里走了出来，来听曲望舒报告案情。

曲望舒赶紧打开公文包拿出整理好的卷宗，介绍说这次案件是一件典型的失踪案。失踪人姓名：陈一曼，女性，出身书香门第，家底不薄，今年 53 岁，是该市某银行职员。陈一曼社会关系并不复杂，父母双亡，早年离异。她前夫是个企业家，因二人感情不和离异，陈一曼和前夫的女儿王悦的抚养权归陈一曼。王悦现已结婚，随丈夫移居外地不在本市。陈一曼本人性格泼辣，还留着大小姐的做派，平时说话办事说一不二，和同事相处倒是没有什么矛盾，也没有不良嗜好和结怨对象。

4月21日接到报案，报案人是陈一曼的现任丈夫，名字叫严朗，55岁，是一位私塾先生。严朗性格随和不太爱说话，对古典文学颇有研究，喜好诗词，和陈一曼是在一次朋友聚会上认识的；后结婚生子，一直居住于陈一曼祖父留下来的老洋房中。平时就负责给私塾里的学生讲解诗词，不用坐班，有时也做零散家教。两人结婚后也育有一女，女儿现年12岁，发现妻子失踪是在4月19日，报案时情绪比较激动，泣不成声。

"等等，21日报案，这都三天了，才想起来？"陈镜勋打断了曲望舒的介绍。

"是的，我们开始也很疑惑。据报案人陈述，他开始以为是妻子月底盘点加班没回来，但问了银行并未加班，这两天也没上班，严朗这才着了急，联系了亲朋好友和邻居找了三天均无果，实在没有办法了这才报警。我们也和陈一曼工作的银行沟通过，核实陈一曼工作的银行确实有加班的情况。周边邻居也走访过了，谁也没见到失踪人员，还有人和灵异事件扯上了，说这陈一曼就是仙女下凡，度劫结束被天上神仙召唤去了。"

人间蒸发？陈镜勋的眉头又皱了起来。可怕的民国，这要是现代，一个个摄像头分分钟查找定位。这会儿也只能大海捞针似的挨个走访查找了。

"和报案人约再次见面时间了吗？"陈镜勋接着问。

"嗯，约好明早9:00上受害者家中实地走访。"

"好，明早6:00在我家楼下等我。"

"六点？您能起来吗？"曲望舒笑眯眯地问。

"啥时候见你的头儿掉过链子？"赶走了曲望舒，陈镜勋赶紧回屋抱着白幼宁继续补觉了。

第二天一早，曲望舒6:00准时在楼下看到了整装待发的陈镜勋。曲望舒揉了揉眼睛，这和昨天那个参着头发的邋遢形象大相径庭。

"时间还早，头儿这是要请我吃早饭？"曲望舒打趣道。

"走，就上他家附近转转吧。顺便祭了你的五脏庙。"

陈一曼他们家住的小街并不算热闹，估计是知识分子都喜欢安静，边上人流量不多，只在街角有一个卖馄饨的小铺子，生意也并不十分红火。陈镜勋二人点了早点，张望着周边情况顺便和老板以及旁边两个吃早餐的老大爷打听一下情况，由于陈一曼夫妻住在三层别墅，平时也保持着一贯高冷的做派，和周围邻居也并不过多打交道，所以收获不多，只知道 4 月 18 日 16 点多，邻居遛狗时看见陈一曼带着小女儿到银泰书店买书回来，还买了蛋糕，看着都挺高兴的，没啥异常，这也是老洋房周围的人最后一次见到陈一曼。

到了陈一曼家，严朗显然还没有从悲痛中走出来，陈镜勋询问了陈一曼这几日的动向，并询问了其经常联系的亲朋好友方便后期查找。陈镜勋看也问不出什么便在屋里随便转转，在卧室的床头柜上发现了些止痛药和安眠药等药品。便再次询问，严朗介绍说这都是他的药，前几天他和陈一曼一起去了红十字医院，给陈一曼配的高血压药，自己也顺道拔了牙，医生怕术后影响睡眠，便开了止痛药和安眠药。这几天严朗都会在睡前服用点儿安眠药，所以也确实不清楚失踪那天陈一曼是什么时候走的。

这时曲望舒已经按照先前计划逐个排查了周边居民和与陈一曼相关的其他人员，均没有收获，失踪案暂时陷入了僵局。没人看见，没有仇敌，没有踪影……难道是吃错药走迷糊了？陈镜勋也变得毫无头绪。还得再和严朗聊聊。

"爸爸！"一声呼唤打断了陈镜勋和严朗的交谈。一个小女孩穿着睡裙，揉着眼睛走了出来。严朗好像被这不大的声音吓了一跳，推了下眼镜，赶紧起身："啊，小煜啊！"可能是怕警察吓到孩子，严朗赶紧抱起孩子就往房间里走去。陈镜勋下意识地看了眼手表——11 点，看来这孩子和自己有一拼，都是"睡神"，陈镜勋揶揄着自己。

陈镜勋赶紧加大警力在周围走访，申请警犬协助，排查周边天台、水塘、下水道等可以进出的区域，甚至抽干距离房子 200 米远的小花园的池水。可是过了好几天依旧没有任何线索。

又过了几天，陈镜勋再次来到严朗家，严朗和女儿正在一起吃早饭。看见"小睡神"这么早就起了，陈镜勋很是诧异。今天陈镜勋穿的是便衣，小姑娘以为来的是父母的朋友，也赶紧起身张罗着请他喝水。

"你叫小煜吧？""嗯，你是我妈妈的朋友吗？我好几天没看见我妈妈了，前几天我也病了总是头晕沉沉的，大家都说妈妈走丢了，我很想她。"说着说着小煜就哭了起来。"孩子还小，病也刚好，还是让她休息吧。"严朗赶紧抱起孩子又要送回屋。

小煜赶紧拉住了陈镜勋的手说："叔叔，我想我妈妈了，你能帮我把妈妈找回来吗？""好呀，小煜乖，妈妈现在正在和我们玩捉迷藏，我已经请来了一个好朋友来帮助咱们一起破案，找到你的妈妈。""那我给您看看我妈妈的照片吧。"小煜高兴地从书房取来了一本影集。

影集里陈一曼和女儿的照片较多，严朗却明显很少照相，家里也仅有一张全家合影。可据严朗反映他们一家关系其乐融融生活十分愉快，看来要打个问号了。陈镜勋决定再和小煜聊聊，因为他明显感觉严朗好像不想让他过多地接触孩子，开始他还以为这仅仅是出于父亲对孩子的保护，可从最初的痛哭流涕到现在无意看到的悠闲早餐，还有迟到了三天报案……陈镜勋总感觉这个姓严的有问题。

"小煜，咱们一起坐着聊会儿天吧，看照片，小煜明显还是像妈妈，都很漂亮，你平时是和爸爸亲还是更喜欢妈妈？"听到表扬，小煜也打开了话匣子，"我当然最喜欢妈妈了，她总给我买花裙子，还有好吃的奶油蛋糕，不过爸爸就不爱吃蛋糕，他只爱喝那些苦苦的茶，也只爱看那些老旧的书，妈妈说爸爸像古董。"

严朗赶紧制止道："小孩子就是口无遮拦，别瞎说。陈探长，您看要不我还是把孩子带走吧。小孩的话也没啥可听的。"

"谁说我小？我已经 12 岁了，我也有自己的想法了。陈叔叔，您是探长？那您是来帮我找妈妈的吧！我 18 号和妈妈一起去书店买的书，爸爸则去了旁边的图书馆，我和妈妈回家还吃了好吃的蛋糕，爸爸天黑了才回来。第二天我就再也没看见妈妈了。"

"其实那天晚上我肚子疼，起来上厕所，还听见爸爸和妈妈在吵架。"陈镜勋看向了满脸紧张的严朗，"别，别瞎说！我什么时候和你妈妈吵过架？从来都是我让着你妈妈，外边谁不说咱们家好。陈探长，您可别听这孩子瞎说，我这个人虽说家境一般，但我和一曼是真心相爱，婚后我也是做牛做马地伺候着她娘俩，我们生活一直很美满。"严朗着急地解释着。看来这两个人的夫妻关系并不像严朗描述得那么好，陈镜勋暗自考量着，只见他面不改色道："严先生，您也别着急。您看今天我带了警犬来，想找点儿夫人的衣物，然后再去周边转转找点儿线索。""人都找不到，牵条狗来？这案子也都好几天了，还结不了案？昨天都有记者来我家采访了！我看陈探长还是尽快结案好给我们和公众一个交代！"

听到记者二字，陈镜勋马上想到了家里的白幼宁，不过他马上摇了摇头，心里想着现在可在工作呢，怎么能想这些。

经过几天的探访，陈镜勋凭直觉感觉真相正在慢慢浮出水面。但现在最好还是先稳住严朗。"这怎么还惊动了记者？别回来又给我整个头条！"陈镜勋装出吓了一跳，"要不我再去银行查查别的情况，那我就先不打扰了。"

回到侦探所之后，陈镜勋对曲望舒说："你去查一查，严朗和陈一曼的个人信息，顺便查查两个人的财产问题。问一问他的邻居有没有听到什么声音或者是他们家庭和不和睦，有没有经常吵架。记住一定要悄悄查，不要被严朗发现。我觉得这不仅仅像是失踪案那么简单。"

两小时后，曲望舒气喘吁吁地回来了，说查到了陈一曼确实不仅仅是书香门第出身这么简单，她家一直家底不薄，日常花销也比较大手大脚，并且陈一曼的前夫是企业家，生意做得非常大，所以离婚也分到了一笔不小的财产，她与严朗住的别墅是她外祖父去世后的遗产，而严朗却没有什么起色。

不会是严朗和陈一曼也出现了感情不和，而严朗过惯了舒适生活，然后动了不该动的念头吧？看来陈一曼已经凶多吉少了，陈镜勋赶紧吩咐曲望舒带上警犬，再次探案。经过反复比对侦查，警犬一直徘徊在浴室周围，接着在化粪池附近开始狂吠。曲望舒也看出了异样，接下来的工作更是让他生无可恋。淘粪！顶着恶臭，5个警员在化粪池里打捞了一天，弄得周围的人怨声载道。正当曲望舒埋怨着陈镜勋"要是再没线索，咱们哥几个就真的跳进黄河也洗不清这'淘粪工'的称号"时，在池中捞出来一个球状物，经过冲洗竟是一个头盖骨。

深夜，陈镜勋、曲望舒和严朗再次会面。陈探长开始娓娓道来。

谁说狗就不能破案了？狗的嗅觉比人类高出40倍，所以能察觉到我们注意不到的细节。浴室的停留，一定是反复冲刷后残留的血液引起了它的注意。化粪池里的头盖骨已经送去法医鉴定，分解尸体的工具相信一定还在这个家中。

"严先生，您给孩子喝的果汁还有吗？是不是也能拿出来给我们品尝一下？"

陈镜勋的话像最后一根稻草，压断了严朗的心理防线。在一段时间静默后，严朗终于开始交代犯罪事实。

长期压抑的生活让他明显感觉到陈一曼瞧不起他，并随着两人吵架次数的增多，严朗感到了危机。但他已经过惯了现在的舒适生活，不想再回到从前，并且他也忍受不了陈一曼的小瞧和冷落。前期去医院筹备药品，其实应该是他怕女儿发现，所以给女儿准备了特殊的果汁，这也是"小睡神"嗜睡的真正原因。并且这一情况也从小煜的回访中查实并在剩余的果汁中检查出了安眠药的成分。严朗以自己意识不清为由模糊了陈一曼的死亡时间，其实是他在最后一次争吵后起了杀人的念头，杀死了陈一曼。但为了洗清自己的罪行，他不得不在浴室对陈一曼的尸体进行了肢解，别的骨头还好处理，唯独头骨坚硬无比，能承受200—500公斤的力，无法处理，所以他想到了化粪池……

"号外号外！失踪案变成谋杀案！陈探长再次破解离奇失踪案！"门外报童的叫喊再次吵醒了呼呼大睡的陈镜勋。

第七章　初见端倪，真相即将浮出

陈镜勋不过刚刚沉浸在破案的喜悦中，然而，好景不长……

外面的天空黑压压的，十分阴冷，风比以前更大，陈镜勋看到路边的树摇晃得很厉害，像是快倒了一样，云覆盖在天上，没有一丝阳光透露出来，好像要下雨，空气十分潮湿。陈镜勋接到一位冷冻库工作人员的报案，鑫宁市商会副会长叶鸿凯的儿子叶炀死在了一个食品冷冻仓中。陈镜勋立刻去了现场，那里的货物都整齐地摆放在柜子上，一些机器也都正常地运行着。叶炀安详地躺在那里，仿佛什么也没有发生过一样，周围也没有打斗的痕迹，一切都很自然。陈镜勋感到这次的案件并不是表面那么简单，他有一种不好的预感，并且愈加强烈。

陈镜勋立刻对尸体进行了检查，尸体胳膊、头、脸等各个部位都没有发现任何伤痕。陈镜勋找了好久，仓库的各个角落他都寻找了一番，但是他找不到任何线索，几个犯罪嫌疑人都有当时不在场证明，也有人证。这个案件的线索已经断了，也没有任何人能提供有效信息，案件陷入了僵局。

陈镜勋想回局里整理思路，门外的记者白幼宁把他叫住了，在她旁边还有许多记者来采访陈镜勋，白幼宁向他询问这次案件的进度，周围的记者们也都开始提问，陈镜勋不想让这些记者们夸张案件来吸引读者，当陈镜勋想走时，记者们还是一直不停地提问，看着白幼宁失望的眼神，陈镜勋有些不忍，但公开场合无法解释，索性赶紧走吧。陈镜勋不得不从人群中挤出一条缝溜走了。

但是当陈镜勋快到局里时白幼宁又一次找上了他，白幼宁知道陈镜勋不愿意接受采访，所以她没有给陈镜勋反应的机会："我的大侦探先生，我很抱歉打扰您，但这是我的任务，请您浪费几分钟时间回答一下我。"白幼宁认真地看着陈镜勋，期待的眼睛闪闪发亮，任何一个人看去仿佛都无法拒绝，于是陈镜勋答应了她。白幼宁非常高兴，立刻开始询问关于这次案件的情况："请问这次案件调查到哪一步了？这次案件真的如大家所说的那样是一个死案吗？您对此有什么看法呢？"陈镜勋答道："我们正在准备下一步调查，目前的线索不多所以他们说是死案，但我们会尽力找出真相。"白幼宁还想问出什么，但被直接回绝了："我还有任务在身，以后再说吧！"他摸了摸白幼宁的头，离开了。

陈镜勋回到局里，收到了尸检报告单：

一、案由：不明

二、病理学检查

（一）尸表检查

男性尸体一具，尸长 176cm，发育无异常。头发黑，头皮完整。瞳孔缩小，口唇发绀，口鼻腔及双侧外耳道未见异常分泌物。气管居中，胸廓对称，腹壁无异常。四肢无畸形，有脱毛发现象。

（二）内部检查

1. 体腔：无异常。2. 皮肤：明显被冷冻过。3. 头颅及中枢神经系统：被损伤。4. 颈部：无异常。5. 心血管系统：心脏功能损伤。6. 呼吸系统：呼吸衰竭。7. 肝、脾及胆道系统：有大量的铊，已衰竭。8. 消化系统：无异常。9. 泌尿生殖系统：含有其他物质。

…………

该名死者之前长期服用铊，死时面带微笑且呈反向脱衣状态最终被冷冻而死。死者在下午 2:00 ~ 3:00 死亡，并且在死者的胃中检测到大量的毒药，剂量十分大，他已经服用毒药 2 个月左右，每一次的剂量很小很难让人有所察觉，毒素日益积累再加上冷冻过久以致身亡。

中毒？陈镜勋紧皱眉头，不禁觉得：有人已经提早下手了？

正当陈镜勋对这个案件有了头绪时，他的上级孙警官告诉他到叶炀家里去找一找线索，还告诉他到现在除了那张尸检报告单上写的东西外，一点儿线索都没有。陈镜勋很好奇，他不相信完美犯罪，一个人作案竟然任何线索都没有留下。陈镜勋的心里有一种不安的感觉，难不成是一个悬案？也许这个案件能以自杀为由稀里糊涂结案，但是陈镜勋始终不相信它没有破绽。案件最后的希望逐渐集中在叶炀的家里。

这夜，依然是冷冷的风，却让有了盼头的陈镜勋感觉仿佛有一丝丝暖意，独自驱车前往叶炀的家里，黑色占据了天空，层层的黑云把月亮遮得严严实实，拨云见月的场景仿佛马上到来，陈镜勋抓在方向盘上的手微微出汗。

汽车驶在路上，路旁灯光闪闪，但往日的热闹不复存在。两边的酒馆、舞厅飞驰而过，却不留下灯光的残影。路面水坑溅起水花，落下的却是筹划已久的阴谋。

车停在了房门前，陈镜勋的手却僵在了方向盘上。矛盾的心理，案件的扑朔迷离让他紧张不安，汗从他的头上流下来，滴在脸上，他从口袋里掏出手帕，擦了擦头上的汗。寂静的夜色下，只有发动机的响声，他缓缓走向了房门。

这是一栋欧式建筑，宅子的主人显然是大户人家，房子里的家具就能体现这一点，1899 年德国生产的餐桌，餐具都是成套出现，屋内一共有三层。陈镜勋来到客厅，发现地板有摩擦过的痕迹，说明有东西被拖动过，再看痕迹，一直延伸到后院的小门。陈镜勋走向后院，草地被沉重的拖曳掀了起来，痕迹在后院不高的围墙边就没有了，他快步绕过围墙，但一无所有，仆人已经把这里的线索毁坏了，到处都是脚印和垃圾。陈镜勋无奈地叹了口气，难道是有人故意隐藏线索？再次陷入困境的他转身离开，随着汽车的轰鸣声，尾灯逐渐消失在路的尽头。而在围墙的另一侧，一排清晰的车轮印仿佛在庆幸自己没有被发现。

陈镜勋找来了之前服务叶炀的几位管家并对他们进行询问，但没有任何一位管家知道真相，他们对于叶炀的死也觉得蹊跷。在这之后陈镜勋对叶炀之前的一些生活用品进行搜查，他翻遍了叶炀的卧室，寻找了家中各个角落都没有发现有用信息。陈镜勋瘫坐在沙发上，他开始想叶炀为什么会中毒，又是怎么服下毒药的。于是陈镜勋让管家们整理一下叶炀生前几周的三餐菜单，他决定从饮食方面开始调查。管家们给陈镜勋列出来一张单子，陈镜勋发现叶炀有每天泡普洱茶的习惯，陈镜勋向管家要来了叶炀喝茶用的杯子和茶壶，拿到后立刻找人检查。检查人员在杯子里面发现有一些铊的残渣，毒品无色无味使人很难察觉。这时陈镜勋才得知之前孙庆是专门给叶炀沏茶的管家，但他已经离世，这一切都开始逐渐有了思路。陈镜勋又对孙庆开始了各种调查。

陈镜勋查了他的家庭住址、生前经历、社会关系，等等。但当陈镜勋查到孙庆的银行账户时就发现了不对劲，2月14日——200元、2月19日——100元、2月22日——150元、2月27日——300元、3月1日——5000元……他发现在3月1日这一天有一笔来自"G"的巨大的汇款，但是陈镜勋并不知道这个"G"是谁。紧接着他又看了那天孙庆的消费记录，发现当天他在幻梦酒吧消费过一笔。

第二天陈镜勋就去了幻梦酒吧进行调查，那里有一个热情的话痨酒保招待他，与陈镜勋说了好多闲话，问了好多没用的问题：你的衣服在哪里买的？你之前来过我们幻梦酒吧吗？相信我你今天来了肯定还会再来。你叫什么啊你多大了？你妈妈健康吗？你吃了吗？……

陈镜勋对这些问题不感兴趣，他内心早就非常不耐烦了。但是他必须忍着也只能忍着，等到这个酒保问完这些问题后陈镜勋终于开口与他说话。陈镜勋向酒保询问关于孙庆的信息。

酒保说："我们幻梦酒吧这么火爆，天天这么多人我怎么知道谁是孙庆，他长什么样？"陈镜勋这下子更不耐烦了，但又沉下心问酒保："这个孙庆之前条件不是很好，你们这儿有逃单之类的吗？"酒保想了想："之前确实有一位男士经常逃单，不过好像他最后几次来都付钱了，我去帮您查查？"陈镜勋对这个酒保的厌恶总算少了一些，脸上露出微笑："好的，麻烦了。"

酒保查出了孙庆，于是陈镜勋让这个酒保回想一下孙庆最近有什么异常之处。酒保又说："我见的人太多了，记得不是很清楚。"陈镜勋摆出一个温柔的表情："或者你想想这个人有没有与谁见过面聊过天之类的。"酒保想了想："这个孙庆平常都是和一帮朋友来这里喝酒的，但是好像有一天只约了一个人，这个人我印象中之前没有来过，当时也没有太注意。但是记着这位男士的眼睛很亮，还有一颗泪痣在眼旁。"陈镜勋似乎感觉到这个人与曲望舒很相似，又开始他的思考……

第八章　计划暴露，果真是你

听到酒保的话，陈镜勋怔住了。同时一张英俊的脸庞浮现在他脑海中，那人的眉眼极为好看，眼里像有星星似的，闪着光，一颗泪痣点缀在眼角下，这正是曲望舒的样貌。

陈镜勋回过神来，看酒保已经去招呼其他客人了，索性随便找了个地方坐下。陈镜勋觉得这个酒保应该知道不少事情，想着等他闲下来，再问他一些话，然后自己默默地坐在座位上，闭上眼睛，开始梳理案件。

关于叶炀的死实在离奇，线索少得可怜，但无论如何陈镜勋都猜不到曲望舒与叶炀之间有什么直接关系，他觉得自己对曲望舒足够了解，甚至觉得曲望舒会来这里只是个巧合，酒保可能认错人了。不过如果真是曲望舒的话，他一个大学毕业没几年的悲催打工人，来巡捕房工作之前也只是个小记者，赚的钱连房租都付不起，怎么可能会把这么多钱一下子全部打到孙庆的账户上，所以肯定不是曲望舒。想到这里，陈镜勋心情莫名地舒畅。

睁开眼，看到酒保招待完客人已经朝他这边凑了过来，干脆再和酒保聊会儿，这人记性不错，说不定还能问出什么新线索。

酒保这时已经走到陈镜勋身旁，手里拿着一小瓶果啤，一边开酒瓶盖一边说："陈探长，我刚才看到您坐在这儿闭目养神，就没过来打扰您。您要是还有什么问题，尽管问我，整个酒吧就我记事最清楚。"

"你确定？我问什么你都肯说？"

"有什么不敢说的，我又没犯什么事。"

"那我问你，你为什么会把与孙庆谈话时那个人的样貌记得那么清楚？"

"这事得从头说起，您听我娓娓道来，孙庆是我们酒吧的老客户了，但这人人品极其差劲，每次喝完了酒就逃单，那孙子跑得还飞快，谁都追不上。而且，如今这世道也不太平，像我们这种小酒吧，每天能够正常营业就得谢天谢地了，所以只要没人故意找碴儿，一切好说。像孙庆这样的，老板让我们别计较，真要是打起来，那就不好收场了。"

"但有一天孙庆特奇怪。"

"哪儿奇怪了？"

"孙庆，他结了账！"

"他哪天结的账？"

"我看看账本……哦，查着了！是 3 月 1 日！"

陈镜勋的脸色沉了下来。而对面的酒保还叽里呱啦说个不停，丝毫没有停下来的意思。

"我记着 3 月 1 日那天，孙庆不光是结了账，他坐在那儿喝酒的时候身旁还多了个人，两人不像是熟人，但也聊了挺长时间。对！就是我之前给你说的那个，那人挺年轻的，长得也不错，看着不像坏人。咦？陈探长，这人你认识吗？陈探长你是对酒精过敏吗？还是哪儿不舒服？陈探长，你脸色不太好呀。"

陈探长回过神来，调整了一下自己越发阴暗的表情，露出一个勉强的职业假笑，问道："除了这些，还有什么吗？"

"还有什么？哦，对了！孙庆那天结账的时候特别开心，跟家里发了大财似的，嘴角都要咧到耳朵后面去了，像个大傻子一样。"

陈镜勋从公文包里把曲望舒的照片拿出来，递给酒保。

"是他吗？"

"没错，就是这个人，但是他那天戴了一副圆框眼镜。"

足够了，听到这里已经足够，世界上没这么巧的事情，陈镜勋对这一点很明白，来跟孙庆谈话的就是曲望舒。

陈镜勋出了幻梦酒吧，在路边拦了一辆黄包车。这一路上他脑子里乱哄哄的，他想起了之前与曲望舒一起共事时的种种，他不想相信曲望舒会是凶手，但也好奇曲望舒跟孙庆谈了些什么。直到车夫催促他下车，他才意识到自己已经到巡捕房了。

陈镜勋进了巡捕房，他是来查卷宗的。

幻梦酒吧与王阿四的家离得极近，就隔两条街，他总觉得两个案子之间有什么联系；而且当时陈镜勋就觉得汪老六杀害王阿四之后，投江自尽，两地相隔很远，汪老六不可能自己走过去，他一定有交通工具。根据之前调查衣柜藏尸案时的已知信息来看，汪老六并不会开车，那司机是谁？

陈镜勋把汪老六的档案调出来，看了他的消费记录。

4月3日，幻梦酒吧，总计消费：150元。

陈镜勋觉得不对劲，把汪老六的尸检报告从档案室里调出来。

鑫宁市物证检验鉴定中心

法医学人体损伤程度鉴定书

委托单位：鑫宁市公共租界巡捕房

委托日期：××××年4月14日

委托事项：伤情鉴定

鉴定对象：汪老六，男，35岁，住址：……

送检材料：1. 汪老六的尸体

鉴定日期：××××年4月14日

…………

酒精测试：送检血液中酒精浓度为0.8207mg/ml

…………

陈镜勋已经知道了他想知道的。王阿四在4月3日被杀，凶手汪老六在4月3日又喝了酒。根据汪老六的尸体情况，确定死亡时间是4月4日凌晨，溺水而死。但是为什么汪老六要喝完了酒才去杀王阿四？要是从一开始就想杀，喝酒干吗？壮胆？

陈镜勋收回马上要飞去外太空的思绪，想着再去一趟幻梦酒吧，再去套套

天空下的少年

那个酒保的话。但从巡捕房出来后，发现天已经成了墨色，大街两边五颜六色的霓虹灯都已经亮了起来。陈镜勋叹了口气，明天再查吧。

第二天早晨，气压低得让人喘不过气来，头顶灰蒙蒙一片。陈镜勋阴着个脸，昨天晚上他根本没睡着觉，他似乎确定了一件事，但却不想承认。再去一次幻梦酒吧，去问一件事情。

"老板里面请。"

"哎，陈探长，大清早就来呀，又来查案子？"

陈镜勋没有心情去跟酒保东拉西扯，简单打了声招呼，把话题转到正事。他从公文包里拿出一个档案袋，从里面抽出一张纸，上面印着一个男人的面孔，正是汪老六。

"见过这个人吗？"陈镜勋严肃地问酒保。

酒保摸着自己光洁的下巴，想了一会儿，道："有点儿印象，记不太清楚了，这人不是常客。唉，陈探长，他哪天来的？我看看账本。"

"4月3日，穿的跟车夫一样，你想想有没有什么可疑的人出现？"

"陈探长，你这么说我想起来了！那天，你说的这人没什么可疑的，就一个人自己坐那角落喝酒。但有一人倒是挺奇怪，身上裹得特严实，只把眼睛露出来，眼角有颗痣，看身形应该是个男人，进来之后看到汪老六就快步走到他面前，好像对汪老六说了点儿什么。我站得远没听太清楚。然后这人扭头就走了。"

"汪老六也是挺奇怪，之后情绪忽然就变得特别激动，横冲直撞就从店里跑出去了，连钱都没有给！我以为他耍酒疯呢，想着下次再说吧。结果，谁能想到这人就这么没了！"

陈镜勋已经没心情再往下听了，他脑子里所有的线索乱七八糟地团在一起，他想一个人安静地待会儿。手正要把大门推开时，陈镜勋僵了一下，转身快步向酒保走去。

酒保看陈镜勋又回来了，疑惑着问："陈探长，又有什么事？"

"你怎么能把所有的事情都记得这么清楚？"

酒保脸上带着标准的职业微笑，透露出一丝诡异的僵硬："陈探长，我从

264

小天赋异禀。您还有什么问题吗？"

陈镜勋一顿，客气地说："没有了。"

陈镜勋出了酒吧，僵僵地立在原地，因为好几天没有正常休息，现在脸色极差，人变得憔悴了不少。在路边拦了辆黄包车离开了幻梦酒吧，他要回巡捕房档案室调曲望舒的档案。

曲望舒的档案很正常，没什么问题，但是却没标明其父母的具体信息，只有一个地址，但却不在鑫宁市，而是在广安市。

陈镜勋直接给在广安工作的同事打了电话，结果人家说那片地方之前特别破旧，里面住的全是穷人，几年前就已经拆完了，现在是别墅区。

陈镜勋又直接一个电话打过去，焦急地问："那你查查曲望舒这个人的户口。"

"查过了！根本没有叫曲望舒的！你是不是搞错了？"

陈镜勋这边直接吼起来了："不可能的事！你再看看！"

同事直接无语："但有个叫顾望舒的，这人 15 岁才来办了户口，然后就把户口迁到鑫宁去了。"

"本来就没多少信息，陈哥我已经把能查到的都告诉你了。"

"哦，对了！他来办户口时，陪他来的是他的养父母。人家说他的亲生父母在他很小的时候就已经去世了。"

"有他养父母的联系方式吗？"

"应该有的，我去找找。"

电话放下，陈镜勋无聊地用手把脸上的肉扒拉来扒拉去，眼睛和嘴扭成一个很神奇的角度。同事这边也把东西发了过来。

顾停云：67 岁，男……

蓝随安：66 岁，女……

因为都是鑫宁人，所以具体户口所在地还要在鑫宁的档案室里找。

有了这么个机会，陈镜勋赶紧把办公室外跟别人聊八卦的小实习生招呼过来，让他们去档案库里调档案，几个小实习生还不乐意，一个个哭丧着脸。陈镜勋本来就心情不好，瞪了他们一眼，这群人一溜烟就跑没了。

　　在等待结果的过程中，陈镜勋不知道从哪儿搞来一个女士化妆用的镜子，自顾自端着镜子犯起了"中二病"，一边端详自己这张 26 岁"高龄"的英俊面容，一边感叹自己眨眼间就逝去的青春。档案找出来了，可陈镜勋早就坚持不住，趴桌子上睡着了。

　　凌晨的公共租界巡捕房跟凌晨的阿里巴巴大楼完全相反，现在整个巡捕房里就陈镜勋办公室里的台灯亮着，小实习生整理出来的几份档案工整地摆在办公桌上。

　　梦中他放肆奔跑，像一匹无拘束的野马，前方光团笼聚，耀眼之处站着个少年，少年一见到他，嘴角弯成一个好看的弧度。两人快接近时，少年身后的光芒忽然消失，嘴角垂下，眼里不再有光，像个陶瓷娃娃般碎了一地。

　　陈镜勋从噩梦中醒了过来，他出了一身的冷汗。为了缓解自己身上的这股寒意，离开办公桌活动了一下关节，脊椎发出了清脆的咔吧咔吧声，随后去卫生间洗了把脸，把最后的一点儿困意驱走，回办公室打开窗户抽了根烟。

　　档案只能系统地记载一些东西，但要问具体的事情，还是直接找当事人方便。陈镜勋带齐自己的工作证件，害怕忽然上门唐突，还特意买了两斤樱桃。

　　陈镜勋来到顾停云和蓝随安的住处，简单寒暄后，陈镜勋怕两位老人紧张，先问了些与案件无关的问题，见两位老人放松下来后，切入正题。

　　陈镜勋严肃地说："顾望舒这几天有什么异常吗？"

　　"没什么问题，这孩子平时挺正常的。陈探长，望舒是不是与案子有关？"蓝女士的神经紧张起来。

　　"两位别担心，我今天来只是做简单的取证工作，至于案件，巡捕房有权调查任何人，其原因我不方便解释，所以我希望两位能够配合我的工作。"陈镜勋淡定地说。

　　"4 月 3 日那天，顾望舒有什么异常吗？"陈镜勋又问了一遍。

　　顾先生思考片刻，淡定地说："一整天都在外面，这倒也正常。但晚上开车出去了，回来的时候急匆匆的，换了身衣服就又开车出去了，很晚才回来。"

　　"5 月 19 日那天呢？"

　　"望舒说他跟朋友有个聚会，晚上晚回来，叫我们别担心。"

听到这里，陈镜勋面色如常。虽说与他掌握的情况一致，但总觉得哪里别扭，像是遗漏了什么地方。

"请问两位，顾望舒晚上的这两次出行有什么共同点吗？"陈镜勋面带微笑问。

"穿的都是黑色衣服，这点算吗，陈探长？"蓝女士疑惑地说。

当然算，穿黑色的衣服，早出晚归，陈镜勋不傻，能猜出这是什么意思，但没必要当着两位老人的面伤他们的心，他只是对曲望舒失望了。

陈镜勋用最快的速度回了巡捕房，向上级做了报告，说明了侦破红枫娱乐集团投毒冷冻杀人案的进展情况，上级批准了他的请求。陈镜勋随后召回了支队一半的巡捕，所有人员随时待命。

陈镜勋回了办公室，他跟曲望舒相处了这么长时间，他清楚如果强行逮捕曲望舒的话，以曲望舒的性格，他可能一个字的真话都不会说。那么，他的弱点是什么？要从哪里突破最为合适？整整一个下午，他都在思考这些问题。

晚上，所有人按计划行动。陈镜勋订了绿洲广场旁边一家高档花园餐厅的位置，把曲望舒约了出来。陈镜勋还特意戴了自己四位数的手表，穿了定制品牌的衬衫，就差喷香水、做头发了。

晚上 7:30，曲望舒准时出现在餐厅里。陈镜勋帮他把椅子拉开，两人就座。

"陈哥，今天怎么心血来潮请我吃饭？我受宠若惊呀！"曲望舒笑着打趣道。

"小曲，你跟我办了这么多案子了，也挺辛苦的，所以想请你吃个饭。"陈镜勋微笑着回答。

"请我吃饭又不是见女朋友，穿得这么精致，搞得我怪紧张的。"曲望舒依旧笑着说。但陈镜勋却觉得气氛与之前有些不一样了，曲望舒的脸上除了微笑外，还多了一种不一样的神情，这种感觉陈镜勋从未有过。

陈镜勋的手上开始冒细汗，故作淡定地说："谁说见兄弟不能穿好看点儿？我本来……"

"你本来什么？你有什么目的？"曲望舒平静地说，但脸上的神情变了，变成了陈镜勋不认识的样子。他面前的曲望舒面无表情，摆出一副悠然的姿态，英俊的眉眼不再显得稚气，反而透露出一股狠劲。

　　"我记得你好像说过你并不在乎穿着打扮，你从来不会因为某个场合而穿得隆重，从我见到你到现在你一直很紧张，你紧张什么？"曲望舒冷笑着说。

　　陈镜勋也不再伪装，放松下来，然后倒了两杯红酒，推给曲望舒一杯，问曲望舒："3月1日那天你去见了孙庆，你们在幻梦酒吧碰面，你给了他一份工作，给了他一大笔钱，然后安排他给叶炀投毒，我说得没错吧？"曲望舒怔了怔，脸色沉了下来。

　　"我跟孙庆之前就认识，那天正好碰见了，聊几句，难道不行吗？"

　　陈镜勋控制不住自己的情绪："你这是教唆犯罪！"

　　"孙庆是连环杀人犯，他本来就该死。"曲望舒淡定地说。

　　"那叶炀呢？他做过些什么？！"曲望舒没有回答，他平静地看着陈镜勋。

　　陈镜勋让自己的情绪稳定下来，质问对方："是你开车送汪老六去了华江边？"

　　"没错。"

　　"是你把叶炀从他家里带了出来，然后扔在了食品冷冻库里，导致他冻死了。"

　　"没错。"

　　"顾望舒，你为什么要做这些？"陈镜勋的声音有些发颤。

　　"我为什么要做这些？"顾望舒轻笑一声，"陈镜勋，我给你讲个故事吧。之前有个小孩，他的父母在他很小的时候就已经去世了，家里很穷，也没有亲人，只能上街乞讨，有时候讨不到饭，就只能与路边的野狗夺食。有一次，不小心惹怒了一条野狗，那条野狗疯狂地撕咬他的手臂，之后手臂上的伤口不断感染，最后虽然愈合了但留下了一道道刺目的疤痕。他在街上乞讨时看见了一个衣着华丽的年轻男子，身边拥着五六个仆人，他以为男人会很大方，会给他一点儿吃的，在男子路过时便伸手乞求那男子，但是男子并没有施舍什么反而还当街辱骂他，拍着自己身上仿佛被弄脏的衣服说他不知羞耻，没有家教。后来，小孩长大了些，成了少年。少年看到一个女人掉了钱后，捡起钱想把钱归还给那女人，钱还了，那女人却说他是小偷，骂他不要脸，还扇了他一巴掌，随后就坐上一辆黄包车走了，而那个少年还因那一巴掌瘫坐在地上，黄包车的车轮从他手上碾过，他听到了骨头碎裂的声音。"

顾望舒把袖子挽起，露出一道道触目惊心的疤痕。

"顾先生和蓝夫人在我 15 岁时收养了我，他们对我很好。"顾望舒淡淡地说。

"你做这些对得起他们吗？"陈镜勋问顾望舒。

"我对不起他们，但我也不后悔。"顾望舒道。

顾望舒接着说："当街羞辱我的是叶炀，扇我巴掌的是陈一曼，碾我手的是汪老六，所以他们都该死。善良的人会遭受数不尽的侮辱和歧视，而恶人做尽坏事，却可以过得清闲自在，甚至觉得理所当然，凭什么？！凭什么有些人生来就要经历这些事情？！"

顾望舒喝了口红酒，平静地说："3 月 1 日那天，我去见了孙庆，孙庆当时在酒吧喝酒。我给了孙庆一些钱，给了他一份工作，并答应他的名字在接下来的两个月里，全市的人都会知道。但有一个条件，我要求在每天叶炀喝的普洱茶里放我准备的慢性毒药。4 月 3 日那天，我去酒吧找汪老六，我看见汪老六已经喝醉了，走过去搭话，问他为什么喝酒？是不是借酒浇愁？然后在他耳边轻声说了句'余庆坊恒滨路 339 弄 86 号'。再回家换身黑衣，开车到王阿四家旁边等一脸惊恐的汪老六出来，送他去了华江边。我原定 4 月 22 日对陈一曼采取行动，但 21 日在巡捕房得知了陈一曼失踪的消息，不得不中断计划，5 月 7 日我把计划取消了。5 月 19 日，我翻墙进到叶宅里，一路上躲开了用人，我走到叶炀的卧室里看着躺在床上虚弱的叶炀，然后将带有迷药的手绢捂在叶炀鼻子上。叶炀昏迷后，我把叶炀从叶宅带了出来，扔在自己车上。把他扔在冷冻库就开车走了。我知道等药效过去，叶炀会醒过来，他一定会大声地砸着门乞求有人能够救他出去，然后渐渐没了力气，蜷缩在墙角，他会体会到寒冬腊月时我的痛苦与绝望，最后被冻死。"

顾望舒话音刚落，周围的人忽然都站起来，除陈镜勋外，所有人都把别在衣服里的手枪举起来，枪口朝着顾望舒，楼下的警笛声从四处响起，将整个餐厅包围了。陈镜勋接过别人递来的手铐，亲自把顾望舒的双手铐起来。

　　一群巡捕围了过来，想把顾望舒带回巡捕房，陈镜勋制止了，他让顾望舒坐下。

　　陈镜勋问道："为什么你会选择告诉我？你完全可以不说，然后跟我们僵持下去。"

　　顾望舒笑着说："你当我傻，跟巡捕房的人僵持下去对我有什么好处？"

　　"应该不只这个原因吧？我们一直关注着你的账户流水，上个月你买过一张船票，但你没走，两个星期前你又买了一张，你想离开，为什么不走？"

　　"确实不只这个，你这几天在干什么我也知道一点儿，我早就猜到你会知晓我的计划。进到餐厅后，我更加确定，你们这次就是冲我来的。至于为什么不走，大抵是舍不得吧！离开这里去一个陌生的地方，然后重新开始，似乎一切并不会变好，在过去的一段时间里，我把复仇当作我的主要计划，但计划完成后我并不感到满足，我仍然一无所有。"

　　"刚进来的时候怎么想的？"

　　"很简单，进来之后，看到不少人食指和左手掌心有茧，这是枪茧，基本就猜到周围已经被巡捕包围了，在这里充当客人的也都是巡捕，再想要全身而退基本没什么可能。而且巡捕房这次出动这么多人，一定是有关键证据在手，对这次抓捕计划十拿九稳，所以我没必要挣扎。"

　　"甘心吗？"

　　"有什么不甘心的？我杀了人，进监狱之后应该也就出不来了。"

　　顾望舒笑了笑，一边走向囚车一边说："陈镜勋你是个好人，我很珍惜与你相处的这段时间，在发现我有作案嫌疑后不是袒护我，而是继续追寻真相。"

　　他顿了顿，接着说："我的事情不用告诉他们，顾先生去年得了心脏病，我怕他一下子接受不了，蓝太太近两年身体也不太好，你帮我以后多多照顾他们，谢谢你。"

　　顾望舒在囚车前停下脚步，转过身面对陈镜勋笑着说：

　　"祝你以后越来越好，我走了，保重。"

　　然后他从兜里掏出一副圆框眼镜递给陈镜勋：

"留个纪念。"

然后上了车，没再回头望。

陈镜勋站在原地，目送着囚车远去，消失在车流中。他想起那个带着明媚笑脸的曲望舒，想起那个翻档案时皱着眉头的曲望舒，那个工作时严谨认真的曲望舒，还有那个碎了一地的瓷娃娃。他想起他说过的话，痛楚的经历，不堪的过去，让一个眼中有光的少年蒙上了仇恨的阴影。但正义终会来临，顾望舒手上沾满鲜血，是不可饶恕的，人不管有多么难，终究生命是可贵的，是神圣而不可侵犯的。陈镜勋轻叹一声，对围在一旁的众人说："回去把顾望舒的口供整理一下，明天上午 12 点前我要看到各工作组的案件报告。"

"收队吧。"

死去的人虽并不冤枉，可他的罪行终会得到法律的审判。

第九章　花开无叶叶生无花

（白府内）

"老爷，小姐说明天要带她男朋友来家吃午饭。"

"知道了。"

管家刚转身要走，那老爷又接了一句："明天他俩一进门，把小姐打晕关进屋里，我要和那男的单独讲话。"

"是，老爷。"

坐在真皮沙发上的男人，吸了一口雪茄，冷笑了一声。

刚回到家，陈镜勋便瘫倒在床上，他真的太累了。

在他来到这里后，每个夜晚都心惊胆战，他怕自己睡着了就永远也醒不过来，他怕这个血腥的时代会将他吞噬，他怕梦里等待着他的是永无止境的黑暗。

他躺着，他想着，他想到了最近发生的许多事，他也想到了顾望舒——那个让他心疼，又让他因为正义不得不痛恨的罪人。

陈镜勋讨厌顾望舒做得这些事，但他又能理解，为什么顾望舒的心会这么狠。一个从小被欺负到大的人，很难不对这个社会产生恨意。

人之初，性本善。人在被欲望吞噬之前都是好人，但他们做的事，决不能被原谅。

"躺着干吗呢？赶紧过来洗菜，今天本小姐给你露一手。"白幼宁站在门外冲陈镜勋嚷道。

"来啦来啦。"陈镜勋从床上坐起，漫不经心地走向厨房。

陈镜勋一边洗着手里的秋葵，一边问道："你明天有空吗？要不要去看音乐剧。"

"明天吗？明天……我想带你去见我父亲。"

"去……去见你父亲？你怎么不早说啊，我都没有心理准备。"

"有什么好准备的？你还会怕那个老头子不成？再说了，这是我自己的事情，我的爱情不需要别人来指手画脚，"白幼宁看向陈镜勋，眼里满是爱意，继续说道，"我爱你，谁也拦不住，天王老子也不行。"

…………

（第二天，白府外）

陈镜勋："怎么办啊，我还是紧张，要不然回头再来吧。"

"啧，你探案的时候怎么没这么㞞？真男人无所畏惧，你拉着我的手，他要是不同意，咱俩就去跳江威胁他。而且，你忘了我昨晚的话了吗？"

二人携手进了白府。

刚一进门，只见一根木棍敲在了白幼宁的后脖颈，她即刻倒在了地上，被几个人抬上了楼。

"幼宁！"陈镜勋还未说完，站在门口的管家开口说道："你就是陈镜勋吧，我们老爷要单独见你，请吧。"说完便将陈镜勋带到了客厅。

陈镜勋被带到了一个富丽堂皇的像是书房的房间，他环视一周，心想："这么豪华，这得多少钱啊，就这些个老古董，随便带一个回我那个年代，都能买一套汤臣一品了吧。"

正在他感慨于这些华丽的东西时，一道沙哑的咳嗽声传入他的耳中。回头一看，一个身着传统马褂的老头正坐在真皮座椅上，身前是红木办公桌，手里还夹着一根雪茄。

"咳咳……你就是陈镜勋？"还没等陈镜勋反应过来，那老头先开口了。

"自我介绍一下，我是白幼宁的父亲，这个房子的主人，是个军阀，权力很大。"

"呃……"陈镜勋还是无法相信，这个穿马褂的老头子，会是那个让人闻风丧胆的白老大。

"可能你有点儿小疑问，但是这都不重要。我今天把你单独叫过来……"

"对了，你把幼宁怎么了？"陈镜勋刚反应过来，打断了白父的话。

"幼宁？她是我亲女儿，我能把她怎么样？再说了，她以后怎么样，跟你有什么关系？"

"跟我有什么关系……你什么意思？"

"哎，我也不跟你绕弯子了，想必你也看到了，就这个房子和里面的东西，就够你奋斗上十辈子了。但是对我而言，这只是渺小的一部分而已。幼宁从小娇生惯养，别人有的她都有，别人没有的她早晚也会有。但是，她竟然看上了你——一个乳臭未干的小子！我知道你之前破了几个案子，在租界也有点儿声望。但是你别忘了，你只是个小小的探长，你和幼宁天差地别。你们俩不会有结果的，因为你不配。你是个聪明人，从今往后，再也别出现在幼宁面前，不然后果你应该想得到。我心情好一点儿的话，可能也就让你身败名裂，要是碰到我心情差的时候，你可能就见不到第二天的太阳了。"

"你不能这样，我和幼宁是真心相爱……"

"来人，送客。"陈镜勋话还没说完，就被几个大汉拖了出去。

"放开我，放开……"

（幻梦酒吧）

陈镜勋大步走进酒吧，像是一只刚刚被抢走孩子的孤狼。

"哎哟，这不陈探长嘛，您可好久没来了。"

"给我来你们这儿最烈的酒。"陈镜勋朝调酒师喊道，并没有理会招待员的话。

调酒师心下疑惑，给陈镜勋开了瓶俄罗斯烟火。

陈镜勋拿起酒瓶就要往嘴里灌，却被那招待员拦住了："哎哟，陈探长，这可不像是您的作风，不探案啦？还是遇到什么烦心事了？"

"滚。"陈镜勋不耐烦道。"切，真以为自己很了不起啊，不识好歹。"招待员瞥了眼陈镜勋，翻了个白眼，走了。

陈镜勋拿起酒，一口气将一整瓶俄罗斯烟火全干了。

"服务员！把你们这儿最烈的酒都给我上来。"

不一会儿，桌子上便摆满了各种花花绿绿的洋酒。陈镜勋一瓶瓶地往嘴里灌，像是失去孩子的孤狼，在疯狂地捕食。

桌子上的酒一瓶瓶地见底，陈镜勋终于喝不下去了，胃里一阵痛楚，刚喝进去的酒混合在一起，像大海一样在胃里翻涌着。

陈镜勋跑进厕所，冲着马桶吐了好多，至于吐的是什么，他自己也不清楚，兴许是酒，兴许是胃液。

陈镜勋一头栽倒在马桶的边缘，他醉了，醉得一塌糊涂。

陈镜勋趴在那里，心里充满了各种情绪，但更多的是恨。

他恨，恨自己为什么会来到这儿，为什么会遇见她；他恨自己的弱小，他恨自己只是一个小小的探长，这么轻易就丢了她；他恨自己的懦弱，他恨自己惧怕……

他趴在马桶边睡了过去。

陈镜勋醒来了，但他再也不是陈镜勋了。

他所在的地方，不是幻梦酒吧的厕所，他身边也不是老式抽水马桶，他正躺在学校的天台上——他晕过去的地方。他的旁边是那本侦探小说，但这次，它翻到最后一页了。看眼手机，年、月、日和他穿越前完全一样，甚至时间也没差多少。

他拿起小说，像疯了似的冲出学校，回到家，看到镜子中的自己：一身帅气的鸿星尔克，高质量男性同款发型，和之前一样。

他才反应过来：他回来了，又成为安子森了。这时，妈妈从卧室出来，看见他，满脸都是疑惑："你不是去上学了？怎么回来了？"

他顾不上回答，又疯了似的冲出家门。

"哎！又干吗去啊？今天晚上要和你表叔吃饭！"

"知道了。"安子森根本无心在意妈妈说的话。

"哎，这孩子，疯疯癫癫的，也不知道有没有小姑娘看得上他。"

安子森跑到大街上，一边跑一边环顾四周，他想要寻找那个世界的痕迹，但一无所获。

他知道，他想要回去。他在那里的时候，无时无刻不想回来。但现在不一样，那个世界，还有他没有做完的事，还有他牵挂的人。

安子森跑不动了，停在原地大口喘着气。

他始终不知道，自己去到那里又回来的原因到底是什么。他很迷茫，不知道该怎么做。他也想搏一搏，但无从下手。

突然，安子森想到了一件事情：自己穿越的时候人在天台，手里捧着那本悬疑小说。所以，如果再重复一次穿越前的动作，是不是就又能回去了？

他又有希望了，他像来时一样，疯了似的奔向学校。

安子森来到天台上，把书翻到了第一页，没有用。他又试着翻了几页，还是没用。

安子森把书的每一页都翻了一遍，又换了好几个姿势，但这都没有用。

他彻底绝望了。

他心中有太多的遗憾和不甘：他还没来得及当上举世闻名的大英雄；他还没来得及向白幼宁求婚，还没来得及好好说一句"我爱你"……

我做了一个梦，梦里有你。

你来到我的梦里，我看到那张熟悉的脸，那双温柔的眼眸，你笑了，笑得很美，像我们第一次相遇时那样，我握着你的手，紧紧地，你也握住我的手，紧紧地，可是你的样子却越来越模糊，渐渐地，我看不到你了，你的手慢慢抽离，我试着抓住，但扑了个空，你消失了，我把你弄丢了，但我无能为力。

梦，就这样破碎，即使这样的梦，我却挣扎着不愿醒来，只因梦里有你，只因可以再牵你的手。

梦醒时分，我们还能再相遇吗？

"爸，你干什么啊，镜勋呢？你把他怎么了？"白幼宁醒来的时候，已经是傍晚了。

"我把他捆起来扔进黄浦江了，这会儿，应该已经死了。"

"什么？！"白幼宁一下瘫坐在地上。

"不可能的，他不会丢下我的，你一定是骗我的，我要去找他，去找他……"她转身就向外跑去。

"老爷，您为什么不拦着小姐，要是让她知道您是在骗她……"

"看着她做什么？我就是要断了她的念想，她还能殉情不成？"

但他不知道的是，他们的爱，早已超越了世俗。

白幼宁跑到黄浦江大桥上，望着平静的水面，大喊："镜勋！你没有死对吗？我爸是骗我的对吗？你不会丢下我的……"她崩溃了，她从小就没有妈妈，爸爸陪伴她的时间少之又少，没有人爱她，现在好不容易出现了一个和她相爱的人，却永远离开了她……

她想要的，不是那些财富和名誉，只是一个能和她厮守一生、白头到老的人而已。现在的她，已经一无所有了吧。

彼岸花，花开无叶，叶生无花，相念相惜却不得相见。

一个二十多岁的女孩，散着头发，站在桥边，纵身一跃……

"镜勋，我来找你了，彼岸的你，还好吗？"

缘分已尽，各入轮回。

第十章 彼岸花已凋零，你我难相见

"呜……咳咳……"柳安洋痛苦地蜷缩在地上。

"呵，柳安洋，你以为你是谁？敢拒绝我？"林晨手里抓着刀，瞪着脚下的柳安洋。

"咳……呵……呵呵……呵哈哈！啊哈哈哈哈哈哈哈……林晨……你就是个废物。彻彻底底的废物……哈哈哈哈哈……二少爷，你以为你算个屁，你就是个婊子养的货，没一个人真正看得起你……哈哈哈哈哈……林晨，你下地狱吧！"柳安洋仿佛着了魔，死死地盯着林晨说道。

"你！……你居然……柳安洋！我要杀了你！我要杀了你！"林晨的面部扭曲着，紧紧握住手里的刀，向柳安洋刺去。

冰冷的匕首穿进了柳安洋的身体里，一刀……两刀……柳安洋的意识逐渐模糊，温热的血从他的嘴角流出来。

"柳安洋！你给我去死吧！"林晨吼道。

"哐！"紧闭的大门突然被撞开，门口那人还没等林晨反应过来，便抬起手上的枪射死了他，接着抽出腰间的长刀，切下了头颅。

那人抱起受伤的柳安洋，向黑暗中走去……

月黑风高，四春巷的街道如死一般寂静。路灯散发出微弱的光，即使是燥热的夏天，走在街上也不禁让人后背发冷。

落在地上星星点点的火花迸溅着，像一个个跳动的音符，危险又迷人。火花肆无忌惮地生长着，很快，那狂舞的火舌席卷了林宅，不断地吐着火舌，仿佛要吞噬一切。

嗶嗶啪啪的木头声响彻整个街道。

"着火了，着火了，林宅着火了！"

"哎哟，别看了，快灭火啊！"

"报警，报警！"

陈镜勋带人来了林宅，大门和内部已经被破坏得不成样子，走进去后，满地尸体数不胜数，即使是陈镜勋看到也有些许惊讶，这是死了多少人啊。

他走近观察尸体，尸体烧伤不算严重，听街坊邻居说，他们半夜被枪声惊醒，随后又看见这里起了大火。

"看来是先杀人再放火。"陈镜勋道，"不过还好，火势被控制住了。"

"陈队，现在该怎么办？"警员问。

"先把尸体带去给法医检查，找到死因。"陈镜勋吩咐道。他自己和一名警员留下寻找线索。

陈镜勋仔细观察尸体的面部，大部分可以辨认，于是便叫人翻出林家的家谱，还好没被烧毁，可以正常使用。

陈镜勋根据家谱上的照片一个个排查，林家人乃至仆人基本都有，还剩下一个尸体在法医手上，还要等解剖验尸完才能进一步调查。

过了一会儿，法医回来了。"都是被烧死的，有的死者没头，看到明显的切痕。"法医道。

"胜利的天平已经向我倾斜了。"陈镜勋笑着说。

"您找到凶手了？"法医问。

"嗯，嫌疑人……"陈镜勋若有所思。

"我敢肯定，凶手在林夕和柳安洋二人之间。"陈镜勋信誓旦旦地说。

"但是他们没有作案动机啊。"旁边一人问道。

"林夕的作案动机很简单，前一阵，林夕的母亲被林家的人陷害死了，他怎么可能咽得下这口恶气，之后杀人，放火，为了报复而已。"

"不过只有他一个人，又如何在一夜之间把林家满门抄斩……"陈镜勋自言自语道。

突然，他想到一个人，柳安洋。

"他和林夕年龄差不多，两人一起长大，关系极好，林夕受委屈，他自然不能坐视不理，帮林夕报复林家后和林夕跑掉。"

"两人共同作案或林夕指使柳安洋这两种都是有可能的。"

"当然了，这第二种的可能性还是比第一种小很多。"

"那我立刻派人去找，把他们抓起来。"一旁的警员道。

"千万不可着急，让我想想他们会在哪里躲着。"陈镜勋一边说一边看向地上的尸体，仔细看了看，地面上有少量干涸的血迹，陈镜勋跟着血迹走，可是走着走着血迹消失了。

可是陈镜勋说："线索够了，立刻派人去血迹的方向最近的旅馆抓人。"

大家十分信任陈镜勋，几个警员去了。后面留下的几个人问陈镜勋："您是怎么知道他们的位置的？"

"这个简单，看到的血迹如此明显，如果说是受害者的，这肯定说不过去，因为同是受害者为什么只是这一个如此明显，而且还是一条线朝外走，这说明是作案人的血，受伤朝那边跑去了，而且是较严重的伤，所以在这种紧急的情况下，他别无选择，只能去最近的一家旅馆。"陈镜勋说。

"可是作案人会这么容易就被抓住吗？"警员问。

"当然不会了，伤势好转后，肯定会转移地点的，所以只能从近到远慢慢排查了。"陈镜勋道。

"会不会查不到？"警员问。

"不会的，受如此严重的伤，必定逃得不会太远，早晚会找到的。"陈镜勋答道。

"好了，接下来就等林夕和柳安洋出现了。"陈镜勋看着那摊血迹说道。

8 月 10 日下午。

连续找了 8 天，搜过数十个旅馆，依旧没能找到林夕，一向沉稳的陈镜勋也有些许着急，只是害怕林夕已经跑掉了，陈镜勋只好带助手继续找，陈镜勋问助手："还有什么地方没找过的？""还有一家旅馆，开在林深处，很少有人去。"助手答道。

"如此隐蔽的地方，简直是藏人的不二之选，我想他们大概率会在那里。"陈镜勋道。

过了半个时辰，陈镜勋和助手们确认了旅馆的位置。

"出发！"陈镜勋道。

不一会儿，陈镜勋带人冲向了旅馆。此时的林夕和柳安洋还不知情。

"我出去给你买些吃的，你在这儿待好，不要乱跑。"林夕安抚着柳安洋。

"好的，注意安全，离人群远点儿，别被抓住了。"柳安洋抓着他的手道。

随后林夕换了件干净衣服，蒙上面部，就出去了。

刚出去走了没几步，林夕就听见不远处的哨声，他心里清楚，是巡捕抓他来了，他头也没回，回旅馆想背上柳安洋就跑，可柳安洋身负重伤，自然成了林夕的累赘。

"小夕哥哥，你快跑，我不能连累你。"柳安洋道。

"如果你被杀了，我跑掉又有什么用，说这么多还不如赶紧撤！"林夕背起柳安洋冲下楼。

可是谁会给他们时间跑掉呢，陈镜勋好不容易找到他们，是势必要追上的。

林夕带柳安洋跑了几里地，可是因为负重等原因，他汗如雨下，步伐渐渐慢了下来。

"不！不能停，刚逃出来，不能就这么结束了！"林夕在脑海里呐喊。

柳安洋此时是多么想让林夕抛下自己，他不想连累林夕。

人都有累的时候，林夕终究没躲过陈镜勋的追击。他体力逐渐不支，直至昏倒。再醒来的时候，已经在巡捕房里了，刚睁开眼就看到对面等待审讯的陈镜勋。陈镜勋也不是磨叽的人，开口问道："林家人是你杀的吧？把作案过程陈述一遍。"

林夕抬起虚弱的眼皮，死死地盯着陈镜勋的眼睛："我不知道你在说什么。"

陈镜勋早知道他会这样说，笑了笑："林夕，如果人不是你杀的，为什么要跑？"

林夕咬着嘴唇没有说话。

"8月2日凌晨，你趁他们正在睡觉的时候，用枪射杀，砍下头颅，然后一把火烧了林宅。"

陈镜勋冷静地说道："林夕，我说得没错吧？"

林夕沉默了一会儿，开口道："你有什么证据是我杀的人？"

"哦？那……人是柳安洋杀的？好，我们立马对他处刑。"陈镜勋讽刺地说道。

"你们没有证据，凭什么血口喷人？"林夕拍案而起。

"呵，如果是林家的仇人杀的，那你们两个为什么不死？"陈镜勋继续说道，"林夕，事已至此，坦白从宽，抗拒从严，早点儿承认，这对你和柳安洋都有好处。"

林夕看着他，慢慢低下了头。他知道，如果他不说，柳安洋也会受到牵连。

"林家的那些人为了利益，害死了我的母亲，我咽不下这口气，我必须报仇！趁所有人睡觉时杀掉他们，放火烧了这个罪恶的地方。"林夕知道藏不住了，缓缓开口说道。

"为什么要杀所有人？"陈镜勋问道。

"因为我母亲的死，和他们都有关系，无论是言语还是行动，都对我母亲造成了伤害。"林夕咬着牙说道。

雪崩时，没有一片雪花是无辜的，或许林夕并不是真正的罪人，但是他被报复的心理冲昏了头脑，犯了罪。

"那柳安洋呢，你为什么没有杀他？他只是被你带走了，他没干什么吗？"陈镜勋问。

"我不会杀死阿洋。而且杀人这件事也和他没有任何关系……晚上我看到他时，林晨正在虐待他，阿洋受了重伤。"林夕提到柳安洋，眼神渐渐温柔了下来，"这件事全是我做的，与他没关系，要用刑的话，冲我便是了。"

"好！明天下午这个时间，准时对林夕处刑。"陈镜勋对身边的警员道。

8月11日下午，林夕被斩首，人头落地的那一刻，柳安洋的心凉透了。陈镜勋带人把刑场收拾好的时候，柳安洋早已哭得不成样子。林夕对别人来说是恶有恶报，但是柳安洋知道林夕并没有错，错的是这个社会。他想好了，要去陪林夕，不让林夕久等，过几天就去……

又是一年七夕，溪沟边的彼岸花还在艳丽地绽放。明明是生机勃勃的夏天，却开出了这些晦气的花，着实令人厌恶。

柳安洋不知不觉间走到了溪沟边，眼前的景色好像跟从前一样，又好像变了许多。他摘下一朵快要凋零的彼岸花，不禁回想起了往事。

"小夕哥哥，快看，这里有花开了！这是什么花啊？好漂亮……"

"这是彼岸花。这种花很难见到。"

"为什么啊？"

"因为这些花生长在阴间。听妈妈说，这些花被两位妖精守护着，它们从来没有见过面，但是他们都深深思念着彼此。有一天它们违背规定偷偷见面，见面后，他们紧紧拥抱着彼此，许下了今生后世都要在一起的诺言。但神却知道了，并诅咒他们永生永世不得相见。"

"那他们最后在一起了吗？"

"这……我不知道。"

"嗯……那小夕哥哥也会离开我吗？"

"不，阿洋，我永远不会离开你。我们要一直在一起……"

柳安洋清醒过来，紧紧握住手中的花："骗子……是你说不会离开我……是你说不会丢下我……为什么？为什么？我永远不会原谅你！呜呜呜……我恨你啊！呜呜呜……"

柳安洋躺在花丛中，恍惚间好像看到林夕向他走来。

"阿洋，我们回家了。"

柳安洋分不清这是梦境还是现实，摇摇晃晃地站起来，对他说："嗯！小夕哥哥，我们回家……"

第二天，一群不懂事的小孩来到林宅玩耍，看到树上吊着一个人，吓得哇哇大叫。

柳安洋上吊自杀了……

陈镜勋带人来到林宅，处理了柳安洋的尸体。

"柳安洋是不是傻？明明都放他走了，为什么还求死？"一名警员说。

"这个世界上没有绝对的坏人，也没有绝对无辜的人。但当双手沾满鲜血时，或许只有死亡才是最好的归宿吧。"陈镜勋笑着摇摇头，说道，"林夕和柳安洋是在错误的时间里，遇到了对的人。"

陈镜勋好像想到了什么，不禁心头一酸，眼前浮现出了那张熟悉的脸。

溪沟里的彼岸花已凋零，相爱着的人能否再相见……

第十一章　你我已回归，过去皆是回忆

安子森醒了，他有些迷茫，揉揉眼睛，坐了起来。

他四下望了望，知道了自己所在的地方——A大教学楼天台，地面还是那么干净，角落里几盆花，虽算不上扎眼，却点缀出色彩。抚摸着熟悉的座椅，不知多少次在这里谈天说地谈理想，这儿的一切还是原来的模样。自己已经很久没来这里了，眼前的一切让他既陌生又熟悉。心中五味杂陈，他，回来了！

他居然怀念起那段曾经穿越的时光，却也是他一直想逃离的时光。他回宿舍的路上，脑中放映着曾经的案件的一幕幕，还有那个让他痴迷留恋的身影，这段过往让他明白了自己接下来应该做什么，是那段时间教会了他很多很多。他慢慢走下楼，想重新审视一下那好久不见的校园，顺便去见一下自己那群可爱的室友。

回到宿舍，他自然地拿出手机，发现时间与自己穿越的时间竟只差了40分钟。由于那边工作繁多的原因，他都没仔细核对过时间，但那段日子绝对不会短，他慢慢放下了手机。门突然打开了。

"哥们儿，你干什么去了？差点儿没把我们急死。我和祁风他们找了半天愣是没找到你，打电话也不接。"开门的人语气中带着埋怨和担忧。

安子森一听这播音主持般的声音就知道这绝对是汪洋那小子，转头张口道："没啥，天台上待……"他突然瞪大了他琥珀色的眼睛。眼里充满了恐惧与惊讶，望着汪洋身边的人，这张罪恶的脸，这张他曾为之惋惜的脸，忍不住大喊："顾望舒！"

看着这张惊愕的脸，看着旁边人的奇怪眼神，汪洋急忙说："嘿，你怎么了。你大喊什么，顾望舒谁呀？哦，我忘了介绍了，咱们寝室今天来了新的室友，就我旁边的这一位！"

"你好，我叫照禖珪。"他伸出了手。

"哦哦，你好，我是安子森。"

"喂！你干吗握着不放，你怎么了，难不成你们认识？"汪洋好奇地看着安子森。

"啊，没事没事。只是觉得见到了个熟人而已。不就 40 分钟吗，你们找我干吗？"安子森从惊愕中回过神来。"他不可能穿越过来，只是碰巧而已。"他心想。

"哎，你论文写完了吗？是老师让我俩找你，我俩都准备贴寻人启事了。"

"你刚才说啥？上课！啊！对，还要上课！"照禖珪便顺势拉起安子森一路狂奔。

他们飞奔到教室，祁风和章傅示意他俩去旁边空位坐下。

一下午的课程后，四人结伴回到宿舍，祁风点了个外卖就跳到了床上，章傅也紧随其后。但这时，发生了一件在他们两个眼里最奇怪的事，安子森打开了台灯，打开了那个没怎么动过的作业本。祁风从床上跳下，伸手摸安子森的额头问："你没发烧吧，那 40 分钟你不会拿板砖砸头了吧？"

"我为啥要拿板砖砸头呀，我又不傻。"

"那你就是吃错药了，我都没见过你这么积极写作业呀！"

"谁还没个转变呀，我不光要写作业。而且，我还要考研！"

"噗，哈哈哈哈哈哈哈哈。你呀，老是这样，想一出是一出。考研哪有这么容易，要那么容易，大街上早就都是硕士博士了。"一直沉默的照禖珪说话了。

"以我的天资和努力不成问题，咱们走着瞧！"安子森不服气地说。

外卖来了，几人吃完外卖，就各干各的去了。睡前，安子森看着照禖珪在那里刷题的背影，呆呆地看了很久，熟悉又陌生。躺在床上，安子森依然在思考。一个是模范学生，年级前十，宿舍舍长；另一个是拥有悲惨童年的杀人犯，这两人怎么也联系不起来。应该是巧合吧，可是，怎么会这么巧呢？也许命中注定我与他们相遇吧。他思考太久了，竟然睡着了。他做了一个梦，梦中看到了白幼宁，她穿着裙子在他面前转圈，银铃般的笑声，像极了刚认识时的场景，刚想走近，她忽然消失在了自己的身边。回头一看，顾望舒朝自己走来，他拿着刀直直地看着自己，旁边，陈镜勋出现了，他质问自己为什么不阻止顾望舒实施计划，安子森惊坐起来，缓了缓神，又躺下了。

作为穿越回现代的第一晚，他睡得并不踏实，一整晚都在被梦魇缠绕。第二天挂着黑眼圈显得无精打采的安子森便出现在几位室友面前。

"博士安子森，早上好呀。"祁风带着笑调侃安子森。

安子森正准备回嘴，电话响了。安子森拿起手机，正要用不耐烦的口吻说话时，电话里的人说话了："儿子，今天周六，你堂妹来找你玩了。"

"堂妹？"

"对呀。你堂妹胡凡硕。她和她的闺蜜来这儿啦！"

安子森的堂妹，比他小两岁，两人的感情很好，今年堂妹成了大一新生，估计是找他庆祝她考上双一流大学，顺便来这儿玩玩。

"行，我去哪里接她们呀。"

"机场。"

安子森在机场等了半天没等到，正拿手机时，一个人影突然从他身后绕了过来。记忆中的堂妹还是那副圆润的脸庞，依然那么可爱可亲，他连忙拿过来行李。"哥，看，这是我闺蜜，她叫白佑凝，也是你的妹妹啦，我们一起来的哟，你要好好照顾哟！"同样的名字，安子森立刻注意到旁边的女孩，这副陌生而又熟悉的面孔，就像当初见到照祺珏一样，安子森睁大了双眼，但这次他没有喊出来，他的眼眶红润了。他眼前的那张朝思暮想的面孔——白幼宁。想到这里，他情不自禁地落下了在眼眶中翻滚的泪水。

"不是，哥，你别哭呀。不就一年没见吗，也没必要哭呀。"

"没事，太激动了而已。你想去哪里，哥带你去。北京，你哥熟。"

"哥，我们饿了。"

"我带你们去住的地方，然后咱们去吃东来顺！走！"

　　"好，我哥最好了！"

　　这一天他时不时恍惚，时不时看着那个熟悉的面容，甚至他的举动已经证明照顾她比堂妹都周全，经过一天的疯狂消费后，安子森的钱包被花得空空如也。他背着一身的战利品回到了他好久没回过的家。他的妈妈早已做好了饭菜等着他们回家。兄妹俩一回家就扑向了饭桌。比赛似的用筷子扒拉一两口后，桌子上便摆上了三个空碗。安妈妈拿走碗去盛饭。看到安静吃饭的她，安子森突然一脸难受的表情，堂妹眼疾手快地抓起桌子上的一杯水倒进了安子森嘴里。安子森脸色瞬间由难看变为了更难看，但随即又咳嗽了两声，脸色才恢复正常。安爸爸在旁边笑看着他们说："又没人抢，慢点儿吃。你俩这速度不给你俩发吉尼斯世界纪录都对不起你俩。"两人发出了响亮的笑声。在安子森看来，这才是真正的幸福。

　　晚上，安子森看了一会儿小说又做了一会儿题已是 11 点。经过一天的折腾，安子森有了睡意，他向另外两个屋的人道了个晚安便回屋睡觉了。梦里，他又梦见了陈镜勋的面庞。他梦见了白幼宁，以及白佑凝和照褀珏，他不想让他们再遭受那种经历。他想通过自己的力量去保护他们，即便这力量十分微小。

　　安子森又一次在深夜里醒了过来，这已经是第三次了，梦中的他一直被顾望舒与陈镜勋缠着，他不明白。他看着窗外昏暗的天空和斑斑点点的星星，他陷入了沉思。他坐在床上，想着想着。窗外划过了一颗流星，安子森看着它，眼里突然闪现出了一丝若有若无的光芒。他明白自己回来的原因；也知道自己该如何去做；懂得上天为他安排如此多意外的原因；那份纯真美好的爱情，永远埋藏在内心深处，把这份爱变成更多的兄长之爱，让妹妹幸福；那个世界里对顾望舒的有爱有恨的复杂情感，此时延续为与照褀珏的兄弟情谊；此时的安子森，更加地向往这份神圣的侦查工作，也更加爱身边和周围的人。

　　安子森在久久的沉思后，终于，迎来了第一个没有梦境的平静的夜晚。突然，天空就在浑然不觉中绽开了光芒……

　　陈镜勋破获了姝丽阁案件后休息了一阵儿。这个冷面的探长，仿佛变了一个人，这段时间，他经常思考一个问题：自己是善是恶？他想不通，他觉得自己应该是正义的吧。但是在那段穿越的日子，他看到了那个孩子与自己的不同。那个孩子通过善良与爱指引了那个叫顾望舒的人。他明白那时的自己不过是赋有了灵魂的自己，自己不能只用头脑来破案了。而应该用心，他明白世界不只是由善与恶构成的，更多的是爱，互换身份的日子里，仿佛心灵得到了洗礼，学生时代的美好，那份单纯充斥陈镜勋的内心，触动了他心中深藏的温暖，对于一个警察，法律面前伸张正义，打击犯罪，这是必须做到的，作为一个普通人，也要让这个世界因为更多的爱而灿烂。他之所以思考正义，是因为陈镜勋心里一直有一个秘密，大家都不知道的秘密……

此时的安子森，站在窗前，嘴角微微上扬，仰望远处的蓝天，期许着……阳光此时照进来……温暖着彼此……

想必那边的你，还好吧？

少年的奇幻世界

第一章　偶入秘境

北京时间下午 6:05，天空像是被昨夜的大雨淋得发了烧，小脸透出些可爱的粉红来。伴随着一天中最为动听的放学铃，同学们有说有笑地向着各自的家前进。而在这所中学的一间教室里，班里的同学们都着急忙慌地往外走，只有一个戴着黑框眼镜的男生仍停留在座位上，表情严肃，似乎在认真思考什么事情，在这个喧闹的环境里显得格格不入。

"林琛，你愣着干什么，还不走？"一个熟悉而散漫的声音打断了他的思绪。声音的主人叫李尽欢，是林琛的发小，他带着同往常一样的嬉皮笑脸来到了林琛面前，正打量着自己这位有着老干部一样作风的"好兄弟"。刚要开口说些什么，就听见林琛自言自语道："一定有问题。"李尽欢没听太清，懒懒地问了句："你说什么？"林琛皱着眉说："我胳膊上平白无故出现了字母 S 和 T，一定有问题。"李尽欢抬眼看去，在林琛的手腕处，果真有两个字母。不知是错觉还是晚霞的映衬，那字母甚至发出了红色的光芒，看起来格外诡异。李尽欢起了些好奇心，但他懒得去思考这事的原因。最终性子里的散漫还是压下了这股好奇心。他吊儿郎当地说："会不会是你哪天做梦的时候突发奇想然后梦游给自己文了个身？嘿你别说，还挺炫。"林琛没理他，反而一直念叨着："这不对劲儿，一定是什么出了问题。"李尽欢无话可说，拽着林琛飞快地出了校门。

李尽欢见林琛一路心事重重，想搞个恶作剧缓解一下气氛。正愁不知怎么办时，上天似乎读懂了他的忧虑，给他送来了一件礼物——一阵狂风。这阵风带起了地上的许多沙粒，有那么几粒恰好吹进了林琛的眼睛里。趁林琛揉眼的空当儿，李尽欢一把拿过他的眼镜，拔腿就跑。林琛意识到自己被耍了，立马向前追去。

清冷的月光点亮了这片不起眼的小树林。"这是个不错的藏身地，估计走到尽头就是公路了。"李尽欢这样想着，钻了进去。他拼命地往前跑着，却发现越往里走越幽深，觉得不太对，但也没了退路。见自己与身后的林琛已经拉开了一段距离，就进了前面的一个山洞缓了口气。等李尽欢歇完，林琛也已经追了上来，他四处环顾却没寻到一点儿李尽欢的踪迹，他心中出现一种难以言喻的不祥预感，但也抑制不住身体的疲累，只好先找一块石头坐下歇息。而林琛还没坐稳，就收到了一块小石子的"亲切问候"，小石子从他眼前飞过，落在了脚边，想捉弄他的目的格外明显。原来是李尽欢透过山洞的岩缝看到了他的无措，想要"帮助"他呢。看到林琛发现了石子，李尽欢往后猛退几步想要躲一躲，却未注意脚下传来的落空感，于是便踩了个空，直线坠落下去。至于林琛，他循着李尽欢坠落的那声巨响找到了那个山洞，在这里他找到了他的黑框眼镜，它正安详地躺在一块椭圆的石头上，不，一个镜片已经有些破裂了。还有一点儿奇怪的是，这块放着林琛眼镜的石头上竟然与他的手腕上有着相同的字母：S，T。他想起今天发生的种种事情，总觉得有什么神秘的事物在指引他不断靠近——一个崭新的、神秘的却又恐怖的世界……停下思绪，他站起身，想到李尽欢的失踪，忧心忡忡地向前迈了一步，丝毫没有注意脚下已然是万丈深渊。

"砰！"

第二章　奇幻世界

"这是什么地方？"李尽欢瞪大眼睛问道。这时，李尽欢看到了也掉下来的林琛，问道："林琛，咱们是掉进秘密基地了吗？对了，你的眼镜还在上面的石头上。"

李尽欢站起身来，看着四周黑漆漆的，他无奈地摇着脑袋，"已经到手了，都怪你干的好事。"

林琛说："别光摇脑袋了，先观察一下周围的情况吧！"李尽欢："这是掉山洞里了？"

林琛应声，向上看，看不到尽头，周围都是绿油油的植被，前面还有一个黑幽幽的隧道，周围很光滑，试了试爬不上去。"要不咱们先往前面走走看？"林琛问。

李尽欢答应了。

二人向黑洞内走去。走了一会儿，李尽欢开始发起了牢骚："哎呀，这里怎么这么潮湿呀？"

"林琛，我好饿呀，你说说，怎么就掉到了这地方……"林琛生气地说道，"你确定不是你自己恶作剧掉下来的吗？"

"这也不能全怪我，还不是因为你说的那些神神秘秘的话才……"

二人正在争吵着推卸自己的责任，忽然，二人看到前面有一束光，于是二人向前奔去。跑了一会儿，眼前豁然开朗，前面发现了一座大城堡，于是二人进城堡一看，原来是一座城邦。守卫精灵发现并拦住了他们。看到他们的长相，守卫精灵按下了警报。"嗡——嗡——嗡——，呼叫守卫长，呼叫守卫长，刚刚来了两个长相与众不同的人，请您到大门侧面的密室来细说，收到请回复。""收到，收到。"守卫长听到警报飞快地跑了过来。守卫精灵带守卫长来到密室："报告守卫长，这两个人很奇怪，您打算如何处置？"守卫长摸了摸胡子说道："最近那边蠢蠢欲动，正在组织军队，这两个人难道和那边有关？"守卫精灵说："队长，我看他们只是长相奇怪了些，好像并无恶意。"守卫长："不，最近奇怪的事情太多了，我估计他们是来获取情报的。"守卫精灵："队长，您这么一说真的很可疑，要不将他们关到牢房里观察观察？"守卫长摇了摇头："虽然要观察，但留在城里更容易得到信息。"二人讨论了一番，守卫长说："把他们流放到荒原不仅可以保证城里的安全，而且荒原那边急需士兵，能去一个是一个！""啊！"李尽欢和林琛都十分吃惊，轻呼了一声，不约而同地转头，看见了对方目瞪口呆的表情。"谁？"守卫长和守卫精灵看向发声的方向，李、林二人赶快躲起来。守卫没有看到任何人，但没有再多想。原来守卫太匆忙，没关严门，被李尽欢发现，于是他赶快叫林琛来一起听，因为事情太超乎想象，忘记了隐藏。守卫发现了李、林，更加坚定了把他们流放荒原的想法。

"必须想办法让他们把我们留在这里！只要能留在这里，就一定有办法逃出去！"林琛说道。

看了看四周，发现这里只有一座城堡，周围是一片狼藉，除了植物什么也没有。"这里一定有问题，"李尽欢也说，"而且守卫长好像说他们有一个大敌。"李尽欢还在沉思，林琛看了看李尽欢，这时李尽欢忽然抬起头来对林琛说："不管了，赌一把！"他找到守卫长解释道："守卫长大人，其实我们也有一些过人之处，再说这里正遭受危机，我们也许可以帮到您呢！"守卫长有些疑惑："你说的是……萨坦？"李、林二人微笑着说道："是的，守卫长，我们虽是外邦人，但也对萨坦的野心有所耳闻，我们愿意帮助您一起对抗他。"李尽欢和林琛听到守卫长说了一些事情，他们窃喜。但守卫长却露出了一丝不怀好意的笑容："那你们就去荒原探察一下萨坦那边的敌情吧！毕竟这么主动的人也不好拒绝。"

第三章　初见荒原

　　林琛、李尽欢战战兢兢地向荒原走去。一路上雾气弥漫，花草早已枯萎，时不时还能看见几处打斗过的痕迹。周围一片寂静，他们心中忐忑不安，只能靠彼此交谈来壮胆。

　　"还好吧，我学过五年跆拳道。"说完，林琛像模像样地比画了两下。

　　"你这么厉害待会儿就你先上吧！"李尽欢说，"等会儿先观察地形，然后留意一下他们大概有多少人，我们要用智慧取胜！"

　　说着，他们就来到了荒原。血红色的太阳高挂在空中，无情地炙烤着大地，空气中弥漫着一股焦煳的味道。整个森林被黑雾笼罩着，稀疏的几棵树也都没有了叶子，只剩下枯黄的树干，林中一两处白森森的尸骨。他们的心跳不由得加快了。李尽欢想："等会遇见萨坦的军队，就推林琛一把，让他先上，我趁机逃走……"可是刚一想完，就听见背后有人说道："站住，你们是什么人？"李尽欢想："看……看来咱们隐蔽得不到位啊……这么快就被发现啦……"然后说，"要不……要不咱们跑吧。"林琛说："嘘，别说话，淡定一点儿。"说罢，林琛冷静地走了上去。李尽欢想："这小子都不怕，我也不能认输啊。"于是也跟了上去。

　　林琛和李尽欢走上前，看见了一个戴着黑色面具、身穿守卫服的人，那人二话不说，就打了过来。或许是他太轻敌抑或是林琛确实有两把刷子，这守卫打来的第一招，被林琛轻易地破解了。那人发现林琛不好惹，就顺势在李尽欢脸上打了一拳，守卫不想浪费时间念了一句咒语，之后只见一道红光闪过，李尽欢和林琛就两眼一黑，什么都不知道了。李尽欢和林琛被重重地打击到了，回城的路上，两个人都垂着脑袋。

李尽欢："唉，没想到，这黑暗帝国如此厉害，竟然连个守卫都这么强。要我说那守卫也太没情商了，跟他说两句话，他还打我，打我就算了，他还打我脸！下次再让我遇到他，我一定不会放过他！"说话间不小心扯到了受伤的嘴角，疼得嘶了一声。

林琛冷笑一声："你就吹吧，被打的时候没见你表现得多勇敢啊。"

李尽欢："哎，你可别乱说，我那是给他点儿面子……你说咱连个守卫都搞不定，更别说那个萨坦了。咱们怎么办啊，不会一辈子困在这个奇怪的世界吧！我才不要呢，我的动漫还没有更新完呢，我还等着回去看结局呢！"

林琛挑了挑眉毛："学习任务这么紧，你还有时间看动漫？看来回去以后我要好好和老师聊聊了。还有，你挺让我惊讶的，被困在一个未知世界出不去，你第一个想到的居然是还没追完的动漫，看来你还是不怎么害怕呀。"

李尽欢："我觉着这萨坦咱们肯定是搞不定的，咱不如回去好好向那个守卫求求情，让他放咱们出去？"

林琛："要是求情管用，那个时候他就该放咱们出去了，而且咱们已经答应下来，现在失败而归。那个守卫还可能怀疑咱们是黑暗帝国派来的奸细也说不定呢！要我说，咱俩呀就找个安全的地方了解一下这个世界，再看看能不能学会点儿本领，积攒好力量再去对付萨坦也不迟。"

李尽欢："行吧，我听你的，我的小命就攥在你手里了，你可要争气啊！"

少年就是这样，有了新的目标和希望就会很快忘记挫折，再次充满激情，面对生活。

他们二人回到城堡中。"你们两个怎么回来了？"一个守卫上前一步说道。林琛对李尽欢使了个眼色，示意他按照商量好的计划行事。李尽欢接收到林琛的信号，说："我……我们刚才去荒原那里考察了一下地形，看了一下周围的环境，也打听到了他们的一些情况，我认为我们没准儿可以联起手来战胜黑暗力量呢。"

"是啊！我们正要找城主商量一下合作的细节呢。"林琛附和道。

"可我们不知道城主在哪儿，还请您为我们带路。"

守卫听见了"战胜黑暗力量"几个字，就瞬间提起了兴趣，也没多想，就带着李尽欢和林琛二人去见了城主。他们来到了一座城池，城主坐在中间，正在为如何对抗萨坦的黑暗势力而发愁。

"城主，有两个不知从何而来的孩子说可以和我们联起手来战胜萨坦的黑暗势力。"守卫激动地向城主禀报道。"什么？孩子？对抗萨坦？去去去，别烦我！"城主听到是两个孩子，认为很是荒谬。李尽欢看情况不妙，急忙向城主说："城主，我们已经去荒原那里打探过了，我们联手还是有希望战胜黑暗势力的，我们一定会尽力而为！"

"是啊！结果如何我们试试才知道呀！希望您能够再考虑一下。"林琛用诚恳的语气向城主说道。由于城主最近也因萨坦的强大势力而十分焦虑，要尽快想办法除掉这一大隐患，所以就暂且让他二人先试试。"说说你们的想法吧！"城主说。

"城主，在此之前我们还有一个请求，您能不能让我们学会一些魔法来防身？"林琛恳求道。

"是啊，我们学一些基本的魔法来防身，别让黑暗势力伤害到我们啊！"李尽欢也向城主说。城主想了想："也好，你们两个现在就跟着守卫去魔法基地，那里会有人教你们的。"李尽欢和林琛心中暗喜，跟着守卫到了魔法基地。魔法基地四周烟雾缭绕，犹如仙境一般，守卫带他们到门口示意他们自己进去，李尽欢、林琛二人环顾四周，缓缓地走了进去，就看见一个穿着长袍，双手戴着镶有钉子的黑色手套，全身被一股神秘力量包围的人在那里。"你们就是要来学习魔法的？"他用严肃而低沉的声音说。还没等林琛开口，那人就拿出两个银色的指环递给他们。"这是……给我们的？"李尽欢疑惑地问道。"戴上它。"那人冷冷地说。"那是魔法戒指，戴上它，它就属于你了，至于如何使用它，我会教你们一些基本的防守和进攻的方法，想要熟练地掌握魔法，还得你们自己勤加练习才行。"李尽欢、林琛二人对这方面倒是颇有天赋，再加上他们勤奋练习，没过几天，他们两个就已经熟练地掌握了一些基本的魔法，保护自己的安全已是足够了。

第四章　沼泽遇险

　　李尽欢和林琛回到了住处，厨师给他们送上了丰盛的美食，绝大部分都是林琛和李尽欢从没见过的，美酒也是用魔法、灵花和神药酿制的，这简直就是一顿饕餮盛宴。林琛说道："多吃点儿吧，一会儿还要去斯顿沼泽呢。"

　　二人风卷残云般吃完了所有的美食后便起身前往城中，找城主借了一辆宝辇，上面镶满了真金白银和各种彩石，二人坐了上去，宝辇腾空而起，宝辇的速度飞快，转眼间便到了沼泽。一眼望去，漆黑的沼泽仿佛张开大嘴，要把他们吞下肚去，从远处看似是地狱现人间，阴气沉沉，林琛打了个寒战，李尽欢却毫不在意地说："不就是个沼泽吗，有什么可怕的？"受到黑暗魔法的影响，宝辇无法继续前进，轻轻落地。二人起身沿着外围查看，林琛远远地看见前方的沼泽地里有一具白骨，白骨还保持着生前挣扎的姿态，令人毛骨悚然。

　　两人继续往前走了十里路，发现了一块碑，碑上有许多污泥和裂痕，上面写着"生物禁区"。林琛摸着石碑说道："这碑估计有几十年了。"两人继续向前走，身边的景色没有任何变化。突然，李尽欢发现前面有一片郁郁葱葱的树林，两人欣喜若狂，一蹦一跳地跑进了树林。李尽欢和林琛向前走着，路上伴随着流水潺潺、青蛙鸣叫的声音，一只好看的百灵鸟在李尽欢和林琛的头顶上打转，又向前飞去，二人跟着百灵鸟，不由兴奋地加快了脚步。突然，李尽欢被一块石头绊了一下，跟跄了几步，林琛将李尽欢扶住，百灵鸟飞走了，在天空中发出了几声哀鸣，李尽欢站定，二人打量四周，鸦雀无声，寂静得有些骇人。

李尽欢说："这有点儿不对劲儿啊。"

林琛说："注意四周，要小心。"

"嗯。"李尽欢点头应道。

李尽欢和林琛一步一步向前移动，眉头紧锁，小心翼翼。倏地，几团黑影闪过，顿时周围全部弥漫上了浓雾，变得模糊不清，处于这浓雾之中，仿佛天地之间，只有自己孤身一人。此刻，李尽欢和林琛就是这种既孤单又恐惧的心情。李尽欢看到浓雾逐渐消散，自己已经来到了黑暗帝国，一个黑影就在自己面前，原来是萨坦，李尽欢迅速抽出宝剑，与萨坦大战，萨坦逐渐体力不支，李尽欢步步紧逼，一剑刺中了萨坦的心脏，他胜利了，李尽欢沉浸在无与伦比的喜悦中……林琛眼前也出现了黑暗帝国，不过他已经被萨坦的手下抓住，被押到了萨坦的面前，萨坦一声令下，林琛看到头顶有一把刀正冲他劈下来，"不能！"林琛大喊，猛然醒悟过来，又回到了一片浓雾之中。林琛平复了紧张的心情，使劲睁大眼睛寻找李尽欢，发现他在那里半梦半醒地大笑着。林琛摇晃李尽欢的肩膀，李尽欢睁开了眼睛，发现他没有胜利，仍然处于浓雾之中。林琛对他说："这雾非同小可，能让人处于幻境中，现在咱们必须捂住鼻子。"说着，林琛就去撕李尽欢身上的衣服，他手上的指环不小心碰到了李尽欢的指环，两个指环碰在一起，竟然发出微弱的光来，林琛说："这虽然不是很亮的光，但也足以支撑我们看清浓雾中的方向了。"

李尽欢说："没想到这指环还有这种功能，正好能用。"

李尽欢也给林琛撕下布条，二人捂住了鼻子，凭借指环在一起发出的微光，慢慢走出了浓雾。突然，一道闪电划过，天空被撕裂了，一片惨白，紧接着是一串闷雷，闷雷过后，铜钱大的雨点铺天盖地洒下来。前方就是森林的边缘，树木越来越稀少，迷雾也渐渐稀薄。李尽欢急喊："我们赶紧走。"走着走着，李尽欢觉得脚下黏糊糊的，低头一看，原来脚底踩满了泥巴，他问林琛："这里是哪儿啊？这么多泥巴！""这里是沼泽地，泥巴自然很多啦！"雨下得越来越大，李尽欢本来疲惫的大脑被冷风吹得瞬间清醒了。他们裹紧了外套，一前一后向前跑，想要尽快找个可以避雨的地方。李尽欢和林琛全身都湿透了，脚下的草地也湿透了。李尽欢费力地想在雨幕中睁大双眼，却又被子弹似的雨滴逼得睁不开眼。就在这时，他突然听到身后的林琛大叫一声，连忙转过头来，发现林琛的两条腿陷入了一个泥坑中。李尽欢刚想跑去帮忙，林琛突然大吼一声："别过来！"李尽欢吓得愣在了原地。"因为雨太大的关系，这儿的草地有很多地方变成了沼泽，你站在原地别动，小心也陷进去。"林琛说。李尽欢站在原地不敢乱动，他看见林琛用手肘抵住地面想试着自己爬出来，但是根本用不上力。"你这样会陷进去的，"李尽欢的声音有些颤抖，"我得过去帮你！""你要是想帮我，就去找个绳子或者木棍，站在结实的地面上把我拉出来。"林琛说。李尽欢听了，立刻转身奔向最近的一棵树。李尽欢听到林琛在大喊："慢一点儿！小心脚下！"李尽欢立刻放慢步伐，来到树下，攀着湿滑的树干，找到合适的树枝，伸长胳膊，把上半身压到树枝上。"咔嚓。"树枝应声而断，李尽欢抱着树枝一屁股跌坐在树下的泥地里。他连忙站起来，拖着树枝跟跟跄跄地跑到林琛附近土地结实的地方。费了九牛二虎之力，李尽欢终于把林琛拉了出来。两人的外套和裤子上都是大片的泥，样子真是狼狈极了。林琛捡起丢在地上的长树枝，斜在地上一脚踩断，把左手的一半给了李尽欢，说："再这么走下去很容易再发生刚才的情况，拿着这个探路吧。"李尽欢接过树枝，两人并肩继续向前走去。

第五章　沼泽之下

　　他们在潮湿的沼泽中行进，每一步都踏入深深的淤泥，就当感觉自己要被淤泥吸入时，脚下却又产生了一种踩在地面上的感觉。这里并不像森林里一样阴暗，但他们仍感到恐惧，可笑的是，太阳就在他们头顶上。他们可以在污浊的不透明的水中，看到自己的倒影，连踩断一根树枝发出的咔嚓声都会被两人的感官无限放大，引起一声惊呼。他们尽量沿着水不是那么深的地方行进，可是水不深的地方反而更危机四伏。

　　李尽欢突然出现在一个无边无际的白色空间中。他感觉自己好像做了一场梦，一场极不真实的梦。旷野里，一个人转过身来看向他，李尽欢想到了自己在电视和漫画书中看到的死神的样子：穿着黑色的斗篷，拿着一把镰刀，镰刀很新，就像刚铸造出来的那样，仿佛可以毫不费力地划穿一个人的躯壳。李尽欢看清楚了，那斗篷下是一具骷髅，这种怪异的美感像一面墙一样向他压过来，他想惊呼，却又喊不出声。突然死神消失了，白色的空间也消失了，一切都离他远去。他的视线里又出现了光亮，但不是像白色空间里那种惨淡的毫无生机的光，他就像被打捞出来的一条奄奄一息的鱼，水从他的嘴里涌出来，这种异物感和痛觉才使他感觉这一切很真实。他逐渐看清了四周，不一会儿听觉也恢复了，一个熟悉的声音在他耳边呼喊，拽着他的衣服，急切地喊他。这个人是林琛，他被林琛扶到一块儿空地上，大口呼吸着有腐烂枝叶臭味的潮湿空气，这空气对他来说清新无比，因为他已经和死神见过面了，他现在除颧骨部分皮肤潮红，全身上下各处全部呈惨白色。

　　过了一会儿，他身体各处都有了血色，他对林琛说的第一句话是："我再也不想看恐怖小说和电影了。"林琛没有在意他说的这句话究竟是什么意思，拍着他的肩膀说："你没事真是太好了，刚才吓死我了。"过了一会儿，他把李尽欢搀扶起来，指向前方，说："你看，我们现在在一片干燥的陆地上，好奇怪呀！"他们正站在水与陆地的交界线上，潮湿与干燥的交界线上。从这儿看过去，前方和后方仿佛完全不是一个世界，这片干裂的土地紧挨着潮湿的沼泽，颠覆了常理，让人感觉是幻觉，这片贫瘠开裂的土地上，只有偶尔出现的枯黄的蓬草和枯木。其中一棵较高的枯木陷在地中，歪斜着，像一只伸向天空的手，诉说着不屈。李尽欢像平常那样靠在树上，他已经恢复了平日的生龙活虎，正悠闲地看着日落方向远去的飞鸟。

　　"咔嚓。"

　　"嗯？"

　　"咔嚓。"

　　"啊——"裂缝随着枯树表面的纹理奔行起来，发出脆响，最后两条奔行的裂缝会合到一起，李尽欢随着一跟枯木滑落下去，林琛猛一伸手，想要拽住李尽欢，结果却被李尽欢带了下去。

　　他们坠落了一会儿，最后掉到一个湖中，他们俩不约而同地都抱住了那根掉下来的枯木。他们爬上了岸，发现这里是一个满是绿色的世界，洞穴顶部缺口露出的微光照亮了面前的景观。这里不像普通洞穴，顶部布满了钟乳石，地上长有石笋，他们看到粗大树木的根茎从洞穴顶端伸出。还有一些像藤蔓一样的东西缠在上面，长在上面的巨大带有浓烈芳香的花都发着荧光。周围还有一些类似萤火虫的小虫子，发着光，洞中也长满了与洞外一样的树木，还有低矮的灌木和小草，有些石头上和树木上还长了苔藓和地衣，这儿的树木不比地上的矮，从树的枝条间伸出长长的气须一直伸到地面上。心思缜密的林琛拾起一根干燥的枯木条，点燃木条，他拿着木条带着李尽欢向前行进，火苗在木条上跳跃，丝毫没有被潮湿的环境所影响，林琛松了一口气，他知道，这里肯定有氧气，他们继续向前走，前面好像有人或其他什么东西踏过的痕迹，他们沿着所谓的"路"走。他们继续往前走，前面出现了一个洞穴大厅，中央长着一棵十分粗大但不高的树，整个树的体积都被树干占据，树冠稀稀拉拉地覆盖在树枝和树干上，十分滑稽可笑，就像一个头发长得不多的胖子。他们走近了一看，这棵树的一根较短的树枝上，竟然挂着一盏人类做的灯具，两人又走近了一些，发现这棵树是空心的，却装了一扇类似监狱里关押重犯的铁门，上面还加了很多铁链缠绕着整个树干。里面关押着一个人，头发十分凌乱，盯着天花板，一副玩世不恭的样子，还懒洋洋地瘫在椅子上，嘴角翘向一边，见到两人，依然目不斜视盯着天花板，说："怎么，二位？村中的各位议长改变意见了，还是觉得我这个'攻击性极强'的村民应该被处决？我可不害怕你们这些人，已经没有一个清醒的啦。在你们眼里我就是一个战犯，一个想用各个地区兵力玩战争游戏的疯子。你们崇尚自由，是吗？我告诉你们，你们马上就要成为永远禁锢在魔王领土下的苦役了，为他们建造一座高塔，难道这就是你们的自由吗？哈哈哈，哈哈哈……"这个人歇斯底里地大笑了起来。李尽欢说："我不管你说的村中的议长是什么东西，但我可以告诉你，我们不是来伤害你的，我们只是过路的人，不过你能不能告诉我你是谁？你为什么被关在这里？"

第六章　初见奇卡

"我、我叫奇卡。"

林深处，曲径通幽，三个少年面对面坐在一起。刚才那个玩世不恭、桀骜不驯的男孩儿，面对李尽欢和林琛突然又有些害羞了。

"奇卡，你一直在这里，还好吗？"林琛的眼里透着关切。

奇卡的脸红扑扑的："我没事。谢谢你们！要不是你们，我……"

李尽欢看到奇卡的样子，忍不住问出心中最期待的那个问题："哎呀，不用谢。不过有一件事我一定要问你，你为什么会被关在这个恐怖的地方？"

奇卡猛地抬头，望向李尽欢，眼里流露出一丝渴望，却又转瞬即逝，他犹豫了一下，还是开了口："事情是这样的……"

世世代代生活在这里的奇卡，原本和家人、朋友过着别人都羡慕的生活。可在他十三岁那年，萨坦出现了。他是一个野心勃勃的暴君，他的到来，搅乱了所有人正常的生活，大家都苦不堪言。

奇卡想对抗萨坦。可是他明白，他一个人太过势单力薄，他试图召集伙伴们，可伙伴们的决定却出奇地一致：绝对不行！大家都认为，萨坦势力太过强大，就他们几个少年，在萨坦这只"猛虎"面前，就是蚂蚁般的存在。也许不费吹灰之力，萨坦就会把他们全部打败，然后一统天下！"奇卡，你怎么还是异想天开啊，你也不想想你面对的是谁。就凭我们几个，能行吗？！"一位伙伴不屑地说道。

还有一位听了奇卡"异想天开的想法"后，转头就走："奇卡，别想了！我们是不可能成功的。"奇卡什么话也没说，默默地咬紧嘴唇，眼眶也红了。可是，这些话，并没有让他退缩，他会证明自己，同时夺回属于自己的幸福。

"我坚信，我会成功的！"奇卡在与李尽欢、林琛讲述的过程中又红了眼眶，他的眼底流露出不甘和希望。

再看李尽欢和林琛，一个充满好奇，围在奇卡身边不断问他"然后呢？"。另一个，捏着衣角，表示对这位新朋友的同情。

奇卡看了李尽欢一眼："别……别着急，我这就继续讲。"

后来，奇卡每天向周围人游说，可是这些人对奇卡的话不屑一顾，甚至非常厌恶。

终于有一天，这些人一起找上门，劝奇卡不要再做无用的挣扎。可是奇卡却愣了愣，随后眼里散发出希望的光："不！我相信正义！"

这句话把这群人惹恼了。他们一不做二不休，将奇卡关在深林里的一棵参天树木中，希望通过这种办法熄灭奇卡心中的火苗。

故事讲完了。李尽欢激动地说："奇卡，你太棒了！你能坚持自己的想法，我真佩服你！你这个朋友我交定了。"

林琛也笑了，言语中透露出对这位新朋友的敬佩："奇卡，其实我们来这里，也是为了寻找萨坦的，我们的目的是一致的。你在这里，真是受苦了！"

奇卡微微一笑，说："即使看不到外面的世界，可我依然相信世界处处都是美好的。就算不见天日，可我从没失去活下去的希望。就算我受着苦，可我坚信光明终究会驱散黑暗。"

奇卡看了看二人，又不好意思地笑了："你们不要这样看我了。走吧，我知道路，我带你们出去。"

三个人就这样踏上了征程。他们的下一个目的地，就是危机四伏的维德区域。

第七章　战前抉择

　　三人来到维德区域，李尽欢抹了一把额头上的汗："还要走多久啊？我都快走不动了。"

　　"这才走了多久，你就走不动了。"林琛不满地白了他一眼，"我估计离维德区域还远着呢。"

　　李尽欢不满地反驳道："你额头上的汗也不比我少，逞强！"

　　"其实这里离维德区域不远了，只要穿过前面这片森林就能到维德。"奇卡鼓励他们。李尽欢眼前一亮，激动地说："那我们赶紧走吧！"说完就迈步往森林里走。

　　浓浓的树荫遮住了天空，四周显得有些阴暗。周围没有鸟叫和蝉鸣，只有风吹过树叶的沙沙声。林琛环顾四周，回头对同伴说："我觉得这片森林环境很阴森，可能会有野兽。"李尽欢轻蔑地看了林琛一眼："胆小鬼，你肯定是害怕了吧。"林琛欲言又止，只得默不作声接着向森林深处走。走了一段路，一片草丛开始发出窸窸窣窣的声音。一只黄纹老虎从草丛里缓步走出，吓得李尽欢直接瘫坐在地上。眼看老虎已经做好了扑向李尽欢的准备，正在这紧急关头，奇卡拿起一块不小的石头砸在了老虎的头上。老虎吃痛向后退了几步，退到了树后，虎视眈眈地看着三人。突然，老虎的耳朵一动，十分惊恐地跑开了。李尽欢长出一口气，站起身拍了拍身上的尘土："你们看，我就说没什么大事，有一两只野兽也被我们吓跑了。"林琛忽然想起了什么，"快跑！能让老虎害怕的东西肯定更难对付！"但是这话说得有些迟了，一只接一只的狼从森林的四面八方陆陆续续包围了他们。正当三人被野兽包围、进退两难时，一个手托水晶球的少年出现在空中，他披着一件金色的斗篷，金色的碎发从斗篷里露出。少年闭上眼睛，嘴里呢喃着念动咒语，随即是一阵刺眼的白光。三人再次睁眼时，眼前的野兽已经无影无踪，取而代之的是那位穿斗篷的金发少年。微风吹过，少年的碎发被风吹起，显得格外宁静。

"你是？"林琛警惕地四处张望起来。

"请不要担心，我用瞬移魔法将你们带到了这里。我叫赫延，是维德的一名魔法师。"赫延用金色的瞳孔注视着他们，"维德本国人应该不会随便去维德外围的野兽聚集地吧，你们到底是干什么的？"

"他在怀疑我们的身份。"奇卡看向了林琛，仿佛在征求意见。

"我们的确来自其他国家，我们参加了对抗萨坦的队伍。"林琛如实相告，"由于敌我力量悬殊，我们只好前来贵国寻求帮助。"赫延全神贯注地盯着手中的水晶球，"你们如此莽撞地前来，应该不是为了小事吧，是想得到什么帮助吗？"

"我们此行的目的是得到足够的兵力去抵抗萨坦。"李尽欢赶紧表明来意。

"我觉得这件事还需商议……"赫延愣了一下，"你们的魔法能力并不强大，对吧？"

"的确是这样，但我们会弥补这个缺陷的。赫延你对于出兵这件事持什么意见呢？"奇卡没想到赫延会这么快看出同伴在魔法上的缺陷，略有紧张地盯着赫延，期待着他的回答。赫延却不慌不忙地抬头看了一下天色，太阳如打在玻璃窗上的鸡蛋黄一样慢慢滑落下去，天边层层叠叠的云被染成了火红色，像是在宣告大战的来临。

"我的意见不重要，重要的是你们的意见和决心。以我的视角还是会支持你们出兵的吧。"赫延闭眼抚摸着水晶球。

"他应该有探知能力，可以探知我们的过去。"林琛低声告诉伙伴们，"加上瞬移魔法，他可能是一个时空魔法师。""那我们怎么才能见到维德统治者并借到兵力呢？"李尽欢捅了捅林琛。"我将带你们去找维德统治者。"赫延仿佛猜到了李尽欢的意思，呢喃着念动了咒语。接着，一道熟悉的白光笼罩了他们。

　　维德城堡层层叠叠的云盘踞在天空上，夕阳射出的一条条霞光，仿若沉沉大海上翻滚的粼粼波光。此时，维德统治者正坐在大殿中，听着赫延的描述。"我在维德区域发现了他们，已经确认他们为外来者，没有危险。于是我就施魔法把他们带来了。"赫延鞠了一躬。"很好，赫延，那么这几位外来者，来维德是有什么事吗？"维德统治者开口了。"是这样的，我们希望借您的兵力一用。"林琛向前迈了一步，"我们需要对抗萨坦。""我拒绝这个请求。"维德统治者十分果断，"我们维德十分和平，也没有遭到任何侵犯。我不希望打破和平。""现在和平，那么以后呢？您有考虑过吗？"奇卡忍不住质疑起来。"对啊，维德或多或少也会受影响吧！"李尽欢着急起来。"这件事对于维德十分不利。如果惹到了萨坦，维德孤立无援。到时的损失远高于现在，说不定会迎来覆灭的危险。再说维德经济运转一向稳定：维德有大片农场，在农作物收成上完全不需要担忧；维德街道旁有很多纺织坊和冶铁坊，生活用品上也不缺少什么；维德土壤肥沃，喂养了许多牲口……不依靠外界也是可以自给自足的。"维德统治者解释起来。林琛望向赫延，赫延向他微微点了点头表示肯定。林琛在赫延的金色瞳孔中看到了一种坚毅，仿佛在鼓励他们坚持下去。"赫延，你是我最得力的助手，你怎么看？"

　　"我同意出兵，大人。"维德统治者听了，再次皱起眉头，有些恼怒地指向赫延："你……好了，你带他们三个去看看我们的城市，回来再告诉我，借还是不借？"赫延带着他们出了城堡。"他可真是个老顽固。"听了他们对话的林琛有些不满地嘟囔道。不一会儿，几个人来到了农业种植区。在他们的脚下，是一望无际的水稻田，水稻粒粒饱满，生机勃勃。往远看去，种的是小麦和玉米，维德的农民们正忙着收割。"哟，赫延公子，稀客啊！"一位农民热情地同赫延打招呼。"这儿有几位邻国的客人，我带他们来参观农田。""好好好，欢迎欢迎！饿了就去我家，有大米饭吃，我家后面的菜地还新收了菜，新鲜得很哪！""好嘞，我们待会儿再来！"赫延同农民告了别，带着三个人继续向前走。奇卡对刚才的一幕叹为观止，似乎明白了统治者为什么如此安于现状。他们又来到了市区。四个人漫步在干净的街道上，两旁的纺织坊和冶铁坊正忙着生产，一束束魔法发出的光在半空中飞舞。作坊之间有五颜六色的商铺，各种商品应有尽有，商店老板的脸上挂着笑容。街上的车辆和维德人飞来飞去，热闹非凡。"看见没有，要农业有农业，要商业有商业，要工业有工业，生活在这样安定的社会里，谁还想出兵打仗？"赫延向他们感慨道。林琛看着眼前的繁华，表情从目瞪口呆变为愁容满面："只怕好景不长。正是这样，你们才更要借我们兵力啊！如果受到萨坦的统治，这一切都将灰飞烟灭。走，我们回去！"几个人回到了城堡大殿。"大人，我带他们看过维德了，请您听他们的意见吧。"赫延说道。

李尽欢上前一步，对维德统治者说道："大人，维德的情况，我们都已了解。只是，如果我们没有足够的兵力去对抗萨坦，他早晚会统治地球，到那时，这般繁华的景象可就再也见不到了啊！""李尽欢说得对。您是想要一时的和平，还是想要一世的和平？您是个英明的君主，这个问题我相信您不难回答。"奇卡接着说道。统治者不作声了，垂下了眼眸。李尽欢见他还是有些犹豫，又说道："我给您讲一讲我所在国家遇到的故事吧，我们国家在战国时期，秦国因为商鞅变法，实力远超其他六国。后来，秦灭六国，统一全国建立秦朝。秦朝统治者秦始皇和秦二世实施暴政，压迫人民，导致社会黑暗、民不聊生，这就是血淋淋的例子。同理，萨坦是一个残暴的君主，魔法世界同样面临着这样的危机。""可是，我们只是不想引火烧身。"统治者仍表现出些许为难，但敏感的林琛觉察到，他已经开始动摇。"其实，"林琛把握住时机，接着补充道，"当时如果战国其他六雄联合起来是可以对抗秦国的，而他们并没有合作，秦国就一个个把六国消灭掉了。现在的情形也是一样，萨坦是一个想统治地球的魔君，而你们又是他统一天下的障碍，迟早他会主动招惹您的。所以不如我们联合起来，一起抵抗萨坦。""可是只靠我们一个国家怎么行？你们也要说服我的人民啊！""当然还有很多正义的勇士和我们一起对抗萨坦的，至于人民，我想他们也不是不明事理的人。"一直没开口的赫延缓缓说道。维德统治者眉头微皱，视线从四个少年身上转向敞开的大门，一直望向远方的万家灯火。林琛见此情形，对另外三人说："他已经动摇了。如果一会儿他答应出兵，尽欢你就多要一些；赫延，你也帮我们说说好话，维德如此富饶强大，多借一些兵力应该不难。"二人答应了。

　　良久，维德统治者的视线才回到四个少年身上，紧皱的眉头舒展开来。"我仔细想了想，你们说得确实有道理，我们不能为了一己私利而当了历史的罪人。说吧，需要多少兵力，我一定尽力成全你们。"李尽欢、林琛一听这话，高兴得跳了起来，奇卡和赫延也相视一笑。李尽欢顺利地向统治者要到了十万兵力，几个少年的脸上无不挂着喜悦的笑容。"几位，今天已经很晚了，外面常有野兽出没，先在城堡里住一晚吧。赫延，去给三位客人安排房间。"维德统治者吩咐道。进了房间，李尽欢、林琛和奇卡不约而同地往床上一倒，三人很快睡着了。浩浩荡荡的士兵从兵营朝城堡开来。三人吃过饭，急忙出去迎接。"这是你们要的兵力——别看只有几百人，他们到了战场上，可是会分身的。"维德统治者微笑着对他们说道。三人谢过了维德统治者和赫延，领着士兵们，迎着朝霞和金光，踏上了回城的旅途。

第八章　芙莱的秘密

　　林琛、李尽欢和奇卡带领着借来的兵力一起向厄伦帝亚走去。两天之后，他们来到了一个神秘的地方。路旁种着许多从未见过的树木。比如长满糖果的糖果木，或者表面长满荆棘的仙人树等。突然一个声音响起："你好，我叫芙莱。"一个清秀的小姑娘出现在他们面前。

　　李尽欢吓了一跳，问道："你要干什么？"

　　芙莱没有回答，只是问道："看你们这么多兵力，应该是要带到厄伦帝亚城吧？""是又怎么样？"

　　芙莱从树上跳了下来，跟他说："我之前被萨坦压迫过，但我已经逃出来了，所以我比较了解萨坦，我可以和你们合作。"

　　李尽欢说："等一下，我要和林琛商量一下。"芙莱摆了摆手表示不介意。李尽欢、林琛和奇卡三个人，在那边嘀嘀咕咕商量了半天，最后林琛走过去表示欢迎芙莱的加入。眼见太阳渐渐从山顶落下，映红了整片天空，林琛、李尽欢、奇卡与芙莱走进了一个小山丘上的村落——厄伦村。他们找了一家酒店，要了四间单人间住下，分别道了晚安便进入了各自的房间。午夜时分，林琛听着外面呼啸的风声无法入眠，翻来覆去睡不着觉。"要不出去转转吧，翻来覆去也不是办法。"他披上一件黑色外套下了楼。他走到外面的长椅上坐下，感受着风吹过脸颊的凉意，由于没戴眼镜，所有眼前的事物模模糊糊。回去时，林琛看到树后似乎有一团黑影，也许是因为自己太困看错了，便回到房间里了。

　　第二天他们退了房间向厄伦帝亚城走去。都是茂密的树林，林琛与李尽欢在前面带路，芙莱和奇卡在后面跟着。"回城后一定要申请再学习一些魔法。"林琛说。"哈哈，这萨坦也不是只会等着我们去进攻，没准儿，现在正想方设法来杀掉我们呢！"李尽欢打趣地说道。中午，他们拿出自己带的午饭，饱餐一顿后就躺在草地上休息一阵儿。芙莱这时候悄悄离开走到一棵大树后，她把手贴在树干上，展现出了一朵莲花，那花瓣突然分离，拼凑成萨坦的人影。芙莱向萨坦报告了他们的去向，萨坦嘱咐她隐藏好自己，便结束了通话。芙莱回到午休的草地上，打算着以后的计划。

　　夜幕降临，天空布满了星星，弯月的光芒像死神镰刀上折射出的寒光照在了小路上。他们此时到达了厄伦帝亚城。他们找了个住所，便去休息了。在回房间的路上，突然，李尽欢看到了一个熟悉的身影。"这……这不是芙莱吗？"李尽欢皱了皱眉，"这么晚了，她又要去干什么？"芙莱从自己的房间出来后，李尽欢在后面悄悄跟着芙莱，不一会儿，他们就到了一片林子。"这不是禁地吗？里面据说有一只凶兽，已经折损不少精灵在这里了。"李尽欢想："她到底来这儿干什么？"芙莱走到林中的池塘边，从怀里抽出了一支泛着寒光的骨笛，随着音律的不断加快，池塘里的毒蛙逐渐暴躁起来，蛙声一声连着一声，如同浪潮一般，逐渐升高。终于在这巨浪一般的蛙声到达顶峰的时候，一只与其他毒蛙不一样的金色巨型三足毒蟾跳了出来。"三足金蟾，我需要你的力量来完成任务，请把你的力量贡献出来吧！""你说给就给，那老夫岂不是很没面子？"三足金蟾的眼睛转了转，暗红色竖瞳盯住了眼前这个娇小的身影。"哼！敬酒不吃吃罚酒！"说着，芙莱迅速向后一翻，举起骨笛吹奏起来。李尽欢听到了笛声，只觉得毛骨悚然，仿佛再也想不起其他的事情。与现在的笛声相比，刚开始的笛声只是一道开胃菜，现在才是正餐！如同恶魔奏起的炼狱镇魂曲，在沼泽上空回响。三足金蟾刚听到笛声便感觉到不对劲，只是这时已经晚了，巨大的身影开始不住地抖动。"呱……是你！你是萨……呱！"三足金蟾最终没能将话说完，只留下了哀鸣。巨大的身影倒地，震起了大量水花。尘埃散去，只留下了身体干扁的蟾尸。林子里已经鸦雀无声，仿佛没有了活物。李尽欢在芙莱吹奏骨笛时，就将耳朵死死按住，最终活了下来。周围的毒蛙却没这么幸运，有的已经翻了肚皮死去，有的则被震晕，气息微弱。李尽欢在看到芙莱走向蟾尸的时候，便转身挣扎着小心地离开了这里。

第二天清晨，林琛此时正在床上睡觉，突然一阵尿意袭来，林琛从床上惊醒，急忙奔向厕所。

上完厕所，林琛顿时感觉身体清爽了许多，刚一打开门，便看见一个黑影跑了过去。林琛赶紧跟了过去，那人如马踏飞燕一般，跳跃了几下，便和林琛拉开了相当大的距离。她跑到周围的山丘旁，林琛加快脚步跑了过去，发现是芙莱，于是躲在了岩石的后面。芙莱站在原地，仿佛在等什么人。一个人从地下冒了出来，戴着一个面具。芙莱和那个人交谈起来。过了一会儿，那个人遁入地下不见了。林琛不敢靠太近，所以并没听清楚他们说了些什么。芙莱走后，林琛到他们谈话的位置观察了一番，没有找到任何线索。林琛顺着另一条路回到了房间。

第九章　凛冬将至

　　一路各怀心事，李尽欢一行人带着"游说"来的兵马和半路结识的"战略合作伙伴"浩浩荡荡回了厄伦帝亚城。

　　此时的城中宫殿内，城主正和一位高阶魔法师下棋，城主随口问道："算日子，那两个'异世界'的孩子已经出城许久了，法师觉得他们还能回来吗？"

　　法师殷勤一笑："出城时他们本来就没有什么工具，外面又凶险，这两个没有魔法的孩子，怕是凶多吉少了。"

　　城主颔首正要开口，外面跑进一个哨兵，疾步上前，单膝跪地。"如此着急，可是有险情？"城主惊疑地问道。

　　哨兵激动地说："启禀城主，没有险情，只是在边境有一支军队，为首的说是拉来了援军。""哪里来的援军？"魔法师诧异地看着哨兵。

　　"那为首二人自称是'异世界'的小孩。""他们真的回来了？"城主疑惑地说。

　　几个小时后，大殿内，城主和李、林二人相对而坐，中间泡的茶香气扑鼻，热气袅袅上升。在一段长达 20 秒的沉默后，城主轻咳一声，开了口："你们两个这一圈探察有什么收获吗？"李、林二人对视一眼，林琛出声简要说了游历途中发生的事和结交的人，城主听后沉吟一下，发问："可以把你们结交的人引荐一下吗？"

　　李尽欢在一旁刚要回答，突然似有所感，瞟了一眼大门处，话锋一转："这些结交之人有的还未安置好，待到商讨战术之日再带来吧。"城主立刻接话："既然如此，那便算了，你们先回去休息吧。"二人应下，走出门外，空无一人。

　　二人对视一眼，没多说什么，继续在大街上溜达。落日余晖已把天上的云染红了。李尽欢看着街边人们为生活而忙碌，虽然穿着与自己差得多，却也难得生出安逸的感觉。他快走两步，倒退着在林琛面前晃悠："时候不早了，先回旅店吧。"林琛抬头望了望火烧云，转过头看了眼一脸疲倦的李尽欢，笑了笑说："是个好建议。"

　　第二天清晨，林琛起了个大早，他看着窗边的一缕阳光穿透潮湿的空气晒在被褥上，抬手揉了揉眼睛，展开城主给他们的地图端详起来。待他的目光从地图上移开时，李寻欢伸着懒腰踱到他床边："走吧，吃早饭去。"鉴于二人接下来的修炼之路还需继续提高，林琛和李寻欢决定先去城主介绍的地方学习魔法。

　　天光大亮时，二人便到了早晨林琛在地图上寻觅的魔坊。城主给魔坊主交代了这二人所需的法术，魔坊主见他们来了，急忙起身招呼，还嘱托他手下的人帮忙教二人基本的防御和攻击术。

　　日过晌午，二人精疲力竭，李尽欢躺在冰凉的地板上，长嘘一口气："这活儿可真累，咱要不先歇一会儿？"说罢眯起了眼。林琛一身疲惫地坐在一旁的石凳上，见李尽欢猫一样眯着眼，一副"不管你怎么说反正除了天塌我死也不起来"的样子，笑着推了推眼镜："今日已余时不多，一会儿我们休息好了还得练到晚上，以后的防御攻击可就看今天了。"李尽欢沉默一会儿，长叹一声，还是起了身。二人在教练的教导下苦练法术，他们心知这是为了自己，所以嘴上虽抱怨，效率却惊人，朝夕不怠。意气风发少年郎，无论何时都不会放弃，他们的眼中有光，心中盛着灿烂的未来。

　　经过数天的魔法练习，李、林二人的魔法实力已经有了很大的提升。一天二人一起在林中散步，讨论着学习魔法的心得。李尽欢想着这些天的成果，笑眯眯地说："我这些天学会了这么多魔法，怎么着也能和萨坦……身边的小兵一战了吧？"

林琛瞟了他一眼，毫不留情地泼冷水："我们现在所掌握的魔法充其量也只能不被那些小精灵戏弄，至于能和小兵一战，你想多了。"

李尽欢："……喂喂，说话能不能委婉点儿别打击我！"

两人正拌嘴时，林琛眼神一凛："嘘！我好像听到芙莱的声音了。"他们二人循着声音慢慢移动，只见芙莱正和萨坦的一个手下对话。由于距离过远，他们隐隐约约只能听到"做好准备""骗取"等字眼。李尽欢收起懒散的状态，目光阴沉，小心地说："果然不出所料，芙莱这小姑娘憋着坏主意呢。几天前的一个晚上，我看到芙莱在林子里使用神秘的魔法，与我们第一次出城时被小精灵袭击的魔法很像。"林琛点头："我也发现她有些不对劲儿。有一晚我在林中散步时听到芙莱在与一个神秘人通话。看来，芙莱接近我们另有目的。"李尽欢接话："而且她的目的，与我们的目的相悖。"说罢，二人悄悄离开回到城中，商量对付她的计策。林琛先说道："我建议和城主借兵，先把她控制起来。"李尽欢摇摇头："这样容易打草惊蛇，况且，芙莱不重要，与她通话的人才是大鱼。最好先留意她的动向。我们可以先假装什么事也没发生过，正常与她交往，然后找时机和她谈话，劝她和我们结成统一战线。"林琛思索片刻，点头同意。二人继续在城中练习魔法不提。

又是数天过去，李尽欢和林琛前往城主府，想与城主商讨关于出兵攻打萨坦的事。路上，李尽欢说："不要忘记我们的策略，先不要打草惊蛇，提防芙莱的小动作，引导她走上正路……"说着说着，林琛在一个拐角处，发现芙莱在跟着他们，便让李尽欢停止谈话，二人加快了脚步。随后，二人便到了城主府门口，进到了里面。后面的芙莱见此情况便离开了。

芙莱一路疾行到树林里和萨坦通话。萨坦问她现在情况怎么样，芙莱回答道："一切如您所料，但是城主那边突然多出两个人，不过无碍大局，不会影响大人的计划。"

与此同时，城主出来迎接了李、林二人，李尽欢便对城主说："万事俱备，还请城主出兵攻打萨坦。"城主却担忧地说："城主府现在的兵力不足，恐怕只会螳臂当车，你们有没有什么好的建议？"林琛便向城主推荐了历险途中遇到的奇卡、赫延和芙莱，说了与三人相见的经历，但他隐瞒了芙莱最近的小动作，他担心城主会直接将芙莱杀死，听了林琛的介绍，城主觉得他们十分合适，便让李、林二人将他们带来。待李、林二人将他们带来见面后，众人休息一阵儿便出发了。

第十章　鼓角交响

李尽欢和林琛带着军队，离开城堡，接着向厄伦帝亚挺进。

"哎，你说那个芙莱会在什么时候离开部队，回到黑暗帝国啊？"李尽欢说，"要不现在就把她的行为公之于众吧。"

"你小声点儿，不知道她就在咱俩后面吗？"林琛压低声音说道。

"你们俩在说什么呢？"林琛一听，心里咯噔一下，心想坏了，不会真让她听到了吧。芙莱从这两个人中间走了过去，又回头冲他俩笑了笑。

林琛附在李尽欢耳朵旁说了些什么，又把奇卡叫来带队，自己下马，悄悄跟着莱芙，来到道旁的小树林。由于莱芙不时回头，所以林琛不得不一直左躲右闪，后来芙莱不走了，林琛一看，这里离大路很远了。只见芙莱在一张纸上写了些什么，攥在手里，冲天一指，一道绿光直冲天空，随后向黑暗帝国飞去。林琛刚想出手阻止，突然一只手掐住了他的后脖颈，把他拖到一旁。林琛挣开一看，是奇卡。他刚要张口责问，就被制止了，奇卡从牙缝挤出几个字："不要打草惊蛇。"随后就和林琛抄小道回去了。

原来奇卡是听了李尽欢说林琛去跟踪芙莱，不放心，就跟着过来了。此时，李尽欢和林琛二人正在商讨事情。

"老李，你说这次奇袭能胜利吗？"林琛不放心地问。

"你咋这样啊，你这不是长别人志气灭自己威风吗？怕什么，有你出谋划策，我来指挥，打败萨坦的先锋部队还不是小儿科？"李尽欢自信地说，"待会儿你看我操作，让他们见识一下什么叫作恐怖！"

"没事儿，我只是有点儿担心罢了……"林琛有些忧虑地说道。

"担心什么？"李尽欢问道。林琛给李尽欢摊牌了，说道："首先你要知道，萨坦这个国家能够成为霸主，靠的不仅仅是大魔法师，还有发达的科技，萨坦的科技是极为先进的，他的先锋部队装备着最精良的武器，配备着黑暗帝国最新研制的武器——萨坦迫击炮。你再看看咱们的装备，看起来像上个世纪的人。这次为了保护萨坦迫击炮，他们还专门出动了和大魔法师齐名的五大高手，他们可能魔法不是那么强，但是他们的战斗力是毋庸置疑的。"

"那又怎样，咱们有绝对优势嘛！"

"什么优势？"

"嘿嘿。"李尽欢一笑，随即得意地说，"当然是我啊！"

"滚！"

"别闹了。"奇卡站出来制止二人，"咱们真正的优势是萨坦先锋部队人少，咱们人多，只要万众一心，还是有胜利的可能的。"奇卡严肃地说。

"对！在我的带领下，管他萨坦迫击炮还是萨坦激光炮，在咱们面前，都是渣渣！"李尽欢得意地说。

林琛："……"

奇卡："……"

"唉。"林琛叹了口气，"你当这是演电影啊，你又怎么确保万众一心呢？他们都害怕萨坦。"

"……你等着，我去说服他们。"李尽欢满脸自信地讲着。

李尽欢不再和林琛说话，向前跑了几步，到了队伍前面，林琛也跟在后面。李尽欢对所有人说："喂，停下，大家应该都知道，咱们的对手是萨坦的先锋部队吧？"

"你还好意思说！"

"让我们过来送死，你们好意思吗？"

"天哪，为什么我的命就这么苦啊！"士兵们连连叫苦。

"甚矣，汝之不聪！"李尽欢说。

"拜托，是'甚矣，汝之不惠'。"林琛打断。

"呃，没事，不是大问题。你们不知道吗，西汉史学家司马光说过，人固有一死，或重于泰山，或轻于鸿毛！"

"那是司马迁！"

"别在意细节。"

"细节决定成败！"

"成大事者不拘小节！"

奇卡："你俩有完没完！"

"你们叨叨什么呢，什么司马迁司马光的呀。"一个士兵不满地说。

"你……唉，算了。"李尽欢叹了口气，转身对战士们说，"战友们，我们这是为全世界做贡献，为了打败萨坦，为了更好的明天，让我们努力奋斗吧！忘掉生死，忘掉一切，英勇杀敌，为了明天！我这人不会演讲，老师叫我上台回答问题我都心跳加速、胡言乱语，但是，话糙理不糙，我希望你们能懂得！"

"好！""为了明天！"战士们异口同声喊道。"终于稳定了士气。"林琛长出一口气说，"不过说真的，你刚刚那样，有点儿傻。"

"你竟然说我傻，我哪儿傻了？林琛我告诉你，你怼我就算了，你还说我傻……"李尽欢十分不满。

队伍中唱起了歌。有人欢喜有人忧愁。"老兄，你们是不是傻，这样不是去送死吗？"芙莱抓住一个士兵问。"我们，我们只是为人民服务，为社会做贡献！"士兵回答。

芙莱无语，转身走向另一个士兵。"老兄，你说咱们能活吗？"

"慌个啥，你看，有李哥指挥，林哥出谋划策，又有你在旁协助，咱们不赢都难！"芙莱还不死心，又问了好几个人，结果如出一辙，甚至最后士兵们都嫌她烦了，她无奈了，只好离开。

芙莱的扰乱军心计划彻底失败。她回到大路附近听到一阵喧闹，发现大部队在李尽欢的带领下正在与萨坦的士兵交战，士气大涨的军队所向披靡，芙莱感觉要完蛋，暗叫一声不好，最后下定决心，冲上去让部队退避三舍。萨坦的士兵一看芙莱带队撤退了，大喜，一个冲锋过来，还嘲笑了他们一句："就这？你们这也不行啊！"但打脸来得飞快，他们又被打了回来，反观另一边，军队在李尽欢的带领下，缓慢进军，抵住了数次冲锋。萨坦的士兵一看这仗没法打，只赔不赚，士气大减。这时，一旁指挥的林琛下令冲锋，将对方全歼。

在战斗结束前不久，芙莱也回来加入了战斗。

战斗结束，李尽欢瞪了芙莱一眼，芙莱吓得直哆嗦。林琛、李尽欢、奇卡三人一商量，萨坦的大部队没准儿什么时候就会到来，说不定林琛精心准备的计划就付之东流了。所以接下来主要有两个任务：让军队立即休整，养足精神，随时准备下一次战斗；想办法让芙莱归降，赶在萨坦部队之前到达目标点。

林琛看着士兵们用魔法把他们的食物和帐篷变了出来后，就又去找奇卡和李尽欢了。

"你们想出什么办法对付芙莱了吗？"李尽欢躺在草地上，跷着二郎腿问道。

"最好不要打草惊蛇，以防对方过于激动，后果不堪设想。"奇卡沉稳地说道。

林琛没有说话。在这段沉默的时间里，营地不断发出受伤士兵的呻吟。

在对面树林里的芙莱满心纠结，"到底怎么办，要不要继续帮助大王萨坦传递消息？可是这些人对我这么好，而且李尽欢和林琛是不是已经发现了，那断绝与萨坦的关系，好像也不行，万一部队战败，我岂不是死得更惨呀！现在这可是进退维谷了啊！不过为今之计只能是先跟着部队走，往回发些不太重要的消息。就现在局势来看萨坦战败的可能性比较大。"

营地里依旧不时传出士兵因为伤痛而发出的哭号声。芙莱起身向营地走去。

这时林琛也把他们三人的粮食移来，三人边吃边聊天："我来部署一下计划：明天的战斗简单来说分为两个部分，夺炮和射击。李尽欢，你带领一组、二组夺炮，我带领三组、四组在远处压制，火力输出，奇卡带领其他组近战交锋。"

"好！"两人异口同声地答道。

时间偷偷溜走，到了夜晚，整个部队都安静下来，等待着第二天的行军。

营地里醒着的人只剩两个。林琛在巡逻，芙莱在胡思乱想。一晚的休整过后，他们继续出发，向萨坦的部队攻去。

…………

呼呼呼，狂风吹拂。天空黑压压的，但乌云中却透着几丝曙光。历经一天的艰苦行军，终于抢先敌人来到目标点。

"停！"林琛指挥大家，"马上就要作战了，咱们不要惊慌，听我给大家讲一下计划：一队，你们别管别的，不惜一切代价，抢到萨坦迫击炮，这是得胜的关键，二队注意掩护。"

"好！"

"三队、四队，你们是远程组，任务就是牵制敌人火力，给一组创造条件。"

"明白。"

"五组、六组、七组，近战要小心，听到指令，赶紧撤退。"

"是！"

"拿到迫击炮后，咱们就在远处射击，敌人真要来了，近战牵制。"

"OK！"

林琛风度翩翩，战士器宇轩昂！

"老李？"

"哎。"

"这次战斗……"林琛话还没说完，就被打断了。

"很危险是不是？"李尽欢笑着说，"没想到你还关心起我了。"他露出了一个戏谑的表情，拿起了望远镜。

"你……"

"来了！"李尽欢放下望远镜。

"好，咱们上！"林琛像大将军一样，气势磅礴。

"兄弟们，冲！"李尽欢说完，便一马当先冲了出去。士兵们也冲了过去，与敌人厮杀。萨坦的军队完全没有防备，被杀了个措手不及，李尽欢手持一把光剑，一路披荆斩棘，胯下机械战马，宛如闪电一般，和主人仿佛人马合一，天下无敌，李尽欢带领一组、二组成员向迫击炮推进。

"轰！"

攻击力超强的迫击炮在嘶吼，却挡不住战士们前进的决心。很快冲到前方，就在李尽欢要夺得迫击炮的时候，蹿出来一个披着狼皮、穿着奇葩的士兵。

"大胆小儿，我是萨坦五大高手之一的剑圣黑狼。下地狱吧。"

李尽欢赶紧侧身一躲，又向前砍了一剑，被黑狼躲开了。

黑狼掏出他的狼头宝剑，狠狠一砍，李尽欢的极速光剑不堪重负，碎了！

李尽欢觉得这次有点儿尴尬，他伸手抽出腰间长刀，奋力挥出一记拔刀斩，黑狼随手拨开李尽欢的刀，一剑刺出，李尽欢勉强躲过，身上的铠甲多了一道深深的划痕。

"哟哟哟，不错呢，竟然躲过了，但是我更强，看到你着急领死的样子，我就兴奋，来啊，来啊……"

"你烦不烦！"李尽欢使出吃奶的力气，向前砍去。

林琛观察着战局，他……也沉默了。

林琛突然想起在学校学到的一个词——强聒不舍……

"哟哟哟，你还发火了呢，我告诉你，在我狼爷面前冲我发火的人还没有，因为他们都死了，哈哈哈！"

"闭嘴！你就是条疯狗！还狼爷！我呸！"李尽欢忍不住骂了一句。

"你说什么？"黑狼怒了，"我平生最痛恨的就是说我黑狼是狗的人，所以你，去死吧！"黑狼的攻击在明显加快。

李尽欢很想不甘示弱地战斗，但他打不过，他决定……跑！

李尽欢卖了个破绽，黑狼一劈，才发现中计，李尽欢已经转身逃跑。

"可恶，大胆蟊贼，你给我死，看剑！看剑！看剑！"李尽欢突然一回头，对着黑狼的眼睛撒了一把石灰，黑狼的眼睛瞬间看不见东西了。"可恶，居然弄瞎我的眼，你居然使阴招，我狼爷就要替天行道，要你……"

"狗命"一词还没说出口，李尽欢就已经从马背上跳起，一个空翻落到黑狼的马上，给了他致命一击。黑狼，卒。

"老李，你在干吗，我们快撑不住了！"林琛带着远程组，在远处轰击敌人主力。

"我刚杀了一个叫什么黑狗的拦路狗，他话是真多！"李尽欢说。

"什么，你竟然杀了黑狼！"林琛惊奇地说，"那可是萨坦五大高手之一啊。"

"我……用了点儿阴招。你还记得物理老师上课做实验用的石灰吗？哎，不是，你怎么知道他叫黑狼的？"

"我当然是研究过了。等等，你的意思是你用石灰……"

"算了，回去再说吧。"李尽欢说，"兄弟们，推上炮，咱们赶紧回去！"

"好！"

走到一半，突然蹿出来一个戴着机械拳套，上面有两只雕刻得栩栩如生的白虎，披着白色披风，面色阴冷的男人。"想走？没门。"

那男人再没多余的废话，挥舞着双拳向李尽欢打来。"你们快走，我来拖住他！"李尽欢冲战友们喊。战友们有些不放心地带着炮走了。

然后，李尽欢也跑了……

那男人继续沉默，但仅仅是嘴上沉默，身体蹿得老快了。

"你不要和他打，你打不过他，你快找机会脱身啊！"林琛认出了这是五大高手里的拳皇白虎，赶忙提醒道。

"没事儿。"

"你……"林琛快要急得哭出来了。"你居然还会关心我啊，这不是你的风格啊，没事儿，带着大家活下去吧，成功的那个人不一定必须是我，战斗的胜利有我一份就好了。"李尽欢嘲讽道。随后，不给林琛说话的机会，直接挂断电话，继续向后跑去。

"哼，同样的招式你还想用两次。"白虎追了上去，并且看出了李尽欢的想法，果不其然，李尽欢又掏出一把石灰，向后抛去，却不知白虎早有防备，用手挡住，还想补一把石灰，却发现已经没了。

"该死！"

李尽欢无奈，只得继续和白虎交战。在林琛身边的芙莱拿着一把激光高精狙击枪瞄准，她颤抖的手不敢开枪，林琛看着十分着急，照着犹豫的芙莱狠狠打了一下！

"开枪啊！发什么愣啊！"

芙莱吓得一哆嗦，手一抖，就开了一枪，结果子弹不偏不斜，正好打在白虎的头上。白虎应声倒地，卒。

李尽欢骑马归来，笑着拍了拍芙莱的肩膀，说："牛啊，老铁，谢了！"

"是啊。"林琛在旁附和，"哎，奇卡那边怎么样了？"

他给奇卡打了个电话。奇卡的回应是："一切都好，杀得贼爽。"

林琛放心了："没事儿。"

芙莱神情恍惚，心想：完了。

"没事儿就好，我先走了。"可怜的李尽欢还没来得及休息一下，就又上马冲锋，临走前还不忘嘲讽对方一句，"这些都是什么弱鸡啊，根本就用不着使用魔法，小爷我靠拳头就能打得他们丢盔弃甲，屁滚尿流，走，让萨坦的走狗看看咱们的……"可惜，李尽欢话还没说完，几个萨坦士兵就冲了上来，李尽欢吓得一哆嗦，转身就跑。

"坏了，牛吹大了……"

…………

最后，在战士们的英勇厮杀、林琛的精妙指挥、奇卡的勇猛拼杀、李尽欢的舍生忘死深入敌后拖住对方精英（别称逃命）的结合下，群龙无首的萨坦先锋部队最终被击败了。

"胜利啦！"士兵们欢呼雀跃！

"这事儿够我嘚瑟一辈子啊！""我可真是智勇双全啊！"李尽欢骄傲地说，迎接他的是林琛和奇卡的白眼。

"你就吹吧！"林琛说。

晚上，军中召开了联欢会。准备食物的时候，李尽欢找到了林琛，把他心中的疑问告诉了他。"你说，为什么萨坦要派出两位高手和装备如此精良的部队啊？"

"别给自己一直逃跑找借口。"

"我，我那不叫逃跑，我那是迂回战术。"

林琛无语地看着李尽欢。

………

"嘿，老哥，你说今天李尽欢同志表现得这么好，咱们是不是得庆祝庆祝？"林琛对几个士兵说。

"嗯，有道理，那你说要怎么庆祝呢？"一个士兵问。

"你们过来，我告诉你们。"

士兵们走到林琛跟前，林琛跟他们说了几句悄悄话。

"老林，你这主意妙啊！"一个士兵说。

他们蹑手蹑脚向李尽欢走去。李尽欢解决了两个高手，得意得不行，给自己封了一个神威无敌大将军，此时，正脚踏一块石头，给士兵们讲着他那添油加醋、有所取舍的英勇事迹。"我跟你们说啊，那黑狼的话是真多，战术倒还不错，但他遇到了小爷我啊，我佯装败走，随后你们猜咋着，我一把石灰……"

林琛走到李尽欢身后，拍了拍他的肩膀。

"哎呀！"李尽欢被吓了一跳，差点儿掉下去。听李尽欢炫耀的小兵们都噗地一笑，但很快憋住了。

"林琛，你要干吗？"李尽欢生气了。

"没什么，只不过想和你做个游戏罢了。"林琛回答。

"什么游戏……啊？"李尽欢还没说完，就被几个士兵抓住，往上一抛，又一抛。那几个小兵也加入了进来。

"林琛，你个没良心的，有种你放我下来，我要和你单挑！"

"你当这是擂台赛啊，还单挑，还神威无敌大将军，连这点儿觉悟都没有，能打群架谁会单打独斗啊！这里玩得就是人多欺负人少，算了，你慢慢玩，我先走了。"

"你搞我啊！"李尽欢气愤地说。

"你都搞过我多少次了，我搞你这一次都不行？"

"林琛！你凭良心说，我搞过你吗？"

"搞过。"林琛抓住了李尽欢那不标准的发音，嘲讽道。

"林琛！你不要脸！"

这时，奇卡走了过来。"嘿，林琛，真没发现啊，你还真是个天才！"

奇卡冲着林琛竖起了大拇指。

"呵呵。"林琛露出了一个微笑。

"你还有脸笑，林琛，你真无耻！"

整个森林都响彻着李尽欢的骂声。

"李尽欢他……"奇卡有些许不放心。

"不用管他。"

说罢，林琛便离开了。

…………

林琛长出一口气，却发现在远处孤独坐着的芙莱，充满了疲惫，昏昏欲睡。林琛走过去，拍拍她的肩膀，

"嘿，干吗呢？"

芙莱被吓了一跳，说："我在守夜啊。"

"你这样守夜，来个敌人还不得全军覆没。"

"你懂什么，我这叫战术，哎，对了，你来干吗，找我有什么事？"

"我想问你一些问题。"

"哦，你问吧。"芙莱不经意地说。

"你和黑暗帝国到底什么关系？"林琛开门见山地说。

"我，我是厌恶黑暗帝国的人啊。"芙莱惊慌地说。

"你……唉，算了，我还是由衷地劝你不要这样了，两面三刀的人都没有什么好下场，弃暗投明吧，你看大家都信任你，大家会原谅你、接受你的，你……"

"闭嘴！"芙莱直接打断，气愤中夹杂着恐慌。

"我们都……"

"走开！"

林琛看见芙莱这样，叹了口气，离开了。

芙莱确认林琛走远了，坐了下来。

"唉，难道真的要像他这样吗，那我就回不到黑暗帝国了，哎呀，回不去

就算了，反正现在也挺好的，可是那毕竟是我……那也不好啊，现在有朋友多开心啊，可是……"

　　一丝困意袭来，芙莱揉了揉眼睛，头一歪睡着了。

　　…………

　　"唉。"林琛叹了口气，把手上拿着的毛毯给芙莱盖上了……

第十一章　是非善恶

"尽欢啊，我也觉得是你们想太多了。毕竟，芙莱姑娘也是刚从战场上凯旋，若她真有那般心思，没必要帮我们打了胜仗再回来。"这句一落下，所有人都朝那个方向望去，平日里寡言少语的奇卡忽然说了这么一句。所有人都沉默了。良久，其他人也跟着赞同起来。

"对啊，人家尽心尽力不顾生死地去战场，到最后让你们俩冒出来这么个想法，我觉得，挺心寒的。"

"就是啊，我觉得也没必要，都是熟人，何必呢。林琛兄，你们少说两句吧。"一旁一名少年拉住了他，劝道。

"……"

林琛还待发话，旁边人突然拉住了他："林兄，我看，先到这儿吧，你也别想太多了。"芙莱在一旁默默地站着，听他们叽叽喳喳争论成一片，两行清泪默默流下。旁边有姑娘心思细，上前来安抚几句："没事的，错不在你，不要乱想。"然而只有芙莱自己知道，自己有多对不起这些人。但突然想到要回去找国主萨坦陛下，胸中又无端涌出了一股力量。

林琛虽未言语，心里却不以为然。心道："一路上已经够鬼祟了，又是和那怪人通灵，又是使那阴邪之法，其他人不注意看不出来，待我前去问一番话吧。"

此时的芙莱拭去泪水，准备往反方向离去。正准备走时，忽然被人拉住了胳膊，往一片树林走去。芙莱回头一望，是林琛。

芙莱心道不好，但表面上还是波澜不惊，问道："林琛哥，你这是做什么？"

林琛冷笑道："芙莱啊，你自己做了什么，自己还不清楚吗？"

芙莱继续笑道："我做什么了？"

见她依旧抵死不认，林琛再也忍不住芙莱这番明知故问了："你为什么要向着萨坦？你知不知道他是什么人？咱们一起把他灭掉，把这死气沉沉的黑暗统治掀翻不好吗？"

芙莱忽然沉下了脸，说道："他是什么人，我比谁都清楚。"

"那你为什么还……"

"你们懂什么？"林琛一句话未完，便被芙莱吼了回去。此时此刻的芙莱眼眶发红，正是一副怒气冲天的样子，谁也未曾料到，平日里那个有着满面春风般笑容的姑娘，今日会是这样一副面孔。

林琛此时还擒着芙莱的手腕，只觉得芙莱挣了两下，于是松开了手。"你们以为我心里不难受啊！以为我不知道他干了什么啊！你们对我好，劝我来这边帮你们掀翻什么黑暗世界，你们以为我不想吗？但萨坦曾经救了我的命，我就想问，你们让我怎么杀他？你们想让我怎么办？我忘恩负义去杀人吗？我快疯了！你们既然这样逼我，那我不如一死了之，还痛快！"芙莱说罢往一旁树上撞去，林琛想拦，还是晚了一步。

"芙莱！"待林琛飞奔到那棵树下，双眼发红地探脉时，松了口气——幸好只是晕了过去。正在此时，芙莱的怀里滚出来一个拳头大小的水晶球。那水晶球为青蓝色，内里发着微光。林琛用手轻轻拂过表面，只见水晶球里映出了一幅幅画面，那里面，有一个衣衫褴褛的小女孩，他依稀辨认出那是芙莱。林琛把昏去的芙莱安置好，不禁继续往下看。

十一年前。

一个四岁的小姑娘坐在街头，背着一个箩筐，里面装满了各式各样的花，见有人来，轻声唤道："大哥哥买花吗？新采的，很香的。"

那人没搭理她，自顾自地离开了。

于是小姑娘继续叫卖，直到街边一个二十多岁的女郎走了过来。那女郎说道："呦，这不是前几天那个在城门前把公主绊倒的小丫头嘛，城主正四处找你呢，赶紧跟姐姐走吧。"

小芙莱不知何意，便问："姐姐，你不买花吗？我还要在这里卖呢，不能回去呀。"女郎继续笑道："买什么花呀，赶紧走，不然一会儿有人问责，我可担不起。"于是便把小芙莱抱起来，飞快地跑了回去。花篮被丢在地上，芙莱不明所以，哇哇大哭起来。

一路上许多人纷纷回头看，却也都自顾自地做事情。待她被放下来时，已经站在了一间富丽堂皇的屋子里，窗为琉璃镶嵌，座为黑玉所雕，而那坐在座位上的，是一个雍容华贵的妇女。

小芙莱此时又奇又怕，怯生生地低着头。那妇女手持水晶球，纤长的中指上戴了一枚金戒指，长发披肩，一身华服，碧眼丹唇，轻轻地说了一句："知道自己干了什么吗？"

这语气，听上去只像是一位母亲在温柔地问孩子一个问题罢了。可仔细琢磨句子，又让人感觉出了一股无端的寒意。小芙莱依旧懵懵懂懂地望着，或许全场只有她自己不知道，公主因为她那天的一绊，摔得昏迷不醒了。

而她要来这里赎罪。

公主贵为王族，芙莱不过一个穷苦百姓，想想也知道，贵族们随手的几笔，就是一条活生生的人命。无须纠结，无须怜惜，因为根本不值一提。在王公贵族面前，穷苦百姓的性命不过如蝼蚁般，一脚踩下，不需踌躇，继续前行，无人在意。

那妇人不等答话，便一挥手，准备让侍卫当场杀死小芙莱。那侍卫一刀劈下，电光石火间，即将血水飞溅时，一名黑衣人忽然出现，抱住小芙莱，使了一个传送魔法，瞬间消失！林琛认得出来，那是年轻时的萨坦。那妇人急忙命令：

"拦住他们！"谁知那一道人影如闪电般转瞬即逝。

水晶球的画面戛然而止，切换到了另一幅。那时的芙莱大概已经十岁了，从口型能辨认出来他们的谈话。

"萨坦大人，当年，你为什么要救我啊？"芙莱问道。

萨坦微微一笑，答道："没有为什么，只是觉得该救。我小时候，也有这样一次经历，当时根本没人管我，我自己硬生生扯断了胳膊，逃出去了。"

芙莱继续问："如果那年被拉走的不是我，你还会救吗？"这一句问出，萨坦愣了一下，又即刻恢复神色，笑了："当然，不管是谁，我都会救的。"

"哦……"

"总之，今天我要告诉你一句话。"

"什么？"

"世上没有纯粹的坏人，不管那人是善是恶，我们欠的，总要去还。"

芙莱很懵懂地望着萨坦："大人，你为什么忽然说这个？"

萨坦笑了笑，说道："以后你就明白了。"

画面最终停留在了年轻的萨坦带着十岁的芙莱一起看星空的场景。但不知为何，林琛脸上流露出一种难以言表的神色。此时此刻，芙莱也悠悠转醒，未曾言语，泪水顺着脸颊流过。

林琛说道："你们的事，我知道了。我想，我能理解了。"

芙莱不说话。

"但你知不知道，杀你父母的人也是他啊。"林琛又轻飘飘地说出了后半句。

芙莱眼睛本来是眯着的，此时猝然睁大。原来林琛方才神色怪异，就是因为不久前，他在大队里听到了这样一个传说：当今统治者还是个少年时，发誓成为此地统治者，曾有一天发现了一个秘法，能快速达到魔法修炼成功的目的——当世有一体内存魔丹之人，能杀其者将魔丹从体内剖出，便可为自己所用。

传说中，萨坦找到了，那时芙莱的母亲隐居乡下，生下芙莱，将魔力全部输送给了她，望她能继承下去，不想来客阴险狡诈狠毒，灭了一家，尚为婴儿的芙莱被母亲用魔法传走，杳无音信。直至四年后萨坦才再一次在城堡里找到了她，妄图芙莱长大后为己所用。当时林琛只当传说听了听，存疑时查了查。谁知今日，当真有这回事儿。

"他这个人，一言难尽啊。"林琛继续平淡地说道。芙莱心里却波澜四起，颤声说道："……真的？"

"你要是不信，可以自己再查。"林琛继续说。

林子里一片死寂。良久，林琛问道："怎么样，想好了吗？"

芙莱咬牙说道："……好，我帮你。"

林琛微微一笑，向芙莱伸出手，把她拉了起来："多谢。"

"那么，来商量一下怎么办吧。"林琛笑道。二人走出了树林，一眼看到了李尽欢在不停地来回走，见他们过来，吼道："姓林的你俩干啥去了？知不知道所有人都急疯了！"

林琛继续平淡地说道："嗯，知道，抱歉。"

李尽欢本想再骂，却被芙莱一句话吓得不轻："里应外合，你们带部队攻击，我进去把萨坦灭了。"好一会儿，本来李尽欢心里存疑，见林琛和芙莱一脸镇定，才说："……哦，好，好。"

部队整顿后，李尽欢大声宣布："各位朋友们！咱们整顿得差不多啦！我们现在有人帮助，咱们大伙直冲萨坦阵地，一起扫黑除恶！准备好了吗？"闻言，一片众人的欢呼声，排山倒海，准备前行。

芙莱自是比其他人快一步，一路上似风般飞过，面容沉静，心潮澎湃，率先见到了萨坦。萨坦正与部下交代事情，见芙莱过来，微笑着说："芙莱啊，你来了。"

芙莱眼眶发红，不说话。萨坦见她神色有异，敛了笑容，问道："怎么了？军队败了吗？"芙莱咬牙道："十几年前，是你杀了我父母，对吗？"语气冷淡，话里无端透出一股燃烧的愤怒。

萨坦没说话。"你当年救我，教我魔法，收养我，对我好，都是为了我肚子里的这个东西吧？"芙莱质问道。

"大人，你真的好会编啊，说什么换作别人你也救。"

"你几年前跟我讲的，我都明白了。"

沉默许久，萨坦沉声说道："……对不起。"

"你的对不起，能换得了我爹娘的命吗？你的对不起，算什么东西！"

"你救了我，恩德我该报的都报了，为你做了那么多坏事，咱们两不相欠！"

芙莱坚定地站在原地，萨坦待起身，芙莱忽然大吼一声："你还我一家人的命来！啊——"那吼声撕心裂肺，似是燃起了这辈子所有的愤怒，芙莱使了一道燃得极其厉害的烈焰，轰了过去，任其燃烧。

与此同时，萨坦的手下拿剑向她跑来。感觉胸口一阵剧痛，芙莱低头看去，一把长剑穿心而过，又迅速抽出。

血水从胸口不停地流出，渐渐地，芙莱望见烈焰中萨坦的身影倒下，自己也双膝一软，倒下了。那一道烈焰，她用尽了平生能发挥的全部魔力。

李尽欢带部队冲进了城楼，那里面果然阴森可怖，透着一股妖邪之气，外层是一排小兵，林琛手提一刀，一挥下去，统统倒下。阵地的防守一层比一层森严，赫延使了全力，以烈火为媒，将其裹住剑身，比画了一个大圈，而圈内的萨坦兵们，在瞬间被剿灭！

一招使完，也清剿得差不多了，李尽欢与林琛善后，解决掉剩余残兵时，已经临近傍晚。李尽欢与林琛齐声呼唤着芙莱，没有回应，几人奔上高台，那边夕阳正在慢慢落下，余晖点染着天空。望见的，仅有一片灰烬与一旁一个躺在地上的少女。

那少女身形现在看起来格外瘦弱，一头长发披散在地，双目紧闭，胸口有一道触目惊心的伤口，血已经流干凝固，周围还有没燃尽的星星之火，从高台往下望，是残垣断壁。

李尽欢见此惨状大哭起来，林琛也沉默地哽咽起来。两人回忆起了与这位姑娘相处的日子，虽然时间不长，但感情极好。

他们想起了第一次见面时，少女一身皂袍，干练利落，半披着长发，尽显温柔，编着几条精致的麻花辫，又多了几分俏皮可爱。一双黑眼睛炯炯有神，鼻梁高挺，带着一种异域风情。

而抛开记忆，是倒下的芙莱，满面泪水，满面微笑。兴许，报了平生之仇，终于能全家相聚了吧。

林琛却记着芙莱生前对他说的一句话："我不管他是善是恶，起码他对我有恩，总要还清的。"

如今，终于两不相欠了。

第十二章　悲欢离合

"不……不会的，芙莱，醒醒，快起来！"林琛大喊。

"你不是一直想看到和平共处的局面吗？马上就实现了，起来啊！"

"可恶！"

李尽欢狠狠地跺脚，望着芙莱的脸，他们哭了，泪水落在地上，伤心透了……

"走吧，"李尽欢拭干眼泪，"带上她，我们回去。"

林琛拔出剑来，站在城墙上，望着下面一个个缓慢举起手的敌人，却高兴不起来，凌乱的头发被风吹动，脸颊上早已分不清哪是汗水，哪是泪水，耳畔还回响着那天她决心帮助二人的坚定话语。但他没哭，他要将这份信念带回去。也许，芙莱一直活在他心中。

林琛向下面的士兵大喊："光明国一直向往和平的世界，我认为这是对的，现在你们的国王萨坦已经死了，你们应该找一个热爱和平的大臣当新国王，积极建设黑暗帝国，放下武器，与我们和平共处，如有需要，光明国定鼎力相助！"

听完，士兵们纷纷放下武器，大呼"和平万岁"的口号。热爱和平的大臣接管了黑暗帝国的一切事务，世界恢复了和平……

林琛、李尽欢二人收拾了残兵，背上芙莱，踏上了返回的道路。城主为芙莱所感动，虽然芙莱是个亦正亦邪的人，但她也为两国和平相处作出了杰出贡献。于是他决定将芙莱葬在黑暗帝国与光明国的交界处。送芙莱走的那天，他们没有哭，路边的梧桐树被微凉的秋风吹着，分外凄凉……

慢慢地，前方的黑暗中出现了一丝光线，随着大部队的前进越来越亮。

"这就是光明和黑暗交界之处了，再往前走就是黑暗帝国。"李尽欢望着它说道。"不！"林琛坚定地说，"从此以后，不会再有这条界线了，两国会合并成一个国度，永远和平相处。"

望着芙莱被缓慢抬进坑内，二人忍住不落下眼泪，也许，这才是她的归宿。她将永远安眠在这条以后不复存在的界线上，她会永远看着这里，永远看着她的梦想成为现实……

第十三章　又起风波

就在此时，这道光越来越近，越来越强烈，强烈的光刺得林琛、李尽欢无法睁开眼睛。

一声巨响，这道光突然消失了，和光一起消失的还有林琛与李尽欢。

另外，一道闪电划过天际，顿时整个天空金光四起，林琛、李尽欢睁开眼睛看了看四周，他们又回到了当初掉进去的那个山洞的洞口。他们回来了。

天亮了，东方天际露出鱼肚白，渐渐地变成了淡红色，好像人们喝了一点儿酒，脸上呈现出的红晕一样，接着它又由淡红色慢慢地变成深红色，再由深红色变成金黄色。这时候周围的白云仿佛涂上了缤纷的色彩，那层层白云的深处，簇拥着一团闪闪发光的云朵。

"那是什么？"李尽欢惊喜地喊道。

"那是光明帝国的国徽。"林琛敬畏地望着。从此以后，光明帝国成为两个人永远的回忆和秘密。

三年后，中考结束，二人正享受假期，林琛约李尽欢到图书馆见面。

李尽欢兴奋地说："喂，中考考得怎么样？怎么约我到这儿？"

林琛试探地说："你还记得光明帝国吗？"

李尽欢答道："当然记得！我还记得那个山洞的入口，还有……"

林琛打断了李尽欢："小点儿声，别暴露了。"

　　李尽欢笑着说："现在都什么时代了，根本没有人信好吗？"

　　随即冲着人群大喊一声："我们两个去过一个神秘帝国，入口是一个山洞。"大多数人连头都没抬一下，只有几个人嫌弃地看了一眼李尽欢。

　　李尽欢得意地说："看见没！"

　　"不跟你废话了，你看看这个。"

　　林琛小心翼翼地掏出一封信。李尽欢打开一看，信上用狰狞的血迹写道：

　　× 月 × 日午夜 12 点到山洞见面。

　　林琛悄悄地说："信上有光明帝国的印章，而且还有血迹。"

　　一向废话连篇的李尽欢久久说不出话来，陷入了沉思……

未来星球

第一章　炫目

他叫袁孟川，是个普普通通的学生。

每天两点一线的生活难免令人厌烦，也仅有周末能带给他一点儿盼头。这周五，最后一节课的下课铃一响，他就飞奔出学校，只想着快点儿逃脱这两点一线的循环，享受来之不易的属于自己的时光。

推开家门，一阵热浪袭来，他随手摸出一张纸巾擦了擦额头上的汗，随口一声"小爱同学"，便轻松打开了空调。今天是周末，好不容易可以放松放松自己，手便向右一伸，按下了电脑主机的开机键。

这时，他发觉身边似乎有些不对劲，本应闪着柔和彩色光芒的机箱突然发出炫目的亮光，而且越来越亮，此时的他仿佛置身于太阳的光环之中，什么也看不见，双手无助地摸索着，却摸索不到任何东西，最终"哐当"一声摔在地上，失去了意识。

十分钟后，意识好不容易恢复了一点儿。他先是拖着沉重的身子勉强坐起来，眼里充满老电视坏掉时雪花样的画面，又痛苦地摸了摸头，已经肿起一个大包，还昏昏沉沉的。他的手碰到地面的一刹那，一股冰凉的触感快速传递到脑中，迅速调动起他的神经。

此时，他终于清醒过来，向地上一看，真是不可思议——地板竟是由柔性显示屏拼接而成的。四周，雪白的墙壁一抖，泛出激光色彩的光，一行行黑色的字赫然出现在墙上——

"你好，袁孟川，这里是另一个平行世界。我们预见到你们世界的未来会因为环境问题和资源枯竭最后走向毁灭，所以通过这种特殊的方式让你拥有穿越时空的超能力，学习改变世界的方法。

"和你一样的人还有许多。我们曾与你们的世界交流，寻找有潜质的孩子共同组建了一个班级前来我们的世界学习。这里是你的宿舍，你可以转转整个屋子，熟悉熟悉这里的环境。"

这间卧室不大，有一面两人高的巨大落地窗正对着床。他随手拉开窗帘，向外一看，瞬间腿软得倒在了地上——外面竟是万米的高空，下面是稀薄的云彩。袁孟川哪里见过这种景象？云间还有巨大的无人机四处穿行，仔细看去，其中竟坐着许多人。对面还有一栋同样高得吓人的大楼，那座大楼是由一个个正方体拼接而成的，还有无人机正从大楼上面取下方块状的房间，似乎是要把它带到别的大楼去。

他缓了缓神，起身向门外走去。

袁孟川在系统的指引下学会了用语音控制门的开关，此时，门凭空升起，藏进了门框上预留的空间。他惊讶一阵儿后走出了自己的房间，摁响了隔壁的门铃。

隔壁的门也同袁孟川的一样，向上滑起。

"谁啊？"一道稍显稚嫩的男声响起，开门的是一个小胖子和一个女孩。袁孟川和他们说了事情的经过，他们十分惊讶："原来这不是梦？！"

女孩向袁孟川介绍，她叫王开源，那个开门的小胖子叫王开盟。他们两个在过马路时被迎面开来的一辆大卡车撞飞，醒来时便来到了与袁孟川一样的房间里。

几人对新世界的一切都还不熟悉。王开源提议不妨先出去看看，看看这个先进的平行世界中有什么奇怪的东西。

出了房间，走廊的尽头便是电梯。摁下电梯按键后不久，一个长得像胶囊一样的东西呈现在面前，胶囊的门向左边打开，里面是一大块显示屏和几个按钮。除了外形是胶囊状之外，电梯内部的设备与原来那个世界的电梯没什么区别。

几人看到显示屏上的数字时，倒吸了一口凉气：显示楼层的地方，赫然写着一个四位数，王开盟按下代表一楼的那个按钮，电梯陡然启动，下降速度让三人毫无防备，惊出一身冷汗——万余米的路程，不到一分钟便走完了。三人惊魂未定地走出电梯门，映入眼帘的是一片绿色的世界：巨大的树冠遮蔽着阳光，树荫的缝隙里长满了灌木，草地中间还有小河川流不息。地面上完全没有公路，只有青石板拼成的小径。在这个世界，陆地上的交通已经完全消失了。取而代之的是地铁和无人机。

几人在附近了解完环境，便坐上了电梯回宿舍。有过第一次经验，他们对电梯的速度有了心理准备，这回几人并不像上次一样惊慌失措，刚走出电梯，只见平滑的墙面又一抖——

"你们好，孩子们，明天开始，你们即将学习我们的能源和农业技术。请记住：你们是自己世界的希望。"

他们不由得目瞪口呆——学习？技术？他们似乎不得不接受这一伟大光荣的使命，彼此微微点了点头。

王开盟马上说："睡眠会让我们大脑学习更高效，咱们明天见。"

王开源看了他一眼，又看看窗外，此时，天色渐暗，希望宿舍里会有适合我们的食物，毕竟我们担负着伟大使命。

袁孟川挥挥手："不过，我一点儿不饿，有点儿困了，明天见吧。"

袁孟川回屋后，盖上能随意变化厚薄的被子进入了梦乡。

到底什么才是正确的发展方向呢？

第二章　挣扎

清晨 5:30 左右，袁孟川从睡梦中醒来。

外面不知名的鸟儿在天空中翩然飞过，不停地叽喳叫唱。

他先是在床上呆呆地躺了几秒，而后猛然感到，周围的气氛忽然一下子紧张起来，此时的袁孟川心情很忧虑，脸上写着"严肃"两个字。

"地球的正确发展方向到底是什么啊？"

袁孟川大喊了一声，他沉默几秒，忽然意识到什么，他的右手下意识地捂住嘴巴。可是貌似晚了，宿舍门外传来一阵急促的脚步声，紧接着外面有人在敲门了。

"袁孟川，你还好吗？"门外传来了一个稚嫩的声音，原来是王开源，紧接着就是王开盟的声音。

"袁孟川你怎么了？大半夜在这儿大喊，你不困吗？"

说着，王开盟就打了个大大的哈欠，又说："袁孟川，你要没事儿我们就回去睡觉了。"

而后又传来王开源的声音："袁孟川，我知道你心里还想着咱们共同的家乡美丽地球，你不用担心，昨天到这里时这里的指挥官不说了吗，咱们是被派来学习如何拯救地球的，学习完咱们就回去了，你也不想看到未来我们的家园毁灭对吧？所以现在最重要的就是安心地在这里学习然后回去教给同胞。你再睡会儿吧，八点才上课呢。"王开源说完也走了。

　　袁孟川独自坐在宿舍的床上，心里想着刚刚王开源说过的每一句话，也对，他没什么好担心的，只要在这边好好学习如何拯救地球，这样未来人类也可以一直生存在地球上。

　　想到这里，他脸上终于绽放出笑容，而不再是一脸忧愁。他继续躺下睡了。你看他睡着觉嘴角还在咧着，他梦到了什么？貌似是一个很甜的梦呢……

　　袁孟川再一醒就是早上 7：30 了，他看了看闹钟，发现已经 7：30 了，他猛地从床上跳了下来，飞快穿好衣服，他看见桌子上摆好了早餐，心想：这是谁给我准备的早餐？是王开源和王开盟吗？他拿起一块面包就出了宿舍。他以最快的速度找到了他的教室，进门前他看见很多学生都已经到了，在人海中他看见了王开盟。可能因为他体形的原因，袁孟川最先看到的就是他。他走过去和王开盟打了个招呼，便坐到了他旁边，后面是王开源，她正笑着和旁边的同桌聊天呢。因为聊得太尽兴，王开源没有注意到袁孟川的出现。

　　上课铃响了，但这不是普通的上课铃，铃声很特别，只要它一打响，老师便随着一道光出现在学生们面前。

　　同学们热烈讨论着老师是如何嗖一下就穿越过来的。

　　"同学们，看来大家对于我是怎么出现的很是好奇呢。"老师发话了。

　　"是这样，你们生活的那个地球和这个地球是两个平行世界，因为时间不同的原因，这个地球要比另一个地球先进得多。这么说下来，在这里穿越到任何地方都是一件很简单的事，但只限于距离近的地方，如果远的地方也能够穿越，那还要地铁和无人机干吗呢？这个问题同学们也可以自己去尝试找答案。"

　　随之又是一阵热闹的讨论。

　　王开盟说："袁孟川，这个地方很是新奇啊，咱们要不组一个学习如何拯救地球的小分队，一起加油？"袁孟川想了想，觉得这个提议很是不错。他说："我觉得可以，咱们三个一起来，肯定可以找到更多办法和思路，俗话说，'三个臭皮匠，顶个诸葛亮'呢。"

　　"好了同学们，讨论到此结束，咱们要开始上课了。"

　　"保护地球的生态环境，我们需要做些什么呢？请大家翻开书本第二十八页——保护地球生态环境需要做什么。

1. 在生活当中，我们应该养成节约用水、用电和纸张以及节约粮食的好习惯。
2. 不乱扔垃圾，不随地吐痰。
3. 不随意践踏草坪和采摘花朵。
4. 学会垃圾分类。
5. 少开私家车出行，注意低碳环保。

"下面还有很多，我就不一一念给大家了，同学们回到宿舍记得要背过这一页，明天上课我逐一检查。"

丁零零，下课了，袁孟川、王开盟和王开源一起回到宿舍，他们同去了袁孟川的宿舍，准备一起完成老师给布置的作业。

"咱们一起来背吧！"王开源充满信心地对大家说。

王开盟可不这么觉得，"就这点儿东西，咱们都学过，有什么先进之处，没意思。"

"哥哥，你忘了我们来这里的使命了吗？我们是来这里学习保护地球的，今天才第一课，无论内容难易，我们都要把这些掌握好，这样才能保证未来我们的地球家园不会被毁灭。"王开源对王开盟说。

王开盟也有了动力，大家各自认真背诵，很快就背过了。之后，他们聊了一会儿地球往事，就各回各的寝室了。

早上，阳光透过百叶窗映照在袁孟川的宿舍里，温和地映在了他的脸上，袁孟川缓慢地睁开了双眼，此时，他的睡意还没有完全消失。他在床上沉默无言地躺着，心里还在默背昨天晚上背过的原则。

今天，袁孟川又是一如既往地和王开源、王开盟一起去上课。

课上，老师果然是一个一个抽查着让背，王开盟的心跳得飞快，他怕老师抽到他时，他突然间脑子里一片空白，忘记了怎么背，那就尴尬了。袁孟川在一旁默默地看着王开盟一脸惊慌，无奈地对他说："小盟啊，你不用那么怕，你看你汗如雨下的，再说了，你昨天晚上明明背得很好啊，对自己自信一点儿啊！"王开盟听完袁孟川对他的鼓励，心里的惊慌减了大半，他说："是啊，我干吗那么紧张嘛，我昨天晚上明明背得很好啊，用不着害怕老师抽查。"

看到王开盟胸有成竹的样子，袁孟川不知不觉"扑哧"一声笑了出来。

下课了，阳光拂过脸颊，蝉鸣荡入云间。叽叽喳喳的笑声在欢乐里留下深浅不一的痕迹，同学们也都纷纷回到宿舍。

袁孟川发现，保护地球还有很多东西要学，他觉得光在课本上学，不太出效果，回到宿舍，他召集了王开源和王开盟开了个小会。

"只学课本上的东西是一方面，咱们还需要积累实践经验，这样才可以更好地拯救地球。"

王开盟和王开源一边听一边默默点头，二人都一致赞同袁孟川的说法。

第三章　狼王

天空晴朗，狂风阵阵，树被吹得东倒西歪。

高速公路上，一辆车驶过，顿时，车后黄土翻腾。

在天空与地面的交会处，能看见延绵起伏的淡绿色山岭，宛如中国水墨画中蘸了水的毛笔轻点在宣纸上洇染开的水痕。

袁孟川把头斜靠在汽车的玻璃窗上，这颠簸旅途让他昏昏欲睡。司机坐在驾驶座上瞪着眼开车，兴致勃勃地说："大家再坚持一下！再开一个半小时，咱们就到了！"袁孟川内心天崩地裂——一个半小时？终于翻了个白眼，开始呼呼大睡了。其他人倒是很兴奋，从上车到现在，纷纷举着手机对着窗外拍照就没停过。

坐在他旁边的是王开盟和王开源。

一个半小时后，越野车终于行驶到了正蓝旗，沿着坑坑洼洼的土路进入了营地。王开源最先跳下了车，激动地大喊："哥！你看这里有好多蒙古包啊！哇，你们快看，那里有马！"

其他同学也很是激动，举起自拍杆就是一阵狂拍。袁孟川脚踩在松软的泥土上，眺望远方。和他想象的一样，是一望无际的绿，只不过草不是清一色的青草，而是各种各样的杂草，还有些已经泛黄了。

有点儿头痛，怎么回事？

袁孟川不安地想。

也许是有些晕车吧？他这样安慰自己，按了按太阳穴。

"怎么了孟川？是晕车了吗？"王开盟把手搭到袁孟川的肩膀上，温和地询问道。

"也许吧……"袁孟川觉得自己一定是太矫情而想多了。

三人一起去爬一座山丘，看看那边能不能有什么新发现。

"你们等等我！"

"哥——你体力也太差了吧，哈哈哈哈——"先一步登顶的王开源站在上面大笑。王开盟眉毛皱了皱，猛吸一口气开始向上冲刺。

袁孟川不紧不慢地走着，徐徐吹来的微风使他惬意。现在已是黄昏，残阳挂在西边，天上的云朵被吹成了一层层薄纱，有的地方交叠，有的地方舒展，一丝一缕被夕阳染成了粉红色。天空从西到东，从粉红色渐变到深蓝色。袁孟川仿佛身处在京阿尼动漫里。

"啊——"一声刺耳的尖叫穿过耳膜，打断了他的思绪。那是王开盟的声音，发生什么事了？！他急忙狂奔到山坡上，脚下一崴掉进一个深不见底的大洞里。他周身瞬间被刺眼又熟悉的白光所包围，可恶，果然没有猜错，又穿越了。

再睁开眼时，他发现自己正躺在一片荒漠之中，天空万里无云，酷暑难耐。

"袁孟川——"他听见王开源的声音在身后响起，他急忙回头，不是吧……没想到这对兄妹也能和他一起穿越过来，还带买一送二的吗？幸好他有自带保温杯的养生好习惯，急忙把水递到了王开源嘴边，让她喝了几口。

"这可怎么办？那我们怎么回去？"

"那我们究竟要做什么呢？在这种荒无人烟的地方。"一个声音响起。

他们三个向远方眺望。"哎，你们看那边那边——有好大一股黄沙，正向这边吹来！"

王开源喊道："这哪里是什么黄沙？那是一群……狼！"

袁孟川喊："搞什么，这里怎么会有狼群！"

王开盟大叫："别管那么多了，赶紧跑吧！保命要紧！"说完拔腿狂奔，袁孟川和王开源紧跟其后。

三个孩子怎么可能跑得过四条腿的野兽？他们很快就被狼群包围了。

袁孟川低声提醒："保持冷静，记住，不要直视它们的眼睛。"

野狼的喉咙里发出阵阵恐怖的低吼，但谁都没有扑过来攻击。这时一只体形高大、脖颈处戴着一副华丽项圈的狼从后方缓缓走到前面来。

袁孟川低声说："这只狼可能就是狼王了。"

王开盟喃喃自语："难道这就是给我们发布任务的 NPC？"

袁孟川问："啥？"

王开盟赶紧闭嘴："没……没什么。"

狼王抖了抖灰色的毛发张开血盆大口，但并没有发出恐怖的嚎叫，传出来的声音让所有人都震惊："人类？"

这狼，竟然能说人话，三个少年都震惊了。人类的语言缓缓地从狼王的嘴中吐出，低沉而又冰冷："多少年了，我本来以为人类再也不会踏足这里了。不过，你们别害怕，我不会杀死你，我要让你们帮个忙。"狼王说完以后便闭了嘴，似乎在等待着他们三个的回应。

王开盟想：嗯……果然是 NPC。

第四章　基地

"呃……请问……你是怎么会说人类语言的？"

袁孟川看着眼前威猛高大的狼王，犹豫着问。

"看到我脖子上的项圈了吗？我曾经被一名军官饲养。军官给了我一个可以将意识转为人类语言的项圈，那位军官接到命令，上级要在这里找一个绝佳地点来建造基地，于是他利用我口吐人言的能力，让我为他寻找一个绝佳的地点，他们建造完基地以后就离开了，但是那支军队在离开的时候，将我抛弃在了这里。"

袁孟川觉得很神奇，他不禁想到了《查理九世》中可以通过变声领结口吐人言的查理。

袁孟川问："你们本来不属于这里吧，这里是沙漠，想不到你们狼群可以在这种地方生存下去……"

"不，这里不是沙漠。"狼王停顿了一下，冷漠的眼神中竟露出了隐隐痛苦之色。

"这里原本是一望无际，生机勃勃的草原。"

三个少年都震惊了，他们看着眼前寸草不生的沙漠，完全没有办法跟想象之中生机勃勃、广袤无垠的草原联系起来。

狼王见三人面露疑虑，回想起了那段时光，心中不禁还是有些隐隐作痛，对他们解释道："那些人类在草原中央建了一座实验基地，之前饲养我的军官就是来这里建造基地的，同时负责给这个实验基地补充物资。但那个实验基地将草原的所有能量和养分都吸收了去发动机器获取能源，于是所有的植物都死了，草原也渐渐荒芜了，变成如今这副寸草不生的模样……"狼王继续说道。

"实验基地这种地方只有你们人类才能潜入进去吧？我需要你们破坏实验基地里的能源收集器，把能源释放出来，让草原恢复生机。"

狼王眯了眯眼睛，用充满希望的眼神盯着他们。很显然，他把草原恢复生机的期望托付在三人身上，希望三人可以将草原恢复原来的生机。

袁孟川微微一笑，拍了拍胸膛，对狼王说："这活儿，我们接了！"

深夜，一轮明晃晃的弯月挂在天空，月光洒向大地，但是，在权力与地位的世界中，无论多么明亮的光芒，也无法照亮人性的黑暗。它就像是一个深渊，将所有的东西都吞入囊中。

三个少年分别骑在三只野狼身上，迎着狂风向草原深处狂奔。他们在一处山丘上停下来。

狼王说道："再往前就是那个实验基地了，里面没有人类，是利用编好程序代码的无人机器来日夜不休地收集能量，你们要想办法潜入那里破坏收集器。"

前方有机器探查，无论任何动物靠近，都会被机器赶走，严重的甚至还会出现伤亡情况，所以狼王只能停留在这里，袁孟川三人不得不步行过去。

"简单！"袁孟川心想只是破坏几台机器而已，这有什么难度？他在地上捡起一块比较尖锐的大石头，拿在手里掂了掂，然后扭头就对两个伙伴说："走吧！"

"等等！"相比于袁孟川的自信，王开盟还是稍有顾虑。王开盟在他耳边说："这里虽然没有工作人员，但是未来的高科技一定非常厉害，万一有什么机关和密码，我们进不去，怎么办？"

"莫慌，咱们遇到困难再想办法也不迟，兵来将挡，水来土掩嘛！"袁孟川倒是不着急，他们刚一走到门前，所有顾虑彻底打消了。

只听实验基地的大门"嘀——"地响了一声，一道红光扫过三人，接着显示板上出现绿色的通行图案，扩音器中发出了冰冷的机器人声——

"检测进入人员，确认是人类，请进！"

王开盟百思不得其解地想："难道真是我多虑了？"

这时，耳畔传来袁孟川的大笑："这种荒无人烟的地方，基地工作人员肯定也相信除了他们不会有别的人靠近实验基地，所以未来的机器高科技检测到人类，就让你进去了……"王开盟被这一通逻辑说得服服帖帖，王开源也不禁说："真有你的。"

进了门，几人东瞧瞧西看看，弯弯绕绕就像走迷宫一样，终于在无数次的徘徊和探索后，他们发现一个足球大小闪着红光的圆球，由钢铁打造，连通着七八个铁管，它们深入地下，源源不断地抽取着大地的能量。

"就是这玩意儿了吧？"袁孟川掂了掂手里的石头，二话没说，便向圆球猛地砸去，只听"砰"的一声巨响，整个实验室的灯光都在瞬间闪了几闪，然后忽然暗了下来，与此同时，令人紧张的"嘀——嘀——嘀——"的警报声发出急促的长啸——

"能源收集器被破坏，实验室即将坍塌！即将坍塌！坍塌……"

"快跑！不好，这里要塌了。"王开源大喊。

袁孟川倒是冷静得很，拿起石头对着那个圆球，又是一下子，这回连警报声都不响了，整个实验室开始剧烈地摇晃。

王开盟拉着他们的手向外狂奔，在实验室即将坍塌的最后一刻，三个人从大门逃了出去。

只听"轰"的一声……

瞬间，三个少年的身后火花四溅，一股热浪从背后袭来。

奇怪的是，过了一会儿，光不仅没有消退，反倒越来越强烈。

"谢谢你们——"狼王的声音在耳边响起，"谢谢你们拯救了草原。"

视线再一次变清晰的时候，他们已经回到了宿舍，窗外点点星光在深蓝色的空中若隐若现。

"真想不到未来的人类为了发展科技，竟然什么事都能干得出来。"三个人边吃晚饭边感叹。

在太阳的晕染下，草原仿佛也镀上了一层金光，天边翻起的一朵朵火烧云在阳光的衬托下美不胜收。

第五章　花海

清晨，太阳慢慢地透过云霞，一缕霞光照进了卧室。

窗前雄伟的万米高楼矗立着，来来往往的无人机络绎不绝。

睡意蒙眬的三人缓缓地醒来，即将开始新一天的学习。

过了不到几分钟，雪白的墙壁上又显现出了一行行黑色的字体："今天你们要学习的是工业。工业是世界上十分重要的物质生产部门，是经济的主导，决定了一个国家的发展规模和经济样貌。总之，工业对于一个国家来说不可或缺。"

三人准备完毕后按照人工智能的指示，乘坐着像胶囊一样的电梯，电梯飞速行驶，不一会儿就来到了一片空旷的楼层，这里停着很多各种各样的无人机，这是专门为了空中交通的便利而设计的。虽然三人已经不是第一次见识到未来的科技了，但还是为眼前的景象感到大受震撼。

有一架小型无人机打开了舱门，那正是人工智能为他们分配的。三个人一边观赏楼内的景象一边缓慢地步入了舱门。虽然是小型无人机，但是已经固定好了路线，不需要驾驶员，所以完全装得下袁孟川和王家兄妹俩。

在检查飞机系统无误后，无人机便起飞了，机身很稳，速度很快。

一路上三人透过窗户看着无人机从城市行驶到郊区，植物也越来越多，直耸入云霄，高楼一点点变少，取而代之的是宏伟精美的建筑物，其中夹杂着一些高大的植物。相比之前城市的繁华拥挤，更增添了一些大自然的美丽景象。

轻工业制造厂已经实现了自动化和环保，但有一些复杂精密的仪器依旧是需要人工检修的。

又过了一段时间，无人机又快又稳地降落在了草原附近的一处停机坪上。

舱门缓缓打开，迎面展现出一片起伏的花海，清新的空气扑面而来。

随之而来迎接他们的是一个神秘男子，他就是本次即将带他们参观的导师，他身穿一件普通的灰色外套，戴着一副方形眼镜。导师在简单介绍了自己之后，带领他们来到了食品加工厂。

加工厂有好多层，每一层都仿佛一个世界公园。三人再一次被眼前的一幕震撼到。

走过第二道门，一面落地窗后面有数以万计整齐有序的机器人在工作，速度极快。袁孟川记得自己对上学时讲的内容总是听不进去，但自从来到平行时空后就对这里面的内容展现出前所未有的兴趣。

导师在他们一阵惊讶后告诉他们这一层的主要任务是食品加工，大概任务就是小麦经过筛选、碾磨、加料搅拌、成型烘干成为饼干的过程，这只是整个食品加工产业的冰山一角而已。单单在这座食品加工厂里面就有很多种食品加工方法，三个人颇感兴趣。

三人又紧接着来到了高温加工区，导师说："这里主要是将温度达到一百摄氏度以上杀死有害微生物，破坏酵素，让食物的保质期更长一点儿。但是对于水果之类富含维生素的食品这种方法就不是那么好了。因为高温会损失很多维生素并造成对食品的破坏。"

导师边走边讲，到了调味料食品加工区域，又开始为他们三人讲解："这里的产品可以调节食品口味，并且可以起到防腐并抑制微生物的繁衍的作用。"说完又来到了防腐药剂加工区域，这里常用来辅助其他加工方法以保存食品。三人了解到技术后更为惊叹，但提到食品制造，最感兴趣的应该就是身材比较丰满的王开盟了。这时也到了该吃午饭的时间了，于是导师就带着他们来到了工厂的食堂，虽说是食堂，但是这儿却比高级酒店还豪华，各种新奇和美味的菜品让他们吃撑了还想吃。

午餐过后，大家在工厂的一间屋子里休息。

下午,导师又带领他们来到了低温加工层,讲解道:"有很多食品都适合冷冻。

低温冷冻法加工可以将处理过的食物急速冷冻，使微生物无法生长。这样可以保持食物原有的风味，而且养分损失也会减少。"

　　虽然这些建筑设施都很壮观，但是三个人看完了都有一个共同的问题：这么大的工程，整座城市的耗电量应该也会很大，那么是由什么支撑起这么大的发电量的呢？

　　导师其实也预料到了他们会问这种问题，制造业离不开强大的能源供应作为基础。导师随后便说道："我们的城市里有各种各样的微型发电装置，既能从大自然中获取电力又能做到环境保护，而且以我们现在的技术可以更高效地发电。"

　　袁孟川之前也从网上了解到过这种发电方式，但是因为当时的技术还不够成熟，应用比较困难，而且这种技术也不是很普及，所以在当时对于一般的工业没有什么用处。而他又想到了导师说是从大自然中获取电力，并且现在的效率高很多。他明白了只有保护好环境，才能更好地发展。

　　他对兄妹说出了自己的想法，这下三个人都明白了环境保护是所有工业制造的基础，大自然非常值得我们爱惜和保护。

　　时间过得很快，三人依依不舍地离开了工厂，周围还是那么空旷，空气还是那么清新。在与导师告别后，三人就登上了无人机返回了自己的房间。

　　劳累了一天，袁孟川回到房间后又透过落地窗看到了似曾相识的霞光和昏黄色的天空，太阳也和早上一样，只不过一个是升起，一个是降落。

　　他躺在床上回想着今天参观的场景、感受，慢慢地进入了梦乡。

第六章　呼啸

　　城市里还是如往常一样充满生机。

　　昨天还睡意蒙眬的三人今天显得格外精力充沛，早早就起了床。吃完了早餐后，他们三人讨论了昨天看到的一个个壮观场景。

　　过了没一会儿，雪白的墙上再次映现出了一行行整齐排列的黑字——"昨天的食品加工厂参观得怎么样？"他们再次回忆起昨天的一个个区域和一幕幕场景，意犹未尽，还想再参观一次。

　　"告诉你们个好消息，今天学习的内容还是工业，只不过和昨天的略有不同，昨天的是与人们生活息息相关的轻工业，而今天你们要参观的是重工业制造厂。"三人看完人工智能的提示后内心充满了期待，开始准备进行今天的参观。

　　准备完毕后，他们进入了熟悉的胶囊形状电梯，来到了有过一面之缘的停机坪，跟随着人工智能的指示缓步来到了一架小型无人机前。在无人机检查完毕后舱门慢慢打开，几人走了进去，期待着看到飞机启动后窗外美丽的风景。

　　无人机准备开往城市周围的郊区，刚开始飞行时周围的一列列大大小小的无人机从身边呼啸而过，等过了一会儿，窗外的视野变得开阔，绿植也慢慢变多了起来，就和昨天在沿途看到的风景一样。不过这次的他们不像昨天那么惊喜和赞叹，而是在细心地观察途经的建筑。

　　不一会儿，无人机停在了又一个空旷的停机坪上，打开舱门，依旧有一股清新的空气扑面而来，旁边一座座宏伟高大的电线塔整齐地排列着。不远处的一片空地上看到了无数搭建建筑结构的圆管整齐地排放在一起。

正在他们观察着工厂外面的风景时，昨天的导师悄然走到了他们身边，说道：“嗨，又见面了。”三人向老师问好，并问道：“那里的圆管有什么用处？”

“那里的圆管都是由今天你们即将要参观的地方——钢铁工业制造厂制造出来的。而钢铁工业是指生产生铁、钢、钢材、工业纯铁和铁合金的工业，是世界所有工业化国家的基础工业之一。”

导师带领他们进入了制造厂后，里面的景象果然壮观，工厂也已经实现了自动化，里面无论是运输、制造还是获取材料都是由机械完成，并且效率看起来也和食品制造厂一样快。

工厂内的设置也和昨天的食品制造厂一样，分成了好多个区。刚刚他们参观的就是生产铁的制造区。“现在的炼铁技术比你们世界的高炉炼铁效率更高，更自动化，废气污染也更少。在技术上我们不断改进着原料的质量，让铁更加优质。”

讲解完了铁的制造，导师又讲到了钢的重要性：“随着世界经济和科学技术的发展，对钢铁需求量日益增长，对钢材质量要求越来越高，加上资源条件的变化，生产技术不断发展。”

随后又说到了有关于钢的生产技术：“在炼钢生产中，最高效的就是氧气顶吹转炉炼钢技术。氧气顶吹转炉是由顶部吹氧进行炼钢的转炉。早在二十世纪此项技术就开始发展，并越来越完善，现在的氧气顶吹转炉炼钢技术已臻完善，各项技术经济指标达到了相当先进的水平。我们又改进了原材料和机械设施，因此现在基本达到了高效而且零污染。而钢铁工业制造出来的铁和钢都是工业的基础材料，下面我们就要去一个更高阶的制造厂：机械制造厂。”

几人听后也很感兴趣，因为跟昨天不一样，昨天的参观全是在一个制造厂里面，而今天还可以去别的地方，中途还能看看风景。

说完导师便带着三人离开了钢铁制造厂，登上了那架熟悉的无人机。而现在正好也到了吃午饭的时间，厂里还为他们准备了丰盛的饭菜。几人就趁着无人机从钢铁制造厂到达机械工厂的一小段时间在里面吃了饭，还顺便观赏了窗外美丽的景色。

不一会儿，无人机再次降落到了一片空旷的停机坪。导师带领着他们来到了今天最后要参观的地方：机械制造厂。几人不明白这是制作什么的，导师便解释道："机械就是能帮人们降低工作难度或省力的工具装置，像筷子、扫帚以及镊子一类的物品都可以被称为机械，它们是简单机械。但是今天要参观的是复杂机械。"

大家听了，对机械制造厂很感到好奇，准备好进去一探究竟。

来到了机械制造厂，映入眼帘的还是壮观宽阔的车间和高科技的器械。只不过这些器械的作用就是制造更厉害的器械。

导师也就直接说："这里的机械可以生产出各种各样不同用途的机械。可以用于工程机械、电工机械、汽车……"

经过讲解后，三人便根据自己的喜好去参观各种机械制作过程，玩得很愉快。一直看到了下午，太阳即将落山，三个人都感到疲惫的时候才不舍地离开了机械制造厂。

在告别了导师后，三人打开无人机的舱门，坐进了舱内。窗外从蓝天白云变换到晚霞斑斓，三人很快回到了各自温馨的卧室。

他们再次体会到昨天回来时的感觉，虽然都很劳累，但是经过了一天的参观和学习，他们感觉到了未来科技的发达和便利，感受到了人类科技的伟大。

第七章　烟斗

晨光熹微，红日刚刚破晓。

袁孟川独自出了门，一路向西。

路上偶然听了一嘴，说什么地方施工的时候挖出来了什么大宝贝。一听这，袁孟川就来劲儿了，自己总是从书上领略知识，总该出去长长见识了。

听着小曲，颇有些惬意地走到了工地。工地上好像又发现了什么，一大群人围着。袁孟川耐着性子从人群中挤进去，黑黄黑黄的土地上躺着一个细长物体，表面被人大致清理了一下，露出棕黄的本色。

细看了看，细长细长的，黄铜色……是烟斗啊，挖出来的是个烟斗啊。但他还是有点儿拿不准，自己估计只在网页上见到过，这又离得这么远。

袁孟川朝管事走过去："东西我能看看吗？"

管事看袁孟川虽然年纪小，但像是懂一些的，自己又不懂，一挥手，算是同意了。

袁孟川心中窃喜，连说几声谢谢，跑了过去。

拿到手里有些分量，袁孟川掂了掂，又用衣袖蹭了蹭表面的土，凭着自己仅剩的记忆，确认了：这真是一个烟斗！摸着黄铜色的杆部，袁孟川心想：这估计是个老古董了，嘿！这儿还真有宝贝。

转念又一想，这发现了古董是要上交政府的吧，自己总不能像《盗墓笔记》吴邪他们一样盗完墓再拿去卖吧。但他又一想，这古董要是卖了，能值不少钱吧。

看着周围打扮得极其朴素的乡亲们，袁孟川想把烟斗拿去卖了，再把钱分给乡亲们，生活应该能过得好一点儿吧。

坐着思考了很久，久到管事大叔都打算拉他走，袁孟川突然站起来，对所有人说："这应该是个前朝留下的老物件，是个文物，我们得把它交给政府！"

袁孟川向大家匆忙解释了一下，就在所有人懵懵懂懂的情况下拿着烟斗往村子跑去，他得回去搭乡亲的牛车，他必须马上去省政府把烟斗交给技术人员。正暗暗想着，冷不丁被人拍了下后背，袁孟川头皮发麻，强忍住跳起来的冲动，扭头一看，发现是那个管事大叔。大叔一脸坚定地说："你刚才的话，我差不多听懂了，我相信国家，相信政府。你要去省政府是吧？正好我有车，我载你去。"

大叔车开得挺快，还没日落，袁孟川和大叔就到了省政府。袁孟川向他们解释了情况并把烟斗给了他们。省政府显然很重视挖出来的文物，技术人员第二天就去了工地，准备开始考古挖掘。

袁孟川后来听说考古队又陆续挖掘出了一些文物，他还曾抱着一些少年奇怪的虚荣心偷偷溜过去观望过几次，希望有人能看出是他把文物送到省政府的，但大家都很忙，根本没人注意到一个小鬼眼巴巴地站在远处观望。

管事大叔离开要去下一个地方，袁孟川去送别他。

回来的路上，袁孟川真心觉得自己做对了这件事儿，走起路来又变得昂首挺胸，脚步一路向东。

一大早袁孟川去找了王开盟和王开源。

"这么跟你们说吧，我真干了一件大事。"

王开源也听说了袁孟川的"伟大事迹"，一脸稀奇，说道："赶紧跟我讲讲，这么大事儿。"

袁孟川从头到尾完完全全把事儿给王开盟讲了，王开盟嘿嘿嘿笑了半天说自己哥们儿真有文化，连王开源都说川哥"goodjob"。

三人一起往家走。一路上全是小石子儿，袁孟川踢着石头子儿往前蹭。

走着走着，迎面走来了村里的大妈们，大妈们正三五成群地一起唠家常，偶尔一两句落入袁孟川的耳中。

　　小石子儿被踢飞到墙角下，发出"嘣"的轻响，脑中似乎闪过什么，袁孟川突然想起刚刚王开盟跟自己说的，应该记得让地球更美好。

　　他看了看手表，嘀嘀作响，仿佛提醒他所在的时空。

　　手表，是每个时空在过去时间和未来时间穿梭的一种联络工具。

第八章　救援

他们穿越回了袁孟川的老家。

骄阳似火，晒得大地似乎都在冒烟，蝈蝈聒噪的声音使袁孟川尤为烦恼。

他在老河边捡起一块石头，可忽然看见他的好哥们儿王开盟哼着小曲儿不紧不慢地朝自己走来。

"你们看，我捡到了什么？鹅卵石！"没错，这位就是王开源，三人来到老河边的小乡村里，这里百姓们都靠捕鱼虾为生。

老河边的乡镇要发展经济，政府认为光靠渔业不足以让乡镇富起来，于是在老河周边办了几个工厂，经济倒是快速发展起来了，但是老河受到了严重污染，鱼虾的数量急剧减少，那些靠捕鱼虾为生的人丢了饭碗！

老人便在家里歇着，年轻壮实的便跑去城里打工了，渐渐地老河边再也没人打鱼了，他们都认为去城里打工来钱快，谁还管老河的死活！况且老河村也要拆迁，政府要盖楼了，许多老渔民死活不愿意，但也无可奈何地搬走了。

可怜的老河再也没人记得它，许多人认为这条老河已没有经济价值，还是填平盖楼好！当袁孟川看见家里桌子上的拆迁通知时，立马不知所措，瞬间慌了神，眼前一片黑暗。他从小靠河长大，河就是他的母亲，是他的生命！如今突然让他搬走，难道老河在他们眼里只有利益没有感情吗？他很失望，他对政府所做的这些事情非常不满。就算为环境考虑一下，难道不该帮老河恢复原貌吗？

这时，王开源和王开盟来找袁孟川，他们对这件事也很愤恨可是却束手无策，两个月后便要搬走，这件事来得太突然！

该如何调动群众认识到老河的重要性，让老河村的百姓拧成一股绳，激发百姓对环境的认识呢，又如何让政府帮老河渡过难关呢？

他们三人想了又想，因为他们人微言轻只好从查资料方面入手，他们上网查了许多关于老河清澈干净的历史，还有政府办工厂后老河近几年来的变化以及现在老河的水变黑的事实。这可费了他们不少工夫，如今他们可能真的无法居住在老河边了，可如果让政府认识到保护环境的重要性，说不定能让老河"起死回生"呢。

于是他们怀着一丝希望开始分头工作，袁孟川负责找关于老河历史背景的资料，王开盟负责整理资料的内容和逻辑顺序，王开源则负责将资料整理到表格上并打印出来分发给民众，他们想即使老百姓不会太信但至少已经激发了他们对环境的认识。

他们三人废寝忘食地工作了三天后，竟然疲惫地倒在地上睡着了，可这时他们耳畔都出现了同一声音："你们人类耗尽了宝贵的自然资源，我们未来人类要用这种特殊的方式带你们再次进入未来世界。胸怀志向的孩子有很多，'星星救援班'邀请有志向的孩子进入这个世界学习与探索，并拯救人类不堪的未来……"刺眼的光和震耳欲聋的声音，让他们忍不住大叫，不到一分钟他们又被带到了那个未来世界。

…………

一间特别的教室，走进一瞧，书桌可以容纳很多东西，周围都是悬浮的，黑板也好奇特，它好像有了灵魂一样能将重要笔记自动记在上面。袁孟川、王开盟、王开源这才发觉自己又穿越了。

一位老师被星星围绕着，似乎老师已经掌握了这教室里的一切。

"你们便是袁孟川、王开盟、王开源三人吧！你们保护环境的事情我已有所了解，你们将成为这里的一员，待学习完现在的农业技术、工业技术……你们将自动回到那个世界，并且你们现在所看见的污浊世界将会消失，未来因你们会变得更美好！"那位老师的眼睛里似乎有星星闪烁，他们三人自动坐了下来，虽然他们都是十五六岁的孩子，但是一旦接触了这里的一切秘密，身体将不受控制，大脑也飞速发展，他们如今除了学习技术就是对真正的未来迷茫好奇。在老师的帮助下他们完成了学业，老师说学生们都像星星一样明亮，希望你们不负未来所托！可回去该如何发展呢？"因为人类从前犯下的罪导致自然界的资源与美景不复存在，为了改变人类的命运，这些被未来选中的孩子将会有属于自己的技能，回去改变环境，所学的科学技术也会造福人类！"袁孟川想。

不久，星星拉着他们飞起来，飞向了璀璨的星空，刺眼的光又一次射了过来，没想到他们穿越回家乡了。

袁孟川发现时间静止了，穿越过去这么长时间，回来一切都没变！

他们三人欢喜不已，他们把之前打印好的关于老河治理的方法分发给百姓，百姓也觉得失去老河令人惋惜，赞成这份传单的百姓数量之多引起了政府高度关注，政府也意识到了不该光使经济飞速发展而忽略了人类赖以生存的环境，没过多久，老河便经过治理恢复了原貌，有些百姓便又恢复打鱼生产，为的是给乡镇增添一份特色，农业不断发展也使经济稳步提升。老河边周围的工厂都在他们三人的帮助下完成了环保升级改造，三人会心地笑了。

他们将自己穿越所学的技术编写了一份"寻梦日记"保存了下来，也给了人们一个警告！一天，袁孟川、王开盟、王开源三人来到老河背面的小山坡上看星星，忽然流星从三人身旁划过，留下一幕美好画面，未来自然环境更加美好，人们赖以生存的环境得到了非常好的改善，科技迅速发展，人们过上了真正快乐幸福的日子，未来的人们不光靠农业、工业等发展，还寄情于山水，创造了一份又一份的美好，这都是每个人团结共创美好家园的力量！袁孟川三人欣慰一笑：感谢未来给予我们的来自"星星"的礼物……

第九章　火星

眼前，是一片金黄色的麦浪，正随风摇曳着。

袁孟川摸着头，看看周围，再看看自己，发现自己的穿戴又变了一个样，一身学者打扮，并且是一个青壮年的模样。

"袁教授，你赶紧参加即将到来的高科技农业大会吧，你要是不醒，我们还真不知道该怎么办呢！"

"高科技农业大会，我要参加？"袁孟川心里充满疑惑。"他们叫我袁教授，莫非我又穿越到未来了？"心里还是不断地质疑。

"现在是哪年？"

"现在是 2121 年，您还是不舒服，把年份都忘了？"

"哦哦，可能是时空穿梭原因，一会儿就好。"他心里想，反正就这样了，先应承下来再说。

袁孟川被带上一辆飞车，关上门后，飞车离地而起，平滑地在低空中飞翔，窗外也是各式各样的飞车，交叉立体地各行其道，而且非常有序，不久来到了一座高耸入云的大厦，且飞车直接停在了最高层，一扇大门徐徐打开，飞车顺利飞入室内停车场，然后跟着工作人员来到一个会场！

进入会议室，场上响起阵阵欢迎的掌声。

刚开始袁孟川还有些心慌，觉得这么大场面，而且自己根本没有这方面的知识啊，那多尴尬。

"现在欢迎袁教授汇报关于高科技农业技术的方案！"

此时的袁孟川突然感觉，好似很多知识像洪水一般争先恐后地拥进自己的大脑，似乎快要爆炸的感觉，过了不久，随着掌声的平息而平静下来，豁然感觉自己神清气爽，内在的知识让自己变得自信，感觉浑身的才学取之不尽用之不竭，此时的袁孟川完全成了一名教授级的农业科技专家！

袁孟川略加思索，稍微整理了一下思绪，各种数据和专业知识源源不断地脱口而出，并不断得到掌声。

只见袁孟川向空中点击了一下，会场上方出现了多维立体画面——

首先映入眼帘的是地球历史环境变化的时间回放，通过火星的飞船和星际历史的穿越，了解到由于人类无节制地开发自然资源和破坏大自然环境，导致地球生态平衡被打破，尤其是在温度不断升高后，海平面也不断上升，导致陆地越来越少，剩余的陆地也由于自然环境的平衡遭到破坏而难以栖息居住，更别说农作物遭到毁灭性打击。最后人类不得不踏上探索火星的道路，并最终全人类移居到火星，并定居下来，同时也不得不重新考虑如何在火星发展人类赖以生存的农作物的种植问题。

袁教授手指轻轻一滑，向人们展示了自从人类移居火星后，由于宇宙整体环境都发生了变化，火星也成为外星人抢夺的目标之一，也正由于外星人发动抢夺火星的战争，火星遭受很大的冲击，环境也遭受到不同程度的破坏，尽管政府采取了各种办法来治理环境，由于火星的自然环境和地球有着一定的区别，所以盲目照搬地球的环境治理方案来治理火星的环境，效果并不是很理想，随着时间的推移，火星的环境越来越恶劣，一方面是需要不断抵挡外星人对火星的侵略，另一方面是赶紧想办法治理和恢复火星的自然环境，并加强农业的发展，满足人类的日常生活。

继续画圆弧般翻转点击，忽然整个会议室徐徐脱离大厦，慢慢地向空旷的农业大地飞去，在袁教授的方案中，他深深体会到，人类移居到火星后由于技术的发展和原材料的挖掘导致了火星环境的恶化，更由于盲目采用地球老办法进行治理不适宜而失败，于是，袁教授就如何进行土壤的再开发以及如何布局高科技农业做了具体的部署。

根据执行的方案，需要招募一批身强体壮的青壮年进行环境治理和火星农作物种植，经过一年的筛选，大约 1000 人入围初级环境治理的学习和高科技农业种植培训，为此，袁孟川在国家的帮助下，对未来环境治理执行人进行农作物种植技术培训工作，这些人通过星际的知识库了解环境的治理和方法，并成为环境领域内的专家级人才，同时通过丰富的军事技能高强度训练，个个都成为军事上的行家里手，袁教授此刻深深认识到，任何时候，知识就是力量，知识才是最佳的决策和执行方案。

又经过一段时间的努力，以袁教授为首的环境团队在太空中建立起环境综合治理和高科技农作物种植的智能管理中心，在管理中心的一旁连接着足有 100 个足球场大小的全身漆黑的飞行器，"自由号"非常醒目地显示在飞行器的外侧，在夜空中闪闪发亮，此时，袁教授召集已经培训合格的 1000 名执行者，踏上由多边形飞行器组合成的庞大飞行器，这 1000 名环保执行者踏上"自由号"飞行器，并走入各个小的多边形飞行器的驾驶舱。

随着袁孟川的一声"出发"，红色按钮的红光一闪，"自由号"缓缓地脱离太空环境管理中心，慢慢地向远处飞去，等到一定距离时，袁教授手指轻轻画了一个圆弧，"自由号"停止前进，并开始慢慢上升，到达一定高度后，开始向着太空环境管理中心飞来，直至出现在它的正上方。

此时，最激动人心的时刻到了，只见袁教授点击了一下类似于命令分发的空中按钮，上空的"自由号"慢慢发生变化，随着一道道类似闪电的亮光不断闪烁，"自由号"发生了类似于裂变的变化，以每个小的飞行器为中心不断由一个变成两个，由两个变成四个，由四个变成八个，随之而来的是整个"自由号"猛然变得无边无际，而那 1000 个环保执行者恰恰是执行裂变的重要舵手，随着袁教授一声"脱离"，每个环保执行者驾驶的小飞行器裂变后各自相互分离，在天空中形成 1000 个独立的环保监督管理单元和农作物种植单元，每个单元管理着自身分裂出来的更小单位环境监控器和农作物种植管理器。

随着指令的执行，各个小监控器徐徐且有序地均匀飞散开来，且由原来不透明的黑色慢慢演变成如空气般的透明色，只有通过特有的信号发生器发射的信号才能获悉具体每一个独立体的存在，袁教授发出最后的口令："发射。"

只见无数的烈光像飞箭一样射向火星和地球，形成对火星和地球全方位监测的无线网点，并自动生成空中无数个适合种植的空间土壤单元。

此时在太空环境监控大屏幕上，立即出现了火星和地球全球性的环境监测数据和实时分布图，并能够实时控制和管理每一个农作物单元的长势情况，实现从播种到收割的全程自动化管理，与此同时也自动进行环境指数分析，并自动计算出具体的治理和调整方案，以此提供给政府进行决策和执行，当两个星球环境完全被人类驾驭和监测的信息出现在大屏上的时候，袁孟川激动地流下了眼泪，感觉到自己的价值得到体现，更是感慨知识的力量。

这时候，那名司令员走到袁孟川身边，问这个太空环境监控中心能否抵制外星人的侵略。袁孟川微微一笑，带领司令员来到大屏幕面前，在环境按钮旁边打开一个特别的金色盖板，掀开后对这名官员说："司令员，从现在开始我将家园安全环境的电子密钥移交给你！"

该司令员吃了一惊，原来袁教授在规划设计地理自然环境综合智慧管理的同时，也同步规划设计好了家园安全环境的智能保护系统，通过该电子密钥，司令员可以随时向那1000个环境执行者发布各项环境安全指令，可以说这1000个人就是部署在太空中的保护家园安全的勇士，他们通过已经发射的无数的无形监测无线网，全天候地监控每个地点是否遭受袭击，并能够智能地将各种风险信息反馈给一个独立的环境安全实时显示的大屏上，这样军队就可以通过该智能保护系统轻而易举地做好保卫星球家园的工作，从而彻底保护家园的安全，对内实现自然环境的智能监控和智能恢复，对外起到智能的防侵略安全保护罩的功能，让人类得以在这里安居乐业。

时间过得飞快，在袁孟川规划设计和启用的太空综合智能环境中心的作用下，不但抵御了外星人的侵略，而且还很好地恢复了火星遭受破坏的环境，同时更令人欣喜的是，监测显示地球环境也开始得到逐步的恢复，空中无数个土壤单元的土地已经长出各种各样的农作物，而且全程无须人类参与，全部依靠管控中心自动进行环境监测和调控，自动进行各类农作物的培植和采集，人们拿到手的则是已经打包非常干净、安全、精美的成品，也正由于绿色植物的大面积存在，反哺地球的可生存指数也得到了快速提升，过去的天蓝水美的蓝色地球正逐步召唤人类的回归。

夜晚，袁孟川怎么也睡不着，他慢慢走出办公室，散步在灯火通明的大街上，看到大街上很多显眼的位置都贴着环境保护的宣传画，更有很多义务志愿者做着环境保护的宣传，并用行动共同维护着现在居住的环境，他面向地球，一种想回家的思念涌上心头，是想念，是牵挂，还是……

忽然从地球射来一道彩虹，慢慢延伸，缓缓地飘至袁孟川的脚下，袁孟川不自觉地踏上彩虹，瞬间失去了意识……

"袁孟川，醒醒！醒醒！"

袁孟川隐隐约约听到有人叫他，"赶紧，起来吃饭！"

他猛地坐了起来，一切恍然如梦，又感觉是那么真实，是啊，一切是那么美好和伟大，自己要真是袁教授为人类做贡献该多好啊！看来不能再像过去那样碌碌无为了，应该做一个有益于社会的有价值的人，而且知识显然是不可或缺的利器。袁孟川立志成为一个名副其实的环境大使和农业专家！

第十章　房子

　　袁孟川看着透着光的窗帘，他忍不住想：下一个背景又是哪里？他拿起枕头旁边的手机，看了眼时间就起床洗漱了，袁孟川看着镜子里的自己，觉得这几日自己的变化很大，他心想：经历了前面这么几次的折腾，搁谁都得累得瘦一圈。

　　此时，王开盟和王开源在门外不停地喊："孟川，醒醒啦！怎么还不起床啊，这两天看你老发呆是不是没睡好啊？"

　　"哦，我起床了，没事儿。"袁孟川只是敷衍道。

　　这两天晚上，那个穿越系统总是在梦里让袁孟川做任务，搞得他现在看到显示屏就条件反射地害怕。

　　吃完饭，袁孟川想查查有什么没去过的地方，他坐在电脑前，戴上耳机滑动光标，刚把关键词输入到搜索栏，又是那阵熟悉的感觉，袁孟川眼前一亮，整个人又置身于彩色光圈中。袁孟川又一次摔在了地面，他眨眨眼睛，想更快地找到这次穿越的任务，只见黑色显示屏上慢慢浮出几行白色小字，广播中传出冰冷的机械音：

　　"这次穿越的背景为 100 年后的小国。因为人口数量不断增长，导致 100 年后人们的生活水平下降。任务：请您用现在的技术，为 100 年后的人类生活做出改变。"

　　袁孟川傻眼了，他只是一个初中生啊！袁孟川也没想到会给自己这么个任务。他用了一点儿时间消化，然后就开始着手解决这个棘手的问题。过了一会儿，系统把袁孟川传送到城市中心，虽说是城市中心，但这边的房屋建筑确实没有现在的好，这里平房较多，由于人多的缘故，车子乱停，导致整个城市显得乱糟糟的。袁孟川不知道怎么下手这个任务，他头疼地搓了搓脸，心想还是先找到王开盟和王开源兄妹两个人在哪儿，他抬脚走进城市中央。

袁孟川观察了下四周，与其说是城市还不如说是一个小村庄，石板路已经裂开好几处，还有几根杂草点缀，花草树木也蔫蔫得毫无生气，袁孟川想：也不知道 100 年来人们都干了些什么。他问了问最近的房屋里的主人，主人是一个五十来岁的男人，眼角有点儿皱纹，更显得他和蔼，"老师傅，您知道最近有什么人来到这个城市吗？我的两个朋友和我走散了。"袁孟川尽量让自己显得更自在，不那么生硬，也没想多少。"我听我邻居老刘说，好像有两个年轻人，长得还挺像的，不知道是不是双胞胎，一起来的。老刘给他们找了个屋子住，在路口尽头右转就能看到。"袁孟川连忙道谢，向路口尽头走去。

路口尽头只有一座红墙黑瓦的房子，很好识别，推开屋门看到兄妹两个熟悉的脸庞，袁孟川觉得踏实了，三个人很有默契地聚在一起讨论任务，王开源不耐烦地说："这任务越来越离谱了，都开始干整个城市的活儿了，下次是不是该拯救地球了。"妹妹也急得脸红起来，袁孟川安慰他们："既然安排了任务，就着手准备吧，抱怨也没用，说不定完成任务后系统还能给奖励。"兄妹俩一直把袁孟川当领导，也只能同意。三人就地坐下，兄妹俩都听从袁孟川的安排，理所当然让他先讲自己的想法。

袁孟川头疼道："这个世界的条件没有我们的世界好，所以房屋改造也不是很轻松的一件事，这个世界人口很多，我们可以通过宣传的方式让人们行动起来，一起改变城市环境，而且我们还要获得周围人的信任，需要政府的支持，毕竟我们经济方面还是很欠缺的。""我们只有三个人，谁知道这次系统给的时间是多久？""这么大的城市工程量啊……"他们聊得火热，后半夜都没休息。

最后，三个人困得眼都睁不开了，才上床准备睡觉。

三个人带着满脑子的计划和疲惫入睡了。

…………

“起床时间到了。”

他们的耳边传来了系统提示的声音，三人便一脸蒙地从床上起来。直到系统提醒他们才想起来——接下来他们要改造100年后的城市里的房屋。

100年后的大城市想要一家家改造是不现实的，而要改造城市里的房屋首先要有一个初步的模型。袁孟川的设想是整个城市看起来像一片森林，相隔较远的高大建筑作为树干，这些树干形状各异但统一的特点就是高，而树干上又长出了很多树枝作为空中公路或者是其余建筑物的支架，彼此相连，树干之间的空地上是一般高度的建筑物。此外，还有一些空中建筑——树枝两侧挂着一些小房屋作为人类住宅。

交通方面的运输自然是以飞行为主——作为空中公路的树枝都会铺上磁轨道；另外就是一种新型的交通工具——飞行衣，它的飞行由人的手和脚来控制，可以让人像鸟一样在空中自由地飞行。

未来的车辆基本都是无人驾驶，人们乘车时就可以自由做其余事，利用这个特点就可以把车辆改装成可移动的商店，这样在堵车的时候也可以买卖东西了。

最后再加上城市温度控制器，这样就可以在不同的季节调节适合此季节的温度以便于农作物的生长。

袁孟川和王开源兄妹完成了这个模型后，便去市政府寻求支持，市长秘书将袁孟川和王开源兄妹带进了市长的办公室。见到市长后，袁孟川首先将城市模型递给了市长，然后由王开源这个口才好的人来给市长讲解。“首先这个设计让城市的排列看起来很整洁，并且这些树干上长出的树枝可以当作空中公路或者是挂一些住宅，这样就节省了很多空间；在交通方面我们有飞行衣；天气方面……”经过两个多小时的论辩，市长终于同意了这个方案，可是只有市长同意也没用，毕竟要改造的城市可是大家住了100多年的城市，想要改造的话也要取得市民的同意，这可是个大问题。

袁孟川和王开源兄妹二人找到了媒体，将这个计划告诉了大家，并在互联网上发起了投票。

三天后结果出来了——有55%的市民持反对意见，没办法他们三人只好再次找了媒体，详细地向市民们介绍。他们三人详细地把这个计划的细节发到每个市民的电子邮箱中并且向大家说了改造之后的好处——生活方便、节省空间、出行便利……最终大部分市民同意了这个改造计划，他们三人长舒一口气——市民这一关是过了，但后面还有更困难的等着他们呢。

市长带着袁孟川和王开盟兄妹来到了施工队。施工队老板也听说了改造城市这件事，他正是持反对意见的那部分人，因为这个工程太浩大了，需要巨资来买材料才能启动这个计划。可是他们三人并没有这么多钱，王开源提议找系统要，可是系统拒绝了。

市长去找中央政府申请了一笔资金可还是差一些，袁孟川三人在网上发起了一个捐款活动并进行媒体宣传。等了一周资金终于够了，施工队长带着这些钱去另一个城市买了一批材料。

施工队耗时三个月终于把这个城市按计划改造成功，市长带着袁孟川三人来剪彩，结束之后袁孟川三人便回家了。

回到家，他们坐在床上回想着这段时间发生的事情，突然，他们眼前闪过一道白光，大脑一片空白。袁孟川又穿越回100年前的现实世界，他感到浑身疲惫，躺到床上进入了梦乡。

第十一章　通信

"孟川，今天怎么迟到了，全班就差你一个了，要是因为你我们班的最佳班级拿不到了，你竞选优秀学生的机会就没有了。"袁孟川刚刚爬起床，便听到了班主任邓老师打来的电话。

还没等邓老师说完，他就草草应付了几句，匆匆挂掉了电话。

是的，他很懊恼，到底要不要继续争取这个荣誉了。

又是一阵手机铃声。

"老妹，什么事儿？"王开盟接通手机问道。

"爸回家了，明天又要走了，快回家。"电话那头一阵焦急的声音响起。

"好的，马上就到。"王开盟说完放下电话，"我爸回家了，我走了。"

袁孟川摆摆手道："好的，快去吧。"

王开盟走后袁孟川拿起兜里的手机准备上网查查近期的新闻。

袁孟川打开手机，发现桌面有一个带卫星和地球图标的软件。

这是不是病毒？打开看看吧。反正手机上也没有重要资料。

系统提示："欢迎使用宇宙通信联盟认证，科技论坛 2918 版，本软件采用多维时空量子通信技术，宇宙各地通信畅通无阻，隐私保护绝对无忧。"

谁的恶作剧，反正无聊时玩玩也没问题，要钱绝对不给。袁孟川点开软件。

系统提示："请填写个人信息。"

袁孟川对照着自己名牌上的信息填写。

姓名：要破产。

系统提示："对不起，名字不规范。范例：张三，李四。"

姓名：袁孟川。年龄：13。种族：汉。爱好：科学技术。

系统提示："请您确认，确认后不能更改。"

袁孟川点击确认。

手机放出一道射线，扫过袁孟川，他感觉似乎又穿越了时空。

系统提示音响起："注册成功。姓名，袁孟川。年龄，13。种族，中华民族（汉，基因检测通过）。爱好，科技。"

系统提示发出可爱的声音："欢迎加入科技论坛。"

袁孟川进入科技论坛，论坛分为常规板块，交易板块。

先点开交易板块，看得袁孟川双眼发出了贪婪的目光。

空间维度传送仪，价值一个生命星或十个恒星系。

空间虫洞构建器，价值十个资源星。

…………

一立方米压缩空间包（质量不变，内含 5 万立方米），价值一个资源星。

亚光速飞船，500 亿元。

星球内量子智能通信系统，500 万元。

初级细胞延寿液（每次延寿 150 年），50 元。

…………

袁孟川兴奋地大吼："我要充值，我要延寿液。"

系统提示："正在为您链接户籍身份系统，无法找到您的身份证，无法为您开通交易系统。"

这声音好似盆凉水泼下，把袁孟川彻底泼醒了。袁孟川喃喃自语："我怎么会有这个不知道是什么世界的身份证，这板块再也不来了。"

袁孟川痛心地离开了交易板块，点开了常规板块。常规板块分为技术资料区和活动区。

袁孟川点开了技术资料区，科技才是关键点。

几条置顶帖加红加粗挂在上面——

空间维度传送仪的制造方法。

暗物质的收集与暗能量的利用。

在黑洞密集区架设空间虫洞技术。

…………

袁孟川想，上面的科技太先进，点开后面的帖子看看。

量子计算机的制造方法？点击进去看看。

系统提示："本帖为付费帖，价值1元。"

继续看其他帖子。

量子通信传输与加密技术，价值1元。

可控核聚变的几种技术方法，价值1元。

…………

植物基因编程技术，1毛。

人体干细胞培养技术，1毛。

智能机器人制造，1毛。

初级人工智能系统，1毛。

…………

袁孟川思考了一番，没钱我可以试试发帖。

袁孟川看了一眼发帖按钮，灰色的，点不了。

系统提示："没有绑定身份证不能发帖。"

袁孟川从小就热爱科学，学习是他最大的乐趣。同学在玩游戏，他在图书馆。同学在逛街，他在图书馆。从小就听说科技改变生活，科技改变世界。

第十二章　转换

　　袁孟川想看看活动区再退出，点开活动区。

　　正在直播的是一个漂亮的小姑娘，穿着很有科幻色彩。身上的衣物很像丝绸，上面变换着图案。时而是蝴蝶，时而是彩凤。

　　她开口说话了，标准的汉语普通话，"大家好，我是杨妍，欢迎大家的到来，我们先发个红包。"

　　"主播杨妍发了1000元红包。"袁孟川快速点开了红包。

　　系统提示："恭喜你抢到了1.2元。""今天讲一下初级人工智能的制造。人工智能，想必大家应该都知道，没有创造能力却学习能力强大，只要程序设定得好，没有它办不到的事。"

　　杨妍拿出一台没开包装的量子计算机。"量子计算机在出厂的时候都没有加载智能系统，为了隐私安全都是由自己制作的。"

　　杨妍打开包装，拿出一个像激光笔的仪器对着量子计算机的核心，像是在写字。这是在写入程序。

　　袁孟川认为windows10更好一些，但想到自己刚来到这个未知世界，没电脑。他放弃了。

　　杨妍说完发了进行二进制机器语言转换的方法。

　　袁孟川询问道："请问，为什么论坛人气这么低迷？好多帖子都要花钱的？"杨妍回答："大部分上论坛都是查资料的，需要付费。知识都是有专利的，直播帖平时很少有人来发。"

系统提示："直播完成，再次进入该帖需花费 1 元钱（下次不再提醒）。"

袁孟川看到后马上把源字符程序和转换二进机器语言的方法记下来，并设定了直播提醒功能。

再次来到资料区，看着好多的科技资料，犹豫到底要买什么。

手里已经有人工智能技术，选择哪种，按照自己的需求选吧。

先选人体干细胞培养。这个一看就知道是延长寿命、治愈疾病的。

植物基因编程技术也不错。

点击购买，一块二毛钱换回了两门超级科技。

系统提示："资料传输中，有两种方法，脑波共振意识传输到量子设备。"

袁孟川没有量子设备，他只能选脑波共振技术。脑阵痛，脸色发白。鬓角直冒虚汗。这是一瞬间大脑接触了大量信息造成的生理反应。

袁孟川放下手机，躺在床上闭目养神。过了半个小时才消化了这么多信息。

袁孟川查看起脑海中的信息。

这个世界的人工智能太强大了，比想象的强大百倍。在科研上真是得力的助手，特别配上植物编程技术真是如虎添翼，再也不怕制造的超级植物引起生物灾难了。

人体干细胞培养真是延长生命的技术，普遍把人类寿命延长到 200 岁左右，可以治愈绝大部分细胞损伤引起的疾病。

最简单的核聚变，最接近现代技术的双磁环激光压缩法。这个技术需要一瞬间提供相当于京城一年的用电量，反应时放出大量的光和热，除了国家没人能办到。袁孟川估计核聚变技术现在不能快速实现，交给国家是最安全的，就算是有些人贪婪，想要谋夺他的技术，在核聚变成功前他也是安全的。有未来科技的保证，核聚变成功后，他有足够的实力保护自己。

拿出手机。袁孟川按照未来代码，在手机上编写人工智能系统的删减版，为了适应手机的硬件。几十分钟后编写完成，设定系统最高权限人是自己，形象是一只可爱的小白鼠，名字叫 Siri；唤醒句为：嘿，Siri 系统启动。

Siri："主人，请开启学习权限。"

袁孟川："开启学习权限，限定学习所有公开知识。"

"检测到硬件不足，只能开启联网查询功能和智能分析功能，基本硬件条件已对比成功，神威·太湖之光的硬件条件基本满足系统。"不到一秒钟，Siri检测完硬件回答道。

袁孟川命令系统道："Siri，我准备把核聚变技术交给国家，找到风险最低、成功率最大的路线。优先从我认识的人开始。"

Siri在网上比对袁孟川的关系，查找各个公开的消息，经过几分钟的搜索，Siri："找到最合适的人。马爱国院士。华夏核聚变工程，'太阳一号工程'总工程师。成功率很大。他背景深厚，足以保证你的安全。地址在经贸大学教师公寓二栋802号。"

袁孟川能放心把技术交给马爱国院士。因为他询问去招聘会的路线，是马院士主动帮助他的，因此产生了好感。

袁孟川把技术用桌子上的打印纸抄写好，走着去马院士的家。

经贸大学教师公寓二栋802号，马爱国院士的家到了。

Siri最终没有找到马院士的行踪，这件事成为袁孟川心中的谜团。

第十三章　治愈

袁孟川又回到他那温馨的小家，内心纷乱。

他躺在柔软的床上，却怎么也睡不着。

这时，黑色的字又一次赫然显现在墙上——

"欢迎你回来，袁孟川。

"这次你的任务是拯救普通大众的心理健康。公元 2121 年，人口增多，环境恶劣，各种压力随之而来，就业问题、衣食问题、房源问题等常年笼罩在人们的心上，给人们的心灵带来了巨大的创伤。不过好在你们已把大部分问题解决了。"

听到这儿，袁孟川心里有一堆问号，怎么这百年以后的心理医生也不好使了吗？

那边像是知道他的疑问，黑字再次浮现：

这次你们并不是要当专业的心理医师，请耐心听我说完。

"科学家早就发现了群众的心理问题，为此他们研究出了一种编造梦境的仪器，用于辅助心理治疗。这种仪器十分好使，只是造价昂贵，供不应求，今天有一个病人，她叫巧思蕊，你们只需治疗好她的心理疾病，便可完成任务。

"现在，请你与王开盟、王开源到光华路 23 号的光华医院。感谢你们的付出。"

随后袁孟川就与王开盟、王开源兄妹来到了光华医院，三人商量道："怎么让巧思蕊心甘情愿戴上仪器呢？"王开源说："我们可以说这是新研发的仪器，可以帮助她冷静下来调整好状态。"其余二人点头赞同。

三人来到心理科，进到了304病房，看到了坐在一旁的巧思蕊，她看到三人的到来，心里很吃惊："医生不是说爸爸来接我吗？"她刚想逃走，三人把她拦下。在进来之前，三人看了关于巧思蕊的资料。

她本应该是一个幸福的孩子，但在15年前也就是2106年，4岁的她和1岁的妹妹同妈妈回家时妈妈被车撞死，只因车主是个富二代，上面有人，他威胁她们如果报警就屠他全家，那时的爸爸整天喝酒赌博，妈妈死了也不管不顾，草草办了一场葬礼，这事儿对一个4岁的孩子心理影响很大，妈妈死后，爸爸经常打她们，她为了保护妹妹经常挨打，就变成了这样——精神分裂症，后来在邻居王阿姨的帮助下，姐妹二人的生活得到了改善，可是病迟迟没有治愈。

袁孟川说道："你好，巧思蕊，我们是心理医师，我们刚刚已经看了关于你的信息，现在你要做的是戴上这个仪器，这是我们最新研制出的仪器，可以帮助你调整状态。"

巧思蕊半信半疑地戴上了仪器，瞬间昏迷了过去，这时全国开启了沉浸直播，袁孟川以为仪器发生了什么问题，跑去要查看，被王开盟拦住说："正常，不用慌张。"然后王开源拿出显示屏，对他们解释道，"看，这是巧思蕊想象的空间，这个仪器根据患者大脑里的欲望制造出想要的空间，从而减轻患者精神上的忧虑，然而直播里看到的是一段小视频，和仪器的作用是一样的——帮助患者，这些视频是经过科学家近几年的研究完成的。"袁孟川问："你怎么知道这么多？"

王开盟说："墙壁告诉我们的，你不知道吗？"

袁孟川没有回答，而是在心里吐槽道："这个墙壁太偏心了！"

巧思蕊看完后醒来了说："我刚刚做了一个梦，有爸爸、妈妈、我和妹妹，我们在一起生活得很好很好……"

还没说完，巧思蕊就流下了一串晶莹的泪珠。

"根据你的资料我们已经向警方报警，相信很快坏人就要……"

"铃铃……铃铃铃……"

"您好……"袁孟川说，"好了，这次你的仇报了，他已经落入法网，还有他爹也是一个贩毒人员，这次一网打尽。"

"虽然你的心结打开了，但是还要按着医生的嘱咐，会存在社会功能损害的后遗症，需要每三个月进行一次心理病情的评估，了解你的预后状况。"王开盟说道。

"医生和你的父亲做了深入交流，他觉得以前对不起你们，一会儿你和他好好聊聊吧。"袁孟川说道。

巧思蕊说："真的很谢谢你们！"

袁孟川说："不用谢，我们其实也不是什么心理医师，我们是来做任务的。"

巧思蕊说："其实我早就看出来了，谁还会穿这么土的衣服啊。"

"哈哈哈哈！"所有人都笑出了声。

"再见。"巧思蕊说，三人也说了声再见，袁孟川心里想：但愿我们还能再见吧！

巧思蕊离开之后，袁孟川看了一眼手腕上的表，快下午 3.:30 了，午饭还没吃。

他邀请王开源和王开盟一起到新开的一家餐厅去吃，走在街道上，袁孟川依旧怀念原来世界路上熙熙攘攘的人群，可现在取而代之的是机器人。

不过这个世界也挺好的，至少不用面对糟糕的成绩和父母的唠叨了，反而在这里还能当个好人。

到达后发现餐厅里面空无一人，因为这是个无人餐厅，机器人负责送菜和服务。

吃完饭，三人一起回到公寓，在袁孟川的房间交谈。他们三个都感觉现在这个世界比刚穿越时好很多，同样感觉到马上就可以回到原来的世界了！

天色渐渐暗了，墙上的钟表嘀嗒地响着。

袁孟川独自一人在房间里思索着，但内心似乎总不能平静，或许还有下一个人物在等着……

全球风暴

第一章　飞到空间站

2255 年，全球气候日趋恶化，金星表面温度持续升高，内核愈来愈热，几乎赶上太阳核心的温度了，成了"第二个太阳"。

"第二个太阳"的出现，彻底改变了地球的气候。原先特别寒冷的极地地区的平均温度也上升到了 30 多摄氏度，冰川融化导致海平面上升 66 米。世界大部分的沿海地区被海洋淹没，而最热的热带地区的海洋竟然全部蒸发，全球丧失了 40% 的水资源，导致每年至少有 120 万人因缺水而死。

国际联盟高度重视，组织世界上最强大的 16 个国家开展气候研究并研制出了一种装置——荷兰男孩儿，名字源于一个想用身体堵住海啸的荷兰小男孩儿。这个能恢复至原来气候的气象卫星，用数十万根钢管组成网状结构包围住地球。哪里出现问题，哪里的气象卫星里面的气候针就会发射到哪里，通过改变云层状况解决问题。当然，人们也建造了国际空间站用来监督装置的运行。而我，则是这个项目的第一负责人……

2263.01.17，美国，纽约

我正在法院参加一场听证会，国际联盟想把项目的运行权收归自己，我当然不同意，正跟法官吵得不可开交。

"二哥，别说话了。"我的弟弟约翰给我发来了短信，当然我没有住嘴，更没有看见这条消息。

"求你了二哥，快停下来吧，别说了！"虽然约翰的短信又发来了，我依然没有看见。我怒火中烧，和法官吵得更厉害了。

"住嘴，卡尔文！"法官厉声说道，随后像是在单独对我说，可又像是在对所有人说："现在判决，'荷兰男孩'的一切控制权交由国际联盟，一个月后执行！"

我无计可施，本想再辩解几句，但看法官那冷峻的眼神，只好作罢。

听证会结束，约翰赶紧跑到我面前："二哥，我真的服了你了，我给你发短信你为什么就是不听呢？"

我也很无奈，现在世界局势太紧张了。1月28日将进行国际联盟秘书长大选，A国的朴成元团队总是暗中打压对手——来自B国的现任秘书长古萨雷斯团队，但A国团队的真正目标并非如此，而是想掌握"荷兰男孩"的控制权，等朴成元当选秘书长后，达到毁灭世界的目的。

"二哥，二哥！"约翰把我从回忆中叫醒。

"不行，我得赶紧去一趟国际空间站。"说罢，我连约翰都没顾上，直奔着家去了——怎么着也得和家人告个别啊。

"告诉我实话，你是不是又要去执行什么所谓的太空任务？"妻子开门见山地问。

"亲爱的，你先听我说……"我向妻子解释着。

"行了，别再找借口了，你每次一去数月，没有音信，外面都快成你的家了！"

我木木地站着，不知道该说些什么。

"不是不让你去啊，是现在外面太危险了，稍微冒犯到谁，那可不是钱能解决的。"妻子叹了口气说道。

"唉，是啊，但关键就是因为局势紧张，所以我更不能离开自己的岗位，否则的话，不是我一个人死，而是全地球人死。"我无奈地说道。

"给，行李我已经给你收拾好了，我只有一个要求，安全回来。"

"我知道了，谢谢你。"

我也顾不上别的，从家里跑出来，打了一辆出租车，直奔肯尼迪航天中心——全美唯一发射人员到空间站的地面航天中心。

"嘿，这不是第一负责人卡尔文·埃里克森上将吗？怎么突然想来这儿了？

出什么事了，跟我说说。"说话的是我最要好的朋友，第二负责人彼得·卡尔森上将。

"没事儿，就是想去空间站视察视察了。"

"那你来得太正点了，我正好也要到空间站开会，跟我一起去吧。"

我应了一声，便和他一起跑向飞船"探索者"号，准备飞向太空。

不到 5 分钟的时间，我们就从地球飞到了空间站。空间站的外围整体被 16 个国家的国旗覆盖着，犹如一片花海。

下了飞船，一个熟悉的声音在耳畔响起："卡尔文先生！"

我转过头，看见一位女士，眼熟，但是叫不出名字："您好，您是……"

"德国方面负责人，空间站首席科学技术专家海伦·法格·沃尔森。"

"您这么一说，我倒想起来了，很高兴见到您。"

"我也是，对于我来说，这里就是我的家。我给您介绍一下空间站里的核心人员吧。"

我"嗯"了一声，便和她一起走进了工作舱。

"我猜得没错，又是一个美国佬。"

"邓肯，注意你的言辞，"沃尔森冷冷地说道，"这位，就是我们这个项目的第一负责人卡尔文·埃里克森。"

"呃，原谅我的冒犯，这位大叔就是我们的第一负责人，没开玩笑吧？"

"当然没有，杜塞特。"

"卡尔文先生，请允许我为您介绍一下在座的核心人员。从左往右依次是：英国技术专家邓肯、法国安全专家杜塞特以及尼日利亚舱体设计学家埃里姆。"

大家都朝我挥了挥手，但从他们的表情能看出来，他们并不相信面前的这位"大叔"就是第一负责人……

她停顿了一会儿，继续说道："现在，我们要讨论一起很严重的事故。1 月 15 日，印度生物学家萨法里在存放东西完毕后经由 F-31 舱体回休息舱时，突然，舱门关闭了，面向外太空的舷窗发生破裂，萨法里整个人被吸出窗外而牺牲。"

说到这里，大家都没有说话，好像在为那位生物学家默哀。

然而，就在这时，卫星舱收回使用寿命已到的香港 3 号卫星，但没过几秒，香港三号卫星突然失控，在舱里横冲直撞，千钧一发之际，我和沃尔森翻滚到了地上，如果再晚几秒，我们就会被卫星撞飞。

又过了几秒，卫星停了下来，好多人也受了伤，舱体的各个部位都受到了不同程度的损坏，在我们抢救完伤员讨论是怎么回事的时候，我的一位同事——来自香港的郑龙打来了一个紧急电话。

"郑龙，出什么事了吗？"

"事还不小，"他说道，"现在我还在办公室里加班，因为我发现世界上好多卫星都出现了微乎其微的异常，你打开你的平板看看。"

我打开我的平板，进了系统，令我意外的是，我竟然没有看见任何一个卫星是异常的。

"你看见了吗？哦不，糟了……那个……卡尔文……我……稍等……"

说到这里，他挂断了电话。

此时郑龙遭遇了什么？原来是一群黑衣人突然闯进办公室开始胡乱翻资料，郑龙躲进了衣橱。过了有 5 分钟左右，又听见有人说："Sir，there isn't anything."（长官，这里没有任何东西。）

又听见有人一声令下："Fall back！"（撤退！）

郑龙等黑衣人走后，慌忙跑出了大厦，开车逃离。

他觉得有点儿热，买了瓶水和几个生鸡蛋，放东西时，鸡蛋掉到了地上，郑龙正想捡起来装进盒子，却看见一个个生鸡蛋在慢慢变熟！

"嘣"的一声，煤气管道从道路中暴露了出来，郑龙才意识到情况不妙，赶忙开车走。而就在他开车离开后没几秒，管道爆炸了，一段接一段地爆炸，香港顿时变成一座炙热的魔窟！中银大厦、维多利亚中心、浅水湾豪宅区……都不复存在了。

第二章　爆炸事件

郑龙还在西九龙公路大桥上狂奔着，但热气让前挡风玻璃变得模糊起来，郑龙擦掉蒸气之后，他突然看见好多车，他的眼镜片也倏地模糊了。他猛地停下了车，一看车内温度，38.9 摄氏度！

他下了车，才看见眼前出现的"壮观"景象：香港，这座被称为"亚洲四小龙"之一的城市，已然是一座火焰山……

而在美国的弟弟，国际联盟秘书长的终身保镖约翰·埃里克森，听说了香港管道爆炸的消息后，很是吃惊，于是跟我通了一个视频通话。

说真的，听到这个消息后，我非但不觉得吃惊，反而觉得很正常：这是 A 国团队开始"反攻"了。同时，我也用语言摩斯密码向约翰表达了暗存于现在的情况。

2263.01.19 美国，华盛顿

此时，约翰正在白宫同情报技术专家丹尼斯·图尔特进行语言的破译。

然而，约翰并不理解我为什么要说已故的父亲陪我们钓鱼那件事。

"所以，我感觉，这必然与你们的父亲有着千丝万缕的联系。"

"难不成是我父亲的手机号？"约翰哭笑不得。

"但是，怎么输入进去呢？"

"哦，我知道了，他的手机号开头是 1，所以是第一个音段上，其次是 5，也就是再往后的第 5 个音段，如此下去……"

就这样，约翰一边说一边做，果真，出现了一段令我们难以置信的话：大选的日子，保护好秘书长！

在经过几个小时的讨论、征求意见之后，我们最终确定了一个让人觉得无法接受的原因：舷窗的破裂是因为系统错乱造成的。

但现在还不能就此下定论，我们一行几个人一同去了同在太空站的航天飞船制造基地，看一下被破坏的舷窗。舷窗的防弹玻璃已经没有了，只剩下窗框。而现在，那个 F-30 机舱仍然暴露在外太空。

"舷窗大部分损坏得很严重，基本已经无法修复，但是里面的芯片会告诉我们一切。"杜塞特解释说。

通过查看芯片里面的控制程序发现，有人私自篡改了程序，但是署名为"佚名"。

"这个'佚名'真的是太难查了。"埃里姆叹气道。

"也不知道是谁，这可怎么办呢？"我正苦思冥想的时候，沃尔森猛地想起来了什么，脱口道："控制平板会不会有线索？可是，萨法里把它放哪儿了呢？"

"实在不行，去储物柜区看看？"

"那也不现实吧，成千上万个呢。"

"这也是目前唯一的办法了。"

我们没办法，只好开始找了起来。

正在找的时候，突然听见有人拿枪对着我们说道："不许动，你们想干什么？"

我本能地举起了手，转过身来，差点儿没被气得喷出一口老血。

那个人正是杜塞特！

杜塞特也惊讶地说道："不好意思啊卡尔文先生，我还以为是谁想窃取机密呢。"

沃尔森也被吓了一跳："杜塞特，下次注意。"

其实，杜塞特也是为了寻找萨法里的平板而来的，只不过，闹了一个乌龙。

"是，是，明白。对了，我猜你们也是要找萨法里的平板吧？"

"你怎么知道？"我们两个异口同声地问。

"因为，我也是来找这个的，我知道平板在哪里，跟我来吧。"

我们跟着他来到了一个储物柜，杜塞特打开了柜子，并且看见了一沓厚厚的文件，找到了那个夹在当中的平板，我熟练地登入系统，输入访问密码，令我吃惊的是，竟然访问失败，我开始意识到，已经不是卫星失控这么简单了……

就在这时，突然警报响了起来，我们猜得没错，是卫星出现了故障，但这次，远比我们预料的要糟得多……

事情是这样的：1月23日上午10时32分，国际联盟中央情报局阿富汗分局接到了紧急任务，去巡逻首都喀布尔的萨尔温村。

那个村子很闭塞，一直以来都是独处在沙漠之中，政府让村民们搬到城市里，村民们为了躲避战争，几百年来从来没搬过一次家。

队员们中午12时赶到，却吓得浑身发凉：这个处于沙漠中的小村子，已然被"银装素裹"了，这里像是下过一场大雪一般，但周围的沙漠却仍然是原来犹如火焰炙烤的样子……

进了村子，我更想出去：这里所有的东西，包括人，完全冻住了，正在交易的商人、正在玩耍的小孩……无一幸免。

远在太空空间站的中央控制室也响起了警报：阿富汗6号卫星出现故障、里约热内卢19号卫星出现故障、莫斯科2号卫星出现故障、阿联酋52号卫星出现故障……

此时的里约热内卢，本应是燥热难耐，却出现了寒潮，海滩上冻住的人不计其数，甚至连在天空中翱翔的飞行物也被冻掉在了地面上……

莫斯科，则更是糟糕：本应是寒冷的时节，2号卫星突然将升高温度的"炎热"气候针射向了莫斯科的天空，甚至把一系列的著名建筑例如克里姆林宫、圣瓦西里大教堂、红场全部烧毁。

阿联酋出事的地方在迪拜，本来正在下大雨，可是阿联酋52号卫星竟然又将"催雨"气候针射向迪拜的天空，导致出现了更大规模的暴雨，路面积水已达30多米，甚至世界最高塔哈利法塔都开始晃动。

坐在控制室的我们，虽然登入了系统，却无法更换卫星，邓肯带着一群人还在忙着，我们不得不做出一个很"烧钱"的决定：用新卫星把旧卫星砸碎。

用这个方法，我们发射了四颗卫星，先后砸碎了新换上的香港 4 号卫星，以及原来旧的阿富汗 6 号卫星、莫斯科 2 号卫星和阿联酋 52 号卫星。

果真，所有卫星没有再出问题，各地的天气也转为正常。

此时的我，收到了一条短信，是约翰发来的："二哥，我和同事萨莎·布朗一起去华盛顿华尔街 34 号和郑龙碰个面，他刚到机场。"

现实总是很残酷。

约翰和萨莎在街北，郑龙在街南，郑龙过马路的时候，竟被一辆闯红灯的车给撞飞了。

"哦，见鬼了，我的天哪，赶紧叫救护车，快！"约翰一边跑向已经奄奄一息的郑龙，一边喊。

旁边的路人已经拨打了急救电话，而萨莎也掏出了自己的手枪准备射击，但是很不幸，车已经开走了。

"天哪，不，不会的！"约翰已经抓狂了，他不知道该怎么办，他做起了心肺复苏。

"宙斯计划……宙斯……"郑龙用仅有的力气，说出了这几个字。

"你不会死的，放心吧。"约翰一直喃喃着这句话，直到救护车来到，但为时已晚，郑龙已没了呼吸。

约翰回到家后，他失魂落魄地跟我讲了这件事，我的泪水止不住流了下来。但是郑龙说的"宙斯计划"是什么？那辆车又为什么要闯红灯？我始终想不清楚。

约翰也没有闲着，他找到了丹尼斯·图尔特，向他询问"宙斯计划"是什么。"说真的，我也不大确定，这还是头一回，你说，这个什么'宙斯计划'为什么要用神话人物命名呢？真的是太奇怪了。"

说到这里，我突然惊恐地想到了一种组织：邪教组织。这几年虽说有所好转，但仍有恐怖分子暗地里传播邪教内容，导致邪教组织越来越庞大，甚至敢公开烧、杀、抢、掠，无恶不作。其中最大且影响最广的一个组织就是——希腊美杜莎邪教组织。他们信仰希腊神话人物并以古文化俱乐部为名向外招人，并且在全球已有超过 30 个分支组织，有 200 万成员，而他们的领导人竟是 C 国原总统希索·斯塔索普洛斯。

于是，我把我的想法说给了丹尼。

"我怀疑，那个朴成元会不会和这帮人勾搭到一起了？"约翰怀疑道。

"有可能吧，这个美杜莎已经干了不少'好事'了。"丹尼斯说道。

这时，萨莎给约翰打了个电话。

"什么？又出事了！稍等，我马上过去。丹尼，麻烦你再仔细研究研究，我这里有急事，先走了。"说完，约翰拿上枪和匕首，开车冲向华尔街 1 号——美国经济部。

第三章　飞往巴西

到了地方，约翰便看见一群人在疯狂地砸经济部的大门，有些人甚至把火炬抛到楼上好几层的玻璃上，好在玻璃是防弹防火的，否则后果不堪设想。

随后约翰又看见有一个人拿着四包炸药准备冲向大门，约翰赶忙击毙了他，因为他别无选择。

同时，约翰和警察抓住了几个为首的人，准备带回去审问。

"我就问你一句，你到底说不说？"

这句话约翰已经问了不下四五十遍，况且他也问了已经有 20 多个人了，但他们仿佛达成了什么约定似的，始终守口如瓶，不肯开口说话。这是问的最后一个人。

"不说是吧？要不我喂你俩枪子儿？"约翰忍不下去了。

"别别别！我说，我说，别杀我……"这个人顿时慌了，两腿一软，跪了下来。

"求求你放过我吧。我是希腊美杜莎的美国方面负责人斯科特·埃文斯，这场活动是美洲负责人伊索·纳西门托让我们搞的……"

"伊索是谁，给我说清楚，不想听你挤牙膏似的说话！"

"他原来是做毒品生意的，后来加入了希腊美杜莎组织，成了美洲地区的负责人，手下超过 30 万。"

"说重点！"约翰把枪抵住了他的脑门。

"他的藏匿地点在巴西的巴西利亚……"

砰！约翰打了一枪，但并没有射中他："你听好了，现在，你要不想死，就听我的指挥，一切服从于我，明白了吗？"

"保证永不背叛！"斯科特连连说道。约翰带上了斯科特——他可以当人质，准备动身前往巴西，并叫上了我。而其他人则交给了警方。

我坐上了中国飞船"祝融3号"飞往巴西，在途中，我认识了一位中国人。

"你好，请问你是……"一位小伙拍了拍我的肩膀，看来是想和我搭话，但当他看见我的脸时，激动地说，"天哪，您就是第一负责人卡尔文·埃里克森上将吗？"

"呃，是的……"看来我算是"家喻户晓"了。

"天啊，我真的是太激动了，能跟您交个朋友吗？"

"当然可以！请坐吧。"

他搓着手，紧张地坐了下来。

"哦！对了，忘了给您做个自我介绍了，我是中国方面负责人李云龙。"

"你是新来的？"我试探着问道。

"您说得太对了，我是通过投票当选的，所以对这里比较生疏，请您多多指教，我还有事，先告辞了，"说完，他鞠了个躬，"对了，船长让我跟您说，等到了地方之后，会有人接应您，具体是谁嘛……我也不是很清楚，据说好像是个美国人还有一个日本人带着一帮特警。"

"好的，我知道了，谢谢你。"我准备下了飞船再作具体的决定。

没过多长时间，我们就到达了位于巴西利亚东南部的里约热内卢的圣杜蒙特机场。下了飞船，果真，遇见了一位美国人——我的弟弟约翰，以及一位日本人——不知名字的日本人。

"您好，请问您是……"

"卡尔文上将您好，我是国际维和组织部部长坂中原二，前来做支援工作，此次行动比较危险，我多带了点儿人，大概有三四万人，并在巴西利亚西南的亚历山尼亚地区有一个营地，作为此次行动的指挥部，请随我来吧。"

"好的，麻烦您了。"我回答完后，转头朝我的弟弟说："这人你查过吗？

可靠吗？"

"那当然了，你还信不过我啊？再说了，谁还敢伪装这么重要身份的一个人啊！"约翰自信地说道。

我点了点头，也没有什么话可说的，但我又想起一件事，便开口问道：

"你怎么也来了？你不是秘书长的保镖吗？"

"我和秘书长请假了，我说要去执行一项任务，过几天回去，我让萨莎帮忙照看秘书长。"

我悬着的心落了地。

不到十分钟，我们就到达了营地，这个营地，可以说是金碧辉煌：大厅地面用来自安道尔的大理石板铺着，灯饰是用南非的钻石、缅甸的红宝石和哥伦比亚的绿宝石镶嵌而成，而其他的物品，则大部分都是黄金打造的。

"这营地有年头了吧。"我惊叹道。

"没错，自 2246 年开始抓捕伊索以来，这个大营地就一直是指挥部，从来没变过。"坂中说道。

"怪不得。要不也不可能这么短时间之内就建好了。"

"咚！"外面响起了炮声。

"见鬼，伊索那帮人又来了！"坂中暗自说道，随后又大声对所有人说："所有人！全部进入一级戒备，尽量活捉这帮混蛋！"

我也加入了行列，穿上防弹服，手拿 AK47 进入了战斗。

出了大门，一颗子弹就差点儿打到我，一个人让我趴了下来。

"小心！"原来是李云龙来了。

"你拿的这个枪不行，跟我上四楼，快！"我们两个匍匐着前进，一直到了五楼天台，地上有一个很小的铁盖子，李云龙打开了它。

"快进来！这里有梯子，顺着它下来。"

"你是怎么知道这儿的？"

"我来这儿很久了。"

"那为什么不在四楼装个入口？"

"到了你就知道了。"他给我抛了一个"你懂的"的眼神。

　　我顿时明白了：这里都是高精尖武器，如果装在四楼接待区，很容易被人发现。

　　打开大灯，放武器的柜子也亮起了灯，在这些装有 LED 照明灯的柜子里，这里有无子弹的 BRA-088 气枪，手持火箭炮 CHN-DF，还有步枪 US-047-S，霰弹枪 KOR-039……

　　"这都是哪里来的？"

　　"一些是战利品，但绝大部分都是采购的。"一个陌生的声音在我身后响起。

第四章　不速之客

肯定是有人进来了！我和李云龙同时警戒地举起了枪，原来是个穿西装的男人。"你是谁？受谁指使？怎么进来的？"我照常警惕地问起了"三件套"。

"我是美国人，本指挥部部长大卫·格塔，我受坂中原二指挥，我是来日常检查军火库的，没想到在这儿碰见了二位，李云龙先生和卡尔文·埃里克森先生。"

我慢慢地放下了枪，问道："你怎么知道我们的名字？"

"我曾经是李云龙的父亲李云兆的战友，也曾是你父亲罗西·埃里克森上将的战友，我还记得，他是在阿富汗战争中中弹牺牲的……你父亲真是一个伟大的上将。"

听了这些，我忍不住流下了眼泪。

"走，我带你们一人拿把气枪，就算送你们了。"

"好的，部长！"我们两个敬礼，然后说道。

我拿了一把气步枪 GER-013-A，李云龙拿了一把狙击气枪 NER-055-C，我们三个一同冲出军火库跑向天台。

我和李云龙毫不犹豫地开枪射击，但是这样效率太低了，远远赶不上敌人援军赶来的速度。

就在我们还在边打敌人边冥思苦想的时候，只见大卫拿出了极其稀有的榴弹火箭炮！

每个型号的枪，都是先标国家，再标型号，再是第几次改进（若是 B，则为第二次改进），但是型号为 000 和后面是数字的武器却只在三个国家生产：中国、俄罗斯和加拿大，而且全世界总共只有 30 万门！大卫拿着的这个，就是产自加拿大的 CAN-000-3。

这时，敌方发射了一枚地地导弹，指从地面发射，再打击地面目标的导弹，杀伤力极强。

但是，它在 000-3 面前，就是个无名小卒。

只见大卫扣动扳机，朝着导弹射了过去，准确地拦截了导弹。天空中炸出了一朵巨大的蘑菇云。

随后又看见大卫将火箭炮对准了敌方阵营……

"咚"的一声，整个敌方阵营已然是"千疮百孔"，到处都是逃散的士兵。

后来，大卫又开了几炮，彻底将敌人全部歼灭，而其他逃跑的士兵，也都被一一击毙，我们取得了胜利。

"唉，本来不太想拿这个炮的，但是，这帮混蛋也改进武器了，看来，还得再研究研究啊。"大卫边吹着冒出炮口的烟，边说道。

我们听了这话，这人也太厉害了，看来我俩只有钦佩的份儿了……

下午打扫完战场，坂中原二找到了我。

"卡尔文先生，今天真的是辛苦您了，我们已经给您安排好了寝室，请随我来。"

我跟着他走到了三楼的 315。

"这里就是您的寝室兼办公室。"说罢，他把一张卡递给了我，"这张卡是您的房卡，请拿好，晚上 7 点有晚饭，在一楼宴会厅，敬请光临。"说完，他离开了。

7 点，我准时到了一楼宴会厅，并且不到一刻钟我就吃完了饭，去楼下饮料机买了瓶可乐，回到寝室，因为我想赶紧把这几天纠缠在脑海里面的事情彻底搞清楚。

"咚咚咚……"

"谁啊？"我正在电脑前忙着，听见敲门声后，大喊了一声。

　　"是我，约翰·埃里克森，二哥，你不会连我的声音都听不出来了吧，哈哈哈。"我透过猫眼往外看，果真是约翰，我打开了门。

　　"咦？你也在忙啊，正好，我想问你点儿问题。"

　　"问吧，问吧。"我也赶忙坐在我的办公桌前，看看能不能从他这里套出来点儿话。

第五章　新的任务

　　"最近这几天，听说 H 国总统被希腊美杜莎刺杀身亡，一时间引起了巨大轰动，各大报纸的头条都被这消息占据了……"

　　"噗！"我正喝着可乐，一听这新闻，震惊得把可乐都喷出来了，喷了约翰一身。

　　"天啊，实在对不起啊老弟，我还真不知道德高望重的总统居然被人刺杀而死！"

　　"但，这是真的。参加国际联盟秘书长大选的古萨雷斯团队曝光说好像是朴成元这小子在搞鬼，有一个 FBI 警员找到了朴成元和希腊美杜莎的合作录音，甚至将它公布到了网上，你看，这是古萨雷斯团队的推特，不到半小时，点击量就超 4000 多万了。"

　　说到这里，我不禁扑哧笑出了声，这古萨雷斯团队也是"真够拼的"。

　　然后我看了看这条 FBI 警员的推特，正文是："在这里公布一条令人难以置信的消息，德高望重的 H 国总统被不明组织刺杀而死，我感到十分悲痛，而我冥冥之中感觉像是希腊美杜莎干的，因为我潜入了位于希腊克里特岛的美杜莎总部并且在那里看见了朴成元，还录了一段音频，目前我已经向美国联邦调查局和国际刑警组织提交了通缉令申请，必须严惩凶手！"

　　文字的下面，配着一张图片和一段视频，图片里面有一个被打了马赛克的人，现场血流满地。

我大胆地猜测，那个被打了马赛克的人就是 H 国总统。

我对约翰说："唉，现在的局势真的是越来越难搞了，已经 10 点了，赶快去睡觉吧。"我关了电脑，脱了鞋，躺在了床上。

"好吧，你也早点儿休息，我先回去了。"约翰起身，走出了房门。

2263.01.25 巴西，巴西利亚，行动指挥部客房区 315

早上 6 点钟，我就自然醒了，感觉睡得还不错。

去了一楼吃完早餐，返回寝室的路上，李云龙找到了我。

"卡尔文先生！"他朝我挥了挥手。

"嗨！你也在这里？"

"没错。"

"您找我有什么事吗？"

"是的，卡尔文先生，今天我们的目标是抓住伊索，所以我们需要您的帮助。"

"嗯，好吧。"我虽说在海豹突击队当过几年军官，但是都忘得差不多了，看对方如此虔诚，我也不推辞了，正好磨炼磨炼自己。

10 分钟过后，我们就坐上了特警车，开往伊索的老窝——巴西利亚西南部的小县城阿纳波利斯。

而此时，在 BR-060 公路上，一群戴着黑面罩的人，开着十来辆卡车前往我们的营地……

"喂，兄弟，这次老大可是真发脾气了。"领头的对着一个手下说。

"可不嘛，这一次行动要是失败了，不是被老大喂枪子儿，就是被那些国际联盟的人喂枪子儿……"那个手下垂头丧气地说道。

"正是因为如此，我们才需要加把劲儿，把他们'剿灭'，这次我带上了铀 60 火箭炮，他们不被炸死也得被辐射死！"说罢，领头的拿出了那个大 Boss-Ura-60 火箭炮。

随后，领头的解释道："这种带有辐射性能的大炮，只有三种：榴弹炮、火箭炮和核弹炮，其中，核弹炮是最费钱也是杀伤力最强的一种。炮弹都是缩小型的原子弹甚至氢弹，杀伤力与真正的核弹基本没什么区别，就是变小了些，而这种核弹，只在放射性元素极其丰富的 E 国和 H 国生产，每年的产量不过 10

万门，炮弹一年也产出不了多少，不过 500 万枚，所以很多有钱的国家和势力都会购买这种杀伤力大的炮，但是，价格也是超出意料的贵：300 亿美元一门炮，炮弹的话，5 亿美元一枚。"

"国际联盟虽说在 2253 年规定了只允许国家购买，但好多组织都在这个时间之前购买了，所以说全世界现在的局势是很紧张的。"

"而在所有的放射性元素中，钋矿是最强大的，其次是钴矿，再是钚矿，最后是铀矿。钋这个元素只需要 1 毫克就可以置 10 亿人于死地，而掌握钋弹技术的国家只有 D 国，掌握钴弹技术的只有 H 国，掌握钚弹的国家就很多了，铀弹就更不用提了。"

领头的顿了顿，继续说道："但是需要注意的是，钴 60 弹是一个比钋弹还厉害的放射性导弹，只需一颗重 1 吨的导弹就可以让地球上所有的生物不复存在，而至今只有 300 多年前的俄罗斯的前身苏联制造出来过，后来因为杀伤力过于强大，国际联盟禁止生产钴 60 弹。"

领头的说着，卡车司机对他说："长官，前方遇见十来辆卡车把我们拦住了。"

第六章　初步胜利

领头人一听这个，心中蹿起了怒火，边下车边冷冷地说道："是哪个不长眼的要堵老子的路？是不是活腻歪了？"

随后他便看见一堆特警车和装甲车堵了半条道路，车里面的人看见有人出来，急忙下车，用盾牌封死了道路。

领头人彻底急眼了，拿出来 DPR-28 轻机枪对那些人说："赶紧离开，否则别怪我不客气了！"

持盾的士兵貌似更不客气地说道："我们长官视你们为可疑车辆，所以我们需要对你们进行例行检查，还请你让开道路。"

"你们是哪里的，敢这么狂妄自大，连当地的警察局都得给我们面子，你算什么东西？"

"不好意思，我们是国际联盟维和警察 0232 部队，如果你还要反抗，我们有权击毙你和你的队友，还请你立马让开道路。"

"老子才不吃这一套，来人，把我的 Ura-60 拿出……"

领头的还没说完话，就被士兵的 RIF 步枪打成了筛子，连卡车上都有好几个弹孔。

而此时，伊索那边的人还待在卡车里不知道发生了什么，就被我们一网打尽了，这些人被送到了当地警察局，我们也继续前进，直奔阿纳波利斯。

巴西，阿纳波利斯西南部，一所公寓内。

伊索正在打电话给领头人，但是得到的结果却是：您拨打的电话已关机。

"真他妈见鬼了，看他回来……"伊索气愤地挂掉了电话。

"不好了，大人，出事了！"一个小卒跑到了大厅，气喘吁吁地说。

"有什么事赶紧说，别耽误我！"

"我们派出的人被维和警察全员逮捕了，并且领头人桑尔也被击毙了。"那个小卒哆哆嗦嗦地说道。

"饭桶，都是饭桶！"伊索一气之下把面前的小卒开枪击毙了，心中升起一团怒火，咬着牙冷冷说道，"所有人，收拾好弹药，带上榴弹炮，前往东北方的营地，我要让他们碎尸万段！"

此时，我们也看见了伊索公寓，我们在距离大门约1公里的树林停了下来，准备进行突击埋伏。

李云龙把对讲耳机和防弹头盔戴到了我的头上，并且用对讲机跟我说了句话："怎么样卡尔文先生，能听见吗？"

"可以，很清楚。"

"那就好，现在开始，您就紧跟着我的步伐就行，拿好您的气枪，这种枪比较好的一点就是不用子弹，也不用换弹，一直打即可。"

"那可真是太好了，对于我这种好久不摸枪的人来说可真是个福音。"

"好了，咱们准备投入战斗了，您跟着我潜伏在公寓墙西侧，我带着一群人往西北，您再带着一群人往西南迂回包抄，最后我们把墙炸开冲入公寓，尽量一次性全部歼灭敌人并且活捉伊索！"

第七章　陷入困境

这时，有人推了推我后背："二哥，是我！"

"唉，约翰，你也在这儿啊。"我惊讶地说道。

"那当然了，而且我还带着一个极其重要的人，具体是谁，到时候你就知道了。"约翰自信地说道。

随后，我看见李云龙给我做了一个"前进"的手势，于是我带着我们的"西南小队"开始前进。

与此同时，伊索一行人刚刚收拾好东西，便察觉到了不对劲儿。

"老大，我怎么有不祥的预感啊？"伊索的心腹战将拉波尔塔·桑托斯说道。

"没事，不要管那么多，以咱们的实力，打败他们……"

伊索还没说完，就被外面的爆破声打断了……

只见外面一群人蜂拥进公寓外园，迅速掌握了主动权，而现在，伊索一帮人只剩下不到几百人了。

但是，双方却迟迟没有动手。

为何？

只因为，我们这里有对方的人质，他们那里也不敢贸然行事。

"不好意思，我有你想要的，如果你想尝试一下，那也不是不可以，对吧，伊索·纳西门托先生。"约翰拿着枪，把斯科特提到了自己脚下并且拿掉了头套。

"老大，救救我吧，我不想死啊……"斯科特看见了自己的老大跟看见自己父母一样，跪了下来，泪流满面地乞求道。

"哈哈哈，你一个乳臭未干的小子，怎么敢说如此大话，就算旁边都是耶稣，你也不是老子的对手。"伊索嘲讽道。

此时，在半公里开外的狙击手也早已准备完毕，但是，他们突然被一枚导弹当场炸飞，而特警车和装甲车也受到了不同程度的损坏。

"我早就预判到你们会干什么，启动装置！"

说完，我们就被一个大笼子罩在了一起。

"你到底想要干什么？"我怒吼道。

"住口，这里没你说话的份儿！"伊索冷冷地说道。

"其他人赶快撤退！不要等我们！"我喊道。

其他人听到后，赶快撤离了现场，但在撤离的过程中，又被伊索一行人打得所剩无几，只有寥寥几人逃离了现场。

"老大，那您也先把我救出来……"

"砰"的一声，斯科特顿时没了呼吸。

"在笼子里的人，谁再说话，就跟他的下场一样！"伊索吹了吹枪口，冷冷说道。

随后，笼子上方喷下来一股不明气体，没一会儿我就失去了意识……

我们再醒来时，已经是在一个昏暗的屋子里了，旁边一群士兵荷枪实弹地把我们包围得严严实实。

我们都被用纱布卷起来堵住了嘴，又被手铐铐住了手，所以根本无法逃脱。

"想当年，我在墨西哥做地下生意的时候，本来我在屋子里安稳地坐着，谁知道，一枚炮弹过来直接把我们的营地炸了一半，我也被炸飞了，我再醒来时，发现原来的营地早就变成了一片火海，我的父母、妻子、孩子全他妈没了啊……"说到这里，伊索不禁号啕大哭。

"从那一刻开始，我的愿望只有一个，那就是，找到凶手！"他又擦干了眼泪，咬牙讲道。

直到我加入了美杜莎，我才知道，原来还有不少像我一样的人。他们都是为了生活，为了家人，为了报仇，不满于这个社会。

当我知道当年入侵我们营地的队伍是海豹突击队时，更妙的是，我竟然也找到了那次发出指令的军官，叫什么罗西·埃里克森，对，就是那个人，随后我先是秘密袭击了五角大楼，再重金派几个人把那个人给毙了，那种复仇的快感简直无从描述，哈哈哈……

我也想起来了那次骇人的爆炸事件：2249 年 5 月 8 日，几辆装甲车突然闯进五角大楼停车场，随后又撞碎了大楼的玻璃，没过几秒，车就发生了爆炸，大楼也受到了严重的损毁。严重程度并不亚于"9·11"事件，当时还造成了几千人死亡，数万人受伤，警方尽管发布了通缉令，但到现在都没有找到凶手，原来竟然是他！

最让我气愤的是，我的父亲竟然也死于他手！

但我不能说，只能默默地把这些冷冰冰的话语咽进肚子里……

这种人，简直就是恶魔般的存在！

第八章　死里逃生

过了两三个小时，伊索对把守的士兵说了几句我不懂的葡萄牙语，随后大部分的士兵撤出，只剩一个兵。

而我在口袋里发现了一段铁丝，我兴奋极了，小心地用它无声地打开了手铐，但我必须制造出一种"我还戴着手铐"的假象。

不出所料，我果真骗过了士兵。

接着，我便对那个士兵出言不逊，差点儿没把他气死，他就两眼如冒火般气愤地拿枪指着我，但他也不敢杀了我：我对于伊索来说还是有用处的。

当他靠近我的时候，我挣脱手铐，一把抓住了士兵的枪抢了过来，那士兵还没有反应过来就被我干掉了，我赶紧把铁丝给了其他人，只给自己留了一小段。不久，我用枪打开了笼子的锁，拿走了斯科特和那个士兵的武器，一路小跑溜到了大厅，而此时大厅里只有几个兵，我们用烟幕弹屏蔽了对方，拿走了被干掉士兵的武器，开始了反击。

过程并不顺利，我们兵分两路，跟着我的约翰也趁机联系了营地的士兵，组织救援。

公寓一共四层，外加一层天台，分东西区，我们的七人小队在东区，而坂中原二的六人小队在西区，我们相约好，在东西区四层中间的天桥会合，但是，我们在三楼遇到了伊索手下的阻击，但好在我们有武器，运用团队战术一路防守到了天桥口，我们以房间作为隐蔽，敌人只好一个房间一个房间地找，马上就要找到我们了，就在这时，我们决定，冲出去，破釜沉舟，背水一战！

我们凭借强大的斗志干掉了这一层的敌人，但直到现在伊索还没找到，但是，让我们吃惊的一幕发生了。

只见伊索左手握着一把黄金手枪，右手抓着坂中原二的脖子，把他提到了天桥的对面，而他们两个人的后面，则是数不清的人倒在了地上。

"卡尔文先生，不要管我，啊……"坂中原二还想说完话，却被伊索一枪打中了大腿。

"卡尔文，你有我想要的，当然，我也有你想要的。"伊索自信地说道。

"赶紧走！别管我！"坂中原二怒吼道。

"不，不要！"

"卡尔文，我再给你 10 秒时间在你俩之间进行'生死抉择'。坂中原二，或者是你，你选一个，谁去见耶稣？"伊索狂妄地叫嚣道。

"爸，妈，我终于能替你们报仇了！"想到这，伊索不禁潸然泪下，随后又将枪顶到了坂中原二的太阳穴上。

"七，六……"

"四，三……"

我闭上了眼，把枪对准了自己，准备随时迎接死神的到来。

"哈哈，你还挺识趣……"

砰！我还以为自己上了天堂，但我觉得不对劲儿，一睁眼，伊索直挺挺地躺在了地板上。

我瞬间明白了怎么回事。

原来约翰之前叫了援兵，援兵狙击手及时赶到，击毙了伊索。

被吓出满身汗的我太过于紧张，脸色苍白，眼前一黑，晕了过去……

第九章　紧急状态

再次醒来，我已经在飞船上了。

"二哥，你终于醒了！"约翰激动地抱住了我。

"好了好了，我不是在这儿嘛。对了，马上就要秘书长大选了，我在空间站留守，你回纽约，赶紧保护好秘书长！"我想起了正事，对约翰吩咐道。

不知不觉，我们的飞船就到了国际联盟总部的停机坪。

"嗯嗯，这些事你就放心吧，到地方了，我先下去了，哥，千万要记住一件事！"

"什么？"

"活下来！"

约翰说完，跑下了飞船，和一群保镖直奔大楼。

我们也抓紧一切时间前往空间站。

不到五分钟，我们就到了。

随后我们与其他人碰了面，开始了紧急会议。

"从现在开始到 2 月 1 日，开始进入紧急状态，任何人不得出入太空站！"我命令道。

"是！"其他人敬礼答道。

我们开始了如火如荼的改造，发射一批卫星，防止再出现问题，就这样过了两天，并没有什么异样发生，直到 2263 年 1 月 27 日，出现了让所有人没有想到的局面……

早晨 8 点钟，系统并没有什么异常，但是，警报声打破了宁静。

原因是系统突然遭受黑客入侵，署名是：仇人。

随后，这个人留下了一段视频："哈哈哈，空间站的人们，你们好啊！没想到我们能以这种方式相见，真的是荣幸之至啊。"

"这人我认出来了，是那个朴成元！"埃里姆尖叫道。

朴成元的大名和事迹，他自然是听说过，但是，还从来没见过本人。

"没错，就是这个人，至于他，不用多介绍了吧。"我戏谑地说。

"当然不用，这可是一个世界闻名的大混蛋！"

"不过呢，这次我有不一样的目的，就是毁灭世界。你们听了也别笑，毕竟，我已经掌握了最重要的，还怕成功不了吗？"

"我知道，你们现在肯定正在忙着夺回控制权，但是，即使你们夺回控制权也毫无用处，因为……直接上重点！"

说完，视频结束了，控制室的大屏幕上出现了几个醒目的词：

全球地质风暴，35 小时后启动……

全球地质风暴，34 小时 59 分 59 秒后启动……

所有人呆若木鸡。

第十章　真相大白

　　而约翰这边，也收到了我的语音，并且感觉出了异样，立刻带着秘书长前往德国柏林的隐秘公寓躲藏，可就在路上出了岔子。

　　秘书长乘坐飞机到达柏林的泰格尔机场后，乘坐了一辆大众轿车以防引起注意，他们便飞奔向了公寓。

　　但是，还是被朴成元的团队发现了，并且，这次他们的目标是：杀人灭口。

　　约翰一行下了机场路，便开上了库尔特—舒马赫大街，继续沿卡普威戈路开向沙恩威伯大街，途经米勒街、卢森堡格大街、费赫尔大街、普特丽兹比尔大道、斯特罗姆斯大街、莱兴街、尤尼17号大道、俾斯麦大街、赫尔大街，最后到达了一个德拉琛博格山附近的公寓。

　　一路上，有一辆悍马越野车穷追不舍，约翰他们只能继续前进，防止最后的躲避地被发现。

　　约翰一行一路尽可能开到最大速度，但仍然摆脱不了那辆越野车。

　　约翰往后定睛一看，车上竟然是几个亚洲人的面庞！约翰怀疑是朴成元的人，于是转头告诉司机："麻烦开快一点儿。"

　　约翰他们一路西行，沿着小道来到了维塞瑙埃府的一条小路上，停了下来。当然，悍马也停了下来。

　　"秘书长，请您拿好这把枪，关键时刻会帮到您。"

　　约翰下了车，打开车门作为掩护，拿着枪说道："别动，举起手来！别让我开枪。"

随后下来了五六个亚洲人，说着人们不知道的语言，叽里咕噜地说了一会儿后，一个人用蹩脚的英文对约翰说："小子，不要不识抬举，加入我们，你会有一个光明的未来。"说完，冷笑着拿出了 USA-033-D 枪。

"我告诉你，我是说什么都不会答应你的！"约翰说着，对准了那个人，而大众车的各个车门早已布满了人，随时准备战斗。

而朴成元那些人没有说话，直接开枪了。

约翰几个人也运用战术，在路的两侧施放了烟幕弹。

他们看不清了，于是开始疯狂扫射，约翰那一帮人早就匍匐前进来到那几个人的脚下，三两下解决掉了所有人。

约翰也刚好截获了一辆车和一堆弹药，又回到了公寓。

"秘书长，您看明天就要大选了，我们……"

"约翰，这个你不用担心，我们会在明天准时到达日内瓦进行大选的。"

"那我帮您订好机票。"

"好，辛苦你了。"

而我们现在只有 30 个小时的时间了，埃里姆和邓肯带着人正在修改程序，而我也没有闲着，开始查看全球的卫星系统，果真，一颗卫星都控制不了。

第二天早上，忙了一晚上的我打了一会儿盹儿，便再次开始工作。

此时，约翰一行人已经上了飞机，飞向苏黎世，约翰的同事，也是秘书长的保镖——萨莎·布朗，已经到达了日内瓦国际机场等候。

10 点 15 分飞机准时落地，萨莎接应好了之后，开了一辆沃尔沃直奔国际联盟驻欧洲办事处，因为晚上 8 点大选就要开始了。

我们这里终于找出了控制空间站的人，一个名叫沃巴滕·斯滕伯格的德国人，他是受雇于……朴成元？

现在，基本上可以断定，前几天和今天控制空间站的人，大概率是朴成元的人搞的鬼。

第十一章　保留控制权

我在网上查了一下，沃巴滕原服役于英国的特工组织军情六处，退役后找了一份保镖兼黑客的工作，但是，自始至终没有公开受雇于谁，然而，今天，终于真相大白。

2263.01.28，18：00，瑞士，日内瓦

一家酒店的总统套房里，古萨雷斯更衣完毕，与约翰一起出了房门，开车奔向办事处。

8点，大选准时开始，约翰在后台执勤时，沃巴滕竟然主动找上了他。

"嘿，伙计，最近可好啊？"

"有话快说，别跟我套近乎！"

"别这么冷漠啊，我有话要跟你说，跟我来。"

约翰站在那里，犹豫了一会儿，还是跟着他走了。

二人走进一间屋里，沃巴滕在约翰进来之后，反锁了门。

"你说，要是古萨雷斯死了，你怎么办呢？"

"你什么意思？"

"嘿，没事啊，只不过，为了让你不必担责，我已经想到方法了。"

说完，沃巴滕拿出一把枪。

约翰也反应了过来，拿起了枪。

"都是同行，没有必要吧，我是在帮你解脱啊！"沃巴滕冷笑着，步步逼近约翰。

"呵，简直是痴人说梦，还是我先帮帮你吧。"约翰关掉了灯，整个屋都黑了。

沃巴滕完全没有料到，便直接开枪，约翰也赶忙匍匐在地上，抓住了他的腿，沃巴滕也倒了下来，他看清了约翰，开始疯狂射击……

此时在会议厅中，后门突然闯进一个黑衣人，拿出枪打死了秘书长的侍卫，萨莎带着秘书长赶紧蹲在演讲台下，通过密道逃出了会议厅，跑向停车场。

我们在空间站只有一个半小时的时间了，此时的日内瓦35号卫星突然将"催雷"气候针直直射向天空，日内瓦上空出现了雷暴。一个接着一个雷劈了下来，直接将会议厅外的日内瓦湖劈成了两半。

我们极力控制也没能阻止，但，更可怕的一幕发生了：空间站在毫无征兆的情况下启动了自毁程序。空间站会从休息区开始自毁，接着是建造基地、经济区、飞船区、机舱区、卫星区、中央控制室、储存信息区……

此时我发现邓肯不见了，我便去他的卧室寻找，果然找到了他，没想到他是在向朴成元通风报信！

我怒不可遏，抄起旁边的灭火器瓶，向他砸去。

而邓肯毫无防备，于是我把他的腿砸骨折了。

他痛苦地大叫着："这个世界终将毁灭，为什么不提前一下呢？"他拿出了手枪，继续哈哈大笑着说，"你难道不想看见这个世界慢慢地毁灭吗？"

我想到了一个办法，对他说："不好意思，你没这个机会了。"

我拉动了气闸，跑到了外面。

随后，一面面玻璃开始破裂，邓肯也意识到了危险，他想恢复气闸，但是，他够不到。

"不，不是这样的，不！"随着一声怒吼，邓肯整个人被吸出了窗外，想活？不好意思，外面是没有氧气的真空……

处理完毒瘤之后，我和沃尔森一直在想办法，现在只剩最后一批人没有撤退了，当最后一批人上飞船后，我留了下来。

"卡尔文先生，您为什么不走呢？"

"它是我毕生的心血，我不能不管。"

沃尔森也没有坚持，噙泪上了飞船，关闭了舱门。

他们出去了，我也就放心了。接下来，我要去最重要的储存信息区，试试看能否通过程序自启动阻止卫星继续危害人类。

由于穿了宇航服，所以从中央控制室走向信息区，大约走了半小时才到。

到达信息区的控制室，眼前一堆线路和卫星控制界面，我不免有些头大。

"需要我帮助吗？"

这声音吓了我一跳，我往右一看，原来是沃尔森，她怎么在这儿，不是走了吗？

"你不是走了吗？回来干什么？"

"我跟你说过，这里就是我的家。"

我苦笑一声，原来是这样啊。

"跟我来。"

我跟着她走到了一个手闸前。

"我点击重启按钮之后，你看一下这张卫星图，等到最后一颗卫星关闭的时候，告诉我，我好拉下手闸。"

"哦，好。"

我们重启了所有卫星，只见一颗颗卫星灭掉了灯光，直到最后一颗，也就是纽约 98 号卫星关闭的时候，我说了句："可以了！"

沃尔森拉下了手闸，整个空间站全黑了，爆炸声也停止了。

而转到日内瓦，雷暴也停了，后台的小屋里，约翰用旁边的防弹玻璃挡住了几发子弹，随后把它们扔到了沃巴滕头上，沃巴滕被边角砸中，没了呼吸。

此时，萨莎打来了电话，只说了一句话："快来！我在大门口！"

约翰奔跑着出了会议厅，解决掉了一名侍卫后，拿着枪跑向门口，跳进了萨莎的车，直奔日内瓦国际机场，但是，后面竟然跟着一辆车！是朴成元，恶魔终于出现了！朴成元车上的人开始疯狂地拿枪射击，但约翰他们这辆车是防弹的，所以子弹根本穿不透。

后来，约翰开枪打中了朴成元车子的引擎盖，引擎盖瞬间掀开，挡住了他们的视线，但随后引擎盖又合上了，迎面而来的是一枚火箭弹……

　　"砰"的一声，约翰乘坐的汽车被炸成了碎片。

　　"哈哈哈，你们也太自不量力了，走，下车看看。"朴成元兴奋地大叫道，他认为，自己离胜利不远了。

　　但约翰他们早就逃了出来。他们看见火箭炮的时候就已经从车里跳了出来。

　　也就是说，朴成元竹篮打水一场空。

　　就在这时，有一个人给了朴成元一巴掌。

　　是约翰！随后萨莎立马用手铐铐住了他。

　　"告诉你，朴成元先生，你曾经干过的事、所说的话，都会被现在的人员记录在案，将成为呈堂证供。"

　　"就是你，害了我的二哥，现在空间站也快毁了，都怪你！"约翰又扇了朴成元一巴掌，把他扇晕之后，愤怒地说道。

　　随后，瑞士警方及时赶到，带走了朴成元，约翰和萨莎带着秘书长回到了国际联盟的总部——纽约。

　　太空站。

　　我们两个在重启空间站之后，在全球地质风暴的警报解除之后，我们还以为扭转了局势，谁知道太空站还是启动了自毁程序，并且马上就要炸到我们这里，就在这千钧一发之际，我想到了一个办法："咱们去那个机舱区看能不能找到卫星带我们回去。"

　　事不宜迟，我们找到了一颗阿富汗卫星，在机舱区爆炸的前一刻，我们逃出生天，但最难的还是落到地面上，这就需要足够的运气了，于是我尝试通过打开闪光灯来让人们发现我们两个人。

　　"希望有人能看到……"

　　"咚"的一声，卫星撞到了什么。

　　我透过窗户往外一看，哈哈大笑起来：原来是最后一批撤出太空站的人员中的墨西哥机械专家赫尔南德斯，运用飞船的机械臂把我们接住了。

　　"我的老天啊！赫尔南德斯，你可真是个机灵鬼，哈哈哈哈。"

　　赫尔南德斯指了指印在自己衣服上的国旗说："记得谢谢墨西哥就行。"

我还是沉浸在被解救的喜悦中，和沃尔森一样，激动地流下了眼泪……

约翰看见了我们被解救的画面，也是激动地流下了眼泪，紧紧地抱住萨莎和秘书长。

过了大约 15 分钟，我们到达了肯尼迪航天中心，看见了早已等候在那儿的约翰。

我们紧紧地抱在了一起。

随后，控制权还是保留在了我们"荷兰男孩"制作组的手里，新的空间站以及卫星系统也在重建。

这半个月来，对我、整个国家，乃至整个世界来说，都是难忘的！我相信，这半个月，将会被永久镌刻在史册上！

琥珀色的瞳孔

第一章　溢满情绪的氦气罐

盛夏，体育课，操场上传来咚咚的篮球声响，周围的叫喊声此起彼伏。"肖默！加油啊！绕他绕他绕他！""枫樾加油！"

两个帅哥的较量，周围围了一圈又一圈的观众。

黑色球服选手——肖默，面无表情，娴熟地运球，拉开对手好几个身位后，三步冲上篮圈，狠狠把篮球扣进篮圈。

红色球服选手——枫樾，压低声音"啧"了一声，气急败坏地掀起球服边用力擦着额头上淌下的汗珠。掀开衣服散热的时候，瞥到一抹瘦长的黑色飘过去，枫樾放下衣服，满脸的肉用力挤出一个假到没人看不出来的微笑，一巴掌拍在对方身上："同学，恭喜你呀，和你打球实在太愉快啦！"肖默一扭身撞上一副有点儿骇人的笑脸，吓得一激灵，把那只脏兮兮的手拍下去，"谢谢你啊，同学！你也不错。可惜你蹦起来抬胳膊抢球的时候，比我脚不离地还差那么一点点——多喝牛奶。"枫樾并不矮，而且他很爱吃乳制品，所以前者说的那句话更加气人。他拿手揉揉一头毛糙的头发，又"啧"了一声，朝一旁的观众群里走去。肖默往人群的反方向走去，直奔那方向的一位少年，背景音是枫樾引起的一阵人群骚动和尤为突出的几声女生的尖叫。

"我们看到，亲爱的肖默选手成功地把他亲爱的篮球投进了亲爱的篮圈里，"留着寸头的男同学举着一根狗尾巴草，装模作样播报着实时赛况，"他的忠实粉丝——我，李尚涛，见证了这一伟大时刻。这个球也结束了这场比赛，狗尾巴草杯也将属于我们的肖默选手。哎——肖默选手下场了，让我们去采访……"
李尚涛尚未说完，肖默就已经走到他跟前，轻轻拍了拍他的脸，顺理成章地拿
走了他手上的矿泉水瓶喝了一口，接过眼镜戴上，顺便拿走了那人手中的狗尾
巴草："肖默同学一米八，想赢了那个小矮子轻而易举。"他举着矿泉水，说
完后又喝了几口，随后揪起衣领擦了擦额头的汗。"啧……"不远处的人群中
枫樾的眼神极其可怕，好像在说"赢了还骂我，你怎么知道我输不起"。

"肖默，下节化学，我的笔记一点儿没记，给我你的借鉴一下行不行？"

李尚涛用小狗一般的眼神恳求着面前的学霸，但是对方摆了摆手："不
行。""哎呀，肖默哥哥你最好了，借你的抄一下嘛，不然我要被批斗致死了。
不是六十年代的人却要经历六十年代的事，现在已经改革开放了！"

一种十分恶心人但是又很热血励志的语气，肖默听着快要吐出来，"别瞎扯，
没有用。"肖默淡定，又喝了几口水，转身向教室走去。"哎哎，肖默！算了，
我去找别人……"

肖默回到教室拿了化学课本就走，后来想了想，带上了笔记本，去往化学
实验室。从教室到化学实验室要经过一段操场。校园里很是漂亮，盛夏的骄阳
照耀着繁茂的树，上面的绿叶折射着阳光，听得见阵阵来自浓密树叶中蝉的鸣声。
肖默欣赏着这般风景，心中想着李尚涛的表情和反应，嘴角不禁勾起一丝弧度。
但是——

"谢谢谢谢！和你比起来肖默太抠了。不给我看，还说我是他唯一的朋友。
难道不是互相帮助才能成为朋友吗？真是的，一直都这么倔，谁喜欢他这样。"

肖默很清楚，那是李尚涛。

他绕了一条道，心里混乱着。过去的事和刚刚的事交杂着让他心烦意乱，
但他没有听到李尚涛后面加的一句："可是我喜欢，很有个性！"

化学课完，肖默照例去实验器械室整理器械，李尚涛也蹦跳着去陪他。

同学们来来往往，高一新生肩上背着各色的书包，踏着夕阳回家，大家享
受着短暂的清闲。学习还不太紧张的高二生，坐在树下长椅上聊着天，打打闹闹。
有些男生继续打着篮球，其中可以看到枫樾的一头毛糙的自来卷。除此之外，
还有趁机偷着回宿舍小憩一下的。大家都有自己的归属，说笑打闹，三五成群。

朝阳般的青春绽放着异彩，炫耀着专属于少年们的颜色，五彩斑斓，绮丽多姿。

殷红的夕阳继续占领着操场上的那片天空，而器械室这边已笼罩上了些许夜的颜色。

学生宿舍寂静，肖默顶着银色的弯月回了宿舍，出奇地安静。

肖默回到宿舍，打开手机，看着微信时刷到这一段：

"花开得真好看。"

这句话来自李尚涛，他配的图是泡在花瓶里的一朵枯萎的白玫瑰。

第二章　调查的开始

朦胧的乳白色月光，洒在宁静的城市的每一个角落。

枫汶祥骑着一辆共享单车正慢悠悠地往家里赶。通过昏暗的街灯发出的光能看出，他颧骨突出，鼻梁较高，有着淡棕色虹膜的大眼睛好像总睁不开，嘴唇很饱满但是不厚。一头棕色的头发，没有头帘，所有头发松松散散地扎在后脑勺，留出一截小辫子。显然，今天他累坏了，只见蹬车的双腿软绵绵的。不过也可以理解，毕竟他可是一名警察啊。

"我回来了！"枫汶祥推开房门，换上了拖鞋，走到冰箱旁边拿了一盒蓝莓味冰激凌就进了卧室。卧室里已经有了一个人，那个人长相和枫汶祥很像，显得有些稚嫩。那人手里还有一块香草味奶油蛋糕，他一见枫汶祥进来了，高兴地说："哥你可回来了，你可错过了好多好吃的呢，我说你回来这么晚，不知道今天晚饭有你最喜欢的……唉，哥你脸色怎么这么抑郁啊？"枫汶祥微微一笑："没事儿，就是今天工作量有点儿大。"枫樾嘿嘿一笑，对枫汶祥说："既然你每天都这么累，说明光靠你一个人是不够的，你需要一个帮手。而我，就是最合适的人选……""不行！"枫汶祥立刻打断了枫樾的话，"你别以为你读了那么多推理杂志就能成为警察了，你还没成年呢，还是收收心努力学习吧。""唉，真是的，又拿未成年来教育我。"枫樾摇摇头抱怨了一句。枫汶祥把枫樾支开，自己一人躺在床上。窗外的月光黯淡下来，原来是有一片薄薄的云笼罩着月亮。他太累了，不一会儿就进入了梦乡。

第二天凌晨……

"什么？"公安局里，局长听到一位警察的话后拍案而起，"一起校园命案？""是的，我们刚才接到一个人的报案电话，那人说他是一名高中教师，他说就在刚才，他看见学校的会议室内有一名学生的尸体，于是就赶紧报了案。"那位警察说。局长眉头一紧："校园命案的影响力非同小可，必须尽快破案，你赶紧给局内各组组长打电话，让他们速到局里来，需要召开紧急会议。"

枫汶祥被一阵电话铃声吵醒，他迷迷糊糊地起身接通了电话，过了一阵儿，他的脸渐渐严肃起来。电话一断，他立即起身穿衣，不一会儿，他已经推开了门。这时，他仿佛突然想起了什么，于是连忙来到弟弟的卧室。他进来一看，只见弟弟卷着被子蜷缩在一角睡得正熟。枫汶祥微微一笑，关上卧室门，离开了家。

当门"哐"的一声关上后，枫樾睁开了眼睛……

会议室内，大家都沉默不语，墙上的钟"嘀嗒嘀嗒"地响着，空气仿佛都要凝固了。局长一句话打破了沉默："这起案件相信大家已经听说了，校园命案的严重性相信大家也清楚。我们必须尽快破案，给公众一个交代！"大家纷纷点头表示赞同。"但是，既然凶手敢在校园这种人多的地方行凶，那么他肯定做了充分的准备，侦破这起案件，恐怕没那么简单。"副局长一脸担忧地说道，眉头微皱。"确实，这起案件也太离奇了吧。"会议室内响起一阵议论声。

"我愿意担任这起案件的主要负责人。我曾侦破过几件青少年犯罪案件，相信我这次依然可以做到。"只见枫汶祥站了起来。"很好，我很期待你的表现，枫汶祥。希望你可以顺利侦破这起案件。""是，局长！"

枫汶祥骑着车来到了案发学校，手里拿着被害人的基本资料。

被害人：李尚涛。

年　龄：17。

就读学校：××市 38 中。

死亡地点：学校一层会议室。

死亡时间：× 月 × 日晚上 10：00 至 12：00。

死者信息：身高 173cm，体重 61kg，高二学生，父母离异，寄宿在自己叔叔家。

枫汶祥皱了皱眉：三十八中，枫樾这小子不就在三十八中上学嘛。

学校附近已经停了几辆警车，学校大门被护栏围了起来，门前几个警察正和一个看起来像学校老师的人交谈。其中一位警察见枫汶祥来了，急忙上前对他说："汶祥啊你可来了，我给你介绍一下，这位就是第一时间发现被害人的陈老师。"

"你好，陈老师，希望你可以协助我们调查，助我们更快破案。请你先带我们去一下案发现场。""好，请各位跟我来。"枫汶祥跟随着陈老师进了学校。这时他向那几个警察看了一眼，忽然觉得这几个警察中的一个有些面熟，再仔细一看，枫汶祥顿时傻了眼，这，这竟然是枫樾！枫汶祥靠到枫樾身边，小声又生气地对他说："你怎么来到这儿的？"枫樾扑哧一笑，得意地对枫汶祥说："今天5点30分左右，我就听见你出门了，你关门那一声可真大，不符合你平时的习惯：轻轻开关门。所以你必定是有急事才出的门。而且我敢打包票，你一定是接到了一起案件。于是，你一走我就起身跟踪你，连衣服都没换，你可以看看，我这警服里面就是睡衣，嘿嘿！顺便问一下，这起案件不会是在我的学校发生的吧？"

"你眼瞎啊！连自己学校都不认识了？"

"所以我就有更充分的理由来协助你调查了啊！"

枫汶祥都快气得晕过去了，他指了指枫樾身上的警服，问道："这你又是从哪儿拿的？""这就是你的警服啊，谁叫你每次出警都穿便装的。""我真谢谢你了，这起案件结束后，看我怎么收拾你！"枫樾对枫汶祥做了个鬼脸，心想：咱们走着瞧！

"到了，就是这儿。"陈老师对枫汶祥说，"这里是学校的会议厅，那个学生就是在这儿被害的。""好的，感谢您的配合。"枫汶祥对陈老师表示了感谢，随即带着枫樾和那几名警察进了会议室。

会议室内已经有几个人，死者就躺在中央的空地上，身上盖着白布，身体周围画了一圈白线，会议室的灯光有些惨白，显得那层白布像上了层釉一样。

枫汶祥掀开白布，只见死者面色发紫，浑身上下没有任何血迹、瘀青、伤痕等受伤的痕迹。枫汶祥小声嘀咕着："死者身上没有受伤的痕迹，看来死前没有打斗过，面色发紫，嗯……应该是窒息而死吧。"枫汶祥上前闻了闻死者的嘴，眉头皱出了"川"字："没有类似毒药的味道，大概率是窒息而死，但是……枫樾，你过来一下。"

"……"

"枫樾？"

枫汶祥转过身来，发现枫樾呆呆地立在那儿。枫汶祥走到他近前挥了挥手。

"怎么了？"

"这……这……这这不是我同学李……李尚涛吗？！"

"什么？"

枫樾走近那具尸体，慢慢凑近脸，突然抬起头大声喊起来："不会错！就是李尚涛！这也太太太太离谱了吧！"

枫汶祥走过来，拍了拍正在发抖的枫樾的背，点了点头。

五分钟后，刚洗了一把脸的枫樾一回来就听到枫汶祥向四周的警察问道："……我好奇的一点是，会议室有这么多通风口，整个空间也很大，怎么会发生窒息而死这种事情呢？难道……"

"只有一种可能，就是——这里不是第一案发现场。"枫樾说，"我去问问陈老师，我们学校有没有空间小且密闭性好的房间。"

枫汶祥惊讶地回头看向枫樾，枫樾的眼神中闪出了坚毅的光芒，让枫汶祥都快认不出他了。

枫汶祥又仔仔细细搜查了一遍会议室，并没有什么收获，"看来这里应该真的不是第一案发现场。"他想。

两个小时后，枫樾回来了："哥，我搜了整个学校，发现学校里只有一个地方符合你提出的标准。""什么地方？"枫汶祥问，枫樾的脸逐渐严肃起来："位于学校一楼的——实验器材室！""哦？"枫汶祥掰了掰手指的关节，发出一阵咔咔的响声，"这个凶手很狡猾啊，咱们走着瞧！"

第三章　孔洞之谜

枫汶祥来到了实验器材室。这里的密闭性非常好，进去之后他发现这里的窗户全部关闭着，屋子里弥漫着刺鼻的药水气味。狭小的窗户透进微弱的光芒，黑黢黢成了这间屋子的主调，借着微弱的光，依稀可以看到落在桌子上、水池边的一层薄薄的尘土。药品柜整齐地排列在墙边，柜中药品瓶也是井然有序地排放。

枫汶祥开始检查四周，白色墙面上突显出一道道裂痕，使得墙面上的窗户显得那么不协调。这个时候，他突然在墙上发现了一个小洞，走上前去把眼睛靠近仔细一看，隐约发现洞的另一头好像还有一个房间。他很震惊，心里想，难道这里面隐藏着另一个房间吗？他开始寻找另一个房间的门，摸遍了墙上的每一个缝隙和角落，却始终没有发现通往这个房间的入口。

枫汶祥去找管理实验室的实验员老师，希望能从实验员老师那里获得答案。实验员老师在办公桌前的电脑上正在写着什么，屋子里很干净，门口左边的矮柜上摆着一盆吊兰，旁边还有个大的文件柜，房间的正中间是两张对着的桌子，看得出来是两个人的办公室。王老师抬起戴着一副黑框眼镜的脸看着枫汶祥，一脸疑惑地问道："同学，有事吗？"

枫汶祥不好意思地说道："抱歉老师，我是来学校调查案件的刑警。"枫汶祥从怀里掏出证件，"这是我的证件，我忘记敲门了，我就是想问老师一个事情。咱们实验器材室以前就只有一个房间吗？"

王老师点点头说："当然是！从我到这儿工作以来一直就只有一个房间啊！怎么了？"

枫汶祥说："没事，我就是随便问问，谢谢您！"

王老师用右手推了推眼镜框，纳闷地看着枫汶祥，枫汶祥也很不好意思地说了声抱歉就退了出来。

他想：看来老师真的不知道这个房间的存在，那又是谁制造了个小洞出来的呢？为什么还有个连老师都不知道的房间呢？难道这个房间就是案发现场吗？一连串的问题想得枫汶祥脑袋都要大了。

他又去找了当晚的值班老师，询问那晚的情形，值班室离器材室很近，隔着两个房间。值班老师说："当时有位同学急匆匆地跑回来，我问他来做什么，那位同学说自己有东西忘记拿，我还没说话呢，他就跑进去了。"

"那您还记得他进去了多长时间吗，您认识这位同学吗？"枫汶祥问。

老师回忆道："进去了大概有半个小时吧，认识倒是不认识，我看他穿着学校的校服，也没有多想，就让他进去了，我当时还在办公室写论文呢，也没看到他在器材室做什么。当我写得差不多了，打算要回家的时候，才想起来器材室还有个人，看了看表都 10 点 30 分了，我以为这孩子已经走了呢！刚想锁门，他突然冲出来，可把我吓死了。他满头大汗的，我还纳闷他在里面干什么呢！也进去看了看，但是并没有什么，所以我也就走了。"

听老师这么说，枫汶祥感觉这个同学可能是进到另外那个房间了，但这个同学到底是谁，他是怎么知道这个房间的？他又是怎么进去的呢？枫汶祥百思不得其解，看来这个房间一定是关键。

必须搞清楚这个房间的秘密，找到这个同学。

第四章　访问

枫汶祥听了值班老师的话，回到办公室坐了下来，向枫樾一招手说："这件事就交给你去办，你去查一下学校大门口的监控，看看你们班有哪些同学那天放学后没有离开学校，把他们叫过来。"枫樾应了一声，站起身来，快步向老师办公室走去，敲了敲办公室的门。

"请进。"老师正靠在椅子上，办公室里开着空调，桌上摆着的茶散发着香气。

"有什么事吗？枫樾同学？"

"老师，我需要您帮忙查一下昨天下午放学时的监控。"

"可以。"

…………

枫樾对照班级名单一一排除后，发现昨天放学后没有离开的，只有值周生而已。

在班主任的陪同下，他以"特使"身份来到了班里。当时同学们正在上英语课，突然见班主任来了，顿时全班同学挺了挺腰，枫樾跟着老师走了进来，老师上前跟英语老师附耳说明了意图，然后站在讲台上说："我念到名的同学，出去一趟。肖默、肖言、奈昕、贾宇轩、张凡……"枫樾带着这几个同学朝枫汶祥所在的办公室走去。

"怎么了？"一位同学问道。

枫樾拿出警察证："我哥要向你们了解一些情况，走吧。"

他竟然代表警察！

枫樾敲了敲办公室的门，然后把几个人带了进去。枫汶祥让他们坐下，"我是公安局刑警枫汶祥，要调查一起杀人案件，请同学们配合调查。"

"你们昨天晚上都在班里干什么？"枫汶祥问道。

"昨天我们是值日生，所以放学后都留在教室打扫卫生。"最先开口的是组长贾宇轩，他长得个头不高，有点儿胖胖的，看上去很憨厚。

"你们昨天晚上都在打扫卫生吗？有没有谁消失或离开过一段时间？"

"当时有一个同学下去涮墩布，还有一个同学去倒垃圾，其他人打扫完，我们一起离开了学校。"

"那两位同学是谁？"

"一个叫肖默，一个叫肖言。"

"那有没有谁看到那个回来拿东西的同学？"

"没有。"

"放学后你们都是直接回家了吗？"

"对。"

"我没有……"人群中不知是谁这么说了一声，随着声音寻去，是一位女生，身高 1 米 76 左右，头发稍微带点儿自来卷，一身漂亮的白衬衫上别着一个黑纹蝴蝶结，穿着一件七分裙，金丝边眼镜后面的一双大眼睛透露着智慧。

"我昨晚放学正好撞见实验老师，实验老师让我帮她去器材室取东西。"她说。

"怎么证明呢？"

"实验老师可以做证。"

"好的，你们可以走了，肖默、肖言和那位女同学留一下。"

"你去哪里涮的墩布？"枫汶祥问道。

"洗手池旁。"肖默回答。

"从去到回来一共用了多长时间？"

"大概五六分钟吧。"

　　枫汶祥对倒垃圾的同学又问了类似的问题，然后让他们也离开了办公室。此时办公室里只剩下枫樾两兄弟和那位女孩。枫汶祥突然一看他弟弟，正羞涩地看着那位女生，脸颊已经涨得通红，枫汶祥心想："难道她就是枫樾经常跟我谈到的奈昕同学？这么可爱，也难怪枫樾会喜欢她。"枫汶祥决定试探一下她。

　　"我先问一句不相关的话，你是奈昕同学吗？"

　　"嗯……是，您认识我？有什么事儿吗？"

　　"不，没事儿，只是对你的名字有点儿印象。"

　　"哦？是吗？"她略显羞涩地一问，眼神渐渐转向了枫汶祥身后的弟弟，望着他会心一笑，好像刻意的，用手轻撩了一下刘海儿。枫樾站在后面红着脸低下头，他用手轻轻蹭了蹭哥哥，枫汶祥心领神会，便开始问道："你去实验室取什么东西？"

　　"老师让我去取她的手机，老师说她去取器材的时候不小心把手机忘在那儿了。"

　　枫汶祥点了点头，对女孩说："好的，你出去吧。"汶祥回头看了看枫樾，发现他一副几乎要晕过去的样子。"呵，小伙子眼光不错嘛！""你别瞎说！"

　　枫汶祥认为有位同学有点儿可疑，但又没有证据，这样过早下定论也说不准，于是他亲自去问了实验老师。在确认是真的后，枫汶祥又没了线索和思路。于是只好去查监控看看到底发生了什么。他向监控室走去，路上处处都能听见琅琅的读书声，阳光明媚的走廊上，枫汶祥思绪万千，低着头思考着，不知走了多久，抬头就看到了监控室，他径直走了进去。

　　"您好，我想看一下被害人当晚所在教室的监控。"

　　"好的，请随我来吧。"

　　枫汶祥走了进去，房间里面光线比较暗，十几个监控画面出现在眼前。

　　"哪天，什么时候？"

　　"昨天晚上8点左右。"

　　"什么地方？"

　　"实验器材室。"

　　"好的。"

　　监控老师调到了那里，可屏幕里只能看见几棵树，器材室被树挡着，简直挡得天衣无缝，关键的画面一点儿都看不见。

　　"这里是监控盲区，凶手应该观察过摄像头位置，不然不可能正好在监控盲区。"

　　"地点选得很好啊。"

　　"唉，真可气。"

　　"那不好意思，打扰您了。"

　　"没事儿，我也没帮上什么忙。"

　　枫汶祥回到办公室，苦恼地栽倒在沙发上。

第五章　偶然发现

　　调查陷入了僵局，尽管大批警察一直在进行调查走访，但是却没有得到什么突破性的线索。这天，枫汶祥做完一天的工作以后回到公安局，一进办公室，就看到领导正坐在办公室里等着自己。他的领导乍一看颇似一名精致的翩翩绅士，但活跃于一线之时，却是一员脾气出了名火暴的猛将。他抬起头来，说道："噢，你来了啊，我有事找你，坐下说吧。""好的。"他忐忑不安地答道。他内心暗自想道："看这样子不像是什么好事，估计是问我学校杀人案的进展吧。""汶祥啊，那起发生在高中校园里的案件进展怎么样了？我听别人说进展好像不是很顺利啊？""是的，目前还没有得到什么有用的信息。""老是这个进展速度可不行啊，这样下去什么时候才能破案啊？上级要求你尽快办案，加快速度啊！"领导的脸色逐渐严肃起来。"好……好的，我一定加快速度。"枫汶祥答道。

　　下班以后，枫汶祥闷闷不乐地回到家跟家人打了个招呼："我回来了，我先进屋了。"家里人看他的脸色，都没有跟他说话。枫汶祥把自己关在卧室里，想着怎样让案子取得一些进展，可是即使想破了脑袋也没能从已经得到的线索里找出什么突破口。

　　正当枫汶祥特别烦躁的时候，外面却传来了一阵急促的脚步声，那脚步声听起来离枫汶祥的房间越来越近。不一会儿，在枫汶祥的房门前停了下来，紧接着响起了擂鼓般的敲门声。"这声音，一听就知道是我弟弟放学回来了。"

枫汶祥暗自想道。正当他起身准备去开门的时候，"哐"的一声，门被打开了。一个颧骨很突出、留着短发的脑袋探了进来："哥，别自己在屋里闷着了，过来陪我聊会儿天嘛。""出去，出去，正心烦呢，别烦我。""出来放松一下嘛哥哥，没准一会儿你想的事可能就会豁然开朗了。""好，好，你先去，我马上来。"枫汶祥不情愿地说道。这小子，每天一回来就找我，让我跟他聊天。真不知道他是怎么想的。这样想着，他来到弟弟的房间，意外地看到枫樾竟然在为化学作业挠头。这让枫汶祥感到很惊奇。因为化学是枫樾比较擅长的一门学科，但是现在却让枫樾很烦恼。这可真是令人吃惊。"哎哟，怎么化学也让你发愁了，难道是退步了？"枫汶祥揶揄道。"哥，快别嘲笑我了，今天我们化学课上做实验，要求对氦气进行实验，留作业要求写出氦气的作用及危害，至少写出四条。我在学校都想了半天，也没想全，快帮帮我吧。"枫汶祥把枫樾写的作业拿起来翻看着，枫樾写的有三条。其中两条引起了枫汶祥的注意：

（一）给气球等物品充气。因为氦气密度小于空气密度，而且是一种惰性气体，所以会被用作充气。

（二）氦气的危害：氦气比较危险，如果人不慎吸入，会很快窒息导致死亡。因为氦气是一种惰性气体。

看到这里，枫汶祥脑海里突然闪过一道光，急切地说道："枫樾，明天你去上学的时候，记得到案发地点相邻的那个小教室看一下，看看有没有什么异常的地方。""啊？为什么？""现在先不告诉你原因，等你找到了线索，你自己就能推理出来了。""哦，好吧。"枫樾被哥哥突如其来的要求搞得有些糊涂，但还是答应下来。

第二天，枫樾趁中午休息的时间按照哥哥说的，到小教室去寻找线索。看看有没有什么可疑的物品。这个小教室两面都有窗户，一面对着走廊，一面对着操场。枫樾把里面几乎翻了个底朝天，还是没找到什么线索。枫樾失望地趴在正对着操场的窗户上，哥哥这是搞得什么鬼啊，自己推理出来了就告诉我呗，还在这儿卖关子，真是个"不负责任的胆小鬼"。这时，他突然发现下面草地靠墙的地方摆放着两个高压氦气瓶，联想到昨天自己作业里面写的氦气的危害，枫樾突然明白了过来。原来哥哥是昨天晚上看了我写的氦气的用途及危害以后，

441

怀疑凶手是使用高压氦气使被害人窒息而死的啊！枫樾急忙向收发室跑去，因为现在午休已经结束了，走廊上人很多。枫樾急切地向前跑去，时不时地撞到一些人。即使这样枫樾也没有停下来，只是匆忙地说着一声声对不起，就继续向前跑去。旁边的人在一旁窃窃私语："这人最近怎么了，一惊一乍的。"枫樾气喘吁吁地跑到校收发室，拨号给哥哥。接通以后，激动地对哥哥说："哥，你快来学校，我发现一个大秘密！"

片刻之后，枫汶祥急匆匆地赶到了学校。他的脸上因为着急赶过来还留有几颗汗珠。一见面就急切地问枫樾："快说，发现什么事情了？难道是找到线索了？""哥，你跟我来，给你看一样东西。"说完带着枫汶祥来到了那个小教室的窗户底下。枫汶祥到了以后四处张望，除了那两个氦气瓶也没看见什么异常的地方。"老弟，赶紧告诉我你发现了什么啊？""哥，你先别问，赶紧帮我把这个气瓶抬上去，咱们俩仔细研究一下。"枫汶祥一头雾水地帮枫樾把气瓶抬了上去。抬上去以后，枫汶祥问弟弟："你发现了什么啊？现在可以告诉我了吧？""哥，你联想一下昨天你看的我的作业，你就知道了。"

第六章　可能的真相

　　枫汶祥立刻检查了这两个氦气罐，转头对枫樾说："初步判断，凶手可能使用氦气罐行凶。枫越，你把负责管理实验器材的老师叫到案发会议室，我要问一些事情。""没问题！"枫樾简短地回答过后，跑了出去。

　　枫汶祥来到了会议室。在等待的时候，他观察起了那个小洞。如果凶器就是那个氦气罐，那么如此小的洞口如何让气体进入室内，并且在短时间内使人昏迷以致死亡。这样的念头在枫汶祥的脑海里浮现出来。带着种种疑问，枫汶祥拨通了公安局检验科的电话，通知他们派人过来，取走氦气罐进行化验。

　　过了一会儿，枫樾就带着管理实验器材的老师赶了过来。"我是负责本次案件的警察，枫汶祥。这是我的警官证。"说完枫汶祥走到负责管理实验器材的老师面前拿出警官证让他看了一眼。"您好，您好，久仰大名。我一定会全力配合你们的工作争取早日破案。"说这话的人就是管理实验器材的老师。这个人年纪不大，但有一张圆润的脸，脸上还戴了一副金框眼镜。"坐吧，这次找你来就是想询问你一点儿事情。"枫汶祥心平气和地对着管理实验器材的老师说。待到管理实验器材的老师坐稳之后，枫汶祥就对着管理实验器材的老师问问题。

　　"姓名？"

　　"段成亦。"

　　"年龄？"

"哦，今年 32 岁。"

"除了你以外还有其他人管理实验器材吗？"

"啊？我倒是想让别人管理呢，这样我就不累了，但是实验这科的老师都带着别的科目，都比较忙，就我一个人只带实验，所以学校就让我一个人管理实验器材。"

"案发当日放学后四小时以内你在哪儿？""哦，我当时正在给老师们开实验会，到晚上 9 点才散会。"

"当时有没有人看管实验器材？"

"因为当时老师们已经下班，就剩我们几个老师都在开会，所以没人看管器材。"

"案发当日有没有老师或者其他人借过氦气罐？"

"除了我以外就没有老师用过了。我也不算用过，我当时要用的时候，里面没气了，我就没用，到了下课以后我又重新灌的气。"

"请你仔细回忆一下，确保每一个细节的真实性。"

段成亦给予了肯定的回答。"谢谢您的配合，您可以走了。另外，提醒您回去看看，氦气罐已经不在器材室了吧。""是吗？我赶紧去看看。"说完段老师就匆匆离开了。枫樾就跟枫汶祥说："看他的样子，不像是在撒谎，凶手应该不是他。那这个氦气罐又是如何运到外面的？""嗯哼，那就是另一种情况了。"枫汶祥对着枫樾笑了笑。"难道凶手是多个人？"枫樾带着略有疑问的语气说了出来。"当然不排除这种可能，而且这种可能性非常大。"枫汶祥一脸自信地答道。

"可是，我一直有个疑问，凶手是如何做到让死者乖乖走进案发时的教室的？又是怎么才能做到求救不被发现？怎么才能保证死者不从窗户逃离？""你说的这些我也暂时没有头绪。"说完枫汶祥转头向校门口走去，枫樾紧跟在后面。出了校门口就看到枫汶祥的私人 SUV，两人登上 SUV 驱车驶向市公安局。

没过一会儿枫汶祥的车就停到了市公安局的门口，二人下了车飞快地走向公安局内。刚到大厅就跟迎面来的一个警察撞了一个满怀。枫汶祥还没有说话，那个警察就先开口了："枫警官，我刚想给您送报告去，您看您就来了，省得我跑了。""好快啊，有什么发现吗？"枫汶祥急切地问道。通过对监控的调取和检查，只能看出是两个人作案，而且其中一个人特意地擦过氦气罐。我们去现场勘查没有发现任何有用的信息，监控这里因为当时天色已经晚了，光线不好，再加上有树叶挡住了，导致监控看得不清楚。氦气罐的出气口那里被什么强大的东西压过了一样，已经扁了，其中一瓶氦气罐里面已经没气了。"说完，刑侦的警察把报告交到了枫汶祥手里。

"好的，辛苦。"枫汶祥说完就凑到枫樾的耳朵边，悄悄地说："看来我们推断对了，一罐氦气足够让一个小孩儿失去性命的。""看来我们侦破的方向对了，今天不早了，有什么事等到明天再去做吧。现在先送我回家。"枫樾伸了个懒腰然后走向他的车前。"好吧，明天就是第三天了。"枫汶祥跟在枫樾后面上了车。

没一会儿就到了家，枫樾打开车门走了下去，枫汶祥紧随其后。到了家后枫樾走到卧室往床上一躺，两眼紧闭嘴里还嘟囔着说累死了，累死了。枫汶祥刚想给他布置一下今天晚上要干的事情，看到这种情况，便没说什么。只说了不要睡过头，明天拿报告，自己也走到卧室睡下了。

第七章　氦气实验

　　案发第三天，天空非常晴朗，太阳也早早地升了起来，照亮了枫汶祥的家，屋子里传来了枫汶祥刺耳的喊声："枫樾，赶紧起床，还想不想参加这次破案？今天我要再去案发现场找线索。要去赶紧起！跟我学着点儿。案件有了一些进展，可不能再推迟了。快！赶紧起床！"

　　"什么？你不早点儿说啊。"枫樾迷迷糊糊地从床上坐了起来。

　　"正因为今天是周末，学生们都不在学校，所以咱们要早点儿到案发现场啊，快点儿起来，赶紧吃早饭！"枫汶祥催促着，厨房里又传来了他忙碌的声音。枫樾艰难地起了床，刷了牙，洗了脸，拖着沉重的脚步走向餐桌，和哥哥一起吃了早饭。吃完早饭后，他们便急急忙忙往案发现场赶去。

　　枫樾和哥哥赶到学校的时候大概是 8 点 30 分，学校里安安静静的，只有门卫爷爷坐在摇椅里扇着风，他们和门卫爷爷说明来意后，门卫爷爷给他们打开了校门。随后他们去办公室找到了实验老师并向实验老师说明了来意。实验老师和他们一起来到了案发地点。案发地点还是跟往常一样，没有丝毫变化。枫汶祥把一只手放在下巴上，若有所思地想着什么。枫樾则在教室里走来走去，他们不知道接下来该怎么办。

　　这个时候，枫汶祥突然说道："目前还没有别的线索，不如我们先假定问题的关键就在那个氦气罐吧，而且老师也证明了没有那么快用完一瓶氦气，我们先来做一个实验吧。"枫汶祥说道。"好吧，该怎么做？"枫樾急忙问。"老师，您那里有氧气浓度检测仪吗？"枫汶祥问。"用那个干吗？"枫樾插嘴说道。"啊？这……这……学校里暂时没有。"段老师带着疑虑的神情说。"那您能不能帮我们找找或者出去买一个啊？事情还是尽快解决的好，我尽我的责任，也请您配合。" 枫汶祥说道。"啊？这……那个……唉，那行吧。""那就麻烦老师了，谢谢！"枫汶祥赶忙道谢。"没关系。"段老师说完就走了出去。

　　"好了枫樾，一会儿你就知道我要干什么了，我要用氦气做个致人死亡的实验。"枫汶祥回答道。"那你拿什么来做实验？""当然是一只小动物了。如果你愿意，你可以当作实验品。" 枫汶祥打趣道。枫樾听了这话，哼了一声不再说话。

　　不一会儿，段老师就带着氧气浓度检测仪回来了，"好了，现在我们开始实验吧。"枫汶祥说。"为了不使现场破坏，我需要一间和这个房间体积相似的屋子，还有一只关在笼子里的小白鼠，然后就是那个没有用过的氦气罐了。段老师，拜托了！遗失了氦气罐，相信你也希望早一天真相大白。枫樾，你和老师一块儿准备一下。"

　　大约过了20分钟，楼道里传来脚步声和叽叽喳喳的声音，枫樾一脚跨进教室大喊道："这个小白鼠还真是机灵，我都不忍心拿它做实验了。"只见他手里提着个笼子，里面装着一只可爱的小白鼠。老师紧跟在后面，显然是气喘吁吁的样子，老师喘着气说："这孩子跑得真快，我都跟不上了，唉……" "我们已经找到了一个和这间屋子体积差不多的教室，带你去看看吧。"枫樾说。不一会儿，他们就到了那个教室，这间教室也和原来那间教室一样，对面也连接着一间小教室。枫汶祥看这里还不错，便准备实验。趁老师出去做实验准备，枫汶祥悄悄对枫樾说："我还以为这次案件和这位实验老师有什么关系呢，那真是令我大吃一惊，但是通过我的观察啊，并没关系。来吧，咱们开始吧。"说着，便开始准备。枫樾说："你怎么断定的？这可不一定啊，万一……"枫汶祥说："通过对他的神态、动作、眼神等观察不难发现，他其实对这个案件并不在意。你就不用担心了。""哦，好吧。" 枫樾说。

　　接着， 枫汶祥把氧气浓度检测仪放在了一个固定的位置，打开它并调好。把那只小白鼠放在教室里，然后把门窗关好。因为枫汶祥和枫樾发现原来那间教室连接的小教室的墙上就有个小洞，于是他们也在小教室凿了一个小洞，小洞正好有高压氦气罐的罐口般大小，高压氦气罐通过小洞进入教室，释放氦气，他们开始记录数据。通过检测仪的示数得知，大量灌入氦气以后，屋子上层的空气中的氧气含量首先开始降低，当灌入大概100升氦气时，屋子上层的氧气含量已经变成20%，小白鼠随之也开始在笼子里躁动不安。过了一会儿，他们发现，当氧气浓度降至12%时，小白鼠晕倒了；氧气浓度降至6%时，小白鼠一动不动了。

枫樾突然伤感地说道："感谢这位小白鼠的付出，愿它在天堂安好。"

"祝愿它在天堂安好？好了，别伤心了，我来给你分析一下这个实验吧。"枫汶祥说道，"好了，听好啊，我来总结一下这个实验结论，我们已经发现，当氧气降至6%时，人就已经死亡了，而根据科学研究，当氧气浓度降至16%的时候，人就会出现头疼恶心等一系列症状，如果氧气浓度降到12%时，人就会发生眩晕或晕厥，氧气浓度降到10%时，人就会产生意识障碍。大约灌入160升以后，屋子上层的浓度已经降至10%，人就已经处于危险状况了。而当一整瓶大约200升高压氦气灌完以后，屋子上层的氧气含量已经降至6%，到了这个时候，人的呼吸就停止了。我说得对吗，段老师？""这个问题，我还真没研究过。"段老师平静地说道。

"怎么样枫樾，有成就感吗？"枫汶祥笑着问弟弟。枫樾默默地说了一句："没有成就感……"枫汶祥拍了拍枫樾的肩膀说："好了，赶紧振作起来吧，虽然实验成功了，但咱们没法证明凶手就是这么做的，我们还需要继续找线索呢。"

第八章 枫樾的判断

星期五早上，枫樾想了很久，凶手为什么要采取这样的方式作案？他到了实验室隔壁的小房间寻找线索。枫樾在实验室旁边的小房子里面转悠，他想："如果我换一个角度思考，假如我是凶手，我该如何将氦气通过这个小洞传输到隔壁房间呢？"他开始耐心地到处寻找，想找到一些关于这次案件的重要物证，屋内找了屋外找，找了整整一上午，连每一个缝隙都寻找了，还是没有找到关键物证。他静下心来，又一次在屋内进行寻找，一张桌子一张桌子地翻，他心想："为什么找不到呢？难道是我疏忽了什么东西吗？"终于，功夫不负有心人，他通过缝隙看到两个并排的柜子之后有一根管子，他赶紧戴上手套，通过这个刚好可以容下他手臂的缝隙把管子掏了出来。他拿起这根管子端详了许久，他突然想："这管子，可能与那个之前发现的小洞有莫大的关系。"他赶紧去往那个带有小洞的房间，他想："如果这个小洞能与管子连接在一起，那么氦气就有可能是通过这个管子输送到隔壁房间的。"他带着这个想法，将管子接在了小洞上，果然，和他想的一样，管子与那个小洞严丝合缝。他找了一个实验用塑料袋，将这根重要证物装起来带走了。

枫樾赶紧将枫汶祥叫来，来一起探讨这次重大发现，枫汶祥来了后问枫樾："你在哪里找到的这根管子？"枫樾说："在两个并排的柜子后面的缝隙里发现的。"枫汶祥走到柜子前，察看之后把柜子挪开，挪到可以钻进去的程度。他钻了进去，开始在柜子附近的小空当儿寻找线索。当他看到柜子上时，发现柜子上有很多灰尘，灰尘上印着管子的形状，他想道："有没有可能，是凶手慌乱之中，将管子藏在这里，想以后再找一个合适的时机将管子处理掉。"

枫樾赶快叫来负责的化学老师，枫汶祥问枫樾："这个老师是负责收拾小房子的吗？"枫樾点了点头说："平常就是这位老师负责收拾小房间的器材，打扫小房间的卫生。对这个小房间很熟悉。"枫汶祥从上到下打量了一遍化学老师，他身高很高，很壮实，完全具有把两个柜子搬开的能力。枫樾带着怀疑问道："这个柜子是本身就在这里，还是后来挪过去的？"化学老师说道："这个柜子之前是放在实验室的，后来，因为长期没人用，我觉得太占地方，就挪到了这里。"

"柜子是您亲自挪过来的吗？"

"是。"

"挪来的时候，这里有别的东西吗？"

"没有，如果有我肯定打扫了。"

枫汶祥又问了化学老师几句，就请老师离开了。"这个管子很有可能是凶手塞到柜子后面的。"枫汶祥这样判断。

枫樾点了点头说道："那他这么做的目的是什么？万一管子被同学和老师发现了怎么办？这样他直接就暴露了自己，不是更容易被发现吗？他为什么要冒这么大的风险把自己的作案工具暴露在这里？"枫汶祥说道："可能是在运输毒气的过程中，他听到了老师或同学的脚步声，慌忙之中将管子找了一个隐蔽的地方藏了起来，想这件事过得差不多了再去将管子拿走处理掉。但是，他没想到的是，咱们发现这根管子比他想象得要快得多，他还没来得及处理这根管子就被咱们发现了。凶手绝对想不到，他自以为天衣无缝的计划，却因为管子没有藏好而暴露了。"

枫汶祥想："凶手的杀人动机是什么？为什么要用管子输送毒气。"枫汶祥又想："我可以换到凶手的角度想一想。"他坐在凳子上，又一次开始了他的推理。以凶手角度来想，这根管子完全可以将氦气罐里的所有氦气输到隔壁房间，这本是一个天衣无缝的计划，但是，凶手为什么要将自己的作案工具放在离案发现场这么近的地方。这一直是这个计划的一个疑点。枫樾说道："会不会是他就是想跟我们冒这个险，所以才将管子放在这里，但是这么做未免太草率了吧？"枫樾又想到了一个合理的解释。他说道："他有没有……"枫汶祥说道："嗯！这是咱们现在来说唯一可以解释得通的过程了。""好了，我们下一步要开始探究一下这个洞，凶手到底是怎么挖开的了。"枫汶祥气定神闲地说道。

第九章　琥珀色的瞳孔

　　昏暗的灯光下，枫汶祥懒散地坐在一旁的椅子上，突然枫樾说道："哥，如果凶手是学生的话，我们不应该关注他的作案时间吗？"枫汶祥坐直身子，假装震惊地看向枫樾："呦，我弟什么时候这么聪明了？"说着还将椅子向枫樾身旁拉了拉，好将手搭在枫樾肩上，继续说道，"那依你看，我们又该怎么从作案时间上排查凶手呢？"

　　"喷……"枫樾苦恼起来，他也是一时才想到从作案时间上排查凶手。但是哪个时间可以达到这样的条件：实验室老师不在，可能拿走氦气罐；周围没有别人可以看到他的行动。最关键的，同时李尚涛还在校园。

　　见枫樾没有主意，枫汶祥收回手，再次懒散地靠向身后的椅子，全然没有一点儿想帮忙的样子。本就看自家哥哥不爽的枫樾转过身，刚想抱怨什么就看到了贴在枫汶祥身后墙上的值日表。

　　那是实验室老师贴上去的，原本表上写的是各班的打扫卫生情况。

　　枫樾"噌"地一下从椅子上站起来："我们班那天的值日生！"说完枫樾就急切地冲了出去。

　　枫汶祥耸耸肩也没多说就跟上了自家弟弟的步伐。

　　可能是因为熟悉地形和着急的缘故，枫樾走得很快很着急。这就导致跟在后面的枫汶祥很吃力，一边紧跟着枫樾的步子，一边注意不要撞到走廊上的人。

晚自习的休息时间很宝贵，是学生在长时间奋斗之后短暂的休息时间。正巧又赶上刚刚下课，走廊上的人就多了起来。尽管枫汶祥非常小心，还是在拥挤的走廊上撞到了人。

"抱歉抱歉，抱歉啊，同学。"枫汶祥立马说道，而走在前面的枫樾听到后也停下了脚步。在看到自家哥哥窘态之后，又无奈地返回。

"抱歉啊同学，我哥他没长脑子，你别在意。"一边说，枫樾一边将散落在地上的拼图捡了起来。

只是抬头的一瞬间，四目相对，枫樾便陷入了一双琥珀色的眸子。在夕阳的映照下少年的眸子明明伴随着些许暖意，但与平时不同，在少年有意的闪躲之下两人的对视并没有维持多久，因此显得少年的眼角有一丝冷气。

少年捡起地上的眼镜，胡乱地戴上眼镜说道："下次注意。"接过东西后又自顾自地向前走去。

"肖默！"眼前的人正是枫樾急切寻找的人。看着他琥珀色的眼睛，枫樾想起了不久前的篮球赛。会是他吗？那个在操场上恣意挥洒汗水的伙伴，那个在李尚涛眼中完美无缺的朋友。看着他的眼睛，枫樾的质问堵在了喉咙里。

枫汶祥走过来，拉起愣在原地的枫樾，"先回家吧！"

枫樾在回家的路上心不在焉，脑子里一片混乱，李尚涛，还有肖默那双琥珀色的眸子。

第十章　推理

　　在阴森的审讯室里，四周的墙壁都是暗灰色的，瞬间，压抑的氛围扑面而来。审讯桌上，犯人用指甲留下的抓痕，清晰可见。果然，那个管子上面检测出了肖默的指纹。肖默作为重要嫌疑人，此刻正坐在他们的面前。一身黑色宽大的运动衣，让他显得更加消瘦，以及那接近病态的白。他有一副被上帝吻过的脸，斜长的丹凤眼映着的是漫不经心。方形的黑框眼镜架在他那高挺的鼻梁上，却无法盖住他眼中的锋芒。而在他对面的正是枫樾和身穿一身警服的枫汶祥。

　　就这样，他与枫汶祥、枫樾对视许久。"你有犯罪行为吗？请如实供述自己的罪行。这样就可以从轻或者减轻处罚。"枫汶祥打破了这片寂静。"我没有犯罪行为，我相信清者自清。"肖默说完，枫汶祥看了一眼他。枫汶祥的眼神像利剑一样，似乎要从肖默身上剖析出什么。

　　"年龄？"

　　"18 岁。"

　　"姓名？"

　　"肖默。"

　　"出生日期？"

　　"2005 年 3 月 15 日。"

　　…………

　　"25 日下午，你都做了什么？"枫樾对肖默说。

"25 日下午？放学后，老师叫我帮他去收拾实验器材，我就到了实验室和李尚涛一块儿收拾器材。后来呢？后来我就回教室搞值日了，我不知道后来李尚涛去哪儿了。我没想到那是我们最后一次见面。而且我和他还是好朋友。之前打篮球他还给我加过油。"肖默的眉毛蹙了起来，眼睛中还泛着点点泪花。

"好朋友？"枫汶祥又问，"那你还知道他和谁走得近吗？""这个？嗯……"肖默挠了挠头，"他和谁都相处得开，但要说好哥们儿，就只有我。"肖默的眼中透露着不可置疑的光芒。

"好，我们知道了。"此时枫樾想要说什么，张了张嘴却被哥哥枫汶祥用眼神止住了。此时枫汶祥想试探肖默，他给了枫樾一个眼神，枫樾瞬间会意。随后，枫汶祥慢慢说道："据我所知，被害人是窒息而死的吧。草丛里还有氪气罐。"

肖默动了动嘴角，一边说道："我不知道，那天搞完值日我就离开了。"

"别说谎了，再说下去，你自己也该信了。"枫樾突然说。

"你在说什么，我听不明白。"

"我问你，那天你跟李尚涛收拾完器材，你真的不知道他去哪儿了吗？那天搞值日，你中间出去，真的只是去涮墩布吗？在你心中，李尚涛真的是你的朋友吗？"枫樾一阵连珠炮似的追问。

在回办公室的路上，枫樾问他哥："你说他有没有可能不是凶手？那天他还和我打篮球。通过我和他的接触，我觉得他是一个非常开朗的人。"

"谁又知道他是不是在说谎呢？"枫汶祥眸子里划过一抹忧伤，轻声低喃道，"终究是知人知面不知心啊！"

第十一章 关键证据

看着枫樾的泪眼，肖默沉默了。不过瞬间，他又清醒过来，连忙说道："你又没有证据，凭什么指认我？"

过了一会儿，枫樾拿来了一份文件和一个黑色的袋子——文件里是对氦气罐的检验报告、氦气实验的分析以及一份指纹鉴定，黑色的袋子里装着那截管子。

枫汶祥说道："你有没有闻到氦气的味道？"

肖默不自在地说着："呵，真是个奇怪的人哈！鬼知道你在说什么！"

枫汶祥没有理会他，接着说道："你说这罐氦气是你们实验老师在案发当天上午刚刚灌满的，怎么一个上午就用完啦？你说呢？"

"我怎么知道？"

"我来回答吧，这一罐氦气肯定是用于别的什么事。这截管子你看着眼熟吗？至于墙上的小孔，应该是在案发前一天，有人打的对吧？"

"那你们又凭什么怀疑是我干的？"嫌疑人肖默磕巴着说。

"稍等片刻，请不要打断我，让我说完好吗？对了，我刚才说什么来着？"枫汶祥迷茫地问道。"为什么要打孔？"枫樾提示道。"哦对对，凶手的目的就是为了让氦气从小教室通过橡胶管扩散到实验室，凶手之所以选择实验室是因为——它密闭性好，空间小，空气不流通，你说是吗？"

"不，我没有！"肖默反驳道。

"不用忙着否认，我本来就没说是你，怎么心虚了？我们再来回顾一下案发过程。" 枫汶祥有条不紊地说道。

"首先放学后有人将被害人引进实验室，这时凶手利用前几天打好的小洞通过这个孔将氦气慢慢输入到实验室，让被害人在缺氧的条件下慢慢窒息。而凶手必须在放学期间出来，趁值班老师不在，进入实验室。以最快的速度打开门窗，让氦气扩散。后来可能又觉得不保险，又让人将死者拖到了会议室，以掩盖真相。符合这个条件的就只有在值日期间出来的二位，一是肖言，二就是你。而在那个房间里的那截管子上，有你的指纹——肖默。"

第十二章　对峙

　　天色突然暗下来，窗外下起了蒙蒙细雨，肖默瘫软在椅子上，琥珀色的瞳孔中不复温暖，也不复冷清。取而代之的是满眼的悔恨。肖默走到窗前，看着那蒙蒙细雨，缓缓地说出了他们的犯罪过程。

　　"是我把李尚涛引到这个已经做过特殊处理的实验室的，是我做的，可是我只是想教训他一下，我没想让他死。"肖默继续说，"前不久，我发现学校为了实验多大剂量的氙可以让小白鼠昏迷，买了几罐氙气，这是一种无色无味没有腐蚀性的惰性气体，并且我发现，这种气体虽然是无毒的，但是它可以通过置换空气中的氧气造成窒息危险，较长时间吸入含氧低的空气，有可能导致死亡。我想让他也感受一次窒息，让他也体会一下我之前受到的伤害。"

　　枫汶祥问道："那你接下来怎么做的？"肖默继续说："正如你们分析的，我提前在墙上打了一个小孔，通过这个孔将氙气慢慢输入到实验室。让他处在缺氧的环境下，渐渐窒息。"这时枫樾问道："那你们是如何做到让他在实验室而不出来的？"肖默继续说："他对于化学学习可以说达到了一个痴迷的程度。我先是准备了一份报告，我做过多次的实验报告，里面有大量的数据计算，是对我实验结果的有力证据。为了稳住他，我把报告放到了实验台。我知道他会很认真地看，并且还会为了验证数据的准确性，去计算那些数据，当他全身心地投入报告中的时候，我的下一步计划就开始了。我跟他说要去找人。当我退出了实验室的时候，他已经在看那份报告了，我在门外站了一会儿，悄悄地关上了门。我们实验室旁边的一间小教室与实验室连通，为了避免误伤到自己，我将那间小教室与实验室直通的门靠近小教室一侧贴上了密封条，其他出口已经锁死并贴了密封条，进入那间教室只能通过实验室的门。出来以后拿出事先准备好的氦气罐、加压设备和一根与墙上洞的尺寸一样的橡胶管。在给氦气加压时，把橡胶管的一端插入墙中的小孔，待加压完毕后，确认氦气没有液化，将橡胶管的另一端插入氦气罐的罐口，形成一个连通器。由于小教室和实验室的连通部分已经封住，所以氦气不会流入小教室。在检查完连通器的气密性后，开始释放氦气。我趁着涮墩布，提前出来，避开值班老师，伺机溜进了实验室。进入实验室之后，我快速地关上小教室和实验室之间的门，并且将密封条揭掉，把连通氦气的管子藏到了柜子后面。四分钟后，我戴上防护装备，冲进实验室，以最快的速度打开窗户，让氦气扩散，扭头看了看趴在实验台上的李尚涛，我以为他只是晕倒了，然后跑出实验室，返回了教室。整个过程不超过五分钟，所以并没有引起别人的注意。"

肖默转过身，看着枫樾。"我……我只是想……惩罚他一下……没想到……我很奇怪，我计算了输入氦气的时间和浓度，这么短时间应该是不会致人死亡的。"

枫樾问道："你们为什么把受害者挪到会议室？""会议室？什么会议室？我没有动他呀。"肖默说道。这时，枫汶祥拿出检验报告说道："我来说说吧，其实你给的剂量不足以要了他的命，只不过你不知道，他患有先天性心脏瓣膜缺损，其实他自己也不知道有这个病，加上缺氧窒息，导致了他的死亡。至于为什么他的尸体出现在会议室，我们问问管理员老师吧。"他们把管理员老师找来，在强大的压力下，管理员老师说道："我发现了受害者的尸体，害怕是由于我对实验器材管理不善造成的，所以为了逃避责任，就把他挪到了实验室，我就再也没有做过其他的了。"到此为止，真相大白了。

第十三章　人性的深渊

"真的是你！他是你的朋友啊。"枫樾喃喃地说。

"朋友？什么是朋友？"肖默突然冷笑道，琥珀色的瞳孔里满是愤恨，"朋友是被当作工具人，成为他的校园保姆吗？朋友是对他的要求不能拒绝，拒绝之后必有恐吓吗？朋友是你只能成为他的朋友，不管你是不是喜欢，赶也赶不走吗？朋友向你炫耀过他的武力吗？这样的友谊，让我窒息！"

"你不喜欢，可以直接告诉他呀！"枫樾打断他，吼道，"为什么用这样的方式，来表达不满？"

"我，我可以拒绝吗？"肖默的眼神里满是迷茫和痛苦，讲述了一段藏在心底隐秘角落的回忆。

三年前，也是一个曾经自称"朋友"的人，角落，昏暗的光线，记忆中的一切都在无声无息地叫嚣着。当那些人的拳头打在他的脸上和身上时，时间仿佛停留在那一刻，他们当时恐怖的嘴脸他至今都不会忘，那种感觉令人窒息。他没有告诉家长或者其他人的勇气，仿佛做错的是自己。回到家妈妈问他是怎么回事的时候，他也只是支支吾吾说是自己的运气不好，摔了一跤，摔得狠了些。

"李尚涛曾说，他的朋友很多，校内校外认识不少人。这样的'朋友'，我能拒绝吗？"

"你当然可以拒绝！"一直保持沉默的枫汶祥突然出声了，"友谊的感觉不是窒息，不是强迫。当你自己无法拒绝的时候，你可以求助父母，求助老师，求助法律，但是不能求助于'更暴力'，否则你跟那些施暴的人又有什么差别呢？"

枫汶祥将审讯的结果交给了当地的法院。

几天后，法院开庭审理关于肖默的案件。

"现在开庭。"法官郑重地说道，"下面请原告发言。"

"根据警方给出的审讯记录，被告肖默……"

"根据《刑法》第四十九条规定，犯罪的时候不满十八周岁的人和审判的时候怀孕的妇女，不适用死刑。如果十七岁的未成年人故意杀人罪的罪名成立，应当按故意杀人罪定罪量刑。但是因十七岁还是未成年人，应当从轻或者减轻处罚。我国《刑法》第二百三十二条规定，故意杀人的，处死刑、无期徒刑或十年以上有期徒刑，情节较轻的，处三年以上十年以下有期徒刑。"法官说道，"因为被告肖默确有悔改表现，所以判处被告人五年有期徒刑。希望你在狱中能够悔过自新，重新做人。"

肖默沉默不语，点头示意自己知道了，随后便被带走了，等待他的是一段谁都不想经历的铁窗岁月。

在肖默被警察带走的时候，枫樾看到了肖默的眼角似乎有些泛红。

一年后，某少管所，肖默和枫樾隔窗而坐，一个在里，一个在外。枫汶祥在远处默默地看着，听不清他们在说什么。

"其实，我只是想给他一个教训而已，没想到却酿成了这样的后果。"肖默垂下了他琥珀色的眼眸，低着头默默地说，"李尚涛的爸爸妈妈，现在好点儿了吗？对于我做的这件事，现在我真的感到很抱歉、很愧疚、很自责，也很后悔。我……我真的很抱歉！"

探监时间过得很快，仿佛没有说上几句话，时间就到了。

肖默被狱警带走了，枫樾看着他离去的背影，想起了去年盛夏篮球场上的那次对决。

仿佛感应到了背后的目光，肖默回过头来，轻轻地说了一句话，就拐进了里面的房间。

　　枫樾紧跑几步追了过去，可惜人已经彻底离开了。

　　"你听清他说什么了吗？"枫樾问恰好抱着手臂等在那里的枫汶祥。

　　"他说，也许李尚涛跟那些人不一样。"

学生名单：（373人）

闫茗羽	吴靳恩	张嘉硕	邹昊洋	宋佳颖	杭逸轩	常煊歌
郑景元	刘若楠	刘珂帆	郭嘉悦	刘婧馨	郝政尧	李沐朗
马尚锐	尤跃潼	刘奕舟	闫楚睿	刘亦淇	王梦涵	白一然
刘禹希	兰石源	刘昕诺	臧一涵	吕梦琪	聂卓豪	杨云婷
郑博禹	张舒涵	张芸玮	马宇亭	何泽安	袁诺宇	杜鸿翔
张 琦	程香凝	韩振轩	庄子璇	张清荃	张瀚文	吴奕铭
高匀泽	王子兮	王屿彤	田立言	王天畅	石紫浓	李昊儒
郝炳森	毕家祺	陈 泽	王嘉仪	张恩浩	刘世宁	杨昕瑶
李卓阳	徐硕棋	张雯一	侯奕雯	张嘉航	赵子运	郑步同
周育贤	朱一诺	池雨晗	吉丽桢	吕冠松	时业剀	王思佳
王艺楠	温家艺	赵奕菲	朱芷睿	郭家翔	程梓涵	冯炳硕
高以沫	申楚依	王凯悦	王梓阳	张梦雨	常家铭	戈智毅
王含月	许雅宣	张家超	赵梓霖	周 瞳	楚沛然	康默涵
李如意	赵子毅	张宇晨	李言深	张智涵	张艺馨	孟士棋
刘宇轩	李宗航	乔悦磊	张家闻	刘方浩琪	邢芸曼迪	
李子涵	尚子萱	谷雨嫣	秦晨熙	赵梓淇	沈卓萱	谷思源
王清敏	姚梦涵	刘柯萱	马笛语	苏子旸	张炳旭	李 博
付星照	张智轩	王馨颐	赵克钊	杨程智	王一安	宋泽阳
李言溪	闫士杰	孙艺铭	姜雅菲	郭子健	吕佳乐	魏庆语
李雨桐	李翙豪	孙高翔	魏晨阳	宋佳蔓	黄嘉翔	薛 函
张楚琛	任永烁	吉思贤	张怿阳	樊宇轩	孔祥音	朱子运
张栗泽	周佳诚	曹豪康	张紫涵	靳佑佑	王涵博	杜子轩

杨瑾萱　米家赫　陈思源　韩佳彤　崔墨萱　郭乙朴　李承运

李嘉宝　李嘉旭　王苏菡　王怡嘉　岳沐恩　张芸睿　高雨杉

陈雨嫣　张荣轩　崔子璐　董子敬　盖禹丞　贾容与　雷皓然

李一丁　李宇宸　秦浩添　秦子沐　杨一宁　尹嘉恩　郭宇洋

何林萱　贾鹏宇　李茹涵　李忆楠　马梓阳　牛宇奥　王广乐

魏鲕萱　杨嘉晟　张诗晨　周子喻　李丞皓　李卓凝　孙学杰

田丁文　王雄奥　王卓烨　肖一迪　邢梓萌　尤汉铭　张煜帆

彭于子川　孙艾雯　王静怡　李梦菲　赵子贤　孙艺菲

刘紫菡　段昕远　刘佳颖　李佳怡　李梦焓　武靖淇　杜钖辰

牛嘉浩　董鑫旭　岳佳怡　郝悦帆　靳璐达　刘家珍　赵启玥

窦程钰　杨雨诺　王君傲　吕梓赫　史镒泽　李雨蔚　武子煜

董沫含　侯辰轩　许芮涵　孙传发　杨雅云　张铭杰　张博涵

谷泽林　张培基　张有弛　申智圣　梁博烨　康瑜婷　张育铭

魏宝峰　姚瑞航　张轩铭　李佳阳　邢艺伟　王照顼　李博涵

翟廷瑞　檀程旭　刘郝博翔　孙睿涵羽　柴梓越　陈子洋

封尚荣　甘润泽　高诚俊　缎豪哲　李少聪　李宇斌　刘熠豪

马铭泽　任家琦　尚程烨　宋亦浩　苏晨烨　孙铭晗　索浩轩

王晨宇　王鹏宇　王兆洋　王子皓　肖舜然　邢家铭　薛淞文

闫鑫宇　杨凡超　杨佳梁　杨思博　袁泽航　曹晓冬　崔宸兮

关厶瑶　郝祎晨　呼雅诺　金熙雯　张艺霖　李韵希　刘晨希

刘子梦　秦嘉萱　孙宇璇　王爱妮　张雅晴　王佳欣　王婧怡

王子郁　武雨菲　杨子萱　幺若虹　张诗琦　张馨予　郑乔鑫浩

李钊宇涵　李卓勋　姚梦飞　张益伟　蔡晨茜　韩晓诗　亢宇恒

刘瑾其　田可阳　王梦琪　赵一诺　杜佳昊　刘孟璨　樊昊成

顾紫函　任梓妍　孙紫畅　武煊捷　张栗航　单芯芮　董紫萱

王泽铭　张恺桐　陈欣诺　邓佳一　魏子程　杨心竹　池明钰

付芮萤　孙绍博　陈思琪　田佶林　杨雨树　张宸源　曹欣怡

李佳航　李子晴　祝子晴　庞文瑞　贾紫皓　马欣怡　焦若瑜

刘佳易　郭佳雨　张钧涵　邸梓豪　李奕松　马政基　刘沛霖

马组阁　孙唯一　张生科　钟翎文　李高天睿　王亚轩

王一诺　陈家闻　徐普金　魏子皓　张欣怡　张丁月　张乐瞳

许昊洋　梁鲡沣　朱栩彤　彭　睿　陈一诺　李璐臣